张猛 ◎ 著

狐狸窝 狐狸湾

大中题

首都经济贸易大学出版社
Capital University of Economics and Business Press
· 北 京 ·

谨以此书献给我厚道质朴勇敢的父老乡亲！

目　录

序

那片云彩那片天

张春景

因为爱好收藏的缘故，和三五书画家相友善，或知名的或尚未见名气者，每每观摩阅览，有所裨益，便懂了些色调、色彩、格调之类。工笔花鸟写意尚能识别，及至墨分五色、皴擦点染，倒也能辨出一二来，这就言明了近墨者黑，近朱者赤的内涵，也便窥见了不在此山中，云深不知处之妙。

那日，曾经的同行将书稿发来，见是《狐狸岗 狐狸湾》的名号，自然想起蒲公笔下的《聊斋》了。有歌词云："妖魔鬼怪倒比正人君子更可爱"，把虚伪和良善一语道破，横看成岭侧成峰，站位的远近高低决定了其宫商角羽的基准音。越看竟觉得惊奇了：一个青年作者从未有过摸枪的经历，甚或是子弹呼啸而过会冲一个趔趄的，却成就了一部抗日体裁的小说；曾经得意于现代青年生活的描述，却偏偏把自己倒逼回三十年代的陌生里，编织起遥远的故事；风风火火的沧州小伙，又是刀光剑影的时尚体系，却又弄得缓若曲水，不紧不张。俨然是品着一盏清茶，娓娓讲述着一个人或一群人的故事。没有天崩地裂之悬，没有翻江倒海之荡，甚至是没有枪炮的声响。只是一个普通的群体在特定时光里的觉悟、叛逆、追求、献身的过程。普遍即是大众，是一滴水，是冀鲁人的独轮车，就是这样的“普普通通”、千千万万的萤火，才汇聚成新中国的曙光。

冀鲁边区的抗日烽火曾被“华野”引为骄傲。津南农民自卫军司令张隐韬播火弄潮，“娃娃司令”肖华挺进冀鲁边令日伪闻风丧胆，回民支队司令马本斋铁骑踏遍中原，壮举可歌可泣，黄骅、刘格平、仉鸿印等耳熟能详的人物和事件，润泽着这方热土。作品中或多或少有他们的影子，但又都不是，常捞金区别他人之处也在这里，他是从普通人堆走出的“小人物”，因为不起眼，更加地“与众不同”。

作者的精明在避其所短，把轰轰烈烈的场面幻化为思维的交织、精神的裂变和灵魂的颤动。

常捞金是作品中精心编织的人物，从一个被人收养的孤儿，到学徒工，二掌柜，八路军干部，一路走来，是“厚诚”让他活了下来，又是“孺子可教”为他打下了坚实的根基，还是“靠得住”，成全了他的爱情、出人头地的欲望和追求正义光明的梦想。当然，还有引路人姚先生，善良如母的恩人四婶子，慧眼武师潘驼背儿，可人的潘石花，革命同志胡彩儿以及心术不正的陶老歪和卑劣成性终自毁的陶二娃子等形象，都给人留下较深的印象。

线是描绘的筋骨，是对美术作品而言，这种通篇线描式的构建是种途径，但非唯一，毕竟有局限性，影响了其动感的成分。毕竟作者还年轻，多维、多面的尝试是可贵的、积极的，可圈可点。

那片云彩那片天，这方水土这方人。文学的魅力在哪里？愉悦，是我的诠释。这是一片纯净的天空，这里远离功名利禄，车马喧嚣，唯有喜怒哀乐，寂寥平淡，走进来便意味着失去许多，也会得到些许。且行且珍惜吧，愿与共勉。

多年摆弄些小品文字，评点大部头着实的举轻若重。有感于作者弯弓射雕的魄力和再三邀约为之序言，却之不恭，天上地下说一通，算作答应。

是为序。

丙申仲夏初稿于素心斋

引子

一方水土养一方人。沧海桑田，斗转星移，多少故事多少传说多少人间的悲欢离合喜怒哀乐在历史的洪流里裹挟激荡，终沉淀为脚下厚实的泥土，形成某个特殊的截面和断层。当考古学家用精巧的洛阳铲剥离开浮华，当文学家用精美的笔敲开烟云，无色无味无声的历史轰然地开放出属于这个地方特有的花朵，焕发幻化出被时间湮没了的原本的色彩、质地、声音和活动场景，勾勒出热闹非凡的面容，一如今日生活的喧嚣、光鲜、沉闷、无奈、忙碌，有序有理，自自然然……

古皮城因春秋时期齐桓公助燕国北伐山戎，在此屯兵缫制皮甲做攻击前的准备而得名。公元前221年，秦始皇设郡置县进行封建统治，古皮城首当其冲成为一个县，绝对是因其肥沃的土地、厚重的文化、重要的战略位置、泱泱的人口等优势而纳入了始皇帝的法眼。至于为什么、怎么回事，还是留给史学家们去慢慢研究、细细琢磨吧。

且看横亘于古皮城大地上这条东西走向、奔腾不息的王莽河吧，它有序有理自然而然地穿越了厚实肥沃的泥土，如一条苍劲的龙扎向了渤海。这条河一定与历史中新朝的主人有某种联系。世间很多的名山大川，抑或小小的村庄、街道、建筑，乃至更小的田地之名称，它们的来历都是与古老的历史有所联系的。因为有名士生活过、造访过，人们都会牵强附会地联系上，使这个地方、这地方的山山水水或某座建筑都能生发出幽幽古情、绵绵文化之色彩，以提升沉重深厚之感，不至于显得浅薄。这是人们的一厢情愿，也是人们执着的追求、追寻，无可厚非，也无可名状。到底如何，只有史学家睿智的眼睛能够看得透、审得清、说得明，其他的则是热衷于喜欢那份故意的联系吧，心甘情愿地接受着这份绚丽和浮华……当文学家再用他们饱含想象的语言进行一番惊天地泣鬼神的描述，就会点燃无尽的热情，促发起人们更大的欲望……

或许在某年某月某日的阳光明媚里，那新朝皇帝王莽乘兴于河上，旌旗飘扬，华盖飘逸，鼓乐喧天，香气缭绕，万民俯首，他傲视万物，用手轻轻抚摸着他的长髯，赞叹着这清凉凉的河水，对此地的风土人情赞叹不已，留连忘返。因他是篡位弑君之徒，历来为正统所不耻。即使留下什么诗词歌赋，豪言壮语，生活轨迹，也随着那条河流淌入了茫茫的大海，没有了任何痕迹，而绝不会如古皮城的尹吉甫、贾耽、曹子桓、张之洞等人那样风流轶事粲然，被记录于史册，流传于民间。正如此地西晋时期的望族石崇（齐奴儿）老先生因与人斗富，成为历史上奢侈无度、为富不仁的代名词，而被人们大大忽略了他的文学才华，甚至抹杀了自然流畅、情调飘逸的他的《金谷园集》的文学地位一样。殊不知，东晋的王羲之还因为有人把他的《兰亭集序》比美于石崇的《金谷诗序》而感到特别高兴和荣幸呢。

人类的记忆多是有选择性的，只会记住那些主流、正统的情节，古今多少事，都付笑谈中了。但古皮城人厚道、质朴、勇敢，虽然王莽不厚道，篡位得权，建立了自己的朝廷，被历来的正史遗弃和嘲讽，但这里的人们还是耐心地用他的名字命名了这条与他们生活密切相关的河——王莽河，算作纪念吧。在正统思想横行的历史岁月中，能坚守不变，沿用至今，只能说明这方人的勇敢、厚道、质朴。这种气节是一代代传承下来的，不是生憋出来的。

勇敢的人必有勇敢的心。厚道的人必有追求真理而舍身家性命的行为。质朴的人必有对真善美的分辨和继承发展的动力和能力。

在国家陷入内忧外患，历史出现了跌宕起伏的大潮，抗击日寇入侵的烽火和民族解放的斗争又燃烧起铁血激情的岁月，那些激烈而血腥的枪炮声和弹冠相庆的鞭炮声，都没能使王莽河停留下脚步去好奇地看看，它依然流淌着，该直行时直行，该转弯时转弯，义无返顾地向前奔……

第一章

狐狸岗上有片茂盛的树林

1. 河在这里拐了个弯

宽宽的静静的王莽河如一个温驯而颇有姿色的小姑娘，缓缓游走在这平坦无垠的华北大平原上。据说它是从千里外西边的山里流出来的，一路唱着歌撒着欢无拘无束地淌过来，一波跟着一波，一浪压着一浪，憋着劲、鼓着气地你追我赶，把一身水灵灵的姿态和叮叮当当的声音装满王莽河河筒子，水汽氤氲，碧波荡漾，日光里一片金，月光里一片银，无休止地滚动前行，滋润出两岸无限的生机。如果在天上往下看，王莽河宛若一条被绿色裹住的丝线带子，嵌在平原深处，安安静静的。再接近些，看得真切，那安静的丝线动起来，外层的绿色发出水的气息，整个身体在泥土里翻滚挣扎，又像极了一条绿幽幽的长龙。再往下，快落下来时，就会自然而然地被王莽河那个厚实的大弯接住，被一片深深的绿色接纳，不至于着陆于泥土中或摔出六神来。王莽河不是黄河，没有九十九道弯，一直是笔挺的，只是到了半截多才出现了个大而厚的弯，然后又笔挺地扑入大海的怀抱。

王莽河拐了个大弯的地方叫作胡立岗。

胡立岗依河而成，河依岗而名。岗随水行，水随岗停。水界岗住，岗随水去。

王莽河突然间好像走累了、唱乏了，必须停下脚步歇口气，伸伸懒筋，定定神，才能奔向东海一样，固执而毅然，自然而必然，心安理得地画了个漂亮的弧形，忍耐住一路的奔忙劳顿，仿佛一只大弓把胡立岗圈在宽大厚实的臂弯里，小村庄俨然一个熟睡的婴儿卧在那臂弯里享受着那份安逸、那份宁静、那份恬然。至于睡了多少年，无人知晓。只是在人们眼里，那弯弯的弓背是逐渐高大逐渐厚实起来的，许是王莽河带着上游的泥土慢慢淤积、层层填高罢，许是胡立岗村需要有一个高高的大土岗来掩映那片或高或矮的房屋罢。不管怎么讲，正是因为有了那片高高的土岗，这个大平原褶皱里的小村庄才配叫作胡立岗。

胡立岗胡家大户的小长工常捞金顶着一头雾水从茂密的林子里钻出来，斜而暖的阳光扫帚枝般从上到下地扫着他打湿的衣裤及鞋子，黑红的脸膛挂着细细的绒毛，在阳光下闪着不易察觉的亮光，一双乌黑锃亮的不大不小的眼睛滴溜溜地转动着，仿佛是两颗晶莹的野葡萄沾满了下了一夜雾的露珠，清亮而透明。已经快十七的常捞金，就如同这林子里的树木，修长而健壮，茁壮而青春，浑身上下散发着成长起来的气味、气息——这种气味、气息显然不是春天那种青草芽子的嫩爽，也不是秋天那种经白霜打过而遇上连日阴雨的半湿半干的霉气，而是那种夏日阳光暴晒而不发蔫并且发出嘎巴嘎巴拔节声音同时把根须极力抓住脚下泥土向下延伸向上生长的豪迈和冲劲。也就是说，小长工常捞金在人们不注意的时候出落成一个健健壮壮的小伙子了！也就是说，小长工常捞金和岗上胡家大户那片坟茔上的树木一起长大了，长得参天蔽日，长得婆娑迷离，长得粗粗壮壮。

唉，可怜的孩子啊。越是长得挺拔，长得出奇，生发得优秀，人们就越是充满了惋惜和叹息，怜悯之余，心里越多是充满了对天地的感叹和感慨。谁会想到那个羸若鸟卵的苦命孤儿，在那片高高的土岗上伴着那片坟茔伴着那片树林伴着那湾河水，竟然长得如秋天的红高粱似的壮实且粒粒饱满呢。许是天意弄人，人们认为越卑微低贱的往往在实际中越走势强劲，往往给人意想不到的惊叹——许是王莽河曲水波澜不惊，水光潋滟，浇灌滋润得万物必须要焕发出勃勃生气，显现一身精神，抖落一身水灵出来；许是胡家那片坟茔真的是神奇，充满灵验色彩，造化出肥沃的泥土，连它的花草树木都泛着鲜艳的灵光呢。不然，孤儿小长工常捞金怎么会变成这样呢？人们的目光被那片神秘的胡立岗拉直了……

对于这片弓背般的高高的土岗，长工常捞金是再熟悉不过了。他是充分利用自己的脚一步一步丈量过的，在过去和现在的时光交换中，先是小脚丫片子，迈动中那踏着土地的脚丫子逐渐变大、变大，腿逐渐变长、变长。

王莽河弯处这片高岗长约五里地、宽约一里地的样子，胡家大户的祖坟依河而建，呈正三角形规规矩矩地向胡立岗村漫延，仿佛胡家的老祖宗头枕着河水的波涛俯视着岗下的儿孙，聆听王莽河河水叮当声。胡家祖坟沾染王莽河水的潮湿，被一片绿色的浓荫笼罩和覆盖，生发出无尽的肥沃、肥硕和肥厚，端的是一处极品穴地！

据说这坟茔是胡家老辈儿从天津卫请来个有名的阴阳老先生看下的。那先生生得仙风道骨，穿一件五彩道服，头挽高高的发髻，一柄浅绿色的玉簪横插在上面，把头发随意拧在一起，洒脱自然，颀长的手指总是捻着山羊胡，捧着磨得锃光瓦亮的紫铜罗盘在岗上岗下一路子转悠，口里念念有词，“岗随水行，水随岗停。水界岗住，岗随水去哇。前朱雀后玄武左青龙右白虎……”终于寻得了王莽河转弯处的中央，站在胡立岗上直呼好穴好穴，小眼睛亮亮的，散发出旺旺的喜气和浓浓的满足，说胡家从此人丁兴旺，富贵无比。胡家是大户，很信服先生的选择，就舍得几个大钱，按照先生的吩咐买下了那片岗。虽然不像传说中阴宅坐在龙脉上，可以保佑胡家代代高官得做，骏马任骑，大富大贵得没个头儿，但方圆百八十里富得流油的就数着他胡家了。

岗上的树多的是，也杂得很，既有松树、柏树，又有杨树、柳树，还有槐树、榆树、紫穗槐、桑树、红荆条，繁繁杂杂的，高低搭配，浑然一体，像撒了一河湾子的绿色，凝固成密扎扎的绿。各色树木、杂木氤氲在河水的蜃气里随着季节而变幻着色彩——春鹅黄，夏墨绿，秋金红，冬铅灰。小长工常捞金已经在这片色彩里生活了四五年，聆听着各色各式的鸟儿婉转歌唱了四五年。准确地说，他是胡家大户看坟茔的。两间土坯房蘑菇似的长在那片林子里，坐南朝北，对着不远处的王莽河，更为准确地说，它正好坐落在那河湾的正中，如同这偌大弓背的顶点，四周才是坚硬无比又自然而然地弯出去的弓背。没有任何的人为因素，只是遵从了自然的规律和程序，做不得半点儿假，揉不得半点儿沙子。如果做了半点儿假，揉了半点儿沙子，就会被大自然所戏弄，不知弄成什么样子了，就绝不是现在这个样子。无论从什么角度去看，看护墓地的房子都像极了一副中规中矩的棋盘上最醒目的大棋子，而坟墓又像极了一个个暄腾肥厚的大馒头。

在长工常捞金的眼里，这宽厚的弓背在此处是一个工工整整的扁担，平实而安稳。是啊，这五里多长的河湾湾是个多么大的地界啊，完全容得下他飞奔半天，疯玩儿几日的。

2. 河水是甜的，也是苦涩的

小长工常捞金命苦，苦得都不知道谁是他的爹娘、现在何处。据说他很小的时候被东家胡长顺从很远的天津卫捡来。至于他为什么姓常，而不是姓胡，或者姓其他什么，就连上知天文下知地理的胡家管家、账房先生姚百里都不知道，只会笑着说兴许你原来就姓常，兴许东家老爷希望你长命百岁，能够手捞金条，发大财吧。

常捞金摇摇头，仿佛一摇头，那些烦人心的事就会被摇晃掉摇晃没了似的。他现在还不是苦巴苦结寻思琢磨往事的年纪，仍是个见了小土蛐蛐都能好奇地捕捉把玩半天，逗弄着小动物挂满了笑容、已然忘掉了刚刚挨过小伙伴的两巴掌泪流两腮的小屁孩儿。姓什么不重要，当家的胡老爷对自己不薄就是了，管他什么爹姓啥叫啥，反正爹也没怎么管过他。胡老爷对他好，从不拿他当下人看，一年四季有吃有喝有穿的，比什么都舒服。

远的不说，就说那年吧，不是长工头儿王三秃子一脚把他从河里踢出来，他小捞金早就成了淹死鬼了。

对于这个情况，小捞金记得非常清楚，而且时不时地会从脑海里翻腾出来品味喝水挨灌的滋味。一河的清水静静地淌在干热的阳光里，锄了半晌午的嫩玉米，汗水顺着眼眉往下流，浑身泡透了又酸又臭的液体，眼睛都被那黏糊糊的东西粘住了似的。东家胡长顺在地头荫凉里说了声，下河凉快凉快吧。人们得到了特赦似的脱得净光光的，像煮饺子一样噼里啪啦地跳进那静静的河水里，溅起好多白花花的浪花。小长工常捞金凑热闹似的也跟着跳进那凉爽爽的水里，好捡一身清凉回来。

水，先是甜丝丝的，平静而有韵致，如一只温柔的小手抚摸着干燥的身体、肌肤、舌头；既而是咸而苦的，锋利而顽固，直往嘴巴、喉咙、肚子里灌，一片混沌里眼前顿时出现了数不清的小星星闪啊闪的，好像一只有力的大手在狠命地往里拽他的小细腿。一切无法阻挡，一切来得那么急切，他的手拼命地四下抓，极力要抓住一个自己也不是很清楚的什么东西，必须马上抓住才不会被那手拉下去。一只更有力的脚狠狠地踢在他的肚子上——小长工常捞金像条被刮了鳞的鱼躺在草丛里，嘴里往外急速地吐着那闪闪发光的小星星，接着是那又苦又咸的河水，一阵清凉凉的风从翕张的鼻孔里闪电般击进他黑暗的脑瓜儿里，慢慢敞开的眼帘里是东家胡长顺略显紧张的脸。

管家姚百里瘦瘦的喉头上下窜动着，一嘴的埋怨和恼怒，你个不知好歹的熊孩子！不会水还下河，找死啊！

东家直起弯的腰，乐呵呵地笑了，说缓过来了，缓过来了，好。他的丝麻长袍湿漉漉的，往下流着水。

要不是王三秃子，你个熊孩子早喂王八啦！姚百里虽然嘟嘟囔囔，一脸的挂记，但还是很疼爱地扶起了小捞金的头，顺便轻轻拍拍他的后背。是王三秃子一脚把你给踢出来的呢，这崽子！东家疼得慌呢。

你说东家长顺老爷对自己不好吗？

小捞金永远也不会忘记那一幕，不会忘记那挨淹的滋味，先是甜甜的，接着是咸咸的、苦苦的，还转着无数的小星星，离开水后，先是咸咸的苦苦的，接着那无数的小星星迅速地飞离，一丝甜甜的风迅速地冲进脑子里……

后来，学会凫水游玩于水里像泥鳅一样的小捞金，曾努力尝试品味一下当初挨淹的滋味，结果喝进嘴里的都是甜甜的水，再也不是又咸又苦的了，眼前也没有了那无数的小星星。回来向姚管家一学说，把个姚百里笑得前仰后合，瘦瘦的喉结捣蒜似的直摇荡，这熊孩子，这熊孩子，哈哈哈哈……

长工头儿王三秃子乜斜着眼，右手又黑又大的食指狠狠地戳在他的脑门上说，这叫腚眼子上拔罐子——尽作（嘬）死啊。不听话的东西！

小捞金笑得嘎嘎的，河水不收我，想死也死不了了。

这是小捞金印象最深的一件事。

3. 干爹是个长工

但是，他跟谁都没讲他是怎样学会的凫水。也许只有厨娘赵四婶子知道这个小东西是如何偷出去高粱秆子锅盖跑到河里疯去的。

孩子毕竟是孩子，记吃不记打的货。自从小捞金被王三秃子踢出水面捡得一条性命，这不知死的货竟然迷恋上那湾河水，好像那里有他特别向往而极感兴趣的东西，比四婶子氽的羊肉丸子还香还诱人，比姚先生的故事还蛊惑人。晌午太阳白得发黑的时候，他赤着脚光着脊梁偷偷跑出去，顺手拿走了四婶子刚洗刷干净的一个高粱秆子钉成的大锅盖，和几个长工的小子有说有笑地消失在高岗的树林里。晌午刚过，晒得黑不溜秋的小捞金回来了，脸上的笑容像抹了层厚厚的粉直往下噼里啪啦掉。

三秃子立在门口边的荫凉里伸着长长的懒腰，边哈欠边问，小捞金替四婶子刷锅盖去了？

小捞金把那大锅盖放回原处，腆着个脸抿嘴笑而不答，泥鳅般的从三秃子胳膊下钻过去。

三秃子用手指一刮，黑黑的脊梁上留下了几条白的瘆人的道道儿。三秃子瓮声瓮气地说，不知死的小玩意儿，又偷着下河了，小心成了小王八。

小捞金叽里嘎啦地笑起来，谁跟你似的，旱王八，不会水，空长了这么个大个儿。

三秃子蒲扇样的大手抡过来，看着就要落在那又黑又瘦的后背上了，小捞金一个骨碌翻到炕里去了，冲着三秃子呲着两排白白的牙齿，三叔没打上，三叔没打上。

三秃子停住了蒲扇说，作死的货，早晚喂了王八。就坐在炕沿上呼呼地卷起又长又粗的旱烟来，不再理会得意扬扬的小捞金。

五赖子懒懒地横在炕梢，看着他们逗弄，嚷嚷道，闹腾个球咧，叫花子谈弦子——穷屌乐呵呢，野狗逗家猫——穷捣鼓棒槌哩。

三秃子正要打火镰点旱烟，听见五赖子不满地数落他们，翻了翻眼皮，重重地吐了口浓痰说，瞎子逮蝈蝈听你的音儿吧，小捞金的裤裆没撑破吧，咋露出这么个玩意儿？

小捞金一个鲤鱼打挺坐起来，揽住了三秃子的脖颈，快言快语地说，三叔，我的裤裆爬树爬破了呢。两人呵呵地笑起来，很开心的模样。

五赖子显然被这俩人算计了，吃了亏，急眉火眼地翻起身，对着小捞金直翻白眼，嘴里的声音大起来，小兔羔子，老子捶死你，我。

三秃子立起身，小捞金被驮在三秃子宽大的后背上。他觉得三秃子的后背在嗡嗡作响，原来是三秃子在瓮声瓮气地说话了，你敢，赖子，动下试试，捶不死你！

五赖子眨巴眨巴眼，一扭身又歪斜下去，声音小下来，操，有他娘的干爹护着哩，小崽子有他娘的好干爹哩。咱大人不跟小屁孩置气，哼。鱼找鱼虾找虾，货郎鼓子（青蛙）不找癞蛤蟆。最后赖五竟唧唧哼哼地唱上了。

扑哧，把个王三秃子给气乐了。

小捞金却不饶口舌，乖巧地趴在三秃子后背上冲着赖五得意地仰起小脸奶声奶气地喊，干爹就干爹，三叔再孬，也比个癞子好。赖子是癞蛤蟆，癞蛤蟆，臭癞蛤蟆！

赖五一挺身，急急地挠挠脑袋上东一片西一片疙疙瘩瘩的癣印，小兔崽子，找死啊，再喊，老子捶死你个狗蛋儿！急眉火眼地往前冲去抓小捞金。三秃子一扭身，小捞金滴溜溜地转过去，跳下来风似的跑了。

赖五倚在门框上望着满院子白花花的阳光，冲着已经没影的小捞金背影说，晚晌儿收拾你，小兔崽子，等着吧。

小捞金真正想得神啊魔的认作老师的一个，是胡家大院管家、账房先生姚百里。王三秃子再怎么罩着，四婶子再怎么疼着，小捞金也觉得他们可以成为他的干爹干娘，但却不能让他心满意足。

在这个胡家大院子，他心目中总觉得只有姚管家才有当他老师的份儿，才能给他无穷的希望和向往。为啥？小捞金不会像数装粮食的口袋那样说出个子丑寅卯，也不像说道胡家大大小小牲口怎么个毛长毛短、肥了瘦了那样理出个东西南北，反正他对姚管家心里崇拜得很，谁让他懂得那么多事呢，关公张飞啊，包公狄仁杰啊，梁山好汉岳家军啊，等等等等，脑袋瓜子里不知有多少别人不知道的事，嘴巴里有多少别人划不来的道道儿。只要姚管家一张嘴，一瞪眼，小捞金就服服帖帖的，只有听的份儿了，叫他往东他绝不会像三秃子那样往西，叫他撵狗他绝不会像赖五那样撵鸡。不仅仅是他服，小伙伴们都服姚管家。再怎么皮，怎么疯，只要姚管家一声吆喝，小捞金他们就会立马停止折腾乖乖地围拢到姚管家面前去干活——去放羊去扫院子去择苗去薅草锄地，把个长工把式头儿王三秃子气得直翻白眼：这帮浑小子真是的，真是的。说着说着直咂牙花子，仿佛那后槽牙里塞满了草料渣儿，永远也咂不干净似的。小捞金他们就学着三秃子咂起牙花来，只听得满院或满地牙花响，像开了一院或一地的牙花酱，乐得赖五一帮长工满脸笑，三秃子赤脸突噜地干号句，兔崽子们，反了天哩，看不叫姚管家治你们。接着是冲天价响的哄笑，把个院子或庄稼地一时铺盖淹没起来。

姚管家就是神。不忙时，傍黑饭后小捞金他们就会围拢过来，缠着姚管家央求讲古。三秃子赖五他们也会耷拉着胳膊站在旁边摆出一副事不关己的样子，其实他们比孩子们更喜欢听姚管家包公狄公断案、岳家军抗击金兵的章节，更关心案子或战事到底有什么进展有什么结果，听听古事总比去屋里挨那长长的枯燥的夜要好得多吧。姚管家拗不过，就会坐下来，坐在小捞金用袖子或手擦了好几遍的马扎或小凳子上，清清嗓子，理理纹丝不乱的头发，拉拉干净又光亮的马袄或裤子，眼睛瞅瞅小捞金及孩子们扑闪扑闪的眼睛和仰着的小脑袋瓜子，笑模笑样地说道，好吧好吧，咱接着讲段，听完了早点歇着，不能耽误明儿的活计哈。此时四婶子就会从厨房里端出一壶开水冲进姚管家的茶壶里，哈哈腰说，姚先生，先喝着，我再去热。姚管家轻轻颔首，摸摸坐下来的孩子的头，最爱摸的就是坐在他脚下的小捞金的脑袋瓜儿，轻轻一拍，惊堂木似的，步入主题，下边就开讲了。

小捞金最喜欢姚管家的这一拍。这轻轻一拍，既是故事的开始，又像是拓开他记忆的大门，把那古远的故事、传说如功力深厚的武林高手传授真气似的立即将昨天的前天的大前天的情节很好也很有力地衔接进去，使小捞金的脑海里有了孙猴子、御猫展雄风、岳家军、杨家将的形象——云啊雾啊兵啊将啊呼哧哧地全奔涌上来，刀光剑影嘶喊嚎叫喊哩喀喳地全奔涌开去，把个小脑袋瓜儿充斥得满满当当的。一个梦下来，天就亮了，让小捞金舒舒坦坦地睡着，以至于小脚丫被赖五梦里咬疼都不觉。

这是小捞金印象最深的第二件事。

4. 进了账房

小捞金觉得自己是个幸运儿。

他虽然不知自己的爹娘是谁，真姓是姓张还是姓王，只知道他为什么姓常，而不是姓别的什么，但他是快活的。这些快活源于东家胡长顺对他的不打不骂，源于长工们尤其是长工三秃子的照料和看护，还从河水里救了他一命，源于厨娘四婶子偷偷从笼屉里拿出块热腾腾的高粱饼子或红薯来及时填饱瘪瘪的肚皮，更源于姚管家姚先生从一大堆淌着清鼻涕满袄袖子抹得锃亮的孩子群里把他拉出来，放到胡家账房里做小伙计。

天知道，这小子积了什么德，被姚大先生挑选出来，不再和那帮浑小子秃小子们去野地里放羊，道边上捡牛粪，弄得满身满脸满嘴的土腥气、青草味儿、羊粑粑蛋子味儿，而是收拾得干干净净地去伺候姚大先生。连小捞金也想得脑袋仁儿疼，竟也想不出何时入了脾气虽好但傲气十足、挑剔有余的姚先生的法眼，许是自己最听姚先生的话，许是自己最能及时明白姚先生的故事，许是自己最能替姚先生办事，许是……小捞金习惯地摇摆了几下头，把那些恼人的“也许”轻易就晃荡没有了。反正姚先生挑上了他，以后就乖乖听话、办事就得了，想那么多又能怎样呢。

小捞金一想到马上就能跟在姚先生的屁股后边就美得笑出声来。

姚先生响亮亮地拨弄算盘珠，蘸着又黑又香墨汁的毛笔在先生的手里像四婶子和面、炒菜时炒勺飞动一样谙熟而惬意地游走，白展展的纸上立刻横平竖直地躺着好多好多的字，瞪着黑黑亮亮的眼睛朝小捞金扮鬼脸。小捞金其实最喜欢的就是这墨香和算盘珠脆生生的响声了。原来一走过账房，就会情不自禁地近乎贪婪地用小鼻子猛吸几口，生怕错过了那浓浓的香味，同时两只耳朵快速地支棱起来，仿佛被什么拉扯长了似的，生怕丢掉了那噼里啪啦的有节奏的珠子响。他常常想，姚先生房间的滋味要比四婶子房间里的受闻，虽然四婶子炒菜的香味风一样地弥漫了整个村庄，熟透了的饭食热气小手般勾引得他肚皮里直叫唤，但他更爱闻爱听姚先生云一样的墨香和小手挠心般的算盘珠响。他只是觉得那响声和味道有种说不出的感觉，是远比铲子落在铁锅上单调的吱吱啦啦声动听得多，是远比猪肠汤的臊气清亮得多。一想到如此近距离地去品尝那墨香那珠子音，小捞金不禁流出一道亮亮的细细的哈喇子，比过年吃了猪耳朵猪尾巴还过瘾，还舒服。

三秃子揪着小捞金的耳朵细细地说，儿啊，姚大先生不好伺候的，万事多长个心眼儿，勤快些。蒲扇般的大手轻轻抚摸着小捞金的黑头皮，满脸的疼爱和羡慕，也充满感激地感叹道，遇上好人哩，遇上好人哩。小捞金乖巧地点点头，口里不停地应着知道知道。四婶子端详着小捞金黑葡萄样的眼珠，嘴巴上下急速地翻动，脸上挂满了一千个不放心、一万个不放心的表情，念经似的反复叮嘱道，手脚麻利着点儿，别瞎摸瞎碰的，姚大先生干净得很哩。千万别像陶老歪的侄子陶二娃子那样不知天高地厚的……

陶二娃子是先被放到姚先生账房的，跟班学习，因为在地上滑动算盘子玩，用毛笔在纸上画兔子，被姚先生用铁戒尺打肿了右手撵到牛栏里去了。小捞金很清楚地记得姚先生是怎样被气得满面通红又怎样抡起戒尺狠狠敲打那不听话的陶二娃子的手的——记吃不记打的胚子，放羊去！陶二娃子一脚被踢在院子里，满脸的泪水满脸的委屈，也落了满脸的泥土。

小捞金看到姚先生爱惜地拿起枣红色的算盘子用那块白绒布轻轻拭擦起来，擦了好久，边擦边往那片枣红色上哈气，嘴里不停地嘟囔着什么，好像把对陶二娃子的不满从胸间用舌头、口腔慢慢咀嚼似的，脸色随着上下嘴皮的嚅动而变得白润与平和起来。放下擦得锃明瓦亮的算盘，姚先生又捡起了被陶二娃子糟蹋成了张飞的胡子——扎里扎煞的毛笔，先是放到清水里涮了几遍，用手指轻轻抚平抚正，既而放到嘴里舔舐起来，动作轻盈而熟练，好像那毛笔是他的什么宝贝似的，神情恬静，生怕不经意，那笔会长了翅膀飞走或蔫死过去。

小捞金感动了，被姚先生的专注和执着感动着。他怎么也不会想到那算盘那毛笔怎么这样被姚先生看重啊，东西再好也是个物件儿，坏了可以再置办新的，胡家大户不缺钱，姚先生也不缺支配的钱。只要他愿意，手指缝里漏几个钱，就够买一大把毛笔的。也就是那个时刻，小捞金恨透了陶二娃子，恨透了糟蹋了物件儿惹得姚先生那个样子的好伙伴儿。陶二娃子啊陶二娃子，挨的打——轻！姚先生该用尺子敲碎陶二娃子的脑袋，把他那条又粗又黑的辫子给扯断，省得他拿自己脑后那条又小又细的短辫子喊猪尾巴猪尾巴玩儿。臭陶二娃，破陶二娃，烂陶二娃。乖个屁！好个球！

陶二娃子长着一双机灵的眼睛，眨巴眨巴的，透出爽快聪明，那嘴皮子更厉害，能说会道的，对胡家大院的事知道的最多，说起某人某事来添油加醋的，可谓滔滔不绝，眉飞色舞，极富感染力，嚼巴的嘴角子流白沫。说三秃子原来不秃，是被李家洼的东家李大福给薅扯的，成了花花搭搭的盐碱地。亲叔陶老歪原来也不歪，是给当兵的用枪托子和东家李大福用铁拐杖把胯骨砸伤了，走起路来才别别扭扭的。见小捞金不信服，就眨巴眨巴眼，说开了——

前两年，李家洼东家李大福派三秃子和陶老歪去古皮城买牛，口外的牛虽然没经过打落，野性十足，但价格比本地的黄牛便宜，个儿也大，是好牲口。三秃子他们买了五六头口外的大牲口往回赶，道上遇到了从天津卫被东北张大帅打败而退下来的蒋总裁的兵，见三秃子、陶老歪年轻有力气，就拉了壮丁，把几头牛也赶上跟着队伍往南撤。三秃子跟胡立岗村的管家姚百里和一个长工趁人不注意脚底下抹油跑了。他们也是来买牲口被当兵的截住、抓了丁。原先几个人对口外的牲口有说有笑地评价着，结果，被人不由分说地拴在一起往南赶，把姚百里兜衩子里的银圆也给没收了。陶老歪稀罕牲口，舍不得跑，跟着牲口高一脚低一脚地混在队伍里，希望什么时候得个机会把牛弄回来。三秃子回来跟东家一说遭遇，东家李大福把脑袋拨浪得像个货郎鼓说，被抓了壮丁岂有跑出来的？我的牛，我的钱啊……

胡立岗姚管家证实此事是真的，不是他把钱偷塞几块给一个小个子兵，那人在捆绑时给姚百里系了个活扣，说什么也不会有跑出来的可能……陶长海怜惜牲口，不肯跟着逃跑……秀才遇上兵有理说不清哪。捡条命回来就烧高香，阿弥陀佛吧！

等胡立岗姚百里他们一走，李大福恶狠狠地杵着铁拐杖对三秃子说，跑了和尚跑不了庙，牛钱你得赔。谁叫你们不长些眼力见儿，净往阎王爷蛋子上撞呢。

三秃子长嘘短叹也没办法，心想反正半年的工钱都没结呢，随东家算去吧，到头来也剩不几个钉嘎啦儿。

李家有三宝：东家的铁拐杖、大红公鸡和霸道的少爷。东家的铁拐杖是说李大福时刻不离手的拐杖，不是什么木头的，而是一柄伪装的剑，平时拄着是锃亮的拐杖，拔出来就是把锋利的剑——铁身子，铜脑袋，拐弯的丝脖子。剑鞘是厚厚的铁皮做的，头上裹着层厚重的铜套儿，拐棍底部是被几层丝布缠得死死的把手，也就是剑柄。无论是铁皮还是铜脑袋，敲在身上能把骨头震碎。不听话的长工几乎都品尝过东家铁拐杖的厉害，抽在身上生疼，杵在身上梆硬。大红公鸡是东家的得意物，不仅高昂着头颅叫得响亮，而且能够看家护院，爱用尖尖的喙啄人，狗一样的听东家和少爷的话，叫它啄谁就啄谁。一般人进不得东家住的里院，那东西飞起来直啄人的眼睛，钢爪子一样的爪子好厉害啊。少爷李有德年岁不大，却是个天不怕地不怕的小霸王，霸道得很，看谁不顺眼，就告诉他爹抡铁拐杖，或喊出大红公鸡去啄……这三件宝贝啊，李家长工深受其害，也深知厉害……

三秃子窝着一肚子火，扣钱不打紧，大不了闹个白干，但东家就是不信他被抓丁死里逃生的话，连胡立岗胡家大管家姚百里的话也当耳旁风，更不问长工陶长海的死活，一味地认为是他不小心丢了李家的财……三秃子越想越憋气，把个饭碗里的稀汤喝得吱吱响，好像那碗里有道理一样。

大红公鸡悠闲自得地迈着四方步走过来，见三秃子吃饭不出好动静，非常奇怪，非常怀疑，也非常气愤，就炸起漂亮的羽毛飞到三秃子的脑袋上一顿乱啄……

三秃子那个气啊，东家欺负人不说，带毛的还不依不饶，就气急败坏地把大红公鸡摁倒在地上，恶狠狠地撕扯起飞腾起来的公鸡毛，嘴里呼噜呼噜地嚷——叫你欺负人，叫你欺负人！

三秃子解了恨，也作了大业。

谁不知李家的三宝，三个祖宗之一啊——大红公鸡！

东家李大福一声怒骂，把狗日的毛也拔干净喽！

嘁哩喀喳，在三秃子鬼哭狼嚎里，满头的黑发被东家手下残忍地薅扯干净了……乐得少爷李有德蹦着高地哈哈哈笑。

此时，一瘸一拐赶回家的陶长海咕咚跪在了东家面前，哭喊着饶命。陶长海一身血污，满脸的泪水，精神恍惚地喊着牛啊牛，都叫狗日的给宰了吃了……东家李大福抡起铁拐杖，锃亮的铜脑袋狠狠地杵在陶老歪没伤的右胯上——歪东西，滚!

陶老歪歪歪斜斜地搀扶着满脸血迹的三秃子离开了李家洼……

胡家东家一听他们的遭遇，长长地叹了口气，眼睛一明一暗的，收留下了他们。看三秃子是把侍弄庄稼的好手就提拔做了工头儿，陶老歪稀罕牲口，就安排到了牲口棚……人们记不得他们原来的名字，就叫他们三秃子、老歪……

陶二娃子不仅能白话，也会好多爬树套知了擒蝈蝈捉蛤蟆逮鱼的本领，别看只大小捞金两三岁，却是众多小长工里最有眼力见儿最能干的。小捞金很喜欢和他玩耍，觉得在整个胡家大院除了姚先生能说，就是陶二娃子最能耐了。

陶二娃子变着法地带着大伙儿玩，即使用柔软的茅草茎在地里顺着针鼻大的小眼儿往上钓小吊丝虫，也能给大家带来无穷的欢乐。这种小把戏是先找到小吊丝虫的窝，把细细的茅草秆儿慢慢插进去，躲在土地里的小虫闻到茅草甜味，就会贪婪地叼住草茎，轻轻一拉，那肉乎乎白胖胖的小家伙就被钓上来，叼着草茎直晃荡，惹来一阵欢笑，更不用说打陀螺、扔破鞋、藏猫猫、顶牛儿等有技术含量的游戏了。陶二娃子懂得真多，每样游戏规则都白话得有滋有味，并耐心地手把手地教给大伙儿，一块玩一块乐呵。小捞金、铁虎子、三尖子、四笊篱、六顺子一群孩子都待见和他在一起。在这群长工的孩子中，小捞金是最笨的一个，怎么努力，也总是落在别人后边老大一块，以至于两军对垒玩游戏时，都不愿和小捞金做搭档。陶二娃子瞥拉瞥拉小伙伴们，然后义气地拍拍胸脯说，我看小捞金好，你们不想跟他一边，我愿意。照样玩死你们！

结果，有了陶二娃子的帮衬，小捞金也会在一阵嘁哩喀喳的游戏里获胜。因此，小捞金高高兴兴地管陶二娃子喊头儿。

小捞金一进姚先生的账房就嗅到那股浓烈的墨香，兴奋得眼睛直闪泪花。他觉得那墨香是生着手脚的。它们从墨池里、墨瓶里抑或墨石里伸出手来直扯他的鼻子，顺着他的身体直走到他的心里，然后咕咚咕咚地跳进他的血管里，跟着鲜红的血慢慢地流遍整个脉络。沾了墨香的血液就会散发出诱人的香气，顺着汗毛孔、头发丝又跑出来，弄得他浑身香香甜甜的，使他变幻为一滴浓香的墨汁。不容姚先生说话，他就拿起扫帚轻轻地扫起地来，他扫得很慢很轻，好像过年时擦拭东家屋里的佛像一样虔诚，生怕一用劲把亮光光的釉子给抹掉，又怕扬起的肉眼看不见的尘土眯了先生的眼。接下来是用一盆清水洗了块白毛巾，慢慢擦弄起桌椅橱柜，擦弄几下，就去洗净毛巾，轻轻拧干，再去擦。到了那个枣红色算盘时，他乖巧地拿起姚先生放在桌角的白绒布，轻轻整理起算盘框边、算盘珠、算盘档、算盘柱，学着姚先生的样子边擦边不停地往算盘上哈气。毛笔已被姚先生收拾利索了，放在山字笔架上，小捞金还是轻轻拿起来，在洗砚池里涮动几下，用两个手指轻盈盈地顺顺，然后又学着姚先生把毛笔放在口里舔舐起来，最后看着毛笔润朗而顺贴了才放到山字架上，抬脸看看站在窗下的姚先生，说先生坐吧，收拾利索了。

姚先生轻轻咳了声，倒背着手踱过来，顺眉顺眼地看了小捞金一眼，轻轻点了点头。小捞金刚才的一行一动都装进他的眼里。他心里很满意。看来自己这次没花眼，挑对了人呐。他觉得小捞金擦拭算盘和洗弄毛笔的姿势和步骤很熟悉，又不能想出何时教给了这个可怜的小家伙，张了张嘴想问又紧紧地闭上了。他出神地盯了会儿恭恭敬敬站立的小捞金，还是把手伸过来轻轻摸了下他的头，好啦，端茶去吧。

姚先生账房里除了一册册摆放整齐的账簿，就是那些散发着同样墨迹独特香气的书籍了。小捞金开心得要死呢，拿着个鸡毛掸子一层层打扫，折腾欢了。先是把书轻轻搬下来，一本本翻弄着，鼓起腮帮子用劲吹着或有或无的灰尘，那些书页不停地翻动着，像一双双小手撩拨着他的眼皮子，让他心花怒放，仿佛是久违的老朋友不断地问候着他。他只知道这些叫书，而不清楚那里面到底讲述着什么情节。后来他知道了，原来姚先生讲的那些花里胡哨的东西都是来自于这里面的，它们怎么爬进姚先生的脑子里又从他的嘴里跑出来，当时简直是个猜不透想不出的谜。后来，他知道只有读了书，才会有那么深的知识来炫耀来吸引人。书可是个好东西，比东家胡老爷的地还好。他干得热火朝天，把书橱里里外外擦洗得干干净净，利利索索，透透亮亮的，好像只有这个样子，才不屈它们放在那里，才能散发出更醇的墨味儿来，才配得上姚先生。

小捞金在众多书籍里发现一本画有两个大胡子的外国人，叫马什么什么，他只认识这一个“马”字。那两个外国老头的大胡子比起胡家大院主事潘驼背儿潘老头的要黑要短，他想原来外国人也喜欢留大胡子啊。他好奇地翻动了几遍，除了大胡子外国老头，就只有一把锤头和镰刀搁放在一起的画儿，里面再没有了图画，只有些他不认识的字。后来再找，想问问姚先生那两个大胡子外国人是哪路神仙，就再也没找到。看来先生喜欢，精心放置了，也没敢问。

当姚先生从天津卫回来时，小捞金几乎把个账房倒腾了三遍，窗明几净，满屋子的书香墨香飘荡在阳光里，砖缝儿里的瓜子皮，墙旮旯里的蜘蛛网早已无了踪影，亮亮堂堂地直闪人的眼睛。姚先生不露声色地倒剪着手在屋子里踱了几趟，用手指轻轻划过书的边背，抽出一本放在鼻子下闻了闻，回头问跟着的小捞金，喜欢这些吗？小捞金扑闪扑闪眼睛，极其向往地说喜欢喜欢，我不识得它们。姚先生咧嘴笑起来，用书本轻轻地敲打着小捞金的脑袋说，先生教你，先生教你。哈哈哈……

这是小捞金印象最深的第三件事情。

5. 四婶子做了支猪毛毛笔

写字，拨弄算盘珠，在姚先生手里跟闹着玩似的，但到了常捞金手里比不得平时玩得上下翻飞甩得噼啪响的羊鞭，也不像弄水凫水使整个身体如鱼儿一样溜滑圆润来得那么便宜和轻巧。仿佛被施了魔法，那支轻轻巧巧的毛笔和浑圆的光泽诱人的算盘珠比一袋子棒子粒、高粱米还沉，怎么弄也不会乖乖地听话。小捞金恨死自己了，怎么这么笨呢，简直是笨得要死的货，癞蛤蟆想吃天鹅肉哩。喜欢归喜欢，看着容易做起来难啊。不争气的泪珠儿爬出眼窝儿，背地里没少用戒尺敲打自己的手，现在手还肿胀着隐隐作痛。小捞金觉得自己窝囊废一个，看着那些字啊、算盘珠啊跟自己捣乱似的愣是没法治，只能恨自己笨得出奇。姚先生倒不着急，一副不慌不忙的神气：一口吃不了胖子，心急吃不着热豆腐，慢慢来慢慢来吧。疼爱地拍拍小捞金的头。这孩子感情是个急性子呐，哈哈哈哈。好苗子，好苗子！

小捞金可不管姚先生的夸奖，着了迷样的用树棍在地上练习，或蹲或站，全凭着木棍的长短而进行，怎么写横有力，怎么写竖有劲，怎么画钩才漂亮，怎么个笔画清晰不拖泥带水，反正除了吃饭除了伺候先生外，做梦时小捞金都在琢磨横平竖直，这是东那是西，这是天那是地的……

四婶子见小捞金迷迷瞪瞪的神色，再瞅瞅紧巴巴的小脸蛋，可怜地淌出了一滴泪，赶紧把老爷剩下的半块羊肉馅包子塞进他的嘴里说，姚先生屋里有什么神仙呢，把个孩子迷瞪的，唉。

赖五龇龇黄板牙，顺便挠了挠丑陋的瘌痢头，不咸不淡地说，学着写字咧，小兔崽子想当大头鹰，装什么大瓣蒜哪！可惜了那么香的包子。既而馋得什么似的吧嗒起嘴来。

切，像你那样好啊，吃货。四婶子白了赖五一眼，扭着腰走了，两瓣肥肥的屁股一扭一扭的，像绽开了两瓣花。

赖五被扔在天井里，盯着四婶子的水桶腰和肥屁股发呆，眼睛直勾勾地发出贪婪的光芒，恨不得扑上去把那两块香甜诱人的肉瓣吞下去才满足。

傍黑吃饭的时候，四婶子神神秘秘地从怀里掏出一个物件，满脸凝着笑递给稀溜稀溜喝汤的小捞金。小捞金低头一看，是四婶子用竹筷子把好多猪毛捆成了一只又黑又硬的毛笔。

蘸上水当笔用吧，比木棍好使多了。四婶子鼓励地看着吃惊的小捞金。

小捞金知道四婶子心疼自己，她是用尽了午觉的时光一把一把将猪毛理好攒成包扎的。其用心和辛苦是无法言说的，不是疼爱，不是欣赏，是绝不会花费如此的功夫弄这样的事的。小捞金觉得眼里潮乎乎的，揽住四婶子的水桶腰喃喃起来，好四婶，好四婶，谢谢你！

王三秃子兴奋地把饭碗很响地墩在地上，拍拍胸脯冲着小捞金豪气干云地说，冬日里干爹到岗上给你弄条狐狸去，狐狸毛做毛笔最好。

赖五伸伸坐麻的腿紧咽了几口饭，冲着四婶子和三秃子撇撇嘴角说，夯货玩意儿，毛笔最好的是狼尾巴尖尖儿上的毛，懂个球！小捞金叫我声干爹吧，老子给你弄匹狼去。

四婶子用力挖了赖五一眼，你就是条大尾巴狼。苍了毛的大尾巴狼！

对，还弄狼，狼弄你吧！三秃子跟紧应和了一声。

赖五眨巴眨巴眼，小捞金是你的爹啊。呵呵呵。随口呼噜呼噜地喝起汤来，那话也变得乌乌涂涂起来，乜斜着眼看着三秃子的头皮很不服气的样子。

三秃子说看吗看，小心把你个赖胚子当大红公鸡择巴喽。

赖五呼地喷出口饭，拍拍屁股走了，回头扔下句：给你一铁拐杖铜脑袋，就不嘚瑟了……

三秃子举起手恶狠狠地冲着赖五直挥拳头……

有了猪毛毛笔的小捞金开心得不得了。姚先生账房的青砖上便留下了随灭随亮的字迹，清亮而湿润，润朗而清洁，把个屋子弄得水灵灵的。书香味墨味就更浓更酽了。

这是小捞金印象最深、兴奋异常的一件事情。

6. 赖五是个坏种

发现小捞金在青砖上龙走蛇行肆意写画，拼命享受着写字带来的那份惬然那份自得的情景，姚先生是几个月后才用脚先探出来的。

刚进冬，各村佃户送租子送补欠的忙得他喘不过气来，屋子里还没生火，脚下有些凉意。轻闲的功夫，姚先生倒剪着手习惯性地踱起步来，一不小心险些儿滑倒。多亏了小捞金在后边赶忙托住，才不至于闹个趔趄。低头细瞧，青砖上隐隐铺了一层刚劲有力的霜字——大风起兮云飞扬，威加海内兮归故乡，安得猛士兮守四方……驾长车，踏破贺兰山缺。壮志饥餐胡虏肉，笑谈渴饮匈奴血……他狐疑地看看小捞金，小捞金连忙向姚先生鞠躬，先生，对不起，我不该在砖上写……

姚先生用脚轻轻点着砖上的字，轻轻地跟着念起来，天将降大任于斯人也，必先劳其心志，饿其体肤……好，好字！抬起脸时已是满面的赞许，这小子，这小子毛儿的，哈！

转过身打开桌子抽屉，从裹包严实的纸套里摊出两支毛笔来，品味了半晌，有些不舍，又有些凛然大气、响响亮亮地开口了，小捞金啊小捞金，用这两支吧，用过的，不嫌弃哈。小捞金不好意思地脸红了，嘴里喃喃着，先生莫怪，莫怪。砖上……

姚先生很是赏识地拍拍他的肩头，也难为你了，孩子。眼窝里顿时热乎乎起来。随即冲门外大喊起来，赖五赖五！

赖五抱着一捆子棕黄的毛纸进来的时候，小捞金终于明白了姚先生的用意。以后啊，就在这纸上写吧，墨汁随便用。小捞金眼里是个慈眉善目的姚先生。他激动得什么似的，竟呜呜咽咽地说不出话来。哎，别价啊，抹眼油的不是好孩子，把屋子收拾得干干净净，没糟蹋东西，算是奖赏你的。姚先生说得很轻巧，也很赞许。

赖五说算你兔崽子有造化，大先生准许的，可不容……易……

两行热乎乎的液体夺眶而出。小捞金深深地向姚先生鞠了一躬，感激而感动。

过几天，生了火，搬这小跨间住吧。管好火，管好账……姚先生爱惜地拽了拽小捞金那根细小的辫子，动作轻柔，包含了几分的体贴。姚先生是不轻易逗弄孩子的，更不喜欢摸弄孩子的头发啥的。

这么亲热，算是最大的恩典，也说明真的很喜欢这个孩子。省着些油吧，早睡早起。

给男孩儿留辫子是这地方的老习俗和讲究，不是清朝强迫男人必须留辫子的说法。说留了辫子好养活，像个闺女似的，因为闺女命贱呐——留辫子，辫子留，阎王见了也发愁；长辫子，辫子长，大鬼小鬼不追账。有的是说法和流行语呢。据说十六七岁上，男孩子的辫子就不再留了。也有留着的，但这种情况毕竟太少了。小子金贵不好养，很多人家就给男孩子留辫子，或者给小子蛋子起个闺女名字，叫枝儿、娃儿、丫头什么的，怪好玩的呢，也透出大人们对孩子的一种爱护。常捞金留辫子，属于一方水土养活一方人，算是入乡随俗了。大伙儿稀罕他，觉得这孩子挺懂事也讨人喜欢，再苦也不能把他当外来户对待着；再是东家也希望这孩子能健健康康地活下去，成为胡立岗的人。常捞金很是看重自己的辫子。他的辫子很细小，也黄了吧唧的，比起铁虎子、二娃子、三尖子、小立东他们又黑又粗的辫子来，显得可怜兮兮的。常捞金留得晚，不属于胎毛，属于后来的讲究。第一次看到男孩儿们留着小辫子时，常捞金还偷偷地乐了人家半天。当他听说了这种风俗与关切和爱护有关，再细细观察同伴们脑后的小辫子，觉得自己挺另类的，也很孤单。干爹三秃子给小捞金剃头时特意地留住一撮圆圆的头发，笑嘻嘻地拍拍留出来的那块头发念叨，叮叮当叮叮当，秃蛋光秃蛋光，打周仓，周仓戴着铁帽子，敢和老爷喝灶子。秃蛋胎秃蛋胎，不长虱子不长灾，小鬼见了也溜边儿。又歪过脸盯着小捞金说，秃小子留长毛，阎王见了只管逃。哈哈哈哈。头发就留起来了，虽然短小，也不粗壮，但他爱惜得不行，心里对三秃子充满了感激之情，对那片头皮充盈起美好的希冀，盼着快点儿赶上陶二娃子、铁虎子他们。至于什么时候去掉，他只有听从大人们的安排了。

嗯。好好学吧。看看姚先生抚弄小辫子的手，温暖有度。小捞金明白姚先生是怕他熬夜刹不住车，拖垮身体，而不是舍不得那几两油。他坚定地点了点头。

这是再让他高兴不过的事情了。比过年节吃碗红烧肉还高兴，比东家老爷赏他一身干净衣服还高兴，比三秃子背着他坐飞机还高兴，比看到赖五头上癣痒起来龇牙咧嘴用头顶着地喊娘还高兴……除了这种事让人高兴，心里痛快，好像没有比这件事更令人高兴的事了。小捞金把小拳头举得高高的，双腿蹦将起来，嘴里发出一声很响亮愉快的呐喊，嗨——这当然是在没人的牲口圈里表演的。反正，他心里痛快极了。

逃离了那三间昼夜都散发着臭汗臭脚丫子气味、臭虫苍蝇蚊子跳蚤虱子四季昼夜地轮流值班叮咬的长工大屋，是多么惬意的梦想啊。他做梦都不会想到会轮到他的头上，无论白天洗泡多长时间，只要待一晚上就会从自己身上从小伙伴身上闻到那股驱不走的臭气，还有皮肤上被那些小东西们叮咬的痕迹。他讨厌这气味，讨厌这疤痕，但他没有一丁点儿办法。

他很怕那个屋子。那个曾经给他温暖给他睡梦的屋子里有许多的黑暗有许多的不宁静，有许多的不顺心和腌臜。临睡时和小伙伴们打打闹闹的情景最开心，但总是被大长工赖五的吼叫和他的撕皮捋肉的巴掌作为休止符来结束那份快乐，只好瞪着眼看黑黢黢的屋顶，想自己开心的事。半夜时分，身边的赖五热烘烘地支起被子抖抖嗦嗦地在里面忙活什么，嘴里愈来愈大声地呻吟着，呼出的臭烘烘的热气顶得人鼻腔子疼。天天有噩梦做哩，不心静。小捞金嘟嘟囔囔地边唠叨边迷迷糊糊地歪过身子睡去。

白天个干活时，三秃子们就扑哧扑哧地笑话赖五，砍椽子哩砍椽子。赖五红脸突嘟地挠挠瘌痢头，口吃起来，有臭虫、跳……

蚤……小捞金不懂什么是砍椽子，就禁不住问身旁的李大傻子。三秃子急眼巴瞎地说小孩子不懂莫瞎口舌。臭虫叮了蛋了，懂不?

小捞金低头看看裆部，很纳闷多大的小鸡啊，要臭虫来叮，屁股肉多才是它们喜欢的地方呢。

李大傻子就会用玉米叶或高粱叶拽打他的脸，板起脸来说，干你活吧，没人拿你当哑巴卖。小捞金就想可能大人的那地方大，臭虫跳蚤们喜欢叮咬吧。

有一回，赖五把小捞金扯进他的被子热烘烘地抱起来，一个硬邦邦的家伙也热烘烘地在他身上屁股上捅咕一会儿，一股热乎乎腥臭的东西泚在了他的腿中间。小捞金娘啊一声从赖五的被子里蹿了出去，大喊赖五尿炕了，赖五尿炕了！不觉地就踢翻了炕沿下那个盛尿的大瓦罐，浓烈的尿臊气立即弥漫了长工房。

黑暗里只听见三秃子从被窝里钻出来，跳到赖五的身上噼里啪啦地一顿打，赖五捂着被子被捶得哎哟哎哟的。狗娘养的，捶死你个有人养没人调教的下贱胚子！是三秃子怒不可遏的声音。

第二天，小捞金发现赖五头上的癣破了，往外流着非红非黄的液体，脏脏的，一副可怜巴巴的样子，被子被三秃子扔到了墙角，非常威严地说，挨墙睡吧！在一片白眼里，赖五红着脸讪讪地走了，没有任何反驳的意思。

李大傻子闷闷地说，为何非挨着我呢，谁愿意挨着这滩腥货哟。

三秃子一瞪眼，你要么牲口棚睡去！李大傻子低眉顺眼地瞟了瞟四周，不再吱声。

没个好货！三秃子不依不饶地嚷，随便把那蒲扇般的大手重重地拍在炕沿上，土炕一阵哆嗦。

陶二娃子偷偷地跟小捞金说，李大傻子搂着他日弄好几回了，他叔背地里揍了李大傻子，李大傻子给了他叔半个月的工钱才了事呢。现在陶二娃子挪到牲口棚叔叔陶老歪那儿住，虽然挨虫咬勤了，总比臭烘烘地被搂抱着弄一身脏货好。

不是尿吗？啥脏货？小捞金不解地问。

陶二娃子呱嗒呱嗒地笑起来，笑得满头掉土渣子，小捞金啊小捞金，说你傻吧你不傻，二虎子巴叉的呢。那不是尿，是那个……陶二娃子从裤裆里掏出小鸡，拨拉拨拉，那东西就雄赳赳地硬挺起来，陶二娃子嘿嘿笑着，使劲一撸，小龟头瞪着眼从包皮里探出圆脑袋，陶二娃子伸出红舌头在嘴唇上一舔，羡慕地说，现在咱们小，还出不来里面的东西……知道配牛配羊不？……说着，就伸手往小捞金的裤裆里摸，吓得小捞金嗖地跑掉了。

操，赖五这狗东西！小捞金边跑边重重地吐口痰啐在地上，仿佛那地上有个可恶的瘌痢头。赖五不是个好种，瞧他平日里哼的那酸曲儿吧：伸手摸姐屁股边，好似扬扬大白绵。伸手摸姐大腿儿，好像冬瓜白丝丝。伸手摸姐白膝弯，好像犁牛挽泥尘……真恶心！

那日晌午，太阳干辣辣地瞪着眼，照看着满院子的寂静。小捞金在臭烘烘的鼾声里爬起来，想起了什么事似的，悄没声地溜向牲口棚，想是喊孩子头儿陶二娃子去粘知了吧，还是想看看刚生的马驹子怎么围着母马转圈，反正是向着牲口棚来了。太阳直直地照着，地上没有小捞金急切而无声的影子，牛自顾自地反刍着永远也不会嚼完的草料，也斜着眼珠子上下翻动，马儿喷着响鼻晃动着长长的尾巴休闲地踩踏碎步。小捞金常对着马的长尾巴想，皇宫里太监的拂尘应该就是马尾巴毛制的吧，抡上抡下的很有意思的，公公们干脆拿个马尾巴不是更带劲嘛。陶老歪和陶二娃子住的是里间，隔着冬日的牲口棚和草料房，现在是热天，牲口被拴在离牲口棚不远的敞篷子里，那间住房外有扇很大的窗户，比长工房里的要大不少，许是方便观看牲口用吧。反正是个很大的木格子窗户。

小捞金撇下牛马们往里屋瞅，布窗纱挡住了里面的情景，看不到陶二娃子是睡觉还是玩耍。他悄没声地蹭过去透过纱窗往里看。

这是间不大的屋子，有铺土炕，门口放着一口水缸，炕上卷着油渍斑斑的被筒，墙上挂满了缰绳、鞍子、嚼口、皮鞭什么的物件，没有什么可好奇的东西了，小捞金来过不知多少趟了，闭着眼都能摸出哪是牛皮弦，哪是马笼口子。

此时，陶二娃子不在屋，只有陶老歪精光光地躺在炕上，歪着身子左手激烈地运动，像是抚摸什么东西。突然陶老歪转过身子，红乎乎的脸上泛着某种快乐的表情，闭着双眼享受着什么，手里上下运动的不是别的，而是裆间那黑不溜秋的又长又粗的东西，一股白色的液体箭似的喷射出来，划着一道弧线直接飞到挂着红缨鞭子的墙面上，他接着发出一声长长的满足的声调。嗡——几只黑色的麻苍蝇迅而急地飞向那墙面，贪婪地吮吸起刚刚射落的白色液体。

小捞金赶忙捂住了伸出的舌头，红脸突噜地矮下身子向牲口棚外溜去。哎呀，这大人们……

现在可以离开那臭气烘烘的长工房，离开永远也不停止咀嚼的牛儿们，是件多么高兴的事啊。再也听不到赖五、李大傻子们叽叽歪歪的酸曲了，再也闻不到臭烘烘的臊气了，多好，多么美好的事情啊！

干爹王三秃子看到小捞金从牲口棚里出来，脸上挂满了羞愧和无奈，就清楚里面一定有鬼，兀自长长地叹了口气……他想，再这样下去，小捞金这样清纯的孩子就得糟蹋了……

7. 终于认了个梦想的好老师

胖四婶子就是小捞金的及时雨。一听说姚先生准许小捞金住进账房里，就不打招呼急不可耐地把小捞金的被褥拆洗干净了，长工房门前飘起泛着胰子香味的被面褥子里，还有灰乎乎的棉胎，如一面面旗帜飘扬在初冬的阳光里。傍黑儿刚吃饱饭，四婶子就拽过小捞金往厨房里拉。

赖五嬉皮笑脸地冲着四婶子嘚吧着，这么小的雏，可口哩，嘿嘿嘿嘿。

四婶子扬起手中的倒灰耙狠狠敲在赖五的瘌痢头上，喷粪呢，狗嘴巴烂舌头的。

活该！三秃子斜披着棉袄横在中间咬牙切齿地说，再胡吣，捶死你。

赖五摸摸被砸疼的瘌痢头，乜斜了眼三秃子，帮狗吃屎吧。老子不稀罕逗你玩。灰了吧唧地哼着酸曲走了，叽叽歪歪的。

洗巴得干干净净的，不带跳蚤不带臭虫，别污了大先生的屋。四婶子慢吞吞地从锅里舀着热水，慈眉善目地看着小捞金。洗吧洗吧，快。

小捞金感激地看着忙忙活活的四婶，心里那个甜啊，有人疼的日子是好呐。四婶，四婶……

瞧这小家小雀的，还知羞呢。四婶子见泪汪汪的小捞金不脱衣服，扔下水瓢，对三秃子说还是让你干爹给你洗吧，麻溜地，别冻了。上前推了推头皮被昏黄的灯光照得明晃晃的三秃子，麻溜地吧，把身上的衣服扔水里，换上这套吧。顺手拍拍放在板凳上的小捞金的衣服什物，扭着圆圆的屁股走了，嘴里发出快乐的声音。

搓洗中，小捞金抬起湿漉漉的脑袋问三秃子，干爹，我想认四婶子做干娘，她多疼我啊。

三秃子轻轻拍打着小捞金的后脊梁，兴高采烈起来，好啊，好啊。有了干娘，干爹就省事了。脸上泛起一阵欢乐的表情：干娘好，

干娘好，干娘就是个大乖宝儿；干儿好，干儿好，干儿就是个小乖宝儿……

王三秃子边搓洗边快活地白话着，看到小捞金白白的胸口上有块红色的胎记，用手轻轻摩挲着说，还长了块红胎记呢，小子毛的……

小捞金嘻嘻地仰起脸，说，从小就有。

王三秃子呵呵地笑着说，红胎记，胎记红，一辈子不受穷；胎记红，红胎记，爹妈留下好印记；青胎记，胎记青，把那阎王来糊弄……就和小捞金叨叨起来，中国人都有或黑或青或红的胎记，说是小孩子在上辈子跑下来投胎，一落生，一见爹娘的面，连声招呼都不打，就跑上了天，让爹娘空欢喜一场。爹娘就在屁股上、大腿上、脸上、胳膊上等地方，轻轻拧几把，留下印记。小孩子再投胎为人时，因为身上留下了人间的印记，就跑不掉啦。成了人，身上自然就带着或青或黑或红的胎记……

小捞金乐得嘎嘎的，躺在温暖、幸福里……

其实，小捞金最想认的老师是姚先生。内心想了多少遍了，姚先生给他做老师该是多么美的一件事啊，姚先生有一肚子学问，教自己认字，拨弄算盘，如果是老师，做起这些事来就会得心应手，更用心用力。也只有真心疼爱他的老师，才会手把手不厌其烦地教字识数。你说去哪里找这样的老师来细致耐心地点拨呢？这种关爱一定比四婶子的热水温暖舒服，也一定比三秃子的大手搓揉掉身上的泥清爽舒心，而且要舒服舒心多少倍呢。

因此，小捞金很用心地去伺候这个给自己房间给自己学问的心目中的老师，不允许自己哪怕一丁点的不小心。

过年了，整个胡立岗村弥漫在浓浓的年味儿里。

胡老爷拄着乌黑锃亮的拐棍被前呼后拥地围在高大的门楼前。

一副红彤彤的对联工工整整地贴在新刷的大黑门上，左侧是“农夫勤来早”，右侧是“胡家春长在”，横批“美景永存”。

哈哈哈哈，写得好，写得妙哇。姚先生大才啊，这笔篆字神了！白色狐狸皮鼈上是张笑开花的胖脸，写满了知足，也写尽了感叹。

姚先生谦虚地摆摆手，老爷过奖了。不是不才写的，是你捡来的常捞金的功夫啊。

是吗？胡老爷很是惊诧，忙四下里寻找起常捞金来。

老爷，献丑了，是大先生不辞辛劳教给小的的。小捞金从姚先生身后转出来唯唯诺诺的，低头答礼说，是先生的功劳，先生的。

哈哈哈哈，有你的，秃小子。胡老爷高兴得什么似的，举起乌黑的拐杖轻轻地敲打着小捞金的脑瓜，好家伙，好家伙！接着快人快语地说，捞金啊，把这院子里都贴上，红红火火的，喜兴。哈，秃小子有本事哩，好！

没承想老爷捡了个宝儿。三秃子觍起笑脸来说。

嗯，嗯。真是个宝儿呢。白皮鼈高兴地颤抖起来，那撇山羊胡子也美美地颤抖起来。

东家胡长顺胡老爷不像别家的财主那样，每年的年夜饭是准和长工们、后厨们一起吃喝的，而且节前准许三天的假，把工钱结得满满的，去城里澡堂子洗上一回，去去晦气，去去汗腥子，说干干净净地过年多带劲儿呀。除夕夜更是准着伙计们闹，不出什么大格，东家胡长顺是不制止的。

赖五喝得已是瓣痕通红，舌头根子发直了，还闹着和李大傻子干杯。

胡老爷笑模笑样地对三秃子说，八成赖五又吃不上饺子了。

三秃子心领神会地一挤眼，爷，瞧好吧。说罢，冲上去，在一片叮当五四的喧嚣声里，王三秃子他们三下五除二就把赖五灌倒在桌子底下没了动静。

胡老爷敞开怀哈哈大笑起来，这个赖五啊，草鸡了不是。喳喳鸡没肉。

人们哄笑起来。

猪肉白菜的饺子上来前，东家胡长顺端坐在天圆地方的红木椅子里含着浓浓的笑，像尊慈眉善目的菩萨。

人们这会儿停止喧闹，安静下来，去聆听东家最后的祝福，然后一起打千作揖跪下来，给东家拜年，祝福胡家新年发财，大富大贵。这是年夜饭必需的一个程序了。老长工们都清楚，小捞金也知道。

这时只见东家胡长顺轻轻咳嗽一声，像是整顿一下心路，红光满面、不紧不慢地问，大伙儿一年到头了，有个啥心愿啊，东家能帮的一定帮上。

有人尖声叫道，再长点工钱呗。有人低低地说，咱想租几亩地自个儿摆弄……

这个时候，胡老爷总是很大气地说，长点就长点，地摆弄好了，东家就长。租地的可以，交不上租子可不许赖东家拉长脸啊……

胡家大户最不缺的是地，是粮，也不缺赶着奔着来的长工。百八十里的人们一提起胡长顺东家的仁义都会竖起大拇指，一口说不出十个好来。

小捞金低眉顺眼地凑过来说，老爷，我有个心愿，不敢说，怕……

怕啥呢？东家做主，说吧。胡老爷很豪气地拍拍胸脯，不是上天吃天鹅肉就成。

小捞金快速地瞅了几眼脸冒红光的姚先生，嘴唇哆嗦着说，我想认姚先生做老师……

好！胡老爷高兴地一拍大腿，扯起嗓子说，难得你小子知恩图报呐。斜眼看了眼姚先生，这个老师认得好！

在人们的呐喊声里，小捞金规规矩矩地跪在姚先生面前，喊了三声老师，磕了三个响头。

姚先生舒舒坦坦坐在椅子上，接受了小捞金的礼拜，伸出双手扶起了小捞金，痛痛快快地说，孩子，老师也喜欢你。

小捞金扑在姚先生怀里，哇的一声哭出了声。

这年过得真热闹。

这一年，常捞金不到十二岁。

第二章

狐狸湾里有片清亮亮的水

1. 姚先生很喜欢这个捡来的孩子

姚百里是个聪明人，一个眼里揉不得半点沙子的主儿。但他挺服东家的，更是对老东家心存感激。

在这偌大的胡家大院，他是名副其实的二东家，除了东家胡长顺高高在上，把持着胡家上上下下、里里外外的活计、农事、生意的大权，老东家胡树海大权交给儿子就什么也不多问了，两位太太也不是逞口舌之能瞎掺和事情的妇人，守着两个闺女在院子里快乐富足地生活，基本不料理不关心所有的生计。跑前跑后，日常的长工管理，分配活计，收账放租等等琐碎事都需要姚百里打理。他明白东家放下手来，不是东家不爱管事，不懂这些事物的管理门道，而是东家年富力强，有着超乎常人的方法、办法，农事上的耕耙锄耘打收种清楚得很，根据年节什么时候种什么、什么时候干什么、什么时候收什么，甚至哪块地庄稼长势如何，有怎样的光景，侍弄得如何，是否偷了懒使了诈，心里明镜儿似的。不说破里面的猫腻啥的，就是给人留足了面子，有回旋余地罢了。

东家深知人心的分量，与其东家和长工们、佃户们各藏着心眼隔了肚皮相互糊弄，不如高姿态地放下身段，明了地告诉大家，东家是个极其善良、宽宏大量、不计较的人，欺骗了东家，被揭得黄汁鲜鲜的，吃亏的不是东家。因为东家家大业大，胳膊怎能拧过大腿？越精明的人，越不会斤斤计较，吃亏是福。你今天沾了东家二两，明天揩了东家三钱，让人传过话来，告诉你东家忍让了，肥水不流外人田，沾了就沾了，即使吃撑了，你的屎尿也会拉到东家的地里呀。如果还缺什么，尽管开口吧，谁个也不傻，再故意在土地爷头上动土，岂不是找寒碜吗？东家放着只有他一人知道的眼线呢。像三秃子又像陶老歪更像刘冷子四扒拉，谁都像，谁都不像。长工们个个都提着心，不敢做什么偷鸡摸狗的事，好像背地里做的丑事昧良心的事，东家第一时间就会得知一样。何况胡东家为人善良仁慈，对长工不打不骂，工钱到时就结，从不拖拉，农忙时更是加菜加肉地待承，怕亏待了大家呢。尤其是麦收时节，东家会抡起镰刀和大伙儿一起割几趟麦子，镰刀弄得嗖嗖响，不快不慢地跟着，既不毛躁，也不咋呼，总是把麦子放得整整齐齐的，穗是穗，秆是秆，用青麦子捆得结实，后边几乎没有落下的麦穗，干净得很。不干了就扔下镰刀，说声还是你们厉害啊，绿豆白糖汤敞开了喝吧。然后就坐在地头的大遮阳伞下端着紫砂壶喝茶水，等着家里送包子或馒头、猪肉炖菜，和长工们一齐吃。看到进度快，收得利索，就会高兴地弄坛子老酒让大家喝，只是不准多喝，怕耽误了工夫。麦收的天是孩子的脸，不利利索索地及时收割、打轧、晾晒，老天爷就给你坏脸子看。冰雹最可怕，一袋烟工夫就能把辛辛苦苦长成的粮食砸成泥水。赶上连着的阴雨天，也是倒霉，金黄的麦子粒会在一片阴雨里变成霉气极重的黑色，最后成为肮脏的土。谁敢大意？

东家有规定，三尺布扯不断，咱有事慢慢说，大不了秋后算账。

俗话说得好，别看现在闹得欢，就怕秋后拉清单，该赏的赏，该罚的罚，大家伙儿注意就是了。这叫啥？打开天窗说亮话，把事说清了，没瞒着闷着吧，没耍心机吧。脚上的燎泡是自己走的，怨不得别人的。到时候犯哪条就罚哪条，经济算账，良心算账，不算得你脸红脖子胀才怪呢。小本本上白纸黑字地记录着，有时间有地点有参照物有证明人，还有啥说的？

那年，赖五从囤里偷出去三十斤麦子送给村东的相好的，结账时被扣下几吊钱。赖五急眉火眼地赖账，飘起满头的黑发，险些儿跳起来指天戳地地发誓说，谁做亏心事老天爷霹雳谁。

姚先生不急不恼，慢吞吞地从账本里抽出一张纸条，放到赖五眼前，起誓白咧有屁用，看看记录呗。

赖五红脸秃噜地直摆手说，姚先生欺负咱不识字啊。姚先生笑笑，拿好纸条轻轻念道，某月某日晚十一时，赖五从后库粮囤偷取一袋麦子，三十斤。见证人是谁还说吗？啊……

赖五气得蹦起来，大嘴叉子支棱开来，切，血口喷人，血口喷人！抓贼抓赃，捉奸捉双。当场不捕，现在说辞，害老子啊。

姚先生看看上蹿下跳猴子样的赖五，脸色有些不好看，对三秃子努努嘴说，三把头，拿证据吧，别屈了人家。

三秃子哎了声，从里屋拿出条布口袋在众人面前晃晃。姚先生问赖五，认识这条口袋吗？

赖五一副死猪不怕开水烫的模样，脑袋拨浪地像个安了弹簧的货郎鼓，不认识不认识。口袋又不会说话，凭这个弄人啊？

姚先生眼珠子瞪起来，嗓门粗壮起来，赖五啊赖五，你真是不见棺材不落泪哇。还把东头大柳树下的杨寡妇喊来吗？啪，巴掌狠狠敲在桌面上。

赖五刚刚昂起的头，一副得理不饶人的架势，被什么重重地击倒了，脸变得猪肝一样赤红，继而又得了急性肝炎一样惨黄起来……

东家胡长顺从院子里走过来，神色安详，文明棍嗒嗒地戳在地上，站在众人面前说，我最恨的是犯了错不承认，还发誓诅咒，以为别人冤枉了你，哭天喊地的，逞强示威啊。慢说三十斤，就是五十斤，只要张开嘴，我胡家不答应，那才是要给天报的！

赖五咕咚跪在东家脚下，头低得很低，险些儿扎进裤裆里——东家，是小的不知天高地厚……东家长长地叹口气，用文明棍指指赖五，不打你不骂你，也不罚你了。你走吧。又对姚先生说，把账全额结了吧。

赖五往前爬了几步，想说什么，被东家文明棍给止住了。走吧，走吧，出去好好做人……

赖五流淌着两行浑浊的泪，满脸臊得通红，鼓胀得要撑破皮囊了。赖五突然挺起身来，咚咚地转过院墙，一头扎进茅坑子里……

人们把满脸满嘴臭烘烘的赖五从粪坑里拉出来，赖五已经面目变形，成了一颗硕大的粪球。但他嘴里嘟嘟囔囔地喊着，做鬼也不离开胡家，做鬼也不离开胡东家！东家饶过吧，认打认罚，只此一次！流淌的粪便如同飞行的苍蝇嗡嗡地铺满了院落……

人们躲闪着。小捞金瞪着惶恐的眼躲在大人身后不敢出大气，将小手填进嘴巴里，牙齿打着战儿。王三秃子一把把小捞金揽进怀里，轻轻地划拉划拉他的头皮说，偷东西就是贼儿！贼胚子是欠揍的。

东家胡长顺长长吁了口气，看看姚管家，再看看大伙儿，把赖五留下了。

赖五满头的黑发呼噜噜地掉尽了，钻出一层瘆人的臭赖皮……人也老实起来……

看看，谁还敢和东家藏心眼儿呢？都说和气生财，斗气破财嘛。人与人缺乏尊敬才会产生隔膜，人与人缺乏信任才会背离，东家拿长工伙计当家人看待，每年工钱有浮动，不卖力气，舍不得身子骨，此处不留爷、爷请自便去吧。哪里会有如此仗义开明的东家呢？姚百里在胡家大院几年由一个初来乍到的穷困潦倒的书生变成了稳重的有主见的二东家，不是自己勤奋，不是东家赏识，又如何如鱼得水地自在安逸啊。他参透了一切，洞悉了一切，古语云士为知己者死，东家胡长顺听从天津卫堂弟胡三的推荐，把账房的重要位置给了他，又颇得老东家的肯定，才有了今天的风光，岂是一个感激了得呐。

所以，姚百里除了心中有神圣的任务，还是心揣感激感恩之情来勤勤恳恳工作的。

1930 年年关前后，天出奇的冷。天津卫南市各杂粮店、布匹店、酱菜店的一应账目收拢后，该收的收，该放的放，该赏的赏，所有活计完成得顺顺当当，才觉得这个冬天冷得直逼后脊梁。坐上仨马拉的穿着厚棉套的胶轮大车，姚百里和东家胡长顺往胡立岗赶。两人脸上挂着丰收的喜悦，又说又笑的。

姚百里虽然来到胡立岗只有两三年，但对胡家在天津卫的买卖非常熟悉。胡家有多少店铺，经营什么，有时比天津卫的掌柜胡三还门清，几乎不用翻看账簿就能说出子丑寅卯，乐得胡三直抱怨说，我的天啊，没留神，把个精细鬼派给了老家，想弄点儿私事儿、邪事儿，墙上挂门帘——没门儿！东家胡长顺笑呵呵地看着他们，舒心地说，三弟是算破天哪，没少往咱胡家划拉。你的地，哥给你照应着，跑不了。现在，胡家添了精细的姚管家，更是如虎添翼啊！胡三哈哈大笑起来，揉搓着双手说，世道乱，土地才是本儿哇。回转头，对姚百里说，家里的地就指望姚管家多费心喽。姚白里学说着天津话，说吗呢，三爷。没有你，我姚百里吗都不是……

胡三动情地拍拍姚百里嘎嘎地说，吗也甭说，谁叫咱是一家人呢。好好干吧，胡立岗人杰地灵，姚管家可以大有作为！

那是藏龙卧虎的好地方呐。姚百里感慨万千地说，哈哈，地肥得流油，东家是有名的大善人，人们朴实如脚下的土地，叫人活得滋润！

几个人爽朗地笑起来。

突然，车吁地停下了。车沿上的潘驼背儿说，老爷，道边有一个“倒卧儿”。

姚百里看了眼东家说，老潘上前看看吧。救人一命胜造七级浮屠哇。一挑帘，一个十来岁的小男孩被直挺挺地送进暖车里，潘驼背儿长长的羊皮袄上起了一层厚厚的白霜，惋惜地说，老爷，冻的，还有口热乎气。

胡长顺赶紧扒拉开被一层破烂布包裹的脑袋，一个眉清目秀还算干净的男孩的脸显露出来，两颊有深褐色的冻痕。

姚先生啊，这孩子有救。胡长顺慈眉善目地笑了声，把搭在腿上的紫貂大衣顺势盖在了那“倒卧儿”身上。

姚百里摸摸孩子身上单薄的棉衣，可怜地说，这大冷的天，没被冻死，遇上东家菩萨心肠，这孩子命大福大造化大啊。说着也要把搭在腿上的长毛大氅往孩子身上盖。

胡长顺摆摆手，别放了，小心热过去。

姚百里无言地笑了。他明白“热过去”是怎么回事。被冻僵的人如果过热了就不会再缓过来了，会慢慢外边皮化了里面瓤儿越冻越结实，悄悄地就没有了气息，不知不觉中人就走了。还是老爷心细啊。姚百里感叹道，顺手提了提压在炭火炉上的水壶。

老东家年轻时也救过一个大“倒卧儿”，结果心急吃不了热豆腐，人被捂死了。老东家埋怨了多半年，怪罪自己杀了生呐。胡长顺长长地吁了口气。

东家真是善人之家呐。姚百里感激地发出了一声。

孩子不出三十里就缓过来了，吭哧吭哧地翻白眼。

姚百里端起紫砂壶轻轻地把壶嘴放进了孩子的口里。好像多日没有见过温暖的东西了，那孩子咕咚咕咚地喝了几口，眼睛慢慢张开，是一双亮晶晶的眼睛，单眼皮，薄而透亮，不大但有神。

那孩子一骨碌，裹在宽大厚实的紫貂里非常懂事地向胡长顺磕头，谢谢老爷，谢谢老爷！声音不大，但很脆生。哈哈哈哈，胡长顺敞怀大笑起来，阿弥陀佛，阿弥陀佛。挺个耐人稀罕的人儿呐。

姚百里端详了一会儿，爱惜地从身边的箱子里掏出根十八街的大麻花递过去，胡长顺接过来放到孩子手里，慢慢吃，别噎着。

孩子双手抢过麻花，狼吞虎咽地啃起来。

孩子说他是从天津那边儿过来的，具体啥地界记不清楚了。开始是在天津街道上娘抱着只有一周半多的他，爸爸牵着比他大二岁的姐姐逃荒讨饭，后来一家人被乱哄哄的兵马冲散。他被人从一片撕心裂肺的哭声里抱走了，却不是原来的爸妈。他哭破了嗓子也无济于事，也不能喊回原来的爹娘。他只好也只能跟着新的爹娘和家庭继续东讨西要地逛荡。新爹给他起名叫常小宝。后来，他们又被吱哇乱叫的军队冲散，常小宝被一个“好心人”收留，那人可不像常新爹那么有耐心，没等常小宝在身边待热乎，就把他一块大洋卖给了专门收养孩童的慈善站。那哪里是慈善站啊，是专门依靠孩子们偷窃的帮会。常小宝在帮会里吃尽了苦头……因没有完成任务，只能接着找合适的地方下手，结果被混乱的马队和士兵裹挟着，跑到了这个前不着村后不着店的雪窝子里……

胡长顺怜惜地看看孩子，长长地叹了口气，说不嫌弃的话，跟我回家吧，保证你饿不着，也没人欺负你。说着说着，眼里突然流露出一股冷漠的寒意……

姚百里清楚，东家胡长顺在想念死于匪患的儿子了。如果少东家还活着，今年也差不多这么大了……

那孩子赶紧跪下磕头说，行行行。

胡长顺爱惜地摸摸孩子的头，又扯过脏兮兮的小猫爪，是双很细长的手，右手食指和中指的颜色要比其他的深，而且细。胡长顺知道这孩子在偷窃帮里没少遭罪，细而色深的手指，是练习油锅里取铜钱落下的。瞄了眼姚百里，胡长顺说，这孩子的手又细又长的，手福不错呢，捞金的手呐。就对着孩子笑眯眯地说，不叫杂七六八的，叫常捞金吧。

那孩子露出了甜美的笑靥，快乐地点头说，好，好，捞金就捞金吧，老爷。

车里传出了欢笑声。

姚百里觉得和这个半道儿捡来的常捞金很有缘分，他很喜欢那双透亮的眼睛。小捞金的遭遇与那起北京“三・一八”惨案紧密地联系在了一起，也与先生守常的牺牲联系在了一起……

当常捞金除夕夜里在众人面前喊自己老师的当口儿，姚百里仿佛完成了冥冥中某件必须做的事情，长长地舒了口气，心里甜丝丝的，脸上挂满了笑。他看着东家和伙计们都盯着自己，不待大家吱声，就从怀里掏出一个用黄绸包裹得严严实实的物件，小捞金谨慎地打开，里面竟是一个枣红色的算盘和一支狼毫毛笔，脸上立即挂满了满意的笑容。

哇，姚先生早有准备呐。

嗯，姚先生心真细。

宝刀赠英雄，算盘送精明哩。

哗——满厅的欢悦。

姚百里温和地看看站在小捞金身后的王三秃子，两人会心地笑了。

小捞金哪里知道，自己能去账房跟着姚管家学习，是干爹王三秃子找了好几次姚百里，央求姚管家看在小捞金可怜的身世上，给他条出路，改变他苦难的前程和糟糕的环境，求先生拉巴拉巴他。现在小捞金还小，再在长工群里混几年，这孩子就废了。说到动情处，王三秃子大泪千行地跪在姚百里面前，先生仁慈，先生仁慈！在这里，也只有先生能教他识字做人了……姚百里双手搀起王三秃子，终于答应了他的请求，把小捞金要到了账房。没想到小捞金这孩子挺懂事，喜好学习，爱惜笔墨，细心细致又耐心，完全不像长工群里其他孩子的邋遢和笨拙。看他眼睛亮亮的，没有一丝杂质和杂念，姚百里心里稀罕得不得了，也觉得他们有冥冥中的缘分。现在小捞金当着大伙儿喊他老师，三叩八拜地在大年夜完成拜师礼仪，姚百里想即使小捞金期盼已久，再聪明，没有大人背后教导，大庭广众之下，不慌不乱，说话不颤抖，行礼不错误，也是做不到的。当他把准备好的礼物送给学生小捞金时，他看到王三秃子骄傲地仰起头，就清楚小捞金的干爹王三秃子没少下功夫……

姚百里舒心地教育起小捞金，如同对待自己的孩子。就如同在北京大学自己的老师李大钊如何教导他，把他领上革命道路一样，既教小捞金文化，又教他做人，懂得是非……

姚百里想起死于军阀张作霖屠刀下的老师守常先生，心里充满了悲伤，也充满了斗志。姚百里是读着李大钊先生的《庶民的胜利》《布尔什维主义的胜利》《我的马克思主义观》《再论问题与主义》等文章，带着憧憬和向往步入北京大学的。他亲耳聆听了先生激情燃烧的演讲，身心澎湃起滚滚热血，回头看看乱糟糟的中国，不由为中国和民族的前途感到忧愁，也觉得作为中国青年必须为之而奋斗！先生的道理如一粒饱满的种子在姚百里的心中深深扎下了根，迅速地生长，开放出壮丽的花儿……如同一片铁屑儿找到了能量巨大的磁石，他积极走近了先生和他的同志们……

1926 年 3 月 12 日，冯玉祥的国民军与奉系军阀作战期间，日本军舰掩护奉军军舰驶进天津大沽口，炮击国民军，守军死伤十余名。国民军坚决还击，将日舰驱逐出大沽口。日本竟联合英美等八国于 16 日向段祺瑞政府发出最后通牒，提出撤除大沽口国防设施的无理要求。3 月 18 日，北京爱国学生和群众五千余人，由先生李大钊主持，在天安门集会抗议，要求拒绝八国通牒。

北洋政府门前，人群如渤海湾的大潮掀起冲天的巨浪。学生们群情激昂，高呼“还我主权!”“抗击日寇!”“拒绝不平等通牒!”“还我民主!”……喊声、怒吼声气势逼人，冲破了众多警察的守卫和北洋政府的高墙……

突然，枪响了……

段祺瑞执政府竟下令开枪，恶狠狠的子弹钻进热血奔涌的年轻人的胸膛……学生们倒下去，凶神恶煞的警察、北洋军队杀过来……爱国师生喋血天安门！当场打死四十七人，伤二百余人，先生李大钊、陈乔年均在斗争中负伤。姚百里被警察打破了头，他流淌着殷红的血，扶起受伤的同学快速地躲藏起来……

北洋军阀段祺瑞执政府制造了“三・一八”惨案，北京陷入一片白色恐怖。先生李大钊在极端危险和困难的情况下，继续领导党的北方组织坚持革命斗争，给了姚百里和同学们无穷的力量和信心。

1927 年 4 月 6 日，奉系军阀张作霖勾结帝国主义，闯进苏联大使馆驻地，逮捕了李大钊等 80 余人。李大钊备受酷刑，在监狱中，在法庭上，他始终大义凛然，坚贞不屈。4 月 28 日，军阀不顾广大人民群众和社会舆论的强烈反对和谴责，悍然将李大钊等 20 位革命者绞杀在西交民巷京师看守所内。李大钊第一个走上绞架，他手托着沉重的镣铐，面不改色，翘起他坚强的黑胡子慷慨激昂："不能因为反动派今天绞死了我，就绞死了伟大的共产主义，共产主义在中国必然得到光辉的胜利！"他高呼"共产党万岁！"，从容就义，时年38岁，真正做到了先生自己所说的为实践马克思主义而"勇往奋进以赴之""殚精瘁力以成之""断头流血以从之"，义无反顾，不惧牺牲。

这些时间、地点，姚百里一辈子都不会忘记！

姚百里在政府搜捕名单里。他按照组织的安排，连夜逃出北京。在天津，胡三接待了他。胡三拿出天津北洋政府的通缉令，姚百里的图像真切地映入了他的眼帘。胡三出神地看了会儿姚百里，说，天津党组织安排你们隐藏，做好基层群众发动工作。我看先生文质彬彬的，回我老家胡立岗吧。躲过了这阵风头，不知又换了谁上台演戏，你们就可以出来战斗了……

姚百里跟着胡家的车队来到胡立岗，成为胡家的管家。他利用管家的身份与胡三经常会面，听取组织的声音和指示，并与胡三单线联系工作……

姚百里在胡立岗迅速发展着……

几年后，他哪里知道在去天津卫路上的雪窝里捡到的小捞金，也是他参加抗击八国通牒的那次天津事件中被奉军和冯军冲散了，逃出偷窃帮，冻僵于路旁……当小捞金说起自己的悲惨事儿，姚百里头脑里立即闪现出当年的事，觉得他俩真的有缘分……

2. 潘驼背儿和师父了三大师的传奇事儿

胡家大院主事潘驼背儿绝对是个角色，也是整个村庄到如今唯一还留着前朝大辫子的人。

潘驼背儿七尺身材，瘦瘦高高的，冬瓜脸，一双炯炯有神的桃仁眼不时放射出夺人的光芒，只可惜后背有一个骆驼峰般高耸的肉疙瘩，糟蹋了他的形象，使整个身体轰然塌了半截，拉扯着平头正脸的脑袋瓜低垂着，恰似个不停止颤动的冬瓜。别看前弓后驼的没人色样儿，潘驼背儿却是方圆几百里出了名的用武高手。一双总是倒剪的双手平时安静地伏在腰间，看不出有多厉害，但一出来，便是两条龙，虎虎生风，闪展腾挪，不慌不乱，稳扎稳靠，那块看似无用的肉疙瘩仗着腰眼儿的气场，变成铁块般坚硬，胳膊粗细的棍棒打在上面也会应声而断，能打死虎的铁拳落在上面也会在发出金属相撞击的铮铮声后变得绵软无力。

潘驼背儿从一落生就是个驼背儿。娘是个吃斋念佛的人，看到出生的孩子背上的肉团，心间一阵悲伤，口里连念阿弥陀佛，眼窝里滚出泪水来。老爸是个老武术把式，等小驼背一断奶，就被自己收进了把式房。练到十二三，老爸就把潘驼背儿送到古皮城黑龙寺了三大和尚那儿修炼。老爸是黑龙寺挂牌的俗家弟子，论辈分与了三大和尚是师兄弟。老爸一指驼背儿那后脊梁上的肉疙瘩，有些遗憾的样子，了三大和尚不言语，用手拉过潘驼背儿从头摸到脚，并重重地击了下那个肉疙瘩，合拳道，阿弥陀佛，师弟，是块好材料呐。

了三大和尚并没有急于传授功夫，而是让潘驼背儿待在寺院厨房里扛了两年的粮食、推了三年的磨，不能用手、胳膊、肚皮、胯、腿，只能用后背的肉疙瘩。潘驼背儿很是恨老爸扔下他不管，也怨了三大和尚虐待残疾人，用后背推磨，用后背扛重物，挤压肉疙瘩，没听过，真的没有听说过，也只有这胖秃驴才会想到如此折磨人的法。老爸怎么想的呢，又怎么会有这等操蛋的师兄？潘驼背儿忍耐着，只有忍耐着——老爸重托与人在先，对了三大师说了不少的好话，恳求人家收下自己的儿子。潘驼背儿是个听话的孩子，懂得大人们的心事。平日里老爸人前背后的总是夸奖了三大师如何如何，对了三大师说了不少的好话，说自己的功力和内力与了三大师相比，简直不可同日而语，把了三大师夸得神一样。了三大师到底怎么个神，到底怎么个不得了，潘驼背儿想验证一下，也想亲身体验了三大师哪里厉害。潘驼背儿对武功这东西从小就很是向往，充满了无限的敬畏和浓厚的兴趣，入迷了。他试图通过苦练功夫改变自己的残疾和形象，回家好歹跟慈爱的老娘有个交代，让娘也高兴高兴。小儿子虽然驼背儿，不如哥哥们玉树临风，但有身好功夫，利索得很呢。了三大师寸步不离，容不得他偷奸耍滑，稍有疏忽和停顿，了三大师的拂尘或者什么东西就会及时地敲在脑门上，打得怪疼的。也难为了这胖和尚，放下寺院大主持的身架子，除了睡觉不和他在一起，搬运粮食、扛东西等等的都跟着，连吃饭也一起陪同呢，看守犯人似的，也像看护宝贝儿一样，不紧不慢，不急不躁，眼神里充满关切，没有一丝的怠慢和轻视。潘驼背儿死心眼，一日为师终身为父的观念根深蒂固，即使了三大师对他再怎样严厉和苛刻，他也不会记恨和反驳，完全容得下这些苦难而不会当面表现出什么委屈。心里再怎么不满发牢骚，也只是在心里对自己说，权作一份慰藉罢。后背的肉疙瘩被小孩儿腰般粗细的石磨杠子压得很难受，火烧火燎的疼，马上要挤破出水的样子。了三和尚坐在柔软的蒲团上合手闭目地诵着只有他能懂的佛咒，根本不去瞅潘驼背儿痛不欲生的样子。咋停了？嗡嗡的声音罩住了磨坊。碌碡太沉，后背疼得要命。潘驼背儿委屈地只想抹眼油。了然师兄教你的功夫全部忘掉吧。倒走与正走的步伐能一样吗？了三大师依然闭目合手。石磨是超大的，直径不小于三米半，周长多少呢，潘驼背儿不会计算，只清楚顶下一圈要一百多步。那石磨上的碌碡是他从小就没看到过的，比农村麦场上的不知要大几圈，他试着合手抱过，连一半都够不到。空推都是个问题，何况磨盘上还放了一层厚厚的玉米粒或高粱粒呢。潘驼背儿委屈得要死——光天化日下的堂堂佛圣之地竟然有这样的恶狠和尚，变着法地折磨他这可怜的苦命人。

关于这座禅寺和了三大和尚，潘驼背儿耳朵里从小就灌满了神奇的故事，从内心深处充满了崇敬和敬畏之情。但现在自己深陷此地，被传说中神秘的了三大和尚严厉管教，看不出他有什么法力，也看不到他宅心仁厚，只知道这了三大和尚心狠手辣，看管起潘驼背儿来不离不弃，使他脱不了滑偷不得懒，比起把大闹天宫的孙猴子扣在五行山下的如来佛爷还要狠心有余、看守有力！如来佛祖他老人家只是在五行山山顶贴一副叭咪吽的咒语，震住了神通广大、变化无穷的孙大圣，任其自生自灭，大喊大闹——春食野花，夏吞野果，秋饮晨雾，冬餐寒风，接闪电，喝雨雪，却懒得去查看理会，最多派几个罗汉神仙看守着，基本做到了不管不问不死盯死守……而师父呢？唉！

黑龙寺坐落于古皮城中央的黑龙湖心的黑龙岛上。雄伟恢宏的大雄宝殿金碧辉煌，居于岛的极高处，日夜俯视着脚下的小城，殿内供奉的不是如来佛祖，也不是菩萨三圣，而是一尊身披黄袍，峨冠博带，气宇轩昂的黑龙王。殿左有钟楼，右有鼓楼，晨钟暮鼓，气氛肃穆。大殿后沿岛分布着佛光普照的如来、紫虚真气的老子、有求必应的观音菩萨、泰山奶奶等诸路神灵，四周松柏参天，竹影摇曳，曲径通幽，流水潺潺，好气派的寺院！远近的善男信女虔诚叩拜，香火极为兴盛，不愧是方圆几百里的禅林之秀。清风裹着烛香，罩住了古城。古城便氤氲在那钟鼓声和香味里，变得忽隐忽现、忽明忽暗、忽翕忽张起来，增添了几多的神奇，几多的安详，几多的惬意。

大雄宝殿前是一幢石砌的山门，高大雄壮，古朴素雅。山门两边耸立着两尊高三米重万斤的青石雕刻的大力金刚，环眼怒视，一持驱虎鞭，一持定天杵，天神似的面南背北地傲视着脚下的石阶、湖水、小桥和热闹繁杂的古城及人们。在石金刚背后是九九八十一级台阶直入大殿正门。石金刚不仅是黑龙寺的守护神，也是这座千年古城的守护神。

原先这座寺院并不叫黑龙寺，而叫兴化寺。传说早年间人们在坑边取土时挖出了两个石雕金刚，众人欲置之山门外镇寺，但百计不可移动。正犯难与踌躇间，从城内街上走来一个黑瘦如猴的小和尚，那小和尚腰系麻绳，脚穿草鞋，披一件已看不出本色的破袈裟，口中念念有词：心诚则灵，天地感动，不用金银，只用包子两笼。人以为奇，询之，黑和尚垂目诵道：阿弥陀佛，佛祖慈悲，法力无边，等某家吃完两笼包子，把它俩背上来吧。大伙将信将疑，就从街上搬来了两笼包子。黑和尚大口小咽地吃毕，就解下腰间的麻绳，套住石金刚，将其背上置于山门两旁。黑和尚就坐寺成了主持，轰动一时。这年，天下大雨，七七四十九日不停，古城泡在水中，大有被淹平冲走的趋势，可苦了全城的百姓，都拖儿带女地跑到寺内避灾，院内一片狼藉，一片哭声，天上乌云翻卷，雷声阵阵，雨越下越大。水势汹涌，卷起浑黄的浪涛，没及了山门，眼见就冲上了大殿。这时黑和尚奋身而起，化作了一条黑龙钻进了云层。人们只听得刀鸣剑吟，雷电大作……一条青色的蛇状东西被从云端砍落下来，横亘在城西的平原上，一条由南往北的大河顿时出现在人们的眼前，满眼的雨水顺着大河向北疾去。古皮城原先的面貌恢复了，庄稼也从泥水里直起腰，仿佛这四十九天的雨没有来过似的。天空晴朗起来，阳光温柔地射下来。黑和尚从云端摔下来，累死在寺院山门前。说来也怪，寺院成了一个大岛，一泓湖水圈住了寺院。据说那是黑和尚显身黑龙，死后用身体围起来的。为纪念黑和尚，这寺院就更名为黑龙寺。

山门外的石金刚守了多少年没人知道。人们只知道黑龙寺供奉着一条力斩青蛇救苦救难的黑龙王。

黑龙寺现在的主持是了三大和尚。了三大和尚五十多岁，长得白白胖胖，讲禅诵经，化灾祛祸很是了得，笑眉笑眼的活像个弥勒佛。人们都叫他三和尚。他含笑应着，多了份人气和人情，全不似其他的和尚矜持肃穆。城里村街上什么人家有求于他，三和尚准能及时赶到，布施祈福，双手合十，阿弥陀佛。

古皮城东街佃户赵麻子是数得着的庄稼把式，生的健壮如牛，勤快如马，倔强如驴，只可惜有一脸大大小小的麻子，是生天花落下的毛病，也是唯一敢和南街东家张大户瞪眼的主儿。虽然和张大户家沾亲带故，但因欠张大户的租子不说软和话，还讨饭的抡棍子打狗——穷横，结果动起手来，被打折了腿，躺在炕上直哼哼。张家这是杀鸡儆猴，打了赵麻子，其他的佃户求爷爷告奶奶、卖儿卖女都乖乖地还了钱、交了租或在某张契约上摁下了红手印。赵麻子女人哭散了架，跪在石金刚下不省人事，被小和尚们救了起来。三和尚送给赵麻子女人一个酒盅大小的钵盂，小小钵盂里只有一粒麦子。三和尚伏在赵麻子女人耳畔嘀咕了几声，赵麻子女人惊诧地看着三和尚，三和尚慈眉善目地颔首而笑。那女人捧着小钵盂高高兴兴地走了。回家从小钵盂里倒出那粒麦子就填进赵麻子嘴里。赵麻子伸伸腿，从炕上蹦了下来，打折的腿好了。再倾倒小钵盂，麦子哗哗地如水般涌出来，滚得满地都是……赵麻子冲着黑龙寺方向磕了三个头，念了三声阿弥陀佛……

张大户家今天是个喜庆的日子。一清早，赵麻子推着粮食还债来了。张、王、李、赵等佃户们也来还钱还债还粮了，起先欠账按手印的，也按规定赎回了契约……望着满仓满囤满院的粮食，张大户乐得嘴巴扯到了耳根。哼，不狠就不知马王爷三只眼！

灯火通明、庄严肃穆的黑龙寺大殿内跪满了人。佃户们谢恩来了。

三和尚收回小钵盂，向人们打躬道，谢黑龙吧。

一夜间，张大户刚收缴的成囤成堆的粮食突然不翼而飞了。看护这么严实的大院，粮食哪去了？张大户捶胸打背，哭得鼻涎直流，就告到了县衙。衙役们搜查了半天，拘了不少人也没有问出个子午卯酉来。

张大户眼珠一转，恨起被打折腿又立马活蹦乱跳的赵麻子来。有鬼，有鬼，此事一定有鬼。就差人偷偷溜进了赵麻子那三间小泥房里，折腾了半天，除了红薯、山药，什么有价值的东西也没发现。夜里再去时，就发现赵麻子的院子里爬满了眼冒绿光的蛇，吓得张大户派去的最忠心的守院儿常七儿疯了，整天围着城墙狼似的干号：张大户不得好死……张大户……

这是个风调雨顺的年景。古皮城的庄稼长得比任何年都好。佃户们看着丰收在望的庄稼心里乐开了花，心里盘算秋后的收成和想法……

又是一夜间的事。赵麻子家和寺院的庄稼被人给铲平了。满地的荒凉、满地的悲惨。赵麻子抱着正在壮粒的高粱秆子号啕：天杀的，还我粮食！三和尚不紧不慢地走过来，望着一地的庄稼尸体，阿弥陀佛，罪过罪过！就对赵麻子说，施主，地里不还长着一棵吗？好生看护，好生看护吧。就一抖袈裟，笑眯眯地走了。

赵麻子看着那棵矮矮的高粱心里泛起一丝无法名状地叹息：就一棵了，就一棵了……到了这时节，补种什么都来不及了。赵麻子只得硬着头皮侍弄起这唯一的一株高粱来。在旁边搭起了个窝棚，守祖宗样的在地里吃喝拉撒，对那株高粱更是细心呵护，耐心培植，施肥、浇水、松土、打叶……干活期间赵麻子还叽叽咕咕哼着只有自己才懂的调调。人们都说赵麻子疯了。

那高粱日渐壮实起来，高大起来，成了一棵枝繁叶茂的大树，罩住了地，遮住了天，人在下面就像只蝈蝈。秋后，赵麻子发了，满院满屋的高粱粒子金灿灿的，装了还有，收了还长。赵麻子家成了聚宝盆，佃户们你一袋他一车地忙碌起来。古皮城飘逸着成熟的高粱粒子的香气。张大户的粮食日日瘪下来。张大户急疯了，捂住粮囤直哭娘。哭着哭着，哭着哭着，脑袋上竟长出了两穗高粱，风一吹直落糟糠……

张大户跪伏在黑龙寺的山门下，鸡啄米似的叩着响头。三和尚救我，三和尚救我。两尊石金刚怒目盯着这可怜的小丑。

罪过，罪过。三和尚站在山门的台阶上，身后是那雄伟恢宏的大雄宝殿。天作孽犹可活，人作孽不可活啊。

张大户自知罪孽沉重。砍庄稼的是我，逼债逼人的是我，求三和尚救我，愿听大师教诲……张大户抱着三和尚的大腿苦苦哀求，眼里全无往日凶狠张扬的光芒。

做人最忌贪，最忌狠，为富不仁也就罢了，飞扬跋扈仗势欺人鱼肉乡人杀鸡取卵，就是自寻其辱、自寻灭亡了。你家粮食权作散灾吧，该得的就得了，不该得就不是你的。闭门思过还来得及，好自为之吧。三和尚一改往日的弥勒形象，一板一眼，声调肃杀，轻轻拂袖而去。张大户头上的两穗高粱随声而去，消失得无影无踪了。

张大户捡了便宜，捡回了条命，虔诚地冲着三和尚的背影说，大师教训得是，教训得是……以后做事就规矩起来，租子也降调了半斗……但张大户没有想到是二十多年后，他的儿子张甫臣会成为这个县的县长。如果他能看透儿子是县长，他绝对不会将租子降下来，多收几斗是几斗，可以让儿子张甫臣当更大的官儿……可惜张甫臣当上县长时，张大户已经驾鹤西游了，自然没看到张家的风光……

赵麻子迅速成了古皮城的一个角色。大嘴巴一张，神气十足，神龙活现，满脸麻子因兴奋涨得通红，恰如撒了一大把明晃晃的高粱粒子，逢人便讲三和尚如何如何法力无边，小钵盂救人救难如何如何，玄机处如何如何……忽然有一天，赵麻子哑巴了。

黑龙寺的钟声响了，高亢圆浑，悠扬绵长，传得很远很远。小城便在这钟声里婴儿般地慢慢睁开了眼，平和而安逸，新的一天又开始了。

潘驼背儿没觉得师父多神奇。但了三大和尚并不追究徒儿对自己的看法，依然乐呵呵地看护着潘驼背儿，晚上和他聊得最多的是他和潘驼背儿老爸的事，一点儿也不说武功和有关的传说……

潘驼背儿这才知道老爸是有法号的，叫作了然。唉，老人们的事理解不透，也说不清楚。

老爸对自己多好啊。即使压压腿这般简单的架势和活计，也跑过来乐呵呵地看着，指点有余，疼爱有加，更不用说教各式拳脚套路了。先是打出一套完整的拳路，带风带雨的，紧凑有力，眼花缭乱，接下来再慢慢拆开招数，慢动作一样地比画，然后再细细讲解要领，述说每招每式的关联和巧妙，手把手地教给自己。三十六招七十二式，被分解幻化成三百六十招七百二十式，枝枝蔓蔓的，一点儿也不嫌啰唆，一点儿也不嫌劳累，恨不得把毕生所学全教到他手里。耐心到家，精心到家了。就像读书，一页页地讲，一个字一个字地掰扯，等他参透了读懂了，就会把一页页书合起来，书就变薄了。三百六十招七百二十式又回到了简单简短的三十六招七十二式。但这里面已经不是简单的招式了，变得变化无穷，高深莫测，包含着老爸武学的精神和满腔的心血。功夫啊功夫，下不到工夫，工夫不到，又怎么能成为功夫呢。在慢慢地磨合里，人和功夫才会慢慢黏合在一起，成为浑然一体。也就是个功夫磨人，人磨功夫的过程。好比酿酒，再好的粮食再好的酒曲，不经过长时间的发酵，酒曲不会发芽，扎不下根，生不了霉，就不会溶合在一起，酒就不会香，变酸了就是醋了，而不是酒。后来，潘驼背儿传授武功给小捞金时，神态气质完全和老爸一模一样，掰碎了，揉烂了，筛细了，一点一滴地磨合，再慢慢地细细地攒合起来。宛若弄洒了一地的芝麻，混进泥土里；一粒粒拾掇起来，再抖落弄一地，再收拾，直到芝麻不洒不溢，籽粒饱满，生机勃勃。这就是功夫。急不得，躁不得。心急吃不了热豆腐，心急更练不出好功夫！

哪里像这弥勒佛似的胖和尚了三呢，不管不问，只盯着推磨……潘驼背儿在万分埋怨和恼怒里，却感到脚下力道逐渐坚实起来了，后背那块本来就多余的肉疙瘩日渐坚硬起来，一股热气直往脑门上撞，继而顺着前胸向两腿运行，最后贯过脚掌从脚跟冲出，又从脚跟顺着脊梁穿过肉坨往上飞腾。一百多步的路程缩为六十步，五十步，三十步……磨盘上的粮食随着碌碡的滚动立刻变成了齑粉。

这种良好感觉的到来已经是几年后的事了。潘驼背儿顿悟了，也终于明白了了三大和尚的良苦用心。他跪扑在了三大师身下，只唱阿弥陀佛。原先对师父了三大师的怨恨此时变作愧疚，充斥着胸间，从骨头缝里涔着对自己年轻无知的痛恨，好像只有全身心地叨念阿弥陀佛才能减轻他满满的悔意一样。原来了三大师正如老爸所说的，神呐，不佩服得五体投地才怪呢。了三大和尚一副无所谓也无所为的表情，得意地拍拍潘驼背儿的肉疙瘩，弥勒佛状地笑开了花：了然师弟训你的前身，为师训你的后身，前后皆成果，可无挡也。善哉善哉！潘驼背儿恳求师父指点套路，了三大和尚一声阿弥陀佛，再找回了然师弟传授的所有把式架子吧。飘然而去，不再理会潘驼背儿。

潘驼背儿茫然得很。先是忘掉老爸所授，又怎么再拾回去呢？

回到老爸身边，潘驼背儿把几年来学艺的事详细地做了汇报，并把对师父的误解和心底的暗骂红着脸说了，一脸的惭愧。师父了三大师不教功夫，让自己扛了两年粮食、木头推了三年磨，先是告诫必须忘掉老爸所传授的，为何如今又明确说让自己再拾回原来所学呢？他很困惑也很无奈。老爸拊掌大笑，眼睛亮亮地放射出夺目的光芒，大声大气地说，可怜师兄的一片苦心哇！难得难得啊，师兄真乃神人也！哈哈哈，修武之人贵在打通任督二脉，武术套路是死的，人的修为才是活的，孩子啊，好自为之吧。一拍儿子鼓鼓硬硬的后背，得意扬扬地说道，你出师啦！阿弥陀佛。就也不教潘驼背儿了。

潘驼背儿终于懂了。霎时，一束明亮的光激活了头脑中某个部件，他挺直了腰，飒爽英姿的。

天津卫是个大码头。熙熙攘攘，鱼龙混杂，街面并不安生。

这年是个大旱的光景。可谓祸不单行，太阳晒得坚硬的大路都掀起漫天的灰土来，一场蝗灾又将地里、道上的一些绿色嘁哩喀喳地吞光了，只剩下漫天的毒辣辣的太阳，悬在人们头皮上发威。

天津卫的街道上涌满了敲牛胯骨、端着豁口黑瓷碗的灾民、难民，一个个满脸的蝗虫色。

胡家杂粮店前摆放着两口热气腾腾的大锅，煮着高粱米粥。胡家东家胡树海站在荫凉里看伙计们忙活，对着涌前涌后熙熙攘攘的难民只叹息。儿子胡长顺站在粥棚里睁起丹凤眼，不厌其烦地抡起勺子挖粥，放进一个个破裂的碗里，听着满耳朵的感激之声，嘤嘤嗡嗡的，如美妙的小手抚摸得他五脏六腑舒舒服服的。他忙活粥棚里的事，心里美滋滋的。

那时，胡长顺刚刚二十多岁，一头油汪汪的短发趴在白净而硕大的头颅上，露出锃明瓦亮的前额头和细长的丹凤眼。家里的庄稼绝收了，没有了希望，就指望着天津卫的生意支撑着。结果，东家胡树海大发善心，支起粥棚，分粥舍米，疼得胡长顺直龇牙。胡树海看出了儿子的心思，笑呵呵又义正词严地告诫儿子说，作为东家，千万不可太贪婪，昧着良心过生活。守着金山银山，也不一定过上安顿日子。舍得舍得，不舍哪里有得啊！人在世上，活的就是个心安理得！

胡长顺认真地点点头。不是家里把一些粮食分发下去，安顿了人心，他们又怎么能安心在天津卫照看生意呢？如果不是东家爹英明、大度，此时的胡立岗恐怕早被灾民难民，甚至被饥饿的佃户、长工踏平了……胡长顺若有所思地想着此次和父亲胡树海一起来天津卫学习打理生意所发生的一切，不由为自己的私心和贪婪感到羞耻，也为爹言传身教的良苦用心而感动。在家乡胡立岗，在异地他乡的天津卫，东家胡树海都是大大方方地将胡家的东西舍弃出去，救济灾民，解人之难，图的不仅仅是个心安理得，这是人性，是东家的胸怀啊！

突然队伍乱起来，几个头戴瓜皮帽身穿丝绸马袄的人被一群手持棍棒小衣襟短打扮的混混儿簇拥着，打散人群横亘在粥棚前。一根木棍不紧不慢地敲打着案儿，天津味儿十足的声音从木棒敲击的间隙中传来——胡家粥铺糊了，胡家粥铺糊了！

一胡家伙计抱腕当胸脸上赔着笑，几位爷有何吩咐？木棒放在了伙计的肩头，乜斜着眼说，吗话，吩咐不敢。知道这是吗地界吗？

天津卫！右手大拇指一挑，得意扬扬的。

高粱红马袄端着架子乜斜着眼看着“胡家粥铺”几个黄底白字的招牌，直颤动脑袋，脸上写着十个不忿。南市左爷，知道吗？

伙计点头如鸡吃米，知道知道，左爷好。

那个叫左爷的，顺手弹了弹袄袖说，赈济灾民，赈济灾民，好。咱这帮兄弟也饿得肚皮疼。请你们掌柜的过来。声音尖锐起来。

胡东家屁颠屁颠地从门洞阴凉里一阵风似的跑过来，脸上堆满了笑，左爷左爷，哎呀，哎呀，屋里请。左爷眼又乜斜起来，胡掌柜的，胡东家，咱兄弟们闹饥荒闹得厉害。胡树海委屈地说前两天不是刚把孝敬给您老送去吗？

你说吗呢说吗呢。左爷是那种不见好就收的人吗？天津话轰天价响。

砸！左爷狠狠地说。

棍棒抡了起来。在风中发出尖锐霸道的气息，把风和空气排挤得忽闪忽闪响。

胡长顺见是混混儿来找茬，气得端起勺子就往前冲，嘴里呼呼地嚷着，这世道，行好还不见好哩。

棍子们突然找到了砸的对象，一起朝向了胡长顺……

住手！人群外一声闷闷的呐喊。一个驼背儿不知怎么就来到了左爷的身旁，一只手搭在了左爷没有抬起的左胳膊上。

潘爷你呢。左爷的脸变得真快，刚才阴云密布一眨眼晴空万里，堆满了笑纹。

作死呐。驼背儿的眼里冒出骇人的光芒。

潘爷，这胡家不会也是你的东家吧？左爷无奈地直咧嘴，脸上的肌肉不安地抖动起来。

是呢。这是我的东家。潘驼背儿一指点头哈腰的胡树海和胡长顺，他们是我老家主儿。我是胡家的长工。

天津卫所有的铺面都是你东家的，左挡右支的，多大的脸啊！让咱怎的活呀。左爷无奈而惋惜地直跺脚。

一只碗口粗的带着风的木棍悄没声地砸在了驼背儿鼓起的地方。咔嚓——着地的木棍顿时木屑飞扬，迷住了人们的眼。哎哟，我娘啊——暗地使棍的胳膊在痛苦里废了，又一声哎哟娘，左爷被那驼背儿牵着左胳膊给抡了起来，一阵叽里咕咚。天津话们都卧在了地上。

潘爷饶命！潘爷饶命！几个瓜皮帽扑跪在眼前。那个叫左爷的已没了声气，被驼背儿牵着的胳膊脱离了身体随风如树叶似的晃动。

蛇有蛇道，龙有龙形。怎么活是自个儿的活法，潘某管不得那么多。但天旱蝗灾之年，雪上加霜的缺德事少干为好。驼背儿竟直起了高大的腰身。那个左爷灰头土脸，连忙点头。小的改了，小的改了。眼神里充满了恐惧和服帖。就是你的东家吧。

一扬手，咔嚓，左爷的胳膊被原位安装上了。还要试试吗？很低的声音。

不啦不啦，咱们服了！左爷屈腿跪下，用手左右开弓抽着双脸。感情你老不驼背啊。

驼呢。身子矮下了半截，眼里冒出更亮的光芒。

3. 潘驼背儿与胡家的恩怨

潘驼背儿打跑了闹事的左爷一帮，让胡家非常感激。胡树海拿出银子给仗义的潘驼背儿，以表谢意。潘驼背儿驼着背儿笑呵呵地直摆手，有气无力的声音从低低的胸腔里发出来——路见不平拔刀相助，是江湖人的职责。再说我们老乡家家的，不图这个。胡东家救济灾民，已属大义，难得难得！潘某若认黄白之物，岂不被人笑掉大牙吗？说什么也不收胡家的心意。

胡家老少面面相觑，继而哈哈大笑起来。侠义之士啊！大恩不言谢。拉起潘驼背儿向南市最好的酒楼——望海楼就走。吃顿饭总可以吧。潘驼背儿拗不过胡家热情，三人笑嘻嘻地向望海楼走去。

胡树海、胡长顺和潘驼背儿在酒楼谈得正热火朝天，桌子上摆满了山珍海味。一阵咔嗒咔嗒的木屐响，几个日本浪人围上前来，不由分说，举刀就剁，嘴里还扔出几句半生不熟的汉语——潘驼子死啦死啦的！刀刀只取人的要害。吓得胡家老小脸白得像层窗户纸。

潘驼背儿一把将胡家爷俩儿护在身后，抓起桌上的竹筷子，嗖嗖几声，将贴近的日本人钉得哎哟哎哟，趴在地上一翻眼，死了。只见潘驼背儿塌掉腰身，如燕子一样飞出去，寒光闪烁处，日本人的长武士刀已经把另外几个凶神恶煞似的日本人串起了糖葫芦，直直地挺在原地，相互搂抱着，支撑着，连句巴嘎都没讲出来，就到阎王爷那里报到了。

哗啦哗啦——几杆黑洞洞的枪对准了潘驼背儿和屋里的胡家父子。

不准动！动，就乱枪打死！

进来几个穿黑制服的警察，白色的帽檐和白色的绑腿闪着刺眼的光芒。潘驼背儿看看吓呆的胡家父子，一挺腰身，任由黑制服戴上镣铐。

人是我杀的，与他们无关。潘驼背儿晃动起长长的大辫子器宇轩昂地说。

奶奶的，你作死啊，这可是日本人！黑制服在一片白茫茫的光环中把潘驼背儿押走了。

胡树海愁得一夜白了头。恩人潘驼背儿连顿热乎饭都没来得及吃好，见日本人疯狂地杀戮，怕伤了无辜的胡家父子，动用绝技，几招之内斩杀了凶神恶煞的追命鬼，又怕连累善良的胡家父子，将本可以逃之夭夭的机会彻底放弃，被黑制服逮捕入狱。胡树海后悔莫及，抡起巴掌狠狠抽起自己的腮帮子，泪水哗啦啦地滚出眼眶——吃他娘的什么饭，吃他娘的什么饭！不是被堵在屋子里，不是保护咱们父子，有多少个潘大侠不一撩袍子飞走了！胡树海长吁短叹，脸上写满了自责和无奈……

侄子胡三神情黯淡地说，东家着急后悔没用，只要肯花钱，潘大侠还有救！

胡长顺听到有希望，一抹眼泪，腾地站起身，一把抓住了弟弟胡三说，就是砸锅卖铁，人也得救出来！

胡树海郑重地看着胡三，嘴里咬出句话来——三儿，花多少银子，只管办去吧。大爷拜托啦！说着，深深朝着胡三鞠躬。

胡三赶紧扶起东家胡树海，满脸的恐慌——折煞小的了，折煞小的了。咱先趟趟道儿，天无绝人之路！说罢，站起矮胖胖的身子，风儿似的走了……

俗话说得好，有钱能使鬼推磨。胡三真的用银子砸开了监狱，把潘驼背儿救了出来。

潘驼背儿一拱拳，什么也没说，嗖地从胡东家和胡长顺、胡三身边飞走了。胡家三人你看看我，我看看你，不知道潘驼背儿葫芦里卖的什么药。再怎么样，胡家拿出一万多银子，从鬼门关把人捞出来，不容易，也费尽心血，怎么潘驼背儿连句客气话都没说就走了呢。

其实，潘驼背儿并没有不辞而别。他急急出去，是寻找到了左爷，问个究竟，为什么用日本人的手来收拾他。左爷一脸的无辜，对天盟誓，说自己已然服气了潘大侠，凭的是江湖规矩，绝不会挖空心思暗地里下刀子，做出下三烂的事，更不会埋没祖宗，舔日本人的腚沟子，来残害中国同胞。并指着自己的鼻梁子说，如果今生今世，和日本人有瓜连，有勾搭，你随时把左某的脑袋拿去当夜壶！帮内的弟兄也可以手刃我！

潘驼背儿信任地拍拍左爷的肩膀，说咱们怎么折腾，都是家务子事。我信左爷的为人！

从此，左爷和潘驼背儿成了好朋友。

但好景不长，不知谁透露了风声，还是日本人又憋什么坏，说杀死日本人的真凶潘驼背儿已经逃离天津卫监狱，被枪毙的只是临时找了个替死鬼。日本人大动肝火，非要求天津卫缉拿真凶，否则，引起国际纠纷就以武力解决。天津卫立即行动，丁零当啷地全城搜捕起留有前朝大辫子的潘大侠……

潘驼背儿终于跟着胡家东家来到了胡立岗。

津南大洼活跃着一伙吃大户、劫道抢人的匪类，这地方的人叫他们“三儿”。

人怕出名猪怕壮。胡家的富裕也成为“三儿”惦记的对象。在胡东家和胡长顺、潘驼背儿从天津卫往胡立岗赶的当儿，“三儿”打劫了胡家，并把胡长顺快两岁的儿子绑走了，扔下话，没有银子五千，就撕票！

胡树海他们一回到胡立岗，眼前的景象让他们惊悚不已——胡立岗的围墙被炸塌了半截儿，夯实的土依里歪斜地横亘在四周，如同瘫软的淤泥散发着呛人的火药味儿。胡家遭了大难，看家护院的庄丁和执勤的壮丁被打死捅死了十几个，可以想象出当时的战斗是多么的激烈。庄丁和壮丁拼死守护，无奈“三儿”人多势众，枪急马快，又做了充分的准备，胡立岗被攻破。“三儿”直奔胡家，粮食、银钱、衣服、被褥抢了个精光，胡家奶奶当场被凶神恶煞的“三儿”吓死了，把胡长顺的宝贝儿子从胡家少奶奶的怀里生生夺走，放出话——拿钱赎人！五千大洋，少一个子儿，就撕票！

胡长顺的媳妇——胡家少奶奶哭得都直眼了，上口不接下口地喘着细弱的气。

胡树海脸色难看极了，面对围拢上来的长工、佃户和胡立岗人，怔了半天神，突然，大声地说，多谢老少爷们啦！死伤的弟兄们，都是胡家的恩人！胡家就是砸锅卖铁，也不能让他们白死白伤！长顺，长顺，把银子分给死伤的弟兄们！快！

胡长顺哭丧着脸，娘一句，儿一句地嘟囔呢喃着，茶呆呆地看着遭殃的家。哪里听得到东家胡树海的喊声。

胡树海一脚踢在胡长顺的屁股上，眼睛冒出呼呼的烈火——把钱拿出来，分给死伤的弟兄们！听到没，你个没骨气的东西！

人群轰地矮下去，悲哀的恸哭声立即弥漫了整个胡立岗……

人们眼前闪过一个驼背儿的黑影，如同飞过一片乌云，或者一只大鸟……

四天后，当人们从夯实围墙的号子声里，看到胡立岗大道上咣当咣当地走来一长溜儿马车，立刻警觉起来，咣咣的锣声扯开嗓子惊天动地地响起来。人群轰地站满了围墙，各种家伙什儿嘁哩喀喳地亮出来，在阳光下发着警惕的寒光。近些，那一溜儿马车上，只有前面一辆车上有人，车辕上坐着一个驼背儿，怀里抱着一个红色的被子，低着头，一声不响地走着。那辆车上只有两个鼓鼓囊囊的麻袋。后边的六辆车上装满了粮食口袋和折叠整齐的被褥、柜子、箱子……

胡树海看清来人是潘驼背儿，撩起马褂，兴冲冲地从围墙上跑下来——潘大侠回来啦！潘大侠回来啦！

人们这才看清，车上装的正是胡家被抢走的东西。

潘驼背儿扑通跪在了胡树海面前，低着头，把红被子高高举过头顶——东家，小的对不起你！小东家被狗日的捂死了！

胡长顺哇地嚎叫起来。抱过红被子，儿啊儿啊的哭天喊地起来……

人们终于看清第一辆马车上，装满了血淋淋的人头——鲜血渗透麻袋，红红艳艳而干干瘪瘪地流淌在车板上，像刷了一层油漆，发出瘆人的血腥味儿，鼓起枯萎而恐怖的疙疙瘩瘩……

潘驼背儿寻到大洼，在一片苍茫的芦苇荡里找到了打劫胡立岗的那伙儿“三儿”。

十几座低矮的泥土房掩藏在伸展的绿色和恣意吐穗的棕红色中，活像一块没有生气的坟茔荡子。潘驼背儿被人领着走进来，摘掉蒙在眼上的黑眼罩，从身上卸下一个鼓囊囊的袋子，咣当咣当地摇晃着，说东家派他来赎票，五千大洋一角不少。

“三儿”们轰地围上来，把各式家伙儿冲向了驼背儿——一手交钱，一手交货！

潘驼背儿嘿嘿地笑了，喃喃地说，我一个驼背儿，也不是三头六臂，怕个毛哩？先让我看看小东家，钱又跑不掉……

哈哈哈哈哈。送上门来的银子，岂有回去的道理！一个杀气腾腾的声音从高处的座位上响起。

剁了！

喂王八！

寒光从四面八方带着呼啸奔驰而来。

潘驼背儿哎哟一声，萎缩成为一团，像极了惊慌失措的刺猬，跌倒于地，哗啦啦——袁大头从钱袋子里飞散出去，发出清脆而响亮的声响和光芒……

爷，爷……刀下留人哇！潘驼背儿哀号着。我一个驼背儿，受人指使，和爷们无冤无仇……

见到亮闪闪的袁大头，“三儿”们哄笑起来，叽叽呱呱嘲笑起潘驼背儿的胆小怕事。

票，给你！那个杀气腾腾的声音又嗡嗡地响起来。

一个红色的被子被人扔过来——潘驼背儿无声地用双手软软地接住——

可怜的小东西，太没气脉啦，没出胡立岗儿里，就完蛋了……那声音哈哈哈着，不怨天不怨地，怨就怨小东西命苦吧。

你们太不讲江湖道义了吧。潘驼背儿抱起孩子，手轻轻一用力，立即感到一股死人的干瘪和冰冷。他挺直了腰身，眼睛里喷出了火苗。

吗道义？老子就是道义！

钱就是道义！

杀了这驼子！

哎，驼子直起来了——

潘驼背儿恨恨地骂了句，土匪，没人性的杂种！一甩手，唰唰唰唰——袁大头划着漂亮的银光发出它特有的铮铮声，噗噗地钉进了“三儿”们的脑门上……

潘驼背儿是以最大的诚意来做这趟买卖的。江湖有江湖的规矩，肉票不是随意就能撕掉的。“三儿”没能好好保护肉票，把个还在吃奶的孩子给断送掉，已经坏了江湖规矩，又要贪婪地吞吃赎人的钱财，简直是一帮无情无义的畜生。即使斩尽杀绝他们，也不会有人来同情他们。

潘驼背儿怀抱着死去的小东家，心里腾地燃烧起无尽的怒火——他开杀戒了！

潘驼背儿割掉“三儿”的头颅，收拾起被抢来的胡家的东西，一把大火将“三儿”和泥土房烧为了灰烬……

潘驼背儿拉住东家的手，满脸的遗憾……

胡树海晃动着满头的银发，感激地拍拍潘驼背儿的手，长长叹口气说，“三儿”也得了报应，是罪有应得的下场。胡家遭此横祸，也是冥冥中的磨难。就当众宣布，潘驼背儿为胡家主事，并在村中的奶奶庙里由潘主事操办起把式房，传授健身壮体的武术，以保家卫乡……

望着不到五十的东家胡树海，因愁苦身陷囹圄的自己而一夜白了头，潘驼背儿心里翻腾起火一样的热浪，拼命地点头应承……

人们欢呼起来——跟着潘主事干！

4. 胡立岗上有狐狸

在潘驼背儿眼里，常捞金是最有出息的一个孩子。

农忙时节，潘驼背儿就会从把式房出来，赶起马车跟着大伙儿忙活。赶马车那阵子，小捞金总是缠在他身边好奇地听他吆喝骡马看他甩鞭响，眼睛亮闪闪的，那个稀罕人劲儿甭提多叫人心疼了。从雪地里抱起“倒卧儿”那一刻起，潘驼背儿就觉得这孩子和自己有缘。闲时用手摸索摸索胳膊腿脚的，发现小捞金还是个练武的好坯子，就想起了三大和尚当初从头到脚摸索自己的时候，扑地笑出了声。嚯，为伊消得人憔悴，蓦然回首、那人却在灯火阑珊处。不爱说戏词的他还是不觉中引出了这句诗词。上天有德，喜欢什么样的苗子，不需要千百次的寻觅，不经意时就会送到你身边，只是看是否有这个缘了。潘驼背儿喜欢孩子，他的两个儿子都长得五大三粗，一个女儿亭亭玉立，但他们都没有一副可造的身板，充其量只能练个利落的筋骨皮，难有大的发展，不能有深的挖掘。可惜了自己一身的好本事啊，竟然没有一个合适的继承人哩。潘驼背儿长长地叹息一声，为自己叹息，也为潘家儿女们叹息。叹息声未断，道边上捡回个小捞金，却是踏破铁鞋无觅处柳暗花明又一村的好场景。潘驼背儿乐得好几宿都没睡好。

小捞金进了账房学算盘学写字，在别人眼里是福气十足，在潘驼背儿那里简直成了糟蹋物件。但接下来发生的一件事，让潘驼背儿眼前放金光，连念了九声阿弥陀佛。小捞金在他的要求下被东家支配到狐狸岗上看坟茔，和自己做伴啦！也就是说东家终于听从了自己的话，把识字算数忙得不亦乐乎的小捞金从姚先生手里夺过来交给他去打磨。小捞金不愿意得很，噘着嘴，一副恨恨的神态……但他又不能不听老师姚百里的话，只得跟着潘驼背儿走了。

这不是缘分是什么？这不是冥冥中安排的又是什么？阿弥那个佛！潘驼背儿心里乐开了花。在他刚过知天命之年的岁数上，能得此徒儿，不感激佛祖，又能感激谁？

十三四的小捞金一副没有长开的样子，就像那个卷起的铺盖卷一样，虽然干干净净，但一点也不舒展、皱皱巴巴的，包裹起许许多多含糊的内容。虽然练武晚了些，不是童子功了，凭着小捞金的身体潜力和潜质，潘驼背儿相信自己可以在最短的时间内使小捞金激发出体内的能量，步入武学境界……

师父，以后我和你做伴儿哩。小捞金总是很开心的样子，全无刚被从账房赶出的失落。原来老师姚百里背后里开导他，说你的文化程度基本够用了，只有练好身体，才可以更好地长大成人，做对国家对民族对乡亲们有利的事！小捞金温顺地点点头，他清楚老师是不会害自己的。他教育他的那些道理早种在心底……

嗯，好小子。潘驼背儿高兴地拍拍他的头，一副怡然自得的表情。小捞金却望着桌上的家什儿出神说，师父，在这树林里可以轻闲地写字，打算盘呢。我做饭，你等着吃就行。小捞金算盘珠一样清脆的声音真好听。

喔，看坟茔可不是没事做。看坟墓，修树枝，整墓草，清石碑……潘驼背儿故意往外引话。

师父，放心，你教我一遍我就会了，而且告诉你有多少树，什么树……蛮自豪的声调。门口那些石磙石锁是做甚的，这里没农活呀，也不需在此打轧晾晒啊。小捞金终于注意到了那些练武的东西了。潘驼背儿一喜，故意打岔道，那是我老人家压驼背儿的，驼背儿总痒呢。

哈，不会是躺着磨痒吧，像老牛蹭石槽……小捞金吐吐舌头。师父，我不是那个意思。

哈哈哈哈，潘驼背儿哄然大笑起来。小捞金，看看老人家怎么磨石磨吧。一抖身从炕上飞出门外。小捞金只觉得身边那个身子燕子似的轻巧飞离，悄没声地落在了石磙前。他看呆了，不清楚潘师父是怎么出去的。

好个潘驼背儿，一脚担在石磙横梁上，一抬脚两个硕大的石磙飞转在肩头，高耸的驼背儿成了横梁木的支撑，石磙刷刷地越转越快，形成了一道白光，突然一声“嗨”，石磙向高处旋转着飞去，一抬左脚，那旋转的石磙静止在脚尖上了。

一切来得那么悬乎和神奇，潘驼背儿好像要的不是重千斤的石磙，而是把玩两颗晶莹剔透的豆子，轻松自然，气息不乱。小捞金眼睛里先是两个石磙，后是一道旋转的白光唱着风，吹着单调的嗡嗡口哨，再后来就是脚尖上的那两个安静的石头了。哇，太厉害了！

太神了！他跳起脚高兴地喝彩起来，被潘师父的超常举动完全折服了。

石磙无声息地放回原处。突然，潘驼背儿一个倒栽葱倒了下去，哎哟一声，整个后脊梁砸在一块方石上，吓了小捞金一跳。

小捞金慌慌张张地跑过来，像是摔坏了他什么珍贵的物品一样心疼和心急，师父——

小捞金颤抖的手刚拉住潘驼背儿的衣服，潘驼背儿哈哈大笑着坐起身，一扭腰，从小捞金指头缝里消失了——屋后的那个歪脖老柏树上多了个人，一条长长的银灰色辫子绳子一样拴在枝条上，轻悠悠地挂着笑呵呵的潘驼背儿老头儿。一切来得又那么突然和神奇。小捞金被眼前的景象弄懵了。那块硌人的石头忽然哗啦啦地碎了，瘫软在他的脚下发出一声哀鸣。

高高的胡立岗上茂盛的树木下从此多了个忙碌的小身影。

小捞金喜欢上了这片美丽的树林。五里多长的林子里可以满足一个孩子的好奇心。最让他好奇的是那拖着毛茸茸尾巴的狐狸。

但师父说狐狸是最灵性的，伤害不得。

小捞金细细地观察起它们来。狐狸长着长而尖的脸，拖着毛茸茸的大尾巴，走路有时一蹦一跳地像个调皮的孩子，总是三五成群地在林间戏耍，不怕他似的。

狐狸的毛色四季不同，春天一身灰衣服，夏天一身单薄的皱衣服，冬天最可爱，穿着厚厚的长绒衣，使整个身体充起气来似的滚圆。夏天最没成色，皱巴巴地显得脸更尖了，恰似个有眼的三角板，比村里的笨狗还难看。最难得的是，在雪霁之日，小捞金发现了三只白狐一只红狐，高兴地对刚从胡立岗村回来的潘师父说起，满脸神采飞扬，好像那白狐红狐刚刚和他交代了什么秘密似的。潘驼背儿直直腰，捻着白胡须呵呵笑了，满脸的褶子向上撩动起来，树林大了，深了，好东西就来了。小捞金淘气地摸着潘师父的胡须，师父穿上那白狐皮，一头白发，一脸白须，多么像……

像只老白狐狸吧，哈哈。潘驼背儿朗朗地笑起来。

明天我给你逮只来吧。小捞金一弹手指，一粒黑色的东西直线似的撞到门外的石头上，发出一声金属的鸣叫。

潘驼背儿眼光锃亮地盯着小捞金，一板一眼地说，不可贪，不可杀生，不可胡说……

师父，我是开玩笑的。我不会伤害它们的。小捞金就差举起两根手指起誓了。

话也不能瞎说。潘驼背儿微微叹了口气，狐狸最灵气，你说的话它们听得见。这段时间内，你不会再寻到它们了。

果然，三只白狐一只红狐真的消失了。小捞金懊恼地跪在前段时间见过白狐红狐的树林里，喃喃自语，我无心伤害你们的，我再也不说了，也不去想了……

一个灵巧的红色身影划着优美的弧线从前面飞速而过，像师父潘驼背儿打火镰时的那道火花。

三个白色的精灵在红色消失的地方出现了，它们坐在地上，支着后腿，用前爪轻轻划出三道白色的旗帜。一眨眼，融入了白茫茫的树林里。

哈，这些小东西真灵乖啊！捉它们的念头一消失，它们就出现了。小捞金坚信这些精灵真的很神秘，能够看透人的心思，能够穿透人们的灵魂。此时，小捞金已不再满足于老师姚百里讲述的关于狐狸的故事，而是从他那里借来了蒲松龄的《聊斋志异》，在习武之余，躺在小屋里、树荫下、草窝中去品读那些有关狐狸的事了。他总觉得有双毛茸茸的小爪子在书本里翻动，把他带进了婴宁、小翠、红玉、莲香、娇娜……的世界里。小捞金常做一个梦，梦到自己变成一个英俊潇洒的书生背着书箱进京赶考，夜宿一座古刹，灯光里就走进一个身着红裙装的女子来，陪他说话，陪他读书……

胡立湾湿润的水汽把整个胡立岗皴染得水灵灵的，连早晨的雾也被弄得白茫茫湿漉漉的。小捞金呼吸着这润朗的气息，把满腔的花香草汁儿味和树木树叶发出的特有的木材味儿都从鼻子孔里顺着调走运行的气涌遍全身，使血液和气息里都变得湿润鲜香起来。即使是寒冬，河湾子铺成了一层厚厚的冰，也不是大平原特有的干燥燥的土腥子味极重的冷，总是水漉漉的。他努力调气、运动，把师父传授的把式从头至尾毫不含糊地练习起来，辗转腾挪，跳上蹦下，时而是棵不动不摇的固执的松树，时而是匹四蹄奔腾的骏马，时而是只呼啸飞翔的雄鹰，一张一舒，有道无形的气体在他周围幻化形成一个大大的气场，向外散发着刚劲有力的张力。那几匹可爱的小生灵在不远处，随着小捞金的动作，上下舞动，也做着同样的调息、奔腾、跳跃，虽不成气候，但也舞弄得有滋有味有声有色的，好像故意向小捞金学习，也像是怕小捞金寂寞，陪他一起玩耍似的。小捞金舒心地笑了。这些鬼机灵啊，好可爱！小捞金曾尝试以“无影身”快速接近她们，虽然它们玩得兴致很浓，对小捞金不设防，但它们还是火光一样逃匿出去，站在不远的地方冲小捞金做鬼脸，把那条又长又软的尾巴竖得高高的硬硬的，既像一面面随风飘扬屹立不倒的旗帜，又像一支支正蘸满墨汁的准备笔走龙蛇的毛笔。小捞金停住脚步，把气息调匀，快活地指指张扬的那些小精灵，说等着吧，我一定会赶上你们的！那些小东西高兴地点点头，把竖立的旗帜风一样地散开，像燃烧的一团团火焰……

三年后，小捞金终于练成了“无影身”，在一阵风驰电掣的呼呼声里，那匹鲜艳的红狐狸到底被按在了手里。火焰般毛茸茸的皮发出火红的光芒，温柔的大尾巴宛若一双温暖的手轻轻抚摸着小捞金的脸颊，就像每次大功告成，师父潘驼背儿总会爱惜地用大手拂弄他的脑门儿一样，充满赞许和肯定。小捞金清楚地看到那红狐美丽的眼睛闪着，温情的光，尖尖的鼻子湿润得如一滴透明的水珠，尖尖的耳朵扑闪着，极像两片红彤彤的树叶，还不待小捞金放开手，说什么体贴的话语，表达自己武功的厉害，小捞金就觉得手心里一烫，一道火星刷地就飞走了，消逝了。胡立岗那株把胳膊伸得很长很长的榆树枝上，那个红色的小精灵不停地举着前右肢，发出尖尖的叫喊……

突然，树下顷刻间拥满了白色的棕色的灰色的大大小小的狐狸，支起身体伴随着树上尖尖的声音，拍着前肢，不停地跳跃着双腿，身后毛茸茸的大尾巴有节奏地舞动起来，像一团团迷蒙蒙的雾，花里胡哨的。小捞金被眼前狐狸的舞蹈惊呆了，来不及追究什么根由，好像有一个命令支配着他的大脑，他不由自主，又很配合地举起双手，用脚啪啪地踏着地面，随着狐狸们的节奏舞之蹈之，嘴里发出欧欧的呐喊……

5. 胡立湾里有的是水灵灵的传说

小捞金充分展开了他的想象力。由胡立岗村到高高的胡立岗，由王莽河到这个弓似的大河湾，由精灵般的狐狸到岗下村街上的笨狗，想象的翅膀带他飞得很远很远。最后把思路定格在两个字上——狐狸。岗下的村庄虽然是姓胡的先民建立的，其谐音总离不开这个“狐”，虽然他喜欢把这土岗和河道叫狐狸岗、狐狸湾，缺乏一种隐秘性，给人太白太土的感觉，但更能具有神秘性神奇性。想啊，一群南迁的狐狸从遥远的大兴安岭不辞辛苦地来到这片大平原，发现了这片神奇的土地，在弓背的怀抱里扎下根，繁衍出一代代生动鲜活的生命，多壮美，多伟大啊！当他把自己的想法告诉给老师姚百里、干爹王三秃子、干娘四婶子、师父潘驼背儿时，他们给了他一个共同的微笑，你爱叫什么就叫什么。只有陶二娃子说，你八成就是狐狸精托生的。还动手撩起他的衣服看屁股上是否有那根又长又松软的尾巴，笑得嘎嘎的。小捞金很是恼火，发誓再也不理臭陶二娃儿。

躺在高高的胡立岗上的屋子里，小捞金就大声地喊，对，我就叫这地界狐狸岗、狐狸湾了！

声音划过树枝树叶传得很远很远。

宽阔平静的王莽河在这大大的转弯处流得更稳了，不急着东奔，停下来歇歇脚似的，如面静谧的镜子在阳光里发出蓝蓝的光。小捞金依然很清楚地记得第一次落水时的情景，河水是甜的，也是苦的咸的，会发出许多小星星的光芒，然后是黑暗的空白……现在的小捞金已经是个戏水高手，不仅可以潜游很远，而且可以用肉眼看清水中的浅绿色浅黄色的河草，还有各样的鱼儿虾儿。欢乐的时光总是围绕在他的身边。

对于水的感觉，小捞金是有着极强的敏锐性的。潘驼背儿关于狐狸湾的传说更增加了他的好奇。师父闭着被白眉遮盖的眼睛摸着长长的白胡须，一副恬静一副悠然一副神圣的样子，仿佛不是讲故事，而是喃喃自语，说得跟真事儿似的，就如同他亲自经历了一样，头头是道，活灵活现，有气味有形象，不能不使人相信，尤其常捞金看着才四十的潘驼背儿竟然生出浓重的白鬓白发，增添了无数的神秘和神奇，就感到狐狸岗下那湾静静的水——狐狸湾绝对有故事！

他的脑海里总是无休止地播放着师父潘驼背儿给他说的故事……

传说好久以前啊，具体什么年间事，虽没说清和点画出来，但总比师父和老东家的白胡须远得多。说：有一个给地主家放羊的孩子，正蹲在狐狸湾旁边的茅草丛中拉粑粑，听到有两个男人的声音在河边的树荫里响起。一个说，这个河湾是一穴风水宝地，某月某日半夜三更会有一朵奇大的白莲花苞从河水中升起。如果趁着这莲花开放时，把祖先的骨灰罐儿投进去，注定了后代儿孙会高中状元。那个说，赶紧回家办理吧。这个放羊娃很机灵，知道这是两个会看风水的南方蛮子。他心里就琢磨开了：我一个小长工，大字不识一个，八辈子不会有什么出息了，但如果我有一个高中状元的儿子，子贵父荣，也是他娘的美事啊！穷长工尽管不好讨老婆，但老婆总归会有的，找不到好，赖的也将就。放羊娃回去偷偷把父母连同爷爷奶奶的尸骨起出来，烧化了，装在东家老爷喝酒扔掉的瓦坛里，蹲在河边茅草丛，耐心等待着……功夫不负有心人，这傻小子终于在一个月明之夜，等来了花开的机会。那日，四周万籁俱寂，月亮明晃晃地挂在天空中，河水中只是轻微传出鱼儿吐水的声音，草丛里野鸭子、野水鸟等都睡得很踏实，仿佛做着什么开心的梦，没有一点儿声。突然，傻小子眼前一亮，有一个比牛头还要大的洁白的荷花苞从河水里冒了出来，紧接着就缓缓地开放，那些巨大的花瓣儿在月光的照耀下如同绽放的丝布房子，美丽而神奇，比东家大小姐屋子里的床幔还要透明靓丽。等到花儿全部放开，比东家院子里的磨盘还要大，香气浓郁，把河边的野草都熏蔫了，河水向外散发着看得见的白汽。放羊娃头昏目眩地站起来，双手捧住那个祖先的骨灰坛子，瞄得真切，就像平常抽调皮的山羊羔子甩鞭子梢头儿一样，投向花心儿，自然是正中了。香气大放了一阵，接着就收敛了，那些大大的绸布样的花瓣儿也逐渐地收拢，缩成了初出水时的模样，缓缓地沉下水去。放羊娃在水边干完这一切，仿佛在梦境中。那天，放羊娃正在河边悠然自得地躺着，眯起眼来昏昏欲睡。那两个南方蛮子又突然出现在河边，顿足长叹——我的祖奶奶亲祖宗哇，晚了，被人家抢了先了！放羊娃才想起那夜的事，原来他把那事儿早忘到脑袋瓜儿后去了。他见两个人痛心疾首的样子，心里不免暗自得意，就装作没事人似的，拖着长腔问怎么回事，那两个人抬头看看眼前这个衣衫不整、鼻涕横流的放羊娃，眼中忽然射出犀利的光芒——后来，这两个南方蛮子带来两个美女，非要送给放羊娃做老婆，而且负责盖房起屋，置办下一些田地。人们觉得蹊跷，我的天老爷，风水轮流转，敢情什么人都有福分啊。放羊娃心中明白，打死也不说破。放羊娃美得要死。一年后，两个媳妇各生了一个儿子。两个孩子聪慧异常，全无放羊娃的低劣笨拙，那书读得是狗赶鸭子——呱呱叫！再后来，老二突然放下了学问，跟着一个化缘的和尚跑到外边练起了把式。结果，老大成了文状元，老二考取了武状元……

小捞金当时听得瞪圆了双眼，远觉得比姚先生的包青天、岳飞、孙猴子等等的故事更神奇更可爱……

小捞金也觉得狐狸湾的亮亮的水里一定有朵等着他来观看的莲花，大而美，娇而艳，香气扑鼻，醉倒一河的鱼虾和水草，宛若一个暖暖的美梦，深远而悠长，芬芳而瑰丽……比岗上的红狐白狐还神奇，比水里的鲫鱼、鲢子、鲶鱼、黑鱼、厚子鱼还丰富呢。可幻想而不可观玩，可梦求而不可触摸，如梦如幻，如歌如泣，长长地牵扯着他去追求那份传说，所以就有事没事神色异样地总往水边溜达，试图在河水的某个地方发现什么……

潘驼背儿看着小捞金神啊魔的，在后面偷偷抿嘴笑。哈哈哈，真是好奇浪漫的孩子啊！蒙人的事也信哪。哪里有那么多传说和故事啊，这里的被借出去到那里讲，那里的被揽过来到这里说罢了。谁叫人们都喜欢神秘的故事呢，越说得具体，人们越信……

师父潘驼背儿的女儿小石花和胡家二小姐胡彩凤总爱上到高高的狐狸岗找小捞金玩。当小石花笑模笑样地说起小捞金神啊魔的寻找莲花这段时，臊得小捞金满面通红，仿佛被看穿了心事变得没遮没掩的。二小姐胡彩凤更是笑话他痴心妄想。当他悄悄把自己的梦和真实想法告诉小石花，下边又轮着小石花满脸绯红了，像极了一朵盛开的睡莲花。胡彩凤将耳朵伸过来，什么也没有听到，噘起嘴问他们说什么，背人没好话！悄悄话，嘴对耳，耳对嘴，烂耳朵，烂嘴巴……

小捞金脸色通红，磕磕巴巴地说，真的如师父说的那般神奇多好哇，找到那朵花，许个愿，就能找个漂亮的媳妇儿了。穿着红红的衣衫，俊俊的眉眼……那天，小石花正好穿了件红布裙衫扑闪着汪汪的大眼睛听小捞金说放羊娃的故事呢，不成想在小捞金的梦里的结局是这么回事，竟是个红衫女子……就急急地用手推了把小捞金说，做梦想媳妇儿臭美吧，傻小子……样子好看极了。

就是。胡彩凤生气地上前也重重地搡了把小捞金，瞥一眼说，穿红衫的就是俊媳妇啊？色！色！二小姐此时已在古皮城上高小，满口的文章。她瞟着好看的丹凤眼，一个劲地在他们身上扫荡，试图发现什么对自己不妙的事。看到小捞金和小石花亲亲近近的，胡彩凤心里很生气。一听小捞金梦想的俊媳妇是红衣红衫，小石花那些时候穿着红色的布裙，而她是一身的白丝绸，就气不过，噘起嘴，把小捞金推倒在地，用古皮城的官话骂小捞金是小色狼。

小捞金只有嘿嘿地傻笑，白衣服的也俊，也俏！

三人哈哈哈地和好了。狐狸岗上传来天真烂漫的笑声。

自从跟潘驼背儿学功夫，小捞金愈发感觉自己就是条有腿有手的鱼。水轻轻划过皮肤，没有一点声响。村庄里的人们多是撑着小木船撒网捕鱼，咯吱咯吱的摇摆声震碎了满河的宁静。小捞金不喜欢小船，只喜欢潜射进水里用手摸鱼抓鱼，而且都是那种又肥又大的黑鱼、鲫鱼，他从不看那种鲢子、棍子鱼。抑或用一支尖尖的竹竿站在潘师父的船上往水里掷，他很喜欢那种竹竿插入水中发出的咚的叫声和水花婆娑的样子，以不急不躁的涟漪画着很圆的圈向四周扩散，虽然细微不真切，但他还是可以听出水花、涟漪的水间相互挤压、黏合、分开的声音，甚至水下竹竿撕裂鱼肉及鱼尾鱼鳞鱼鳍紧张哆嗦的颤抖声，也如丝线般冲进耳膜。师父潘驼背儿脚踩船梢用内力迫逼船肚挤碾水皮，水皮爆裂，噼里啪啦地响不停。也就是说，小捞金潜伏着听力的内质，只是没有被潘驼背儿挖掘前一直处于休眠状态罢了。

但他没有潘师父脚踩船儿船儿行走水面的本领。他很纳闷，也曾用心请教和练习，也没得要领和真谛。潘驼背儿目光炯炯地说，道行浅罢了。

小捞金只好用力地去划桨，听桨叶击碎水皮发出啪嗒啪嗒单调的声音，像是叶片与水的对话，无聊而无趣，一点儿也不活泛，没什么趣味，远无师父的武功运用得孔武有力而自然流利，不费瞎工夫。小捞金下定决心一定好好悟修所学，练成师父一样的绝活来。

小捞金使船的本事终于大起来，可以同师父一样用内力驱使船儿行走了。那是王莽河修木桥时显露出来的，也是不再惦记放羊娃的事情时慢慢流露出来的。

河对岸不仅有胡家东家的几百亩地，还有个叫李家洼的大村子和几个小村子。虽然只隔了一河，但那边岸上并没有高高的土岗，只是一般岸堤的样子，相对于对岸高高厚厚的狐狸岗而言，显得瘦小可怜，弱不禁风，也没有什么高大的树木生在那里。这很符合现实情景，更符合中国古老的自然说法，这边一个岗，那边一个洼，阴阳相生相克的道理。两边被王莽河隔开着，也断不了来来往往，中间拉扯的就是小捞金脚下的这种小木船。粮食多的时候，东家就在河堤上辟开一块场地来打轧晾晒，将满车、满船的粮食运回来，把众多的麦秸垛豆子垛玉米垛扔在那边，形成了一堆堆的小馒头。胡家东家胡长顺经过一番琢磨，终于下定决心在王莽河上修一座坚固的木桥。原来的小窄木桥在风吹日晒里，风烛残年，破烂不堪，已经不能行人载货了，失去了桥的意义，塌折了近百分之八十，只有几棵坚强的木桩插在水里孤零零地冲着天空叹息，被狐狸湾清水轻柔抚摸着。陶二娃子是小伙伴中最勇敢的，他站在废桥上或者木头桩子上扬起胳膊在空中飞翔起来，划一道曲线，咚地钻进水里，像青蛙入水没有多少水花，半天才露出脑袋瓜，划拉划拉脸上的水珠得意地笑。小捞金也跟着跳水，结果只听到啪啪的水响，溅起好高的水花，只觉得肚皮被什么东西给狠狠地抽响或被热水烫得秃噜了皮，疼痛直扯进肚子芯里去。小捞金把肚皮翻过水面，小肚子变得通红通红的，都肿胀起来一样，乐得大伙儿耳朵根子都痒痒……

自古修桥铺路就是善举。老东家很早就想修座大桥，把对岸的土地连接起来，也把几个村子连接起来，使狐狸岗成为真正意义上的镇子中心。但和李家庄一商量，李家庄不愿摊钱，说李家的地又不在对岸。如果出钱，胡家可以拿出几亩地来倒换。老东家也没生气，也没过多解释，笑笑，只好拿出钱修了座窄窄的桥，过得去装满高粱秸的牛车就足矣。反正有的是工夫，一车过，一车等，慢慢拉吧。再不济，用船载，把柴火垛留在对岸坡上。

桥址选在离胡家坟茔左首一里半左右的地方，一条踩得锃亮的土路被脚吃进了几米深，两旁树木高高直立着，俯视着这条有弧度的路面。东家胡长顺站在老桥的地方用乌黑的拐棍一指，挖通拓宽吧，能同时跑开三辆马车。于是一条宽近九米的通道在人们的吭哧声里出现了，顺着高高的狐狸岗，蜿蜒进狐狸岗村。算是条官道吧，姚先生红光满面地笑了。

东家没有想到后来日本鬼子看中了这座宽阔的大桥和它的位置，在高高的狐狸岗上对着桥面竖起座阴森森的炮楼，修了码头，守着王莽河、狐狸岗和周边的村子，贼似的盯着这里的一切，一有风吹草动就从高高的炮楼上飞出尖叫的子弹，使人不寒而栗，提心吊胆。东家心里好后悔，骂自己为何修如此宽阔结实的桥，给鬼子造了势，让狗日的东洋倭寇居高临下把全村的生灵都放到了鼻子下……

清一色的红松从上游的古皮城、泊头、沧州顺着运河码头浪头般地涌上了有了大缺口的狐狸岗上。

在狐狸岗平展展的地上，堆满了散发着芳香黏稠的松油子味儿的红松木，十几座用草席支起的帐篷蘑菇一样生长在木材和杂草里。造桥的师傅们忙着把那一堆堆的红松用锯刀、刨子、凿子等木匠工具修理、整装，整个工地叮叮当当、刺啦啦响，黏稠芳香的木材味儿更浓更醇了。铁匠炉也支起来了，呼打呼打的风箱吹红炉里的火，吹出火特有的吞噬咀嚼生铁的锈味儿。铁匠的大锤小锤有节奏的叮当声渐渐淹没了锯条单调的吱啦声和凿子凿榫的嗒嗒声，此起彼伏，热热闹闹的，像夏天抓狂而繁闹的蛤蟆湾。

陶二娃子负责看管木头。他在工地的各个窝棚里寻摸了半天，也没弄到可以填饱肚子的好东西，心里骂着一帮穷鬼，把目光放到了狐狸岗的树林草地上。他总爱生堆不大不小的火来烤玉米、烤鱼、烤蚂蚱吃。火光映照着他脏兮兮的脸庞，身上的衣服明显小了一号，就索性光着膀子忙活。

小捞金撑了一天船感到很乏力，躺在炕上犯迷瞪。

那只可爱的红狐狸一抹脸变幻为一个漂漂亮亮的姑娘袅袅娜娜地走进来，甜甜地叫着捞金哥，捞金哥，看我的碎花长裙好看不？捞金不假思索地回答，好看，当然好看，石花妹子穿啥都好看。石花嫣然一笑，捞金哥嘴最甜，比爸爸从天津卫捎来的东瀛糖都甜呢。一只小巧的手儿轻易地就搭在了捞金的脸上，柔柔的，暖暖的……

砰——清脆的枪声划破了宁静的夜空，偌大的树林放大并传递着它的威力。

小捞金一骨碌爬起来，墙上的猎枪不见了。

陶二娃子映在黄乎乎的火光里欢快地哼着小曲，手里不停地忙碌着。一把锋利的匕首在手中泛着瘆人的光。他在剥着一个动物的皮。

他是饿极了。好像他浑身长满了布列齐整牙齿的嘴，极贪婪地想吞噬可以用来果腹的东西，这样才可以停止搜寻、咬噬、吸吮、吞咽。他正在长身体，二十来岁的大小伙子有填不满的肚子。他恨老天的不公，恨他爹妈生他在穷困潦倒的佃户家，年纪轻轻的两人就病死了，把他交给了个又瘸又拐的叔叔陶老歪，也不能挣来大钱供他吃喝；恨姚百里的无情无义，白收了陶老歪的公鸡；也恨常捞金这个外乡人、“小倒卧儿”抢了他的活计……一想起常捞金他突然呵呵傻笑起来。捞金啊捞金，有甚可牛×的，在账房舒适了两年不还是让你老师姚百里给踢到坟茔去了吗？哈哈，哪里有放羊娃自在啊。又想起可爱可人的二小姐只对常捞金那傻瓜笑，不对自己露笑容，陶二娃子恨苦了这个碍手碍脚的“小倒卧儿”……

但饥饿感逼得陶二娃子只想立马得到一口果腹的东西。他突然想起坟茔的土屋里有杆磨得发光的猎枪。他偷偷溜进了土屋里。小捞金四仰八叉地横在炕上做梦的当口儿，陶二娃子偷偷地把那支猎枪拿到了手。陶二娃子麻着胆子在树林里蹿行，对着胡家祖坟一个劲祷告，祖宗爷发慈悲，让陶二娃儿逮只兔子就行。

忽然，前边树荫间透出一星光亮，两只拖着长绒尾巴的东西面对面吱嚓。二娃子先是吓了一跳，头皮发麻，根根头发直立起来，伏在草丛里定睛观看。原来是两只青色的狐狸。二娃不管三七二十一，举起猎枪，扣动了扳机，砰——一串红通通的火球飞了出去……

这可是顿大餐。二娃子吸溜着口里的涎水想。只觉得自己的脑袋叮当地响了一下，从脑仁深处溅出无数个闪闪烁烁的小星星，继而一片混沌，一下子陷入茫茫的黑暗里……

6. 胡家二小姐

二小姐虽然任性，但对小捞金还是充满了好感。

在姚百里的学生当中，二小姐胡彩凤的学习成绩最好。姚百里在奶奶庙的偏殿里支起几张桌子，悬挂上一张黑板，教胡家、潘家、刘家几个大户人家的孩子识字算数。小捞金到账房不久，也被姚百里带到了教室，是最晚的学生，安排在犄角旮旯的桌子边。二小姐胡彩凤瞥了眼小捞金，就不搭理他了。那时，小捞金能够认识和写好多的字，但和二小姐他们比，还是笨得出奇。下课了，孩子们嘻嘻哈哈地出去玩耍，小捞金依然低着头，吭哧吭哧地用毛笔在纸上写小楷，样子很执着。

胡彩凤趁小捞金出去的当儿，拿起毛笔在小捞金的小楷上快速地画了个小乌龟，捂着嘴跑出去，笑得嘎嘎的。

小捞金回来看到精心写就的作业被人糟蹋了，气得直翻眼皮，又不能出声，只得闷着头继续写。胡彩凤做了几次，觉得没意思，就站到小捞金面前，噘起嘴说，小捞金，你的作业都是我画的，糟蹋的，你怎么不吭气呢。小捞金冲着二小姐笑笑说，再写呗，就当二小姐给了我练习的机会。小石花不满意胡彩凤的玩笑，把几张宣纸放到小捞金的桌子上。胡彩凤瞟了眼小石花，从自己的桌子上拿来更多的纸，拍在小捞金的面前，没好声气地说，愿意写，就全写完好了。

小捞金瞪起黑亮的双眼，看看小石花，又看看二小姐，龇牙笑着说，好啊，好。

胡彩凤吃饱午饭，溜进教室里，小捞金正吭哧吭哧地写得带劲，手下摞起一大摞的纸片。胡彩凤悄悄站在小捞金的身边，看他有滋有味地写字，听到小捞金肚子里咕噜咕噜地叫唤，大声地说，你傻啊，再不回去，胖婶子就关门啦！

小捞金毛笔一哆嗦，一大滴黑墨汁把隽秀的小楷弄出了大花脸。看是二小姐，小捞金瞥了眼没出声，把那张大花脸团起来扔在地上。

胡彩凤俯下脸抬起眼，看着生气的小捞金，嘻嘻地笑起来说，哈，还是有脾气的嘛。小捞金，喊声好听的，本小姐就不作践你啦。

小捞金低头说，二小姐，小姐。这不是好听的吗？

胡彩凤摇摇头说，喊声彩凤姐呗。喊了，姐给你拿肉包子去。

小捞金一听包子，肚子里又不觉咕噜起来。他才觉得饿。他看看胡彩凤，扑哧乐了，二小姐，你比我还小呢，怎么这么爱攀大哩……

就愿意。就愿意你喊我姐。喊呗。胡彩凤期待着。

哈哈哈。小捞金乐开了花，指着认真的胡彩凤说，这二小姐，这二小姐……

我不是二小姐。我是你同学，是你姐。胡彩凤笑起来。样子好执着。

同学好，同学妙，同学一起呱呱叫。姐姐好，姐姐妙，搂着弟弟来睡觉。陶二娃子咣当推开门，一副悠闲自得的神态，打趣起他们。他是跟着二小姐的后影来的。听到他们说话、欢笑，心里气呼呼的。他腆起脸，笑模笑样地对胡彩凤说，我喊你姐呗。

哼。二小姐瞥了眼陶二娃子说，谁稀罕你喊。说着，拉起小捞金就走。

陶二娃子恨恨地看着他们走出教室，在小捞金的纸上气愤地划拉起小乌龟等小动物，边划拉边说，让你写，让你写！

小石花手里拿着一个雪白的馒头，正撞到胡彩凤拉着小捞金从屋里出来，就把馒头藏在了身后，无事人一样地冲他们乐。

胡彩凤对小捞金说，你们等着我哈，我拿肉包子去。说完，就噔噔地跑回胡家大院。

等胡彩凤跑回来，小捞金正甜美地大口啃着小石花的馒头。胡彩凤生气地撅起嘴，把小花手绢里的三个包子气鼓鼓地塞进小捞金的怀里说，撑死你个傻瓜！

小捞金领着胡彩凤、小石花蹲在树荫里，教她们钓小丝虫玩。就像当初陶二娃子教小捞金钓一样，说不能着急，得慢慢来，小丝虫闻到甜味就会咬住草梗……

两个小丫头开心极了，每每成功，乐得都会跳起来。

小捞金耐心地教两个小丫头编织蝈蝈葫芦。不一会儿，就弄好了一个。那小葫芦，弄得真精细，晶莹剔透，小巧玲珑，细细的高粱批儿被一道道紧密地缠绕在一起，成为一个密封的圆形器具。在一侧，有个活动的口儿，被几片细高粱批儿盖着，可以往里面放蝈蝈爱吃的绿叶或葫芦花儿。蝈蝈放在里面，不闷不热，舒服舒坦，叫唤得很带劲。编制这种蝈蝈葫芦，是很有技巧的，首先要批剥好高粱批儿，不能太厚，也不能太薄。厚了，葫芦里就进不去风和空气，蝈蝈就得闷死；薄了，没有了韧性，高粱批儿易折断，葫芦不结实。批剥高粱批儿，也是技巧。鲜亮的新高粱最好，批剥出甜味儿来，蝈蝈爱闻，欢实。从高粱秸堆里找出又直又亮的几节，先用小刀在高粱秸的骨节处整齐地断开，耐心地用牙或小刀批剥成细细的条丝，作为编制的材料。第二步，在地上挖个坑，要不深不浅。深了，下去的高粱批儿就多，出来的蝈蝈葫芦扁瘪，不好看；浅了，露出的高粱批儿多，弄不成型。好的坑，是上下差不多，根据批儿的长短计算得当，编织出的葫芦圆圆的好看耐用。然后是编织，这更是技术活儿。高粱批儿横竖有度，多寡有数，先放好基础的几根梁柱，作为主经纬，相互勾结搭配得当，再慢慢往上边填放批儿，相互挤压，相互拨动，你是我的经，我是你的纬，我又是你的纬，你又是我的经，一根根井然有序，来不得半点儿马虎。放食、盛装蝈蝈的口儿最后编织，属于最后一道工序，也是最关键的，弄不好接头，葫芦就散了，即使成功了，也不结实耐用。先将坑里的批儿用土砸结实，露出经纬分明的批儿，再将所有的编织出来的批儿按照本身的纹路、走向，掐出合适的尺寸，既不能长，长了不好插接，也不能短，短了就接不上茬口儿，葫芦就是半截子工程。各个批儿都捋顺，横找横，竖找竖，严严实实的都细致地插严实，没有角棱儿，浑然一体的。再留下几根批儿，作为封盖用。一个漂亮耐用、晶莹剔透的蝈蝈葫芦就成了！

胡彩凤开心地夺过小葫芦，乐开了花，漂亮的丹凤眼眯成了一条缝儿。哈哈，真漂亮！你真能！

小捞金看看小石花，皱皱眉头，低下头为小石花编织起来。这个小葫芦他是给小石花编的，但胡彩凤给抢走了。

小石花蹲下身子，给小捞金拣拾整洁的高粱批儿，轻轻说，她是小姐，让着她吧，咱们再编个。

小捞金点点头，认真地编织起来。

陶二娃子这时哼着小曲给二小姐逮来了吱吱叫的蝈蝈，用一个编制得漂漂亮亮的高粱葫芦盛装着。看着胡彩凤手里的蝈蝈葫芦，得意地把自己的葫芦交给二小姐说，看我的蝈蝈葫芦多棒。小捞金是跟我学的，编得再好，也没我的精神。

胡彩凤拿过来，和小捞金的一比较，哼了一声，把陶二娃子的葫芦扔掉了，大气地说，不稀罕！呼呼地跑出来，说，咱们也逮蝈蝈去吧。

小捞金边麻利地编织边说，编好了就去。

嗯。胡彩凤开心地应着，蹲在小捞金的身边，捧着小捞金编织的蝈蝈葫芦，出神地看着小捞金忙活，不理会尴尬的陶二娃子。

陶二娃子气呼呼地拾起被胡彩凤扔掉的蝈蝈葫芦，冲着小捞金啐了口唾沫——教会了徒弟，饿死师傅。小心草窠里的蛇！俩傻丫头！

胡彩凤挺起身，白了眼陶二娃子说，我写个字，你认识，就和你玩！说着，在地上用树枝写了个大写的驴字。陶二娃子瞪着眼看看，摸着头皮憨憨地笑起来，说，马棚！马站在棚子里。

哈哈哈哈。笑得胡彩凤直抹眼油，二娃子站在马棚里！驴！就不再搭理他，耐心地看着小捞金，开开心心地笑着。

哼。气得陶二娃子呼呼地走了。扔下句：不仗义的东西们！

陶二娃子很喜欢二小姐。他总是在野地里寻些各色各样的小动物给她，看她乐得美美的样子，得了奖赏似的赔着笑。但自从小捞金进了账房、进了教室，胡彩凤就不怎么对他笑了，总拿认字来取笑他，把嘴巴噘得老高，眼睛也瞥拉瞥拉的，透出十二分的不满意和不耐烦。

陶二娃子恨透了小捞金，也恨自己为何不喜欢读书写字，被姚管家踢出账房，失去了和二小姐套近乎的机会……二小姐身上真香啊！陶二娃子能不恨小捞金吗？

胡彩凤很喜欢这个眼睛黑亮的小捞金。

胡彩凤开始没怎么注意他，他跟在大几岁的陶二娃子身后腼着个傻乎乎的脸，小跟班似的，陶二娃子做什么就跟着做什么，木偶一样，就觉得这个外乡人没什么出息。还是陶二娃子懂事，有事没事弄些可爱的蚂蚱、蝈蝈、刀螂啥的哄她开心，她也偷偷弄些糕点、肉包子给陶二娃子吃，看陶二娃子那副吃相也会笑弯了腰。陶二娃子喜欢给她讲些鬼啊神的故事，有时吓得她直往他怀里钻。陶二娃子呼呼地抱住她，将手在她的脸上、后背上抚摸个没完，底下有个硬邦邦的东西顶住了她的身体。陶二娃子身上散发着一股臭烘烘的臊气，熏得她鼻子疼，胡彩凤就气呼呼地推开紧紧地搂抱着她的陶二娃子，说，臭二娃子！看到陶二娃子闭着眼、伸出红舌头的鬼模样，就鬼啊鬼地叫起来。以后只要陶二娃子再讲鬼故事，胡彩凤就不往他怀里扎了。陶二娃子再来搂抱，胡彩凤就会推开他，骂道臭二娃子，臭！

小捞金身上没有那股骚臭味儿。衣服虽然摞着补丁，但干干净净的，有股淡淡的墨香。小捞金也讲鬼啊神的，胡彩凤也往他怀里钻，但小捞金哈哈笑着躲闪，不会像陶二娃子那样把她抱得死死的。有时她和小石花一起钻，把小捞金拱翻在地上，四脚仰天，乐坏了她们。

胡彩凤听说爸爸胡长顺要把小捞金送到狐狸岗上去看护祖坟，她屈屈的，说糟蹋了个好学生。胡长顺乜斜着眼，一副不在乎的样子说，穷小子，认识几个字就得了。多了，也不能当饭吃。

胡彩凤哼一声走了。如果小捞金能陪自己去古皮城上学多好哇……

胡彩凤只要从古皮城高小读书回来，就迫不及待地拉上小石花往高高的狐狸岗找小捞金，给他说古皮城里的事和学到的新鲜东西……看到小捞金和小石花亲近的样子，胡彩凤恨不得不去古皮城读书了，也会气急败坏地给他们脸色看……

7. 小捞金的快乐事儿

黑的夜，黑的树林，黑的狐狸岗。

小捞金的十个手指滴着鲜血，他没感到一丝疼痛。眼前的土堆慢慢堆起了，像个没有发酵充分的馒头。他两眼淌着冰冷的泪，嘴唇瑟瑟地抖动着，压抑的哽咽声听起来很凄厉也很凄凉。对不起，对不起。他冲着那个小土馒头咚咚地磕了三个头，抄起身边的一个物件朝粗壮的杨树砍去。哗啦——枪碎成了几截，迸溅出几点撞击的火花，最终瘫软在草丛间没了踪影。啪啪，抽打耳光的声音透过浓密的树叶传出好远……

他恨自己睡得太死，也恨那两只能听出涟漪碰撞声的耳朵怎么去偷懒了。刚才看到贪婪的陶二娃儿麻利地剥狐狸皮，小捞金恨不得一掌把他拍成肉饼踢进河里，或一脚踹断他可恨的脊梁骨让他永世爬不起来，但师父潘驼背儿的叮嘱还是使他冷静下来，他说练武之人最忌讳斗狠使能，惩善扬恶亦有度哇。于是小捞金抬手一土疙瘩甩过去，陶二娃子大气没哼就倒下了……

可怜的狐狸啊，可怜的灵物啊。

在这片树林里，小捞金有的是快乐。

自从跪拜了三只白狐一只红狐，它们就欢快地出现在了眼前，不扭不捏的，像是只等小捞金道歉说错话才现身的。小捞金相信狐狸是神奇的动物，也真正明白狐狸最灵性最知恩的说法是真实而客观的，蒲松龄老先生《聊斋志异》的故事绝不是空穴来风杜撰的。那年夏天，雨下个不停，土地一踩一泡水一个坑，道路泥泞得更是把人脚丫子要吃掉的样子。屋里已没有了粮食，看来是要断炊了。

潘驼背儿下岗多天了，没有一点返回的意思。小捞金躺在炕上运气，想开心的事来抵挡饥饿。窗前一道红光嗖地闪过，两条肥硕的鲤鱼欢蹦乱跳地蹦跶在屋地上，发出诱人的噼啪声。小捞金鲤鱼打挺冲出门外，眼里只有白茫茫的雨幕和低沉欲落的阴云。他看了眼鲤鱼，没伤没痕，安然自在地鼓着鳃吐气。小捞金感激地对着雨幕一抱拳，谢了！树林间传来几声夜莺般的鸣叫，掩盖了雨声。

雨后，小捞金忙活开来，顺着狐狸岗挖了不少暗洞，铺上木板盖上厚土移植过来花草，一般人根本不会发现草丛下竟然有神秘的机关，连精明的潘驼背儿也被瞒住了。他想小精灵们在窝里睡个安稳觉吧，免得风吹日晒的，坏了皮毛。这是你们的家！

这是小捞金最开心的事之一。

潘驼背儿闺女潘石花是个懂事又漂亮的女孩子，比起霸道任性的二小姐胡彩凤来不知要安静温顺多少。她经常从岗下的村庄里上来和他玩耍，并跟小捞金一起比画把式架子。一束透明的阳光透过树叶打在她的瓜子脸上，像涂了一层神奇的油彩，脸上细细密密的茸毛反射着光亮，增添了潘石花的妩媚。

小潘石花很喜欢小捞金在林间采集大把大把的野花送给自己，各式各色的花儿星星样地眨着调皮的眼睛看着她，被男孩儿宠着的滋味是好呢，使她觉得很幸福。更喜欢傍黑儿时分，小捞金牵着她的手从岗上溜达下来，一直送到村边，路上可以听他讲好多她没听说过的故事、趣事，开阔了不少眼界，知道了从娘那儿没有听到的故事，让她觉得有趣。她也喜欢小捞金编织很大的花环套在自己身上，把整个人映衬得花里胡哨的，身子扭来扭去，全身跟花似的芳香，觉得自己成了美丽的花仙。小石花感到小捞金很可爱，很能干，比起小姐妹们来有意思得多了，怪不得爸爸那么喜欢他哩。

小捞金喜欢潘石花来玩。他不仅可以带着她认识什么是柳树什么是柏树，给她采鲜榆钱儿、野葡萄、野桑葚，吃得嘴巴红红黑黑的，如同抹上一层好看的油彩，妖娆动人，而且可以采好多好多花让她捧在怀里甜蜜地笑，更能够让古板严厉的潘驼背儿放他们会儿假去疯跑，带得风儿呼呼地响，潘石花衣袂飘飞，像个美丽的蝴蝶。他想如果找一朵盛开的大大的莲花别在她的发髻上，潘石花就会俊得了不得，比师父讲的放羊娃中的那朵白莲花还要美还要神奇呐。他喜欢潘石花穿那红色的大褂，袅袅娜娜的，像那匹灵巧神奇的红狐一样妖艳可爱。挨近时，小捞金从她的身上嗅到了一股淡淡的花儿香，这是从二娃子、小立东等男孩子身上从未闻到过的气息，他们只有浓浓的汗星子味和臭乎乎的说不出的味道，哪里有如此好闻的香气啊。这是为什么呢？小捞金就想闺女真是好，香香的，暖暖的，花儿一样的美丽，也似个解不开猜不透的谜呢。他喜欢那种味道。潘石花乖巧得很，不争不抢的，诚心让着他似的，好听常捞金的话，那双透明的眼睛宛如早晨草尖上的露珠，晶莹不含杂质，而且总是围着他转动，生怕一眨眼，小捞金会从她眼睛里跑掉一样。她总是好奇地歪着脑袋瓜问这问那，还不停地夸小捞金懂得真多，一副羡慕的神态从透明的眼睛里往外冒。小捞金就会雄赳赳气昂昂的，把从姚先生、潘驼背儿那里听来的和书上看来的，扯不乱剪不断地讲给她，越说越带劲呢，尤其是放羊娃的事讲得神神乎乎的，眼睛里放着迷人的光，把个潘石花白话的眼睛一刻也不肯离开他。

总之，小捞金非常盼望潘石花来，和这个女孩子有说不完的开心话，有做不完的开心事，有想不到的笑声时时响在他耳边。对二小姐胡彩凤假期里来玩耍，小捞金还是挺愿意听她讲城里的新鲜事，心想什么时候能看看古刹黑龙寺就好了……

小捞金第三件快乐的事儿自然是跟着师父潘驼背儿练功夫。辗转腾挪，多带劲啊！别看平时潘驼背儿邋遢，练起武来，腰板挺得直直的，跟水似的柔软，一招一式，一哼一哈，力道非凡。小捞金很喜欢这些东西，可比那算盘毛笔有意思。他觉得这些套路好像挺熟悉的，只是不知什么时候忘在了哪里一样，就同姚先生讲的七侠五义、梁山好汉、岳飞传、杨家将中的那些英雄豪杰，早印在脑海里了，古老又崭新，梦幻又现实，浅薄又深厚。小捞金被潘驼背儿一点点拉扯出来，不由得他不跟着师父忘情地举腿伸胳膊，而且越来越感到新鲜，越来越觉得有劲头……师父很严厉，小捞金只要一有疏忽、不卖力气，甚至想玩什么蝴蝶、知了的，就会被师父狠狠地整治，让小捞金很恼这厉害的老头儿，把嘴噘得高高的心里不痛快，哪里像姚先生那样慈眉善目不打不骂总是鼓励啊。练这东西有吗用啊，不当吃不当喝的，也不是养家糊口的技术……小捞金就懒起来，结果遭到师父更狠的教训。师父潘驼背儿时时不离手的是一条冒着绿水的柳枝，抽在身上立即就会起一条檩子样的红印，疼在心底疼在骨头缝里。小捞金怕极了，不得不咬紧牙关，听从师父的安排和教育……练了有一年的工夫，小捞金就感到身轻如燕，浑身有的是劲头，一股热流涌动全身，精神足足的，眼睛冒光，全无往日的懒散无力，腿脚走动起来呼呼带风，手儿胳膊一抖嘎巴嘎巴响，往外直撞气。小捞金觉得师父以前打得有理，师父也变得眉开眼笑的了，亲切亲热……练武真好。

第四件快乐的事就是下岗给东家、姚老师、干娘四婶子送鱼。看到大家高高兴兴的样子，心理满足死了。尤其是东家的二小姐胡彩凤，扬起小手举着筷子直喊好吃好吃，非要跟着去狐狸湾抓鱼，小巧的鼻子嘴巴向往地张扬着，很执着很可爱，好像鱼就在水边躺着一低头就能捡到，比拾女孩儿们玩的布包儿还容易，还有趣。有次，胡彩凤和小石花迈着腿跟出了胡家大院，神神秘秘地牵着手也不说话，眼睛定定地拴在小捞金的身上。她们是真的要跟着去狐狸湾呢。小捞金扮了个鬼脸，把整个身子飞转起来，舌头伸得老长，用古怪的声调大声地说，小丫头片子，我是鱼，专门爱吃小女孩儿……吓得两个跟屁虫哇哇叫着跑回去了，再也不说去抓鱼的事了。后来，小捞金跟小石花一说，小石花轻轻拍打着他的后背说，真坏！当时真被你吓着呢。

最让他得意的是赖五馋死了。每次干娘接到鱼都会在院子里收拾，嘴里高兴地说着数来宝——干儿好，干儿好，打鱼下水玩得妙。干儿乖，干儿乖，把鱼儿送到娘的怀。娘吃肉，心喜欢，美得活像老神仙。赖五就会觍着脸吸溜着清水显出一副很怅惘的样子，央求四婶子到时候给他块吃。四婶子抖落抖落鱼鳞故意逗弄他说：我们吃肉你喝汤就不错了。赖五馋，赖五馋，馋的像个狸花猫；赖五孬，赖五孬，鱼肉香香摸不着……赖五一副耍赖相，结巴着说凭啥啊。小捞金扬起眉梢说不凭啥，送干娘的鱼不兴便宜馋猫。馋猫馋猫，喵喵喵——赖五一仰巴掌，小兔崽子，捶死你！四婶子瞟了他眼说，你不小的人了，就会叫花子学螃蟹走——穷横。狗嘴巴吐不出象牙来，不会说好听的吗。

赖五挠挠头癣傻嘿嘿起来，嘟囔着说不会呢，不会呢，笨嘴拉舌的。

小捞金狠狠地瞥了他一眼说，你说起脏话来比谁都快。臭赖五，烂赖五……

让赖五真正服小捞金的事是小捞金治好了他的瘌痢头。那日，小捞金弄了一把阳沟子草，对赖五说，五叔，我能治好你的瘌痢头呢。赖五一翻眼皮，扯淡吧你，老子吃的药海了，没他娘的一个管事的。害老子花钱不说，疼得蛋根子受罪……三秃子笑得弯了腰，伸手拨弄了一下赖五说，孩子一片热心，试试吧，万一呢。

哈，赖五一拍大腿，死马当活马医吧，舍得我这个恨人的瓢了。

绿绿嫩嫩的液汁稠稠地从捞金的手指里滴落下来，粘在了瘌痢头鼓起的癣疮上，像落了几滴绿鸟屎，坨在头顶部，煞是好看，把赖五的脑袋弄得像戴了顶没有边沿的绿帽子。那绿鸟屎先是温驯地平铺着，湿湿凉凉，像只可爱的小手在按摩头顶的百会等穴位，舒服死赖五了。赖五温良地看了眼瞪着眼聚精会神的小捞金，心里充满了感激。突然，那几坨绿鸟屎沸腾起来，咕嘟咕嘟地发出了声响，翻起细小的泡泡儿。一股辣辣麻麻又热烈的滋味顺着癣痕直钻进天灵盖里，像几把锋利的小刀在狠狠地刮着肉皮、肌肉乃至脑瓜盖子。赖五喊了声疼，表情痛苦地蜷曲起身子蹲下去，两只又脏又黑的鹰爪子样的手极力去抓那几把“小刀”。小捞金右手啪啪把赖五的胳膊打了下去，赖五顿时觉得两只胳膊被后院的大铁锤砸断了似的，又如同被人挑断了筋，麻木起来，没了感觉，不能动弹了。

赖五瞪起狗蛋眼骂道，小王八羔子，害老子。

人们看到沸腾的绿鸟屎的泡泡噼里啪啦地破碎了，一股股看不出颜色肮脏的液体从绿鸟屎下面无声地流出来，顺着赖五那个坑坑洼洼的倭瓜脸小虫子样地爬下去，黑黑的，黄黄的，绿绿的，开了染匠铺似的，同时一股腥臭味，比吃了三顿煮猪肠肉拉的屎还臭的味儿霎时钻进了人们的鼻孔里，直撞脑门，直钻肺腑。不约而同，人们捂住了鼻子和嘴。也神了，赖五觉得一群小虫子从脑壳里钻出来，带走了那热火朝天的疼痛、辛辣，瘌痢头上的那柄小刮刀没有了，折腾他这多年的癣处轻松安逸起来。

只几次，赖五的瘌痢头就结痂了，脱掉了一层脏兮兮臭烘烘的东西，好了个利索！只要一见到小捞金，赖五就会嘿嘿地笑起来，露出满面的笑容。

说起这神奇的阳沟子草，小捞金心间的一个秘密就会被打开。

那日，小捞金练得正热火朝天，一阵暴风骤雨后，慢慢收住气，轻松地做了个收势，不远处草茎上挂着一层新鲜的血迹，突然扑进了他的视线，还粘着几根柔软的狐狸毛。他纳闷地想，怎么了，出什么事了吗？

小捞金屏住气息顺着血迹找下去。在一片白杨树林里，他发现几只狐狸围着一只受伤的白狐滴滴波波地谈论着什么，忽然狐狸四下里蹿出去，只留下那只白狐哀婉地趴在草丛里伸出红舌头舔舐伤口。小捞金想起身上带着金创药，就很想凑上去给可怜的白狐疗伤。一阵风，跑出去的狐狸们又风驰电掣地回来了，每个嘴里都衔着一枝绿色的东西，急急地围拢起来，嘴巴不停地咀嚼那枝绿草，然后把嚼碎的草涂在白狐的伤口上。白狐滋润地晃动着扫帚般的大尾巴，安详而舒坦，全无刚才的痛苦表情。也就是一袋烟的工夫，白狐欢快地跳跃起来，发出兴奋的声音。狐狸们也跟着跳动着，大尾巴风似的摇动起来。一眨眼，狐群就消失在了茫茫的绿色中。

小捞金被眼前的景象迷住了。他走过来，发现了一摊绿色的草屎，还有几枝未嚼碎的叶片。

这种草生长在河岸向阳的地方，星星点点的，散在草丛里一点儿也不张扬，不引人注意。这种草不像别的草，成群成片地挤得不透风，而是一棵两棵地生在一起，孤零零地接受着阳光的炙烤，叶片嫩绿，比一般的野草要厚实，但比苍耳、灰菜的叶子要小好多，属于那种表面光滑没有尖刺和细纤毛的柔软。

小捞金拾起一枝闻了闻，没有什么味道，连青草芽子味儿都没有，只是一种清淡的阳光味道，再闻闻白狐治愈伤口的那坨儿，一股股腥臊和腐肉的臭气冲得小捞金直捂鼻子。

第一个被小捞金用这种神奇的草治愈青春痘，感受阳沟子草益处的，是潘石花。

姑娘大了，脸色红苹果一样溢满了诱人的汁水，也容易起些红红的小疙瘩。那时，潘石花和小捞金并不知道那是青春痘，只是认为是有火气生了疮呢。

小捞金不经意地从草堆里摘下棵阳沟子草，放进嘴里美美地嚼动起来。一股清淡的阳光味儿顺着舌头味蕾冲进喉咙和肺泡里，小捞金觉得心里很舒服。他把嚼碎的草摊在手指肚上，让小石花闭上眼睛说有惊喜给她。小石花顺从地闭上眼，任小捞金在脸上涂抹。小石花觉得脸颊上、额头上凉丝丝的，清爽舒坦。忽然，那清爽的地方像往里扎了好多针，直疼到心窝里。小石花怒睁起双眼，小捞金，干吗呢？想用手快速地擦去，但双手被小捞金死死地攥住了。

小石花只好用脚去踢惹祸的小捞金，死东西，糟践我啊。泪水汪汪地流出来，顺着涂抹的草堆儿淌出一片绿来。

此时，小捞金心里没有一点儿底，害怕得不行。虽然他在自己身上曾试过阳沟子草的药效，但那毕竟不是娇嫩的脸蛋啊，而是腿上被蚊虫叮咬的疤痕。

泪水冲过，小石花原先的小疙瘩竟神奇地消失了……

小捞金这才松了口气。

小石花洗净脸，用手细细摸摸，在静静的水边一照，脸上露出灿烂的笑靥。捞金哥，你真能！小捞金傻傻地嘿嘿着，没想到，没想到……

小石花欢快地剜了眼小捞金，脸色绯红起来，是不是嫌长疮丑啊……

有了这神草，保证石花妹妹一辈子不长疙瘩……

第三章

洪水来了

1. 狐狸岗成了孤岛

1937年注定是个大灾之年。7月7日，卢沟桥的炮声还没停利索，日本兵就如同蝗虫一样向平原冲过来。老天爷从此阴沉起脸来，显露出悲哀痛心的表情。风中传来“1937年鬼子进中原，先打下卢沟桥，后打下山海关……”的歌谣，使人们心头增添起更重的阴云……

雨倾盆而降，没完没了。天空拉着一床厚而重的被子，里面棉絮中存储了无尽的水一样，发着狠不休不止地拧巴着，压在人们头顶上施威风。人们的眼里只有那连天连地的水，四遭黑漆漆的，听到的只是雨声水声。偶尔一条长长的金蛇一样的闪电划开黑幕才可以看到天和地紧紧依靠在一起，用水粘连着，要把地上的一切挤扁压平多放些水一样凶狠嚣张，张开极大极大的嘴贪婪地吞噬世间的一切……

整个平原都浸泡在茫茫的水里，无助无奈地承受着雨水的肆虐和蹂躏。庄稼、房屋被无情地吞没在水里挣扎呐喊，可怜兮兮，失去了平日的色彩、形状，瘫软在那片茫茫的浑浊里，如同一片片垃圾被冲卷呻吟，发出凄惨的哀鸣……

洪水来了，洪水呼啸着来了。扯天盖地地从黑沉沉的天地间隙里被某种神秘力量驱赶着全力以赴地奔腾而来，平原上所有的东西都消失了，只有浑浊的洪水掀起凶狠的浪头滚滚呼叫。高高的狐狸岗被这饥饿的狼群围困起来，成为一座孤岛，发出恐惧的呻吟。不时有被饿狼撕啃下来的土和树木、杂草落进凶恶的嘴里，悄没声息地被吞入无底的肚子里，连挣扎哭喊的机会都没有。

狐狸岗上聚满了恐惧的人群和惊恐不安的牲畜，在茫茫的洪水面前显得如此的渺小和无奈。天爷啊，饶过这方人吧。人们跪伏在地上伸出双手痛苦地向愈压愈低的天哀号，像一只只肮脏的小虫子，无望地祈祷上苍开恩，退却洪水，停息了雨，打开阳光……

狐狸岗胡东家一家囚在看守坟茔的两间小屋里，望着茫茫的天地茶茶地发呆。常捞金披着蓑衣跑进来，带着悲伤的哭腔，东家，树……胡长顺坐在炕沿上落魄地拄着乌黑的拐杖，连头都没抬，轻轻地叹口气说，砍吧砍吧，人要紧……拐杖上涂满了污泥。

常捞金想了下说，把灾民分成几个区吧，闪开东家的祖坟……

胡长顺抬起头，一脸的沮丧和无奈，看看急眉火眼的常捞金，努力抬起手挥了挥，看着办吧，看着办吧。人命关天的，顾不上什么了……一拄拐杖，站起身来，坚定地说，该放就放，不要吝啬了。眼睛里却枯萎地放射出无奈的光芒。

嗯。常捞金重重地点点头，冲进了茫茫的雨幕里。潘驼背儿紧跟着跳出门，扔下句四婶子照顾着！

人群如断了头的苍蝇嗡嗡地乱叫着，又如四下里茫茫的洪水肆意地冲撞着，没有主意，没有方向。

常捞金一声大吼：活命的听安排，不要乱，不要慌！胡东家大发慈悲，砍树做窝棚，先安身，后解决吃的！

人群刷地停止了骚动。狐狸岗村的人们嗷的一声炸开了锅——谢东家，谢东家……

李家洼、康家屯、郭家围子……各村的人先是你看看我我看看你，悲伤的情绪立即笼罩在恐慌的脸上，继而是娘们儿孩子的哭声，波浪一样涌动起来……把式房的人们把目光盯在常捞金身上……

常捞金一拍身边高大粗壮的白杨树，那树发出巨大的断裂声，齐刷刷地从根部惨叫着砸在泥水里，震得狐狸岗都重重地颤抖起来。常捞金大喝一声：到了狐狸岗的父老乡亲都是亲人，都有份！把式房的弟兄们要拿出精神来，保护好乡亲，维护好秩序……

人群欢快起来，望着这个救星雀跃起来。但必须听从安排，不准胡闹乱来。有寻衅滋事者，如此白杨！常捞金目光灼灼，手指横卧于地的白杨树。

听你的！听你的！人群立即安静下来，自觉分成了村组。

潘驼背儿塌着身子无目标地在狐狸岗上转悠，心里暗自庆幸东家胡长顺听从了他和姚先生的劝告，提前冒雨爬上了这高高的狐狸岗，带出了许多能抗风雨的家什，也挽救了一村的生灵。除了墙倒屋塌砸死了几头不听主人招呼惊吓得四处乱逃的猪，狐狸岗村没有淹死一个人，实在是不幸中的万幸。其他几个邻近的村就没有这么幸运了。雨刚下起来也就四五天的光景，潘驼背儿望着厚重的天空和急急的雨势就感到大事不妙，预感要有洪水来袭，劝说东家的同时，抓紧联络附近村的，快点儿出去躲灾。派出去几拨动员躲灾的都悻悻而回，扛着船桨直跺脚：人家根本不信，还骂咱蛊惑人心，扰乱民意呢……潘驼背儿无可奈何地摇摇头，对着黑沉沉的天地长长地叹了口气，突然双手合十吟唱起阿弥陀佛……

这二七一十四天的雨啊，下得瘆人。滚滚洪水下来了，满世界都是哀号的悲惨。能救多少就救多少吧。姚百里手中多了串乌黑的佛珠，煞有介事地挂在右掌上，一副虔诚如佛教徒的样子。

常捞金组织狐狸岗年轻人、把式房的撑起小船、木筏冲进茫茫大水里……

仿佛到了世界末日，混沌的水里漂浮着人、牲畜的尸体，浑浊凶猛的洪水没有一丝可怜可悲之心，裹挟着树木柴草门板窗户檩条等东西滚滚而来，撞击着小船、木筏，咔咔作响，显示着努力击沉它们、捉人入水才心甘似的凶残。茫茫的洪水舔舐着低沉浓重的天空，不是那道道雨帘阻挡着，就会把天也吞进肚子里。

常捞金用脚踩着筏头，手里攥着根长长的竹竿，脚下努力把着方向，和洪水杂物较着劲儿。他觉得自己的气如锋利的刀剑一样劈开了穷凶极恶的敌人的头颅，发出嘁啾咔嚓的声音，筏子箭似的穿行于茫茫水间。

潘驼背儿把整个身子都埋进蓑衣里，后背的肉疙瘩鼓鼓地撑起脊梁，他的眼跟四周的水一样浑浊起来，大颗大颗的泪水模糊了一切。他站在船艄用竹竿拨弄着打着滚儿荡着旋儿的冲上来的洪水和杂物，低吼着划船的把式房弟子和伙计稳住神……

高高的狐狸岗成了这方人救命的孤岛。

五座规划妥当的营地安稳地躺在狐狸岗宽大的怀抱里。一座座三角形的窝棚像雨后的蘑菇开放在树间草丛里，遮挡住如刀似箭的雨水。劫后余生的人们茫然地看着呼啸的洪水和扯不断的雨幕唉声叹气，虽然暂时有了栖身之所，但如何填饱肚皮活下去挺过洪水继续过日子成为最大的难关。顾命吧顾不了东西，顾东西吧顾不了命，赖以生存的生活用品、粮食都被泡在浑浊的水里或被卷走，能带出来的本就不多，到如今那可怜的吃食已经告罄，真的没有什么东西可以指望了，也真的指望不上什么了。再强的身体和力气在滚滚洪流里也施展不开，显得弱小不堪……

怨谁？怨这可恨的老天，为什么它破了个窟窿没完没了地下个不停歇？

二七一十四天啊，我的天！

再干的东西也会发霉变烂变质，人身上就差长醭，生出绿绿的绒毛了。

唉！唉！唉！！！

那个身材苗条颔下有微微发黑胡茬的年轻人和那个白眉毛白辫子的驼背儿来了。救命恩人来了！救命恩人来了！大大小小的蘑菇里立即窜出许多没有主张的落魄到极点的人们，迅速把他们围拢起来，仿佛他们能带来浓浓的希望……

白眉白须的驼背儿声音洪亮得像敲钟，你们最信得过谁，谁就挑头来维护大家的生活……

张三！李四！王二麻子！

人们抓到了救命稻草，群情激昂，纷纷推出各自信任的人。常捞金看看，多是把式房的弟子，于是展开了愁容……

白鬒白辫子的驼背儿眼睛锃亮，望着推举出来的弟子，感到了大伙儿对把式房的肯定和信任，突然兴奋地挺直了腰身，蓑衣也长长了许多。胡东家说了，既然大难不死，聚到了狐狸岗，有我们狐狸岗人吃的，就一定有大伙儿吃的！一指被推举出来的人，气宇轩昂地说，既然大家信得住你们，你们要公平公正地把粮食分到每个人手里，不许偷奸耍滑，不许饿死一个人！以武德处理好各组各队的事吧。人群发出欢快的声浪，盖过了脚下滚滚的洪水和头上哗哗的雨声。

狐狸岗村的陶二娃子和三尖子这段时间并没有闲下来，这两个坏种仗着从村里跑得快弄出来不少的物什，加之在救灾过程中捞了不少的外快，悄悄溜进小蘑菇里做见不得人的勾当……他们知道东家胡长顺不是见死不救的主儿，就偷出家里存放的粮食、被褥、衣服等物件跑到李家洼、郭家围子、赵立庄等暂住地祸害人。每每成功，脸上露出得意的笑容，一副心满意足的表情，眯着色迷迷的眼睛避开巡逻的把式房的人，私下里在寻摸要下手的对象，再满足兽欲……

2. 打开秘密粮仓

老东家胡树海倚在被卷上闭目养神，外边嘈嘈杂杂的声音与他无关似的，手里的一串朱红色手珠被他拨弄得哗哗响。儿子胡长顺和两个媳妇仰着脸看外边不停息的雨，眼里写满了慌张与不安，哪里见过这样的阵势啊。二闺女彩凤准是跑到潘驼背儿闺女潘石花那里玩去了，这俩闺女好得比亲姐妹都蜜，在一块总是叽叽喳喳地说不完笑不完，无忧无虑的，比起安安静静的大闺女彩云来不知要淘多少。彩凤放暑假才从古皮城慈恩学堂赶回来，一路上的话还没有说尽似的，又和潘石花快快乐乐地玩耍去了，一时一刻离不开一样。其实胡树海最喜欢这个闲不住快乐的孙女胡彩凤，有一肚子学问。可惜还没看到个带把儿的……都说三十如虎，四十如狼，年轻的二奶奶花儿一样，细皮嫩肉的，儿子怎么总搞不大她的肚皮呢？一想起被“三儿”掳走而捂死的大孙子，胡树海长长地叹了口气，不是上天弄人，恐怕他要当祖爷爷了……

潘驼背儿自从扫平了失去江湖道义的抢夺胡家的那帮“三儿”，再也没有凶悍的匪帮来挑衅。这些年，虽然也来过几帮子人马，但都讲明江湖规矩，见财而退，绝不伤害性命；也是有了潘驼背儿，都化险为夷，用一些银圆将事情摆平，道上的也不再为难胡家，多好哇。潘驼背儿执意用武力处理那些上门捣乱的，说不能纵容，坏了胡家的威风。胡树海一脸的从容，说都是些没法生活的穷苦人，被逼无奈才走上这条路啊，能帮衬些就帮衬些吧，人都有难处嘛。冤家宜解不宜结，打打杀杀哪里有个完？就打发潘驼背儿按照规矩送去，也因此结交了不少道上的朋友，以后有了什么难处，不再派人马来，而是打发一两个人向胡家讨要些东西罢了。胡家过得太太平平的，可惜就可惜在，到现在还没有个孙子……

胡树海白胡子一翘，睁开眼问儿子胡长顺，带的粮食够不？

胡长顺轻轻叹口气，一脸沧桑地说，够呛。八马车已尽了，这两车也快分完了。

胡树海微微点点头，将手珠举到眼前好像要看清这珠子的纹路一样，稳稳当当地说，动下面的吧。天再凶，也休想耗过咱胡家。对着二奶奶粲然一笑，重新闭上眼，继续平静地捻动他的手珠。他相信胡家行善积德，一定会有后的……

胡长顺温顺地点点头，百里，百里！驼背儿，驼背儿！

黑的夜被洪水和雨水冲刷得更黑了，伸手不见五指。几盏黄呼呼的气死风灯和几根有气无力的火把将看护坟茔的小屋照得亮彤彤的。常捞金凑近躲在雨伞下的东家胡长顺耳边轻声地说，东家，这秘密……他的目光迅速扫了下四周站立的人群。胡长顺重重地一杵拐杖，长长地吁了口气，虽然他明白常捞金的意思，但现在到了人命关天的时刻，再吝啬就会出大大的人命。何况吝啬不是胡家的传世家风，又有老爷子的命令，就朝常捞金一挥手大义凛然地说，到这节骨眼上，胡家已没有什么秘密可言了，救人要紧。开仓吧，开仓吧！

一个弓着背的身影从黑暗里窜出来，轰隆——门前那块巨大的青石被推到了一边，露出一个大大的黑洞……

这是胡家的一个秘密。看护坟茔的小屋地下有一个秘密粮仓。

知道这个秘密的除了老东家、东家，还有五个人：姚百里是管记录账目的，潘驼背儿先是每晚夜深人静的时候把马车从岗下的狐狸岗村拉上来，及时替换掉往年的陈粮，后来常捞金加入了运粮换粮的队伍。王三秃子和四婶子只跟着倒腾过两次，动手挪腾的还是驼着背的白辫子老潘头儿和年轻力壮的常捞金。每年散发着足足阳光的粮食被放进去的时候，胡家晒粮场上就会重新铺摊开一层厚厚的粮食。他们几个在不同的时间里跪在东家的佛堂里举手明誓：至死不说出秘密，否则天打五雷轰，不得好死！至高无上的观世音菩萨坐在高高的佛龛莲花宝座上，庄严肃穆地俯视着地下，明亮的烛光和香气把菩萨映照得更加神采奕奕，慈悲智慧，青青的杨柳枝闪着夺目的光芒，菩萨洞悉着一切，见证着一切。

狐狸岗茂盛的树木没有了，露出空空的天和一地的狼藉，一座座用木头垒砌而成的窝棚蘑菇一样散落在宽宽的狐狸岗上，衰败得不成样子。只有祖坟处还有十几棵高大的松柏绿油油地散发着生气，呼唤着过去为伍的伙伴，显得孤单无聊，显得高高在上，擎起圆圆的树冠四下张望。

对于这些树被砍伐，常捞金心疼得很。高高的狐狸岗上这些树木在他眼里都是有着旺盛生命力的好伙伴。他熟悉它们，是它们看着他从懵懂的小屁孩儿变成了年轻健壮的小伙儿，是它们滋润着他从矮小瘦弱变得高大帅气，是它们洞悉了他内心的喜怒哀乐，倾听着他有张有弛的呼吸，从步伐笨拙到行走如飞，见证了他在这片神奇的土地上的一切一切……现在它们在洪水的暴虐里、在肆无忌惮的雨里被砍伐，变成人们赖以生存的窝棚、火焰和热量，救活了满岗的生命，却失去了挺拔失去了绿色失去了茂盛失去了欢快地拍打风的响动……狐狸岗的树啊，生死关头用坚实的躯体给人以庇护，遮挡住风雨；狐狸岗的树啊，紧急时刻用绿色顽强地支撑起人们活下去的勇气；狐狸岗的树啊，没有了你们的森森庇佑，狐狸岗成了光秃秃的土岗，没有了内容，缺乏了内涵，敞开了灰灰的胸膛，怎能成为苍苍莽莽神秘的狐狸岗呢？

常捞金心疼得厉害。他对这片神奇的土地充满了感情。冥冥中有天大缘分似的，从不知何处而来的小“倒卧儿”来到这个叫“胡立岗”的地方，慢慢长大慢慢成熟，遇到东家、姚先生、潘驼背儿等人，都像是事先安排妥当一样，不由你去想什么，就这样被生活的手指一页页地掀开，一页页地去书写文字，留下一页页的酸甜苦辣咸。

从他第一次在谐音里顿悟出狐狸岗很神奇很神秘的意义，到他第一次看到高高的狐狸岗的树林里有狐狸出没，到发现那湾平静的水，心里就觉得这片土地与他有着某种天然的联系，他欢快地奔腾着呼喊着，心底翻卷起快乐的浪花。他抬起小脸迷茫地看着长工王三秃子问，胡立岗应该叫狐狸岗吧，不是这么神，河怎么会在这里毅然决然地拐了个弯儿，留下这块高高的土岗呢？干爹王三秃子抬起蒲扇般的手拍了下他的小脑袋瓜，满脸都是笑，这孩子魔怔，这孩子魔怔……然后捧着瘪瘪的肚子笑得鸭子一样嘎嘎的。四婶子一脸的无知，塞给小捞金块红高粱饼子说，啥狐狸不狐狸的，这红高粱最管用。在姚先生讲孙猴儿猪八戒的闲暇时刻，常捞金问知识渊博的姚先生说，老师，这个庄子应该叫狐狸岗吧？为什么庄前有座高高的土岗挡住了道路遮住了河水？

姚先生微微一笑，用手轻轻抚摸了下他的脑袋，很欣赏地看着这个善于问事善于思考的孩子，幽幽地说，太古老了吧。你这小子想象力够丰富啊，挺能联想的哈。

在那片神奇的高岗上，常捞金又把话题扔给了白胡子白辫子的潘驼背儿，他想岁数大的应该能说出个一二三四来吧。潘驼背儿哈哈大笑起来，说你愿叫什么就叫什么吧，兴许你说得对哩。没有肯定，也没有否定。

常捞金就执拗地管胡立岗叫狐狸岗，把那湾河水叫狐狸湾，不管当着什么人都那么响亮地称呼着，脸上写满了自豪写满了骄傲，仿佛是他发现了秘密，把秘密拿出来晒在阳光里。寻到狐狸踪迹的时候，他更坚定了自己的看法，把个狐狸岗狐狸湾叫得震天价响……可能原先就是这么个名字，只是人们故意隐瞒了什么吧。常捞金一直这样认为。

藏在大平原褶皱里的小小村庄被赋予了新的内涵，有了古老神奇的传说，增添了无穷的神秘：一群大兴安岭来的狐狸在这片神奇的土地上建立起家园，有了狐狸湾曲水的滋润，生息繁衍，发展壮大，富足有余万年长……常捞金把故事讲得很美丽很神奇，把大伙儿的精神头激发得足足的。

东家胡长顺颔首微笑，没有制止，没有更正，作为狐仙的后代，他富的有理，富的有天意呢。就说，怪不得文人墨客讨人喜欢呢，哈哈哈哈哈哈。村名也改了吧，胡立岗就成了狐狸岗，王莽河套就变为了狐狸湾。怎么顺嘴怎么叫吧。

人们信服，真的信。那高高的土岗上确实有不少狐狸呢。

人们的认可和赞同使常捞金高兴得不得了。

但此刻满目疮痍的狐狸岗少了那些茂盛的树林，一下子失去了神秘，常捞金真的打不起精神来。

二七一十四天的雨浸泡了所有能烧的东西。潘驼背儿的腰弓得更厉害了，囚在看护坟茔的小屋里努力打着潮湿的火镰，喀喀喀——一点儿火星溅出来，吃力地舔着绿色润朗的树枝。潘驼背儿的声音穿透了黑暗和雨幕——捞金，弄松枝来！常捞金一跺脚，飞上高大的松树，把那根长歪的枝条从松树干上齐刷刷地砍下来，没用刀斧，只是用掌一震，枝干就发出一声呻吟随着那条腾起的身影落下啦。松枝随着弱小的火苗冒起一股浓浓的烟，既而发出啪的一声，火舔舐着绿森森的松叶燃烧起来，把个房间照得通红。常捞金迅速搬进一些杨柳树枝，不待潘驼背儿吩咐，仔细地缓缓地放进去……

火种必须保留好，腾出块地儿搭个棚子吧。潘驼背儿眼神炯炯地说，仰天看看盖得厚厚的天，火最重要。

师父潘驼背儿的决定是完全正确的，也是非常必要的。就是这火点燃了人们漫长难耐的黑暗，抵御了洪水雨水的伤害，吃下热乎的饭食，暖住了湿漉漉的身体……

但常捞金心里很疼。虽然他非常谨慎，并且有意识地躲闪开那些刻意生长着高高的旺盛的草堆草滩，那上面生长着的同样宽厚肥嫩的野菜却被饥饿的人们拔尽了。他小心地揭开一片草，向里张望，心里屈屈的。这是常捞金精心设计的专为那些可爱的精灵们造的窠啊。里面干干的，没有多少水，也不很潮湿，但里面空空如也，没有了那些精灵的踪迹。常捞金一屁股坐在那草堆上，眼被雨水无情地冲刷着，模模糊糊的，不知是雨水还是泪水。他突然又感到心里很敞亮，这些大自然的精灵远比人类聪明，也远比人类更能感知天地的异动，早早地逃脱了，跑到了安全的地界去了。雨还没有形成气候的那天夜里，常捞金揽着被窝卷子睡得正香，一个红衣红衫的女孩轻轻敲响了他的门，他赶紧起来，撑起雨具把那冻得瑟瑟发抖的小姑娘往屋里请。他想这是谁家的孩子啊，在雨里穿这么薄不挨淋挨冻才怪哩。那女孩抱着双肩，用手指指天和雨，什么也没说，就跑进雨幕里，回头朝惊讶的常捞金一挥手，就消失在黑暗的雨水中，像一道红红的闪电。一声闷长的雷把天地震裂了一样，炸在耳边，常捞金醒了……

潘驼背儿基本没有踱步，就做出一个决定：马上搬家！上狐狸岗！

东家胡长顺惊诧地看着潘驼背儿，再看看外面阴沉的天和断了线的雨，一副极为难的表情。

姚百里手里多了串佛珠，一边捻动一边附和，潘老先生说得对。看这阵势，老天爷要命来了。趁着现在水势不大，能搬运的都搬运走吧，不然来不及的……

东家胡长顺皱皱眉头说，人好说，牲畜粮食物什的多呢……

常捞金摸不清老天爷到底会怎么样能怎么样，见师父和老师说得恓惶，就跟着说，组织人马多拉多拽几趟吧，天斗不过人。话没说完，老东家胡树海转动手珠从里屋踱出来，轻轻咳嗽声说，麻溜的吧，听先生们的。即使没有大灾大难再回来不迟。多带些草苫子、苫布什么的。

胡树海终于坚定了胡长顺的决心，一拍桌子大声说道，搬，搬！

狐狸岗村刚安顿下来，洪水就来了。呼啸着呐喊着从天地缝隙间奔突出来，撕裂了地上的一切。

常捞金崇敬地看了眼眯起眼睛观察天色的师父潘驼背儿，心中充满了敬仰。

胡长顺打开地下粮仓，也是无奈之举。狐狸岗上的灾民活活饿死，发生争夺争斗，洪水没有夺走的生命而死于彼此火并，血染脚下，是他不愿看到和想象的。没有潘驼背儿、常捞金、姚百里庇护着，屋里的十几个檀木箱子乃至一家上下老老少少恐怕早已被抢走，不知出现什么后果……想想当年“三儿”举起明晃晃的刀枪抢劫，来吃胡家的家产，使他失去了善良的娘亲和可怜的宝贝儿子……没有潘驼背儿杀掉可恶的“三儿”，拉回抢去的东西，胡家怎样还说不好……胡长顺觉得不这样做，真的不行。何况还有不少把式房的弟子，都会三五招致命的功夫，逼急了，不知要出什么事……

胡树海说东西生不带来死不带去，拯救了众生，就是积了大德……样子很淡定，没有一丝一毫的惋惜和吝啬，好像那些藏好的粮食本不属于自己，不拿出来分给大家才是不对的，这也坚定了胡长顺打开秘密粮仓的决心……

后来，听说某地的灾民们在某个时刻逼得走投无路哄抢了某个大户的东西，把某个大户活活踩踏进泥水里，连个囫囵骨头都没找见……胡长顺听着听着，就觉得后脊梁骨丝丝地冒着凉气，直逼得脑门儿疼，双手合十紧念了几声阿弥陀佛。看看如佛似仙的老父亲，看看可爱的小老婆，再看看如花似玉的彩凤安然无恙快活自在的样子，胡长顺舒心地笑了——行善积德好哇。

3. 二管家常捞金

十七八的小捞金真的长大了，长得风风光光的，高高挑挑的个头儿，帅里帅气的脸庞，宽大有力的后背，浑身洋溢着青春气息。回到胡家大院时，那个瘦弱的小捞金早已消失得无影无踪，被眼前这个玉树临风的青年代替了。四婶子笑得眼睛眯成了一道缝，干起活来连跑带颠的：干儿子回来了，干儿子回来了！

自从小捞金治愈了赖五又脏又臭的瘌痢头，他顶着一头浓密的黑头发，显得人模狗样的，但那张破嘴依旧不饶人的讨嫌，咧着大嘴叉子冲着四婶子抛媚眼，四姐，干的不是湿的呢，美得你都颤出油来哩。

四婶子呸地啐了赖五一脸唾沫，愿意，就愿意。得意地又紧扭了几下胖屁股。满院子阳光一样灿烂的欢笑。

东家胡长顺捻着半寸长的胡子满意地看着常捞金，对姚百里说，还是去账房吧，帮着料理账目，带着外出收收账……

姚百里拉着小捞金走进了账房，看着已经和自己差不多高的年轻人，甜甜地笑了，动情地拍拍他宽大的肩膀说，好好干吧。常捞金低眉顺眼地扬着笑容，轻声地说，老师多指点，多指点。姚百里颔首一笑，蹲下身子把书橱最下层的一个锁头打开，从里面拿出了几本账簿，轻轻放在桌子上说，先把这些看透记熟吧，东家的家业都在上面。边说边递过一把钥匙，小心存放啊。

常捞金用红头绳编了个漂亮的麻花绦，小心翼翼地串上那枚钥匙，套在脖上，放进怀里，像戴上一块沉甸甸的玉。他知道这钥匙的贵重，也知道老师姚百里多么信任他，器重他。田亩多少，上中下各种地类，租金多少，牛羊多少，几铺生意，做什么，怎么个进出货，掌柜的表现如何，林林总总，繁而不乱，多而不杂，明明白白的白纸黑字地记录于档，甚至佃户勤懒这样的细枝末节的情况都有蝇头小楷的评价，写满了可奖可罚可收回可多放可支持不可支持的评语，足见姚先生对所有一切都了如指掌，熟悉于心。常捞金暗暗地竖起了大拇指，同时也增添了不少压力。

不长时间，东家胡长顺当众宣布：常捞金是胡家二管家，帮助姚管家行一切事宜……

做了胡家二管家的常捞金下乡入户的时候就多起来。马车上自然坐着老师姚百里。他现在最喜欢的不是老师讲古事了，而是姚百里讲的那些国内外形势——法西斯……日本……德国……国民党……共产党……国家……民族……战斗……解放……他的头脑里装满了原先自己并不了解也不感兴趣的世界。原来世界是那么大啊！

他深深感悟到，作为一个人，他的过去他的未来他的身家性命他的生活等等涉及他的命运的事，是不可能不与这个社会、这个国家相联系的，是分割不开的。他彻底明白国家的命运也与每个人分不开。想想自己，不是战乱，就不会和家人父母分开，就不会刚有记忆就被人收养，改名换姓；不是战乱，不是穷困潦倒，也不会再次被冲散，失去保护，被人卖到偷窃帮，遭受非人的待遇，险些冻死，又被东家救起，来到这个叫狐狸岗的地方，遇上干爹王三秃子、老师姚百里、师父潘驼背儿、小石花、胡彩凤……

常捞金最喜欢听老师给他讲自己年轻时候的事儿，北京的事儿，讲起守常先生的铁肩担道义，讲起青年们的抗争，面对屠刀，大义凛然，不畏牺牲，为信仰甘愿抛头颅洒热血……他深深为老师的先生们和热血青年们为国家为民族不顾个人得失的大无畏精神而感动，使他心里燃烧起熊熊的烈火……

常捞金知道，“铁肩担道义”一语出自明朝嘉靖年间南京兵部员外郎杨继盛的“铁肩担道义，辣手著文章”。他觉得老师的先生不就是这样的人吗？他的文章真好！他读得热血沸腾，读得心潮澎湃……也了解了许多未知的思想……狐狸岗上，师父潘驼背儿也说道义，江湖道义，身为习武者，要有匡扶正义、担当责任的胸怀，杀富济贫，敢和敌人斗争。这虽然也激发了他的灵魂，但总不如老师的厚重，令人深思……尤其是老师讲的“厚德载物”的道理，做人要心胸宽广，不要被眼前的现象所迷惑。老师说起来，不慌不忙，引经据典，不能不让人服气——天高行健，厚德载物，从对乾坤引申为人生哲理，人只有像天一样高大刚毅而又自强不息，才能做出大事；要像地那样厚重广阔，才能忍受痛苦、灾难和不幸。对自己的同胞兄弟姐妹要厚德，给予包容和忍让；对敌人要刻骨仇恨，敢打敢拼。学会保护自己，不逞无谓的匹夫之勇，笑到最后，才是胜利者……

如同涓涓细流，如同星星之火，彻彻底底给了常捞金的心灵深处一个扎根发芽开花成长的春天……如同师父的真力，瞬间打开了常捞金的经脉，冲撞得他血管突突颤动……

现在，外寇入侵，国土沦丧，中华民族要亡国灭种，变为亡国之奴，任人宰割，还有什么生活？还有什么安定？

常捞金恨不能马上奔赴战场，用手中的大刀砍下鬼子的脑袋……

老师姚百里哈哈笑起来，说，到时候，我亲自送你上战场！

嗯！常捞金快乐地答应。

常捞金最喜欢的还是去沧州、天津卫。每每走到小时候他“倒卧儿”时的那块地界，心头便不由地燃起无可名状的心潮。姚百里曾动情地指着那地方说，哈，是从这地界捡回个宝儿来呢。潘驼背儿坐在车辕上用鞭子抽着道边的草乐呵呵地说，可不，还捡回个精灵哩。此时常捞金一脸的泪水，对着师父和老师直鞠躬，有时还很贪婪很调皮地躺在那草地上舒舒服服地看着天上的白云出神。如果不是和父母姐姐们走失，被卖到偷窃帮，又被胡家救起，今日怎个光景无论如何也是不能想象猜度的。那群熟悉又陌生的菜色的脸庞一闪，风似的刮走了，眼里只有师父潘驼背儿炯炯有神的目光和老师姚先生的满面红光。

你们在哪里呢？娘！

枪炮响了……他都能感受到大地在颤抖，爹娘的脸在颤抖，人群像漫天的蝗虫一样飞到东跑到西……也听到大人们喘着粗气而无奈的话语……

耳朵里充满了子弹飞起来的尖叫声和轰隆隆炮弹炸响的震天动

地的骇人的爆破声，疯狂的马队溅起的尘土把大地和村庄淹没在那片踏碎一切的狰狞里。娘说北边张胡子来了。爹说南面的冯大炮杀到了。满脸的惊恐无奈。往哪里逃呢？娘的泪水打湿了衣襟，嘴唇哆嗦得不成样子。到哪里都有兵啊，死也死在家里安生……爹一脸的无望，眼睛里闪耀着恐慌无助，唉，好死不如赖活着。逃吧……天灾人祸啊！天灾人祸啊……小桃子、四丫头这些大闺女、小媳妇的哪个死的安生？刘大善人仗着保长身份上前讲理，想救下村子，结果被刺刀挑起来，扔到火堆里，他那哭喊声瘆人呐……

走吧，往街里跑，躲几时算几时吧……娘抖动着身体说，紧紧抱住他。

天津卫街里却是战争的中心，像开了锅的水闹腾得不可开交。两拨，好像是四拨兵你砍我杀地走马灯一样旋来旋去，尖叫的子弹在空气里无头苍蝇似的飞来飞去，轰隆隆的炸弹、手榴弹不知从哪里来的，掀起气浪和尘土，砖块、瓦片雨点一样砸下来，仇人似的撕裂着人们的惊恐和变了音的啼哭哀号……

灰军装，黄军装，绿军装，黑军装……杂七杂八的凶神恶煞举着明晃晃的刀刺鬼一样地呐喊着冲击起来，像极了那呼啸咆哮的子弹和乱飞的弹片……他被人浪拥挤着、裹挟着，从娘的指头缝里剥离出来，任凭他哭哑了嗓子喊破了喉咙也无济于事，像一片孤苦伶仃的叶子被潮水拍打着、裹涌着，卷向远方……

一双粗糙的手接住了他，被紧紧包裹进一个温暖而陌生的怀抱里……他当时即使不被马队碾成肉泥，也会被惊慌的人群踩踏成肉饼……他哭喊，新的爹娘给他带来了食物……他成了常小宝……

他跟着常家继续讨饭，过着有上顿没有下顿的日子，但活着……

枪炮又响了！人群又疯狂地奔涌起来……

他再次脱离了娘的手，被汹涌的人浪裹挟着，卷入到无底的深洞……

又有一双粗糙的手，把他接住……是一个陌生的大胡子……

大胡子将他送到了有一群孩子的地方，连看他一眼都没看，转身就走了……

接下来，是皮鞭，是棍棒，是油锅，是忍饥挨饿的残酷训练……他必须学会偷东西，必须学会可怜兮兮地骗人，必须趁人不备抢得就跑……才能得口热乎饭……

枪炮又响起来！他再次被惊慌失措的人浪卷走……

当他像条竭力翻动鳃腺的小鱼被无情地抛到岸边时，人浪呼啦啦地消逝了，渗透进茫茫的原野里，身边哪里有可爱的姐姐和慈爱的爹娘啊！也没有可爱而可怜的弟兄们！他叫天，天不灵，叫地，地不应，只好跟着陌生的逃难人群不知何处地游荡，游荡……

天绷着事不关己高高挂起的毫无表情的脸，对着北边吹来的寒风直皱眉头，不得不把遮浮在脸上的几块云彩交给人家，露出深深的严酷的心情。他小宝子浑身哆嗦成一个儿，只觉得眼睛变大了，变圆了，不是有层眼眶子挡着，眼珠子随时就可能掉落出去。肚子瘪瘪的，紧紧贴在后背上，变得越来越薄，好像一根无生气的白草茎就能轻易穿透。气是不够用的了，有一口没一口地喘息着，好像那气是带着锋利的刺儿，锯条一样从鼻子、口腔里一直割磨到肚子底，冷飕飕的，麻辣麻辣的。刚刚从地里翻腾出来的半块僵硬如铁的胡萝卜在胃里散发出强烈的土腥味，顺着身体中的各种管道咣咣地往上撞击着牙齿。雪花飘起来，沸沸扬扬的，像飞行着一天的白蛾子……

……那是在家时，冬天下雪啦，他就挣扎着，咿咿呀呀，被娘抱着隔着窗户棱子或者门缝儿看雪花飘飘飘，看跑动如花的姐姐在院子里快快乐乐地堆雪人，笑声不断。姐姐黑黑的小辫子如质地优良的黑丝绸一样飘逸，跑起来，一甩一甩的，真俊真好看。姐姐玩得真开心，给雪人戴上个破了边的草帽或者露了顶的毡帽，插上把笤帚把子或玉米芯当鼻子……

……瑞雪兆丰年！爸爸感慨地看着漫天飞舞的雪花和娘说。谁又承想，老天爷和人们开了个大玩笑，开春结果是个大旱，接着天空飞来了黑压压的蝗虫，比冬天的雪花还厚还多，嗡嗡嗡轰轰轰—— 一切在那阵瘆人的响声里失去了颜色……接着，比蝗虫这片嗡嗡轰轰更可怕的声音来了——枪炮声、马队声，火光冲天，血肉横飞……

他是有记忆的，因为他觉得娘丰沛的乳汁越来越稀薄越来越苦涩，最后再也嘬不出一点儿水分，原来的甘泉突然枯竭了，他嗷嗷哭着，不得不吞咽娘咀嚼多次的干硬的东西，划得他嗓子疼……

他小宝子浑身打着战。风裹紧了他，皮肤疼起来，像无数只蜂子把螯刺进去，不留任何地方。接着又顺着皮下的神经迅速走遍整个身体，颤抖不由自主地跟着那冰冷的螯刺儿散发反馈出来。慢慢地，那些刺人的蜂子嗡嗡地飞走了，小宝子觉得肌肤不再那么冷，那么疼，而是一种热乎乎的麻木代替了刚才的疼痛。突然，他感到骨头哗啦啦地响起来，疼起来，那些蜇人的蜂子原来钻进了骨头缝儿里了，顺着各个骨头关节贪婪地咬噬起来，深入骨髓。肌肤和骨头分离开来，肌肤如一块严实厚重的布包裹着里面的一团冰冷与疼痛，冲不上来拉不下去，捂在里面一阵嘁哩咔嚓的。小宝子想极力跺脚，把里面的东西踩踏出来，但腿脚已不再听从他的命令。又一股强烈的冰冷从骨头缝儿里窜出来，吱吱嘎嘎地穿过那颗跳动的心脏直扑他的脑门儿，心急火燎的，怎么也抵挡不住。他小宝子只觉得大眼珠子在框子里滴溜溜地转动了几下，扑通扎到雪地里，溅起花瓣一样的雪浪，留下两个黑漆漆的洞……

日本鬼子已经占领了天津卫。锋利的刀刺闪着寒光，划过一道道凶恶的光芒，突突嘶叫的摩托疯狗一样，架着黑洞洞的枪口飞驰于街头，比嗒嗒嗒的马队更气焰嚣张，飞扬跋扈……人们惶恐地躲闪着……

胡家店铺门上悬挂着一面崭新的大膏药旗，张狂地遮住了半边儿门脸，睁着血红血红而凶狠狠的大眼睛，盯住每个在门前走过和出出进进的中国人，胡记招牌显得非常寒酸，畏缩于朗朗的阳光里，显出破旧不堪的色泽，不时被膏药旗宽大的白嘴巴吃进去又吐出来，无精打采地低垂着头颅……

吱——汽车刹车声传过来。胡三笑呵呵地拿着两本通行证递给常捞金。常捞金看到证书照片上的姚百里，扑哧笑出了声——他的嘴唇上贴着一撮小黑人丹胡！

一到胡家店铺，胡三就拉起姚百里和常捞金去日本照相馆照相，在路上，把姚百里光净的嘴唇上贴上了一撮短小而黑黑的胡须。门口的日本兵看到胡三，啪一个立正，做出请的姿势。里面的日本人看到胡三和姚百里满脸堆着笑，姚百里说了几句，那些人哈伊哈伊地小跑着忙活起来。常捞金生气地看着他们，尤其是胡三，这么快就勾结上了日本人，真是……

原来，常捞金也和老师姚百里来过几次天津，即使在高高的狐狸岗上练武时，姚百里也会带着他来天津。他曾多次看到过老师把手中的钱袋子递给胡三，那是老师辛辛苦苦的工钱和地里的收成。两人总是关门闭窗地说上半天，声音很低，但常捞金能听出不少，却是听一耳朵，冒一耳朵的，也没怎么在意……

当时，他就想可能是老师要拜托胡三在天津给他做生意，但从未看到老师从胡三手里接过分红等钱物……

……热河没了……

……喜峰口 29 军大刀杀出了军威，砍出了国威……

……国民党何应钦正在天津和日本军方的梅津美治郎谈判，形势很不利啊……

……二十五师撤离河北，二十五师学生教导队解散……见胡三点头称是，姚百里又接着说，尽快收拢教导队的人，都是文武双全的好青年，是块块好钢，一定要抓住这个千载难逢的机会，扩大我们的队伍。胡三说已经组织运走了几批了。先在洼地里训练着，政治思想教育也开展得红红火火的，只是缺少枪支……姚百里额颔首，停顿了会儿说，武装的事先不急，组织上有安排。利用好二十九军的大刀术，先要大刀，等思想觉悟提高了再……

这次，常捞金听得非常清楚，他们在组织人马……

现在，胡三和日本人走得如此近乎，不会拉着老师走吧……一想起老师义正词严的态度和对世事的见解以及对国家的感情和斗志，他立刻断定老师姚百里绝对不会和胡三一样……

他觉得老师姚百里和笑面虎胡三是个谜……

4. 四婶子嫁人了

四婶子欢快地在炕橱里倒腾起来，翻出一件高粱红的长袖旗装，站起来比试了一下，脸上露出快慰的笑容。小捞金买的这件吧，不艳不妖的，正合适哩。四婶子自言自语，口气中透出不尽的喜气。一想到明天王三秃子就睡在这铺炕上了，心里美滋滋的，一抖落这高粱红的旗装，就想起干儿子常捞金的好儿来。屋子被粉刷得白白的，被褥也换成了新的，桌椅板凳一应家具也崭新地发着亮堂堂的光，散发着新木材特有的气味。这一切都是干儿子的功劳。常捞金说干爹干娘走到一起来了，最高兴的当然是干儿子。看着眼前的一切，四婶子扑哧地笑出了声，胖乎乎的脸挂起光亮不散的纹路。

四婶子习惯地整整盘放整齐的发髻，轻轻地叹了口气，唉。一股酸酸的液体从身体深处冒出来，逼得两个眼圈红了。该死的冤家啊，你在多好哇。可惜了的，扔下孤单的我一个人走得倒安心……守了你十多年了，也对得起你个死鬼了。四婶子数落着，好像对面坐着她的黑大个子的丈夫……

四婶子原不是狐狸岗村人。她家住在运河边上，黑铁塔样的大个子丈夫是个跑船的，从天津卫向南运货去杭州的路上遇上了劫匪被害了性命。四婶子搂着黑大个子哭了三天三夜，泪哭干了，葬了丈夫，一路向东走去，在狐狸岗停下了脚步。四婶子刚来时身段漂亮极了，苗苗条条的，许是胡家厨房里的油烟吹的，许是狐狸岗的水滋润的，四婶子逐渐向横处发展，成了现在这样肉乎乎的胖婶子了。

鞭炮响了。胡家大院热闹起来。穿着高粱红旗袍的四婶子一副神气盎然的模样，显得特别年轻爽利，胖乎乎的脸蛋本来就白，此时被衬托得红彤彤的，精神得不得了。四婶子才四十不到，每日粗袍大褂的不捣鼓，现在被潘石花一收拾，变了个人似的。仿佛人们才看清四婶子的真实面目，先是一阵咂舌惊讶，继而一阵哄笑，逼着要风韵犹存的四婶子说怎么看上三秃子的。

四婶子觉得王三秃子虽然是个长工，没有多少钱财，但他有一把好庄稼活，活得端正，又疼人，尤其对“小倒卧儿”小捞金付出了很多心血……给孩子留辫子，救孩子出水，保护孩子免受长工们欺负，把孩子送到账房姚管家那里学习识字算数……

当年，王三秃子和她商量小捞金的事，说不能让可怜的小捞金再在长工群里混下去了，不然这么好的孩子就彻底糟蹋了。眼睛里流露出惋惜和无奈的光，好像小捞金是他亲生的儿子一样。四婶子就觉得王三秃子是个踏实的好男人。

她说要不给姚管家送些东西吧。王三秃子摇摇头，说姚管家不是贪财之人，也不稀罕咱的东西。他喜欢聪明能干的老实人呐。陶二娃子聪明是聪明，但不踏实，不是被赶出来了吗？四婶子眼睛闪出亮亮的光芒，小捞金这孩子，踏实。三秃子唉了一声，十几岁的孩子，能踏实到哪里去？接着愁得啧啧地嘬牙花子说，孩子是好孩子，不够聪明啊，也不知姚管家稀罕不……四婶子鼓励道，试试吧，我看小捞金行。嘴巴甜，有眼力见儿。三秃子重重点点头，披着袄找姚管家……

当天，三秃子没有回来，四婶子纳闷地等了半天，心想三秃子可能不顺利，心意到了，就得了。吃饭时，四婶子看到三秃子闷着脸呼哧呼哧地藏在饭碗里，也不像平日里对她笑模样的，就知道在姚管家那里碰了壁。想找他谈谈，三秃子一扔饭碗，走了。

等四婶子把厨房的活计收拾好，要出门睡觉了，三秃子顶着一头灿烂的星光，高高兴兴地闯进来，乐得嘴巴都扯到了耳朵根儿——办成了！办成了！姚管家答应啦！双手热乎乎地攥住了四婶子的手。

四婶子当然高兴得不得了，问三秃子怎么说动了挑剔的姚管家。三秃子脸色红起来，被昏黄的油灯抹上了一层亮的光彩，他低首看着四婶子，慢慢说，我给姚管家下跪了……

四婶子一把揽过了三秃子，兴奋而舒心地说，难为你啦！跪得值，不丢人！

三秃子享受着四婶子的赞誉，也享受着她的温暖和芳香，美美地点点头……

为了一个和自己没有任何关系的孩子，能屈身哀求，不达目的不罢休。这样的男人多好哇！四婶子觉得三秃子牢靠……她的心靠近了他……

王三秃子戴着一顶黑色的瓜皮帽，上边有个红色的珠子，穿着一身青色平布的马褂，遮了秃头的脸此时也熠熠生辉，全无过去的灰了吧唧的样儿了。这套打扮把王三秃子整治得人五人六的。

结了婚的王三秃子不再光着脑袋了，五冬立夏都会戴着顶帽子，或单或棉或绒或布，精神头儿就显出来了。嗨，有人疼就是好哇！

都说女人是地，多好多壮实的男人离开土地，就会像断了根的小苗，不是枯萎死掉，就是飘零无处，成为孤魂野鬼……王三秃子觉得四婶子就是块肥沃的土地，一翻就能冒出黑油油的水，既温暖，又温顺，既肥硕，又滋润，多孬的庄稼也会抬起头来，吸收地下的营养、水分，迎着阳光，嘎巴嘎巴往上长……他看到四婶子哀婉的目光里布满忧虑，就知道这个女人经历过不幸和痛苦。他闲来没事，即使再劳累，也会在灶下帮帮忙，担担水，劈劈木头……也愿意听四婶子唠叨家长里短，锅灶炒勺……当四婶子告诉他经历了什么事，他陪着落几滴酸涩的泪，唉，这世道，好人不长寿哇，苦了你个女人家家的……

王三秃子早就对四婶子有了心思，注意她的一言一行。看她对小捞金的热乎劲，就知道她是个有恻隐之心的人，同情苦难的“小倒卧儿”，偷偷拿出高粱饼子、红薯给小捞金填肚子，给小捞金缝补衣衫，做新衣服穿，翻新被子……那神情，那仔细劲，那耐心劲，只有娘亲才如此执着，如此认真，眼睛里透出温柔的光芒来，看得三秃子都有些妒忌小捞金了。每每见到小捞金，四婶子恨不得抱进怀里，让她稀罕个够，让她疼个够，才放心地放开小捞金。王三秃子觉得在胡家大院，四婶子绝对是个心地善良的人。他就愿意凑合她，为她做一些力所能及的事情……王三秃子更多地把话题让给可怜而可爱的小捞金，说这小子虽然小，有些呆茶，但干起活来，有股子拼劲。再累的活计，也会咬着牙挺着，认认真真的，有股子傻劲头，不像陶二娃子他们偷懒耍滑，就是总不得要领，白费了许多力气……四婶子说，那就好好教导呗，毕竟小嘛。当他看到陶二娃子要教小捞金坏事，将他领上坏道，王三秃子心里着了火，就和四婶子商量求姚管家，又担心小捞金不开窍，伺候不了姚管家，为难得很，就向四婶子讨教办法。四婶子鼓励说，试试呗，心诚则灵嘛。四婶子一句话，使他王三秃子增添了不少的勇气和信心，鼓起勇气，敲开姚管家的账房，说出请求的理由和事情。姚管家没怎么看好小捞金，说那孩子行吗？看着有些呆呢，成天跟在陶二娃子的屁股后边，光亮着眼睛，好像没什么优点……王三秃子闷闷不乐，看四婶子担心的样子，他决定再去试试，不能半途而废，让四婶子着急，心里不痛快……他说小捞金的品行不赖，别看活计不太在行，没准对笔墨纸张有灵性。说着说着，一想起小捞金的身世，王三秃子哇地哭起来，扑通跪在了姚管家的面前，不再说话……最后，姚管家终于答应让孩子来账房，也说小捞金这孩子眼亮得透彻，心也不会不灵。我尽力调教吧！这句话，让王三秃子美得都转了向，不知道怎么走出了姚管家的房间……当他把事情一说，看四婶子那副快乐劲，就知道自己做了件惊天动地的大事……当四婶子激动地揽抱过他时，他突然嗅到了一股春天花儿怒放的香气，把他王三秃子都陶醉死了……因此，他决定一定对这个女人好，把自己看到想到的事和她述说……

三秃子为小捞金在账房的表现感到骄傲：做活、玩耍，都是笨手笨脚的小捞金，识起字、打起算盘来却兴致勃勃，运用自如，姚管家又常常带着他去乡村、天津卫，教授更多的见识，很是让他这当干爹的高兴，心里舒坦极了。他觉得没有看错干儿子，也没有白费心血……后来，小捞金被潘驼背儿领上高高的狐狸岗练习武术，干爹王三秃子比谁都舒心，心里觉得只有练巴出好身子骨，才不会被人欺负，比识字要重要，更具现实性……当小捞金带着一身好功夫回来，他这当干爹的立即觉得有了硬挺挺的后台，心里乐开了花——看谁还敢在自己的面前耍威风，哼……

三秃子也会说起长工的事，胡家大院的事，农活的事，风俗的事……听得四婶子直咧嘴笑……尤其说到李家洼的三件宝之一——大公鸡，四婶子笑成了一朵花儿，指着他的头顶有些赞扬地说，把仗势欺人的大公鸡弄死，也是出了恶气哩，值得！是个爷们儿！

除了四婶子这样来看待和评价三秃子薅扯可恶的大公鸡，给他鼓励和赞扬外，别的人则都会拿这件事当笑话来讥讽他嘲笑他打趣他，说他个大男人没出息，对人没能耐，欺负不会说话的鸡……没敲断双腿，赏几铜脑袋，就是便宜，就是李大东家仁慈……

三秃子觉得自己的腰板一下子变得硬硬的直直的了。和这样的女人在一起，得到的是肯定，是尊重，是赏识，浑身才会有的是力气，有的是劲头，也有的是奔头！

现在俩人走到一起了，他王三秃子心里美极了。再苦的日子也有了阳光，有了盼头……

赖五直挺挺地躺在狐狸岗的看护祖坟的小屋里，浑身酸溜溜地疼。他恨王三秃子，也恨常捞金小兔羔子，更恨自己架不住骚劲，惹出祸端，被王三秃子打顿没什么，但脸皮被剥光，被撵出胡家大院，来到高高的狐狸岗上刨坑种树，这罪可遭大了……

赖五对四婶子那两瓣肥硕的臀充满了渴望……他想，摸上去一定颤巍巍的，有滋润的水，有肥美的油，有弹性的肉……越想，赖五心里越猫抓一样酥痒，越觉得四婶子浑身开满了艳丽的花朵，禁不住赖五全身的血管快速而极度地膨胀起来，憋得要冲破厚实粗糙的皮囊，眼睁得快爆炸了……

赖五磨磨蹭蹭地等长工们吃饱饭，晃着黑黑的头皮上前替四婶子刷碗洗碟，眼睛突突地冒着火辣辣的光……四周安静地都能听到他咚咚的心跳。赖五一把拽过躬身涮洗大锅的四婶子，狂热的如饥饿的狼一般把爪子伸进了四婶子的裤子里，哗——把四婶子的裤子挣开，露出白光光的肉……

四婶子哎哟哎哟地大喊起来——天杀的赖五！狗日的赖五！救命啊！救命啊！赖五……

赖五发疯地捂住四婶子狂躁而惊恐的呐喊，手脚变成了章鱼一样的铁爪，扯住四婶子的衣服凶狠地往下剥撕……

当当——赖五头上重重地挨了几铁铲子……他放开嘴里马上要啃咬到的肥肉四婶子，冲着来袭者——王三秃子疯了一样地扑过去……

王三秃子狠狠抓住赖五扑打过来的疯狂的胳膊，一口叼住了他的耳朵，赖五嗷嗷地叫唤起来——

人们冲上来……

赖五跪在胡家大院里，满脸淌着血……

东家胡长顺听着厨房里四婶子咿咿呀呀的恸哭声，心里升起无名大火，刚遭了洪灾，日子刚刚消停下来，赖五这狗东西竟然做下这等下流之事，他后悔当初心软，留下赖五这个祸星，一戳手中的棍子，大声骂道，赖五，你个灾秧子！立马滚！

赖五咕咚咕咚爬了几步，哀号着说，东家，赖五错啦！你撵我往哪里去哇……见东家胡长顺乜斜起眼不搭理他，又恶狠狠地说，反正我是个没人待见的臭狗屎，我死，死也死在东家的茅坑子里……说着，站起身，往厕所那边走去……

常捞金一把扯住他，凛然地说，死，能让干娘原谅你吗？你做的缺德事，一死就能了吗？

赖五咕咚跪在常捞金面前，泪汪汪地说，侄子啊，都是我一时犯浑哪……我，我，我不想死……我还要给东家干活……

东家哼了一声，转身走了。

赖五咕咚咕咚爬进伙房，冲着四婶子直磕头——四妹子，我赖五不是东西，是畜生，你饶过一次吧……兵荒马乱的，让我死哪里去啊……

四婶子泪眼婆娑地叹口气说，赖五啊，你个天杀的……扑进王三秃子的怀里委屈地号啕起来……

赖五被撵到狐狸岗种树，对天盟誓，说重新做人，不偷懒，不作孽，不起坏心肠……并保证棵棵得活，把狐狸岗种得绿树成荫……

5. 来了抗日宣传队

二小姐胡彩凤带着十几个男女同学急匆匆地从北洋大学回到了狐狸岗，要求东家胡长顺在大灾之年减租减息，支持抗日。她们排起整齐的队伍，举起花花绿绿的小纸旗帜，在狐狸岗街道上喊起嘹亮的口号——誓死不当亡国奴！打倒日本帝国主义！全民抗战到底！决不当汉奸！减租减息，支持抗日！……

胡彩凤和几个女生穿着月牙色上衣、黑布长裙、黑布鞋，留着短短的学生头，男生戴着黑色遮阳学生帽，黑上衣上闪着铜扣子，彩色的小旗上下摆动，个个神采飞扬，喊声响亮。

狐狸岗人哪里见过这样的队伍啊，纷纷从家里跑出来看热闹——二小姐，二小姐！

胡长顺气得直杵手里的棍子，胡子翘得老高，嘶哑的嗓音在口号声里显得弱小无力——反了，反了！二疯丫头！他觉得洪水刚过，恢复地里的庄稼是正经事，才商量好给大伙儿今年免些租息，渡过难关，这疯丫头风啊雨地回来，指着鼻子要他马上减租减息支持抗日……他说胡家自有安排，轮不上你个丫头片子指手画脚。胡彩凤一叉腰，气宇轩昂地当着众多同学说，中华民族都要灭亡了，你还恋着那点儿财产，等鬼子来了，好孝敬他们啊！听听说的是个啥。胡长顺就气得杵棍子——小鬼子弹丸之地，中国这么大，不撑死他……

学生群里立即发出这样的声音——你怕日本鬼子吞不成中国吧。话还没说完，就立刻竖起一片拳头林——减租减息支持抗日！决不当汉奸！打倒汉奸！打倒卖国贼！

我卖国？胡长顺气大了，胡子翘得更厉害了，声音哆嗦而嘶哑着说，狐狸岗是我的家，是我的土，小日本子有能耐搬走！小孩子家家的，喊几句口号，就把鬼子赶走了？哼！

二小姐带着队伍上街了……

胡长顺对潘驼背儿和常捞金说，不搭理他们，喊累了，就不折腾了。一屁股坐进天圆地方的椅子里，跟大伙儿说，今年洪水刚过，免掉两成租息吧，马上下地干活去！再不赶紧排涝、扶苗，屁都是凉的……

常捞金看着胡彩凤青春盎然的样子，觉得那个霸道的小丫头真的长大了，心里深深感叹道，还是上学好哇！接触新事物快，思想进步快……

二小姐胡彩凤他们的口号声还没有消散，一队嗒嗒的马队开进了狐狸岗。十几个荷枪实弹的灰军装护卫着一个漂亮的女人，直刺刺地走进胡家大院。护院的老套筒根本没法抵挡住气势汹汹的队伍。

那个漂亮的女人穿着白色的丝绸长袖袄，干净利索地扎进黑色的长裤里，脚蹬长筒马靴，腰间是一扎宽的牛皮带，别着一把小手枪。那几个灰军装，刀刺分明，铜扣锃亮，戴着耀眼的青天白日帽徽。咔嚓——四人挺立在胡家大院门口，将枪支立在眼前，后边的大刀红绸穗随意飘散着，增添了几分英武之气。真是军姿威风有力啊！

胡家的几个护院家丁显得猥琐弱小起来。他们你看看我，我看看你，不敢离开，也不敢上前，站在灰军装旁边倒背着老套筒无精打采的。

常捞金站在东家门口，器宇轩昂地伸出右胳膊挡住女人——哪里来的客人，通报姓名，不得擅进！

两个灰军装唰地冲上来，对着常捞金就要动手。那漂亮女人咳嗽一声，说，退下！两个灰军装是了一声，站在一边。

这是我家！我是胡三爷的大小姐！那女人瞥了眼常捞金，大声喊叫起来——大爷，我是胡彩儿！侄女来看你啦！

常捞金吃了一惊，细细端详起这个胡三的大小姐——这是个鼓眉鼓眼的年轻人，留着干净的齐眉穗短发，显得精精神神的，也更突出了鼓囊囊的脸庞，肤色白里透着黄，像枚装满汁液的黄苹果。比胡彩凤高半个儿头皮，没有胡彩凤那么白净，但眉宇间充满了杀气。

胡长顺哎哟哎哟地跑出来，连不离手的拐杖都没有拿。边跑边高兴地吆喝——彩儿啊彩儿，哪阵香风把你吹来的？胡长顺很喜欢胡三的这个女儿。原先在天津卫胡三家见过几次，背地里哥俩儿说起过这孩子的来历，知道是胡三救下来的苦命孩子。这孩子天资聪慧，嘴巴甜，大爷长大爷短的，透着亲近，泛着亲情，每次都会把他胡长顺喊得心里熨帖。胡三也会觍起笑眯眯的脸，夸赞几句乖女儿懂事，学习好。胡三稀罕得要命，视如己出，宝儿啊乖的，当作掌上明珠，胡长顺也从没把她胡彩儿当过外来人……胡彩儿第一次回到狐狸岗，胡长顺有说不出的高兴……

常捞金乜斜了眼挺立如松的灰军装，心想上来试巴试巴多好哇，刚学的武功还没真露过脸呢……他一眼搭上了灰军装背后的飘着红绸穗的大刀，细细长长的插在刀鞘里，但从里面往外散发着逼人的杀气和寒气……

后来，常捞金才知道那锋利的刀刃吃过日本鬼子的肉啃过日本鬼子的骨头喝过日本鬼子的血……

胡彩儿把群众召集到胡家大院门前的小广场上，宣讲日本鬼子已经占领了北京、天津、沧州……正要吞并中国，还会杀到乡村来，奴役我们的乡亲，让乡亲们成为亡国奴……我们要团结起来，共同抗日！

人群有些骚动——鬼子来啦！红眼睛，绿嘴巴，吃人！天啊！……

大刀向鬼子头上砍去……振奋的歌声飘荡起来……

十几个灰军装唰唰唰地舞起了雪亮的大刀片子，阵阵杀气笼罩在人们头顶上……

乡亲们，日本鬼子杀我同胞，吞我国土，烧杀奸淫，无恶不作！这些战士，就是杀敌于喜峰口的二十九军士兵！他们的刀砍掉过日寇的头颅，喝过日寇的鲜血！他们是我们的英雄，是民族的骄傲！胡彩儿在台上继续宣讲。火把、灯笼的明亮照得她脸色昏黄，像极了一枚滋润的苹果。

誓死不当亡国奴！保卫中华！打倒日本帝国主义！胡彩儿的队伍随着大刀的寒光呐喊起来——

《大刀进行曲》《义勇军进行曲》……激昂地响彻云霄……

常捞金热血沸腾，站在人群里跟着呐喊起来……

胡长顺搬出两箱白花花的银圆，仰起头说，抗击外寇，匹夫有责。我胡家愿意捐款五千大洋，代表狐狸岗的乡亲们，向抗日的英雄们致敬！

潘驼背儿挺起腰身，豪气干云地说，我捐三千！杀光狗日的小鬼子！

姚百里站在灯光里，带头鼓起掌来，好！狐狸岗的爷们儿们好！

常捞金知道姚百里的钱都给了胡三，见人们都盯着姚先生，想替老师说……姚百里大声地说道：我捐一千块！哗啦——把一个木盒子墩在了东家的大木箱上，引来人群的一阵大笑……

姚百里哈哈大笑起来——我家的地今年不收一点儿租息了！但和东家的二成相比较，我的算九牛一毛。今天我们见识了抗日英雄，见识了大刀的威风。洪水已退，庄稼要紧，没吃没喝的，瘪着肚子抗日啊，我们一定要好好种庄稼，把身子骨养得棒棒的，有力气了，把小日本子赶出去！

人群发出嗷嗷的叫声——种好地，多产粮，饿死小日本子找他娘！……

6. 姐弟相认

常捞金对于大刀的兴趣远远高于东家的大洋。他嘿嘿几声，蹦上了胡彩儿的讲台，他激动地说，为抗日救国，我愿意捐武功！

人群哄的颤动起来。

常捞金嗖地抽出自己的刀，瘦瘦长长的，比二十九军的窄不少，但寒光逼人，一道杀气，顿时震住了全场……

胡彩凤的歌声响亮起来——大刀向鬼子头上砍去……

随着歌声的节奏，常捞金的刀光划出了阵阵白光，将火把吹得呼啦啦响，一阵偏向左，一阵偏向右，又一阵向上冲去，脱离了把子，又轰然跌落下来，抱住火把吱吱地啃咬起来……

那个始终站在胡彩儿身边的大个子军人，噔地从台上跳下来，抽出大刀，加入了常捞金的刀光剑影里……

人群向四周蔓延开去……

常捞金没有想到这个高个子的刀术非常娴熟、老道，毕竟杀敌于战场，刀刀致命，没有半点儿花架子……

大个子军人觉得常捞金的刀法不仅实战效果好，干净利索，而且内功深厚，不是碍于自己是杀敌的军人，早已将自己斩杀几回了……他大喊一声：好刀法！退出场外，脱去军装，光起膀子说，兄弟真是好功夫！战场上，没见过小鬼子有如此能耐的……

常捞金索性也脱去外衣，露出白嫩的上身……

两人又厮杀在一起。只见寒光阵阵，叮叮当当，一片火星闪烁，火把跟着刀光剑影跳着舞蹈……

胡彩凤的眼睛里湿润了，她的小捞金哥哥真的好勇猛，好威武！

在人们热烈的掌声里，常捞金和大个子双手抱拳，结束了大刀杀敌表演，为狐狸岗抗日募捐增添了许多的气氛，也增加了人们对抗日的信心……

胡彩凤嘻嘻笑着跑上来，拉住光膀子的常捞金，甜甜地喊声捞金哥，你好棒！

胡彩儿笃笃地走过来，赞赏地看着常捞金，对他微笑着说，没想到狐狸岗有这等的优秀人才！回转身，对笑呵呵的东家说，大爷，抗日到底，这个兄弟给我呗。

胡长顺高兴地抚摸着小胡子，把脑袋摇晃得如同货郎鼓——不行不行不行。他是我胡家的管家。里里外外，亏他支撑哩。

那是。他只属于胡家，谁也不给！胡彩凤晃着双肩，直瞥姐姐胡彩儿。她觉得常捞金是她的，谁也休想夺走！

胡彩儿大大方方地说，不给就不要了呗。冲着常捞金莞尔一笑……

人群兴奋激昂地散去了。

还没有走进东家的大厅，胡彩儿一把拉过常捞金，急切地问，你胸口的红疤瘌是怎么回事？

常捞金吃惊地看着胡彩儿，不紧不慢地说，不是疤瘌，是天生的胎记。从一落生就带着啊……

我能好好看看吗？胡彩儿瞪着大眼迷惑地看着常捞金说，有些哀求的色彩在里面。

胡彩凤冲上前气急败坏地说，大小姐了，怎么随便看一个男人的胸膛呢？

常捞金有些迷茫地看着认真的胡彩儿，脱不是，不脱也不是。

姚百里轻轻地说，胡大小姐想看，自然不是冒失之为。让她看看吧。东家在此，师父在此，吃不了你的……

胡彩凤还要拦阻，被东家胡长顺一把拽住，别耽误事儿，二疯丫头。胡彩凤哼一声，气呼呼地坐到一边。她都没看到过他身上有什么好看的，凭什么让胡三的闺女看？她乜斜起胡长顺和胡彩儿他们……

一枚铜钱大小的胎记，红红的，印在胸口的正中，如同一只展翅飞腾的小蝴蝶，向两边伸展着规则的翅膀，中心是个极小的一字，被一片红色覆盖着……

胡彩儿哇地哭泣起来，一把抱住了常捞金——弟弟！弟弟！让姐找的好苦哇……

……爹牵起娘的手，颤抖着，边说边不约而同地把目光集中到身边孩子身上——闺女虽然只有四岁，依然穿着刚逃荒出来时的大红碎花袄，袄已经变得脏兮兮的，划破了好几个大口子，露出里面的棉絮，还褪了色，但也能显出孩子出水芙蓉一样的娇嫩；瘦小羸弱的儿子躲在娘的怀里，像只没长全毛的小老鼠……爹和娘几乎同时从腔子里发出一声长长的叹息，逃，逃吧！天灾人祸啊！……

枪炮轰轰咆哮着炸混了天地……灰军装、黄军装疯狂地杀过来……爹抱紧大红碎花袄，娘抱紧儿子，在哀号无状的人浪中如同枯叶被无情地卷起、冲击、飘荡……只有一周多的儿子被人浪抛起来，一眨眼，消失在慌乱无望的人海里，如同一个破碎的泡沫顷刻间被呼啸的人浪吞噬了……

人浪慢慢消散了……爹娘哭喊着，抱着大红碎花袄，从被踩踏的一片狼藉里，找寻着，找寻着……

一股黄色的浊浪包围了他们……

娘被几个穿黄军装的虎狼兵淫笑着圈起来，生拉硬拽地往一间破屋子里拖。娘性子烈，趴在一个兵痞的身上把那狗日的鼻子活生生地咬下来了，几柄凶残的刺刀锋利地挑进了她的身子，血顺着刺刀汩汩地冒。大红碎花袄嗷嗷地哭叫——娘，娘，娘……

爹发疯地扔下大红碎花袄，凶狠地扑上去和狗日的们撕扯起来，用手拉响一个兵痞腰间的手榴弹——一声震天的轰鸣，兵痞们和着一阵冲天的尘土变成了血肉模糊的乱肉。可能是引爆了另外的手榴弹，轰 轰 轰——爹娘连同那些挨千刀的黄皮子狗们都消失了，只留下一层厚厚的尘土……

大红碎花袄醒来时，被人装在一个大的箩筐里，里面还有几个和她一样的闺女，脸上都挂满了灰尘、泪水，脏兮兮的，看不出原来的面目，只能从头顶上依里歪斜的小辫子、碎长的头发，可以分辨出是女儿身……

哈哈哈，不发财，都他妈的难啊！天津话。

这帮丫头虽是雏儿，卖到窑子里，养几年，训几年，都是白花花的银子！另一个天津话哈哈哈地笑起来。

敢情，敢情……

这几个雏儿，五十块，没说的……

突然，四周冲上几个黑衣黑裤的人，两道寒光——两个刚还惦记数银子的天津话，咕咚咕咚倒下了……

大红碎花袄成了天津大商行胡三的千金……

娘啊——常捞金的眼睛喷出好长的火焰……

胡彩儿紧紧抱住哭成泪人的弟弟，喃喃地说，只要弟弟活着，爸妈死也瞑目了……

一屋子的悲伤。

胡长顺拄着拐杖，一个劲地叹气。面对重逢的苦难姐弟，他想起被"三儿"气死的娘和夺走性命的可怜的儿子，一滴苦涩的泪爬出眼眶默默流下来……他对侄女胡彩儿要他为抗战捐款的事，很不乐意，胡家又不是慈善机构，又刚经历了洪灾，谁愿意拿出银子，为看不到头的抗战打水漂。所以，把头摇成了货郎鼓。胡彩儿并不着急，她笑眯眯地说，大爷啊，胡家自古都是良善之家。在国难当头的关键时刻，你老可不要糊涂。你可以不捐，我们也不会强逼，但小鬼子来了，那帮畜生就不会这么客气了。小鬼子抢，也要抢走。

到时候，性质就变了。支持日本鬼子，可就是汉奸啊！胡长顺心里一颤抖，娘啊，有这么严重？见侄女乖巧地看着他，他气呼呼地说，又不是我给的，是狗日的抢的。怎么就资日了？现在，天下大乱，洪灾刚退，我胡家还为百姓减租减息呢……胡彩儿赞赏地点点头，说这就是你的英明啊，也是胡家经久不衰的根本。胡家做的都是良心事。但鬼子抢夺去了，你说得清吗？为什么把咱胡家的东西让外人来抢，而不送给咱中国人呢？胡长顺眨巴眨巴眼，长长舒了口气，一拍大腿，没个省心的丫头！二疯丫头，造反都造到老子头上了，你个侄女吧，还讲道理……肉烂——在锅里，也不便宜倭寇！胡长顺就按侄女的安排，当晚就举办了场抗日宣传捐款大会……

姚百里眼睛湿润了，为姐弟大难过后的相认而高兴。

潘驼背儿最见不得别人的眼泪，但徒儿的遭遇和姐姐的重逢，使他眼角淌出股热辣辣的液体来，是那种悲喜交加的泪……

胡彩凤最高兴，也最兴奋。刚才看到常捞金脱掉上衣，露出结实而健美的身体，如矫健的豹子，辗转腾挪，舞弄起一阵旋风，如鹰似隼，刀快人急，像极了呼风唤雨的神仙，胡彩凤看着看着，眼睛亮晶晶的，心里翻起幸福而欢乐的浪花，美极了。在一片刀光剑影里，胡彩凤突然发现他的胸口处红光一闪，她不觉妈的惊叫起来，以为常捞金被灰军装的锋利刀刃划破了皮，流出了殷红的血，再定睛观看，却是他自身带着的。现在可以在近处观看那枚蝴蝶样的红胎记——原来大小姐胡彩儿和常捞金是分散多年的姐弟啊！她开心地抚摸了下常捞金胸口的那枚红胎记，心里乐开花——幸亏有这胎记呢，不然姐弟怎么会相识、相认、相逢？就是说，她的捞金哥，到现在还是她胡彩凤的……好！姐弟相逢，可喜可贺！胡彩凤欢快地鼓起掌……

第二天清晨，又一队黑制服的队伍踏踏踏地开进了狐狸岗。古皮城县府的人来了。

一个黑瘦黑瘦的家伙，歪戴着帽子，用马鞭边走边轻轻捅捅黑色的大檐帽，好像他的帽子里藏着什么使他瘙痒难耐的东西，嘴上留着一层黑黑的小胡子。一进门，就大呼小叫——我们是县府保安大队的，我是县长大人的副官。今个儿来，第一宣布县府的命令，大日本皇军马上就来古皮城，各位乡绅要接受大日本皇军的领导。第二县府命令，各位乡绅要为大日本皇军备份厚礼！

胡长顺重重地杵动拐杖，哈哈哈着说，副官大人，张县长不来，谁也不给！

小黑胡嚣张地乜斜起眼，马鞭捅得大檐帽更勤了——胡东家敢藐视本副官？爷就代表张县长！一挑眼色，哗啦哗啦——十几个黑洞洞的枪口对准了胡长顺……

别动！小黑胡的后腰眼上顶着一支硬硬的家伙。

胡彩儿大摇大摆地走出来，大气磅礴地说，二十五师的人还没这么横呢，一个小小的副官就飞上天啦！

小黑胡龇牙咧嘴地命令手下收起家伙，一脸讪笑说，大水冲了龙王庙，一家人不认识一家人。他环视了一眼灰军装，呱唧呱唧地说，上峰不是命令二十五师撤离河北快两年了吗？

这是我家！我回家看看！胡彩儿啪地一拍腰间的小手枪，英姿飒爽的。什么人都能来要这要那的吗？给小鬼子要？汉奸！

灰军装嗖地把雪亮的刀刃横在了小黑胡的脖子上。小黑胡觉得一阵凉风顺着脖颈直往脚底板走……他浑身哆嗦起来——小的也是奉命行事，行事……

哎哟哎哟……胡长顺紧几步跑上来，吃惊地看着双方，生气地说，别价别价，都是党国的人，何必何必！冲着胡彩儿一瞪眼，臭丫头，闪开！

小黑胡冲着胡长顺低头哈腰，多谢东家，多谢东家！就领着人马踏踏踏地走了。

哼。张甫臣要当汉奸！胡彩儿气愤地说。

汉奸自有汉奸的下场！常捞金眼睛亮亮地说。

姚百里看着烟尘里远去的马队，耐人寻味地说了句，世道乱了，糟糕的日子在后边呢。

第四章

狐狸岗的喜事和法事

1. 大小姐嫁了个 "猪尿泡儿"

这是个暖冬。太阳跑过春夏秋三季劳累了，懒洋洋地挂在天空，不紧不慢，忘记赶路的样子。狐狸岗村铺摊在那层温温吞吞里，更显得急急躁躁活力十足了，从东到西，从南往北，蒸腾起浓郁不散的喜气。这是个热闹的季节。地里所有的作物都已经装进囤里，玉米高粱谷子棉花等庄稼的秸秆堆起垛来接受阳光的沐浴，静静等待着燃烧，为人们取暖做饭或变为牲口可口的草料。闲下来的人们张罗起喜事，而且商量好似的扎堆儿办起来。

现在是战乱年代，再苦再难，日子还要过下去，也得把喜事当回事办了。放着大闺女在家，小日本子也不是什么好东西，是一帮畜生，再给祸害了，岂不是罪孽吗？能赶紧办了，就立马办了吧，也省去好多心事……

喜事也叫红事、婚事。儿娶女嫁，是农村人最重视最红火最讲究的大事、忙事、快活事，是一套烦琐有规矩有讲究的文化习俗，每个步骤分得很清，环环相扣，缺一不可，分为说亲、过生辰八字、订婚约、催妆、迎亲、婚宴等，乱来不得。先是说亲，也称提媒或说媒。没有媒人牵头两家是走不到一起的；过生辰八字也叫做过庚帖，讲究天干地支相配，看是否存有犯相，有犯相者不可成婚，说什么白马犯青牛，鸡狗不到头，羊鼠一日休……订婚约是说男女双方没有犯相之类了，各自一方将自己的婚书写好，互相交换就算定亲了，就是把婚姻确定下来了。择日子也就是选择嫁娶日期，双方定好日子统一好意见，结婚成家的锣鼓点就紧锣密鼓地敲起来了。迎亲前一天，开始过嫁妆，亦称催妆，即催促女方送嫁妆之意，把七大姑八大姨们接过来准备参加婚礼，迎亲和婚宴是这些程序中最隆重的举动，张灯结彩，大红喜字贴起来，门厅焕然一新，里里外外收拾得干干净净。迎亲时新郎骑马，新娘乘轿，前边有着装执事，形成仪仗队，吹吹打打热火朝天地把新媳妇接回家。新娘子上轿下轿也有的是说法，下轿时先登马鞍，意思是平平安安；再登花糕，意思是步步登高；再登石头，意思是实实着着。拜天地是有讲究的，拜堂地点一般设在正房屋门外左侧，这个地方墙上有一个神龛，也叫天地神堂。在此处摆上供桌，桌上放一只斗，盛满粮食或麸子，里面横插上一张弓，竖插三支箭，再插铜镜一个，旁边还要插上一行杆秤，上一炷香，左右点燃红蜡各一支，并放上用红布蒙的胜子。开始拜天地了，行三叩首礼，一拜天地，二拜高堂，三是夫妻对拜，最后把新娘送入洞房。外边则大摆宴席，一片热闹，一派嘈杂，一团红火，亲友们、值忙的直喝得天昏地暗，车动铃铛响……

一切都是红的，红喜字、红喜帖、红被子、红衣服、红鞋子，连喜糕、馒头都用心地点上红点，预示着红红火火。之所以放在年节前办红事，一是季节好，肉啊菜啊蛋啊什么吃食都可以放得住。农村的红事一折腾要四五天时间，东西糟蹋不得。二是冬闲了，人的事就少了，有的是工夫，有的是时间。三是人们的讲究。庄户人做事有板有眼，有不少的规矩。这正如种地，摆弄庄稼不能误了季节。可婚事不是种庄稼，误了这茬，可以改种别的作物以弥补损失，跑了这桩婚姻，下桩婚姻啥时候办就不得而知了，这可是误子误孙的大事情。及早完成这人生的大事，早生儿子早得济，人丁兴旺，家族远长，那日子才会真正红火兴旺呢。四是年前添人进口可以拜祖宗，祖宗回家过年看到新人就会高兴，会保佑一家子平平安安，万事大吉，预示着来年好事连连，图的是个喜兴。五是孝敬为上。俗话说当年的孩儿不过年儿，年前结婚办喜事，明年年节前就会有孩子，有孙子辈的了，老人们会心情舒畅，活得滋滋润润的，这就是孝敬呢。

胡家大院先点起了这把火。胡家大小姐出嫁了！那场面、那阵势、那气派，狐狸岗村多年不见了。车水马龙，人头攒动，熙熙攘攘，把整个庄子带得热闹极了。

常捞金见过大小姐胡彩云的丈夫——河对岸李家洼大财主的公子，一个矮矮胖胖的主儿，圆圆的脸圆圆的身子，圆圆的人，活像一只行走的球。他很为胡大小姐惋惜。看大小姐苗苗条条的，杨柳细腰，黛眉杏目，比年画上的仙女还水灵，也不似二小姐胡彩凤那般霸道任性，温温吞吞的，不急不忙，也不怎么去前院走动，对长工们几乎没有发过什么脾气……

唉，胡东家做老爷的怎么个想的呢？

常捞金第一次见到李胖子李有德是在修木桥的工地上。他的工作是每天划着小船往河中间运送木料，轻轻摇着桨，给打桩的师傅们放到固定的位置。此时常捞金已经能够站在船头或船艄像潘驼背儿师父那样用脚下的力道摆弄船了，水皮舔着船底发出动听的音乐。但他不敢外露，生怕师父怪罪和呵斥。师父潘驼背儿尚且都自己用竹篙撑船，两只胳膊用力地把篙头插进水里，上身后倾，双腿钉在船板上，身体慢慢前后绷着弓，做着四十度左右的摇摆，洒一路水花；抬原木时，潘驼背儿都会倒剪着手安详地看着小伙子们红脸脖子粗的动手，从不上前帮忙；潘驼背儿即使船行到一定的位置，也会用手把住竹篙紧紧张张地盯着人们忙上忙下，生怕一松手船跑了似的，又恐那块木料砸了他，弓起腰虾米着，白花花的头发连同那条白花花的辫子都怯生生地慌张着。干活期间，师父潘驼背儿与徒儿的船只互相错过时，总喜欢搭眼常捞金露出含义深刻的微笑。常捞金也总会甜甜地喊声师父，你老人家轻悠着些，我多替你跑趟吧。潘驼背儿把双手喇叭状地放在嘴上喊道，老骨头了，比不得壮小伙子喽。你说常捞金敢施展功夫，把船儿带得风风火火的吗？

常捞金清楚记得师父潘驼背儿的教诲，武者要厚德载物，不能逞能斗狠，该出手时才出手，平日里要像小绵羊似的老实稳当。显山露水，飞扬跋扈，欺压弱小，丧尽了武术的德行，是要被逐出师门，废掉功夫的。隐者为大，忍者为强。小事不忍，火冒三丈，大打出手，莽夫草汉也。逞一时之快，显露身段卖弄技巧，得意扬扬，鼠目寸光无疑尔。山外有山，人外有人，张狂是要吃亏的。见利忘义，知难而退，遇险而脱，助纣为虐，为武者所不耻。功夫是用来强身健体、扶贫济弱、救人于危难的，大丈夫应该临危不惧，正义凛然，死而无憾。他就想起书上姚先生讲的七侠五义、梁山一百单八将等侠士的事来，也把潘师父讲的武功、武德的道理刻在脑子里，印在心上了。

忽然，对岸行驶的船上传来了怒骂声，一个汉子被一个身材圆的像“猪尿泡”样的人踹进了水里。落水的人挣扎着，双手在水面上狂舞乱抓。常捞金立即想起那甜甜的河水变得苦涩，眼前飞舞着无数的小星星，一只大手狠命往下拽的情景。这是他印象最深刻的一幕呐。他赶紧撑了几篙，把竹篙伸到挣扎的手里。水里的那双手死死地攥住了竹竿，像抓住了什么。一张发青的面目在河水一阵稀里哗啦声里露出来，长长的一口气把散落下来的水吹得很远，仿佛憋了一肚子的气无处释放无处消耗似的。还没等常捞金把人拉上来，一支长长的竹竿啪的抽在了他的肩上，猪娘养的，谁个叫你救的！一句骂声随着竹竿传递过来。踹人的圆胖子撇着大嘴叉子怒气冲冲地又举起竹竿。竹竿再次扫过来，常捞金轻轻一抖肩膀，那支竹竿旋风般转动起来，咕咚——圆胖子跌进水里，激起白花花的浪……

一阵手忙脚乱，一阵咕里咕咚。圆胖子被拉上了船，落汤鸡似的躺在那里有一口没一口地翻白眼。

少爷，少爷，李少爷！师父潘驼背儿不知什么时候立在了圆胖子的身边，弓着背扶起灌满水的身体轻轻捶打着落水人的后背。哇，哇——浑浊的水从鲇鱼嘴里喷出来。咋这么不小心呢，李少爷啊。潘驼背儿紧张的什么样似的。

发绿的脸渐渐变黄了。圆胖子乜斜着细小的眼抬起手指着举着竹篙的常捞金，长长地吁了口气，臭×养的狗东西！又回转头对着船上的一个黑汉子骂道，黑驴蛋，回去收拾你！船把不牢靠，害的老子落水……

被骂作黑驴蛋的一脸的委屈，黑鼻子黑嘴挤到了一起，少爷，少爷……

还有你，狗日的白毛鼠，扣狗日的半年的工钱，敲折你的狗腿！圆胖子气势汹汹地指着趴在常捞金船帮上吐水的人，一副咬牙切齿的模样。

李少爷，李少爷气大伤身，气大伤身哩。潘驼背儿轻轻抚摸着圆胖子的后背，温柔体贴，像个温顺的小丫头。

黑驴蛋，回，回！圆胖子不耐烦地指使着，躺在潘驼背儿的怀里享受着那份温柔体贴。

第二次见到圆胖子，是常捞金去李家洼李大财主家送大小姐的婚帖。李家不愧是大户，雕梁画栋，气势非凡，完全可以和东家胡家大院相媲美。李大财主李大福高高大大的，长着一副马脸，样子很随和，拄着锃亮的拐杖。小捞金看看李大财主手里那磨得锃明瓦亮的铜脑袋，想想干爹三秃子被薅扯头发的情景，再看看笑模样的李大财主，心里不禁打了个寒战。李大福笑呵呵地接过红红的婚帖，吩咐下人把准备好的八色礼抬到胡家的马车上。李圆胖子李有德陷在天圆地方的红木椅子里，乜斜着常捞金，鲇鱼嘴里咬着蜜橘，一抬脸吐出一粒籽正打在常捞金的脸上。常捞金一哈腰，笑容可掬地打了个千，大少爷好。李有德翻翻眼皮把头扭向一边，傲慢得很。

马车刚一出李家洼，李有德带着四五个高大的汉子挡住了去路。狗东西，给老子磕三个响头就饶你不死！气势汹汹地指着常捞金。赶车的陶二娃子吓得抱着鞭子躲在车轱辘旁边直哆嗦。

人群里有那个被踹下水的白毛鼠和挨骂的黑驴蛋，一副凶神恶煞的模样，叉着腰瞪着眼地盯着常捞金。常捞金赔着笑脸说，大少爷，大喜的日子谁惹你生气了？

狗东西，臭×养的。李有德迈动短腿上前揪住了常捞金的衣襟。谁惹老子了，就是你！敢把老子弄水里玩的奴才！

常捞金这才真切地看到李有德是个和自己差不多年纪的胖子，太多的肉裹住了他的真模样，使他看上去比实际年龄要老，一脸的霸道无理更增添了几分凶悍。大喜的日子里专门追上来诚心找茬，以报复在河上丢丑的事，放着正事不干，专找这等过去的闲事，可见是吃的五脊六兽得出来消化食，更显得此类人绝对小肚鸡肠，大气不了哇。这事他小捞金早忘记得一干二净了，人家却当作大事件记恨于心，在送喜帖的时候赶上来要个说道……不是怕伤了东家的和气，冲毁了大小姐的喜事，小捞金轻轻一动手就会把圆球一样的李有德扔到犄角旮旯去，啃嘴臭泥，哪里容他放肆，把人骂的如此寒碜呢？而且还是用手撕扯住衣襟破口大骂，满嘴喷粪呢？

听师父潘驼背儿说，原来李大少爷对修桥的热闹很感兴趣，出于好奇来工地，命家里两个长工划船看个究竟。白毛鼠不小心用竹竿扫了少东家李有德的手，弄得他生疼麻辣的，就气呼呼地把白毛鼠踹下了水。小霸王看着白毛鼠水里挣扎的样子正乐得带劲的时候，常捞金却不合时宜的伸手救人，惹恼了李有德，他想教训教训常捞金这不懂主子心思的小长工，却稀里糊涂地不知道怎么就自己跌进了水里，只觉得有一只无形的大手捏小鸡似的把他旋转起来大头朝下按进那要命的河里。师父明白是徒儿暗里动了真气，把不知好歹的少东家弄进了水喂王八。多次劝说徒儿不必和这种人置气，用功夫伤了更显得没意义，糟蹋了功夫和修为……常捞金不解地问，长工再不济，那也是条人命啊。李少爷怎么这么取乐呢……潘驼背儿惨然地摇摇头，有钱能使鬼推磨哟。一个长工值不了多少钱的。常捞金就觉得东家胡长顺是多么的难得啊。

唉，胡家大小姐太可怜了，怎么嫁了这么个东西哟。东家也太……

随着一声打，拳头如雨点般地落在常捞金身上。

王莽河的水静静的。常捞金一滴委屈的泪滴在河里。他努力冲洗着脸上的鲜血，不留一点儿被打的痕迹，并嘱咐陶二娃子不能跟东家提起。陶二娃子一副幸灾乐祸的神态，把脑袋摇得货郎鼓一样，不说不说，大喜的日子。

欢快的唢呐声里，骑在高头大马上的李有德穿着通红的绸袍戴着银翅的新郎冠，咧着鲇鱼嘴，得意扬扬的，像极了一枚刚扒出来的血丝呼噜的“猪尿泡”。常捞金朝地上重重地吐出一口浓痰。

2. 常捞金和潘石花结婚了

常捞金的好日子到了。

潘驼背儿的乖女儿潘石花顶着红盖头走进了他的屋里。

喜事中的规矩和程序一点也没少，马虎不得，不因在一个村子里有所减少，也不因两人相互熟悉而不重视。姚百里中间说媒拉纤，庚帖、婚约、催妆、过礼有条不紊地进行着。东家把胡家大院最里面的一个小院收拾得干干净净的，送给常捞金做新房。满院子张灯结彩，一片喜气洋洋的。

潘驼背儿一改昔日的随和顽皮热情，板起面孔来询问起大红庚帖上写的生日时辰，一脸的迷惑：你怎么肯定就是腊月二十四未时呢？和石花犯冲呐。常捞金立着身子稳稳地鞠了个躬，师父，腊月二十四未时，就是冬日雪地的“小倒卧儿”被你老人家抱进东家暖车的时候。我不会忘记那个时刻，把它作为我的生日时辰。说着，眼里慢慢涌出了泪水。潘驼背儿一怔，又问那时你僵着，怎么知道准确的时间？常捞金一晃头，泪珠珍珠样散落在洁净的砖地上，不是你老人家后来告诉我的吗？潘驼背儿咳嗽一声，用手捂住口说，东家赏我潘家那几亩上等田地啊，真肥，让潘家在狐狸岗村扎了根呢，活得滋滋润润的，才有了女儿石花的标致可人啊。像是在述家长里短，轻飘飘慢吞吞地带着几分由衷的感慨。常捞金不假思索地说，师父家那二十亩上等田地是风水宝地，每年麦子玉米的就能养活潘家上下二三十口子。再加上后来置办的那六十亩，师父可是咱狐狸岗村的第二把交椅了。抗日募捐，你是第二！也是拉闲篇一样地回应。潘驼背儿抬起白眉毛瞥了眼坐在木桌一端的姚百里。姚先生端起茶杯吹吹横在水皮上的茶叶，不经意地笑了。潘叔活得自在啊，两个铁塔样的儿子都能顶立门户，过得舒服，只可惜孙子叽里咕噜的多得晃你老眼吧。潘驼背儿捋着长长的白胡子哈哈大笑起来，胸腔里发出金属般的响动，就一个宝贝闺女，就一个宝贝闺女啊，稀罕呢。

常捞金低头微笑着说，师父舍得掌中宝儿给我这糙人，哪辈儿修来的福气啊，谢谢师父，我会豁出命来疼石花的。

师父老了，不管下辈人的事喽。潘驼背儿仰面大笑起来，把个腰身挺得直直的。

作为常捞金的老师和长辈，姚百里高高兴兴地进潘府提亲。这也是风俗。再怎么亲近，再怎么情投意合，也需要媒人在中间说和。潘驼背儿自然满意地满口应承，爱徒成为自己的女婿，简直是亲上加亲的好事。潘老头儿按照规矩放下嬉笑问姚先生，是你相中了我的丫头啊，还是小捞金……姚先生哈哈大笑起来，手指着潘老头儿说，你爷俩混了这么多年，小捞金撅什么腚拉什么屎，您老不用看就知道，咋揣着明白装糊涂呢？潘老头儿煞有介事地捋着白胡子，眼睛亮亮的，小捞金稀罕小石花呗。你这做老子的，不知道怎么个想法？姚先生拊掌大笑，你个老东西，成心耍我啊。孩儿们的事孩儿们说了算。这潘家上下几十口子，最不待见的——就是你个老东西！两人前仰后合地笑起来，都乐出了泪花。

潘老头儿还有些旧规矩词说，也不知这小子的文化是不是顺着黏粥饭吃光了没？姚先生好奇地看看潘老头儿，一脸的惊诧，你个老东西，以为你的武功厉害能吞了我的文化水？入脑的东西是拔不出来的。潘老头儿乐得跟孩子一样，说，要不咱考考他？姚先生一拍大腿，考考就考考，比试比试咱们谁厉害吧。你的爱徒也是我的爱徒哇。

潘老头儿犄角拐弯地一顿瞎问，没有难住小捞金。而小捞金对潘家的情况了如指掌，比他自个儿还清楚。潘老头儿打心眼里稀罕得不行，也为闺女潘石花找到这么个如意郎君感到踏实满意。想当初向姚先生索要小捞金时，姚先生一百个不乐意，手摆得像个蒲扇，我精心挑选的徒儿怎么好半路出家跟你练把式？刚打磨成材料，就来抢啊。潘驼背儿腾地直起腰，一脸的讪笑，宝贝儿谁都稀罕哩。舍不得了吧，先生。姚先生肯定地说，舍不得呢。潘驼背儿哈下腰，写满了诚恳和向往，把自己摸骨发现小捞金是个难得的练武坯子、百年不遇的奇才等等说出来，大有若不同意就永不撤兵的意思。姚先生清楚潘老先生得意这孩子，瞅瞅潘驼背儿那副赖皮样儿，再舍不得也不能误了孩子练功的年纪，心不甘，也只能咬牙相送，深深叮嘱道，不能粗手粗脚的哈。潘驼背儿高兴地蹦起来，如获至宝般满足——那是那是。这孩子灵秀呐。那得意的神情直惹得姚先生用手指戳他的脑门——老狐狸！美得你。潘老头儿一副嘚瑟劲儿，哈哈哈说，给也给，不给也给了吧。你的徒儿马上就是我的徒儿喽！姚先生顿时失去了可贵的宝贝一样蔫巴了，想起小捞金机灵认真的样子，多少有些失落。四书五经那些晦涩的文字连他都觉得困惑难解，但到了小捞金嘴里跟拌黄瓜一样脆生有滋味，有时不待他讲解某段的意思，小捞金就跟耍弄算盘一样噼里啪啦地响动起来，怎么个意思，怎么个意义，抓得很准，使姚百里不得不刮目相看这个机灵鬼。说不留恋，不爱惜，那纯粹是骗人的。但这孩子被潘驼背儿相中，说什么也是天大的造化。什么骨啊筋的，姚百里不懂，他信服这有时孩子样儿顽皮透顶有时稳重如牛的武林高手潘老头儿。看来小捞金这小子确实是上天赐给他们的灵物。真舍不得哟。姚百里长长地叹息一声，算是给手舞足蹈满脸欢喜的潘老头儿一个肯定的答复。两人又呵呵呵笑起来……

穿着一身红缎新娘装的潘石花漂亮极了，黄流苏飘逸的红盖头随着脚步走动不停地抖着。长长的红绸带牵在两人的手里软和得像流动的水。潘石花感觉到一股热流顺着红绸带从另一端快速传递到遮在宽大衣袖里的小手里，心里甜甜地享受着那份暖暖的柔柔的情绪。她清楚绸带的另一端里是捞金哥那双修长有力的大手。她不能够像捞金那样把心底的呼唤和欢快用气传输出去，只能撒娇地轻拉了下红绸带。那端立即感应到了，并且传过来更强烈的欢快。

常捞金腕间那个微弱如游丝的脉动，闪电般地激活了他全部的细胞，急速地扩大膨胀起来，可爱的人啊，终于来到啦！

常捞金永远忘不掉和潘石花玩耍的一幕幕。那个可爱的人儿，努力鼓起腮帮子轻轻往他被土或草绒子迷了的眼里吹气，凉丝丝的，香喷喷的，全无陶二娃子、小立东、铁虎子他们浓重的臊臭气。突然一只软绵绵肉乎乎的小虫子样的东西伸进被掀起的眼皮里，凉凉的柔柔的，那块红肿摩挲、不干净的地方立即轻松痛快起来。小石花用她柔软的舌头把他眼里的一粒沙或小飞虫给轻轻舔走了。那个可爱的人儿，低着头洗衣服，细细揉搓，时轻时重，时急时缓，好像已经将衣服上的污渍记住了，每个重点部位都被搓洗几次，慢慢摊开细瞅几眼，然后继续揉搓，仿佛那不是件衣服而是一件必须精心细致努力漂洗才能还原本来釉质的精美瓷器。那个可爱的人儿，抬起毛茸茸的眼眉，水汪汪的大眼睛定定地看着他撇水花。他拾一块地上扁扁的土片或砖片往静静的水面上扔，侧着身子将胳膊抡个半圆并轻轻一抬，一串水花便开放在水面上，最少的时候也有四个，更多的时候那土片、砖片划着水花窜进墨绿色的河中央去了，数也数不清到底撇出了多少个水花花。那个可爱的人儿，她漂亮的瓜子脸上写满了不尽的崇拜和向往，眼睛里淌着亮亮的光，调皮地伸过细长的脖颈，乌黑的羊角葱小辫子小手似的摆动，任凭他把编织的花环戴在头上，挂到脖子里，鲜嫩的花香立即冲撞进整个鼻腔，他整个心肺也熏染得香香的……多么温馨的场面，多么值得记忆的情景啊！可以说，自从有了这个精灵般的女孩子，她的眼眸她的动作她的香味就再也赶不出去了，让他明白一个浅显而深奥的道理：他们是不一样的。女孩子就是花一样的美，谜一样的美。

潘石花也不能忘掉高高的狐狸岗上有一片茂盛的树林，树林里有慈祥的老爸，还有一个下巴尖尖的能讲好多故事的小男孩，聪明伶俐，乖巧灵动，不是什么长工，而是爸爸的好徒儿，会编织漂亮的花环，会用手指疾速地捏住美丽的大蝴蝶，会撇出好多好多好长好长的水花，时而兔子样的奔跑，时而猴子样的爬上爬下，没有什么烦恼，有的是欢乐的笑声和闲不住的闹腾。她觉得小捞金就是自己的一个亲人，比任何一个哥哥、弟弟都好都亲。她愿意看他做任何事情，无论做什么，他的动作架势都是最好看的，让她怎么看也看不够。他的声音尖尖的，里面藏着太多的蜜糖，总会甘甜她的肺腑，听着舒服极了，让她怎么听也听不够。他懂得真多，比老古董老爸知道的还多，不加思考就能从嘴里蹦出个孙猴关公岳飞包青天来。她极爱看他那张薄薄的红润的嘴唇轻启轻闭的翕动，仿佛所有的声音不是从喉咙里发出来的而是粘在嘴唇上的。他的功夫架子也是最棒的，一招一式都有条不紊，步伐稳重而利落，不拖泥带水，一哼一哈透着真气，难怪老爸总是喜欢待在树林里呢，这里有他老人家私藏的宝儿呢。潘石花渴望天天和他在一起，哪怕晚上都不想走。严厉古怪的爸爸却每到太阳一擦西树梢就下命令要她回家，有了小捞金的路总显得太短，一个故事还没听够或者一把五颜六色璀璨的花朵刚刚编成一个花环，狐狸岗村就在眼前了。他们的手不得不分开。他的手真温和，像块热乎乎的磁铁有力地吸引着她，让她心动而快乐着。她真的喜欢和他在一起。

潘石花心里清楚，二小姐胡彩凤也喜欢长得帅气英俊的小捞金。看她胡彩凤瞅小捞金的模样和笑弯的眼睛，就知道二小姐不嫌弃他的身份，主动靠近他，对他笑，给他带东西……尤其从古皮城放学回家，那副急不可耐的样子更是让人觉得二小姐很愿意第一时间看到他，像做了多少日子的梦，终于找到了可以预见的现实……潘石花不愿意二小姐拉上她去高高的狐狸岗，那里的人那里的景儿，她潘石花是非常熟悉和喜爱的，但自己的好朋友好伙伴二小姐胡彩凤两只水汪汪的眸子里，冒出的干净清纯和热烈奔放的光芒，又使她潘石花不得不应从胡彩凤的要求……虽然潘家不是贫农佃户，是狐狸岗的大户人家，但爹潘驼背儿从小就教育他们，对胡家要感恩戴德，不要肆意妄为，乡亲们无论怎么落魄，都不要瞧不起，都不能张狂显摆……潘石花虽然心里不乐意，但还是跟二小姐胡彩凤去找小捞金……看到二小姐胡彩凤围着小捞金开心地转悠，讲些外边的事儿，潘石花心里泛起酸酸的浪头……

现在，心爱的人就牵在红绸带的另一端了，可以感觉出他奔腾向往的心跳和青春盎然的气味……他们马上就要步入新婚殿堂，成为朝夕相处的夫妻了……

潘石花真的太幸福了！

坠着黄色流苏的红盖头梦一样的艳丽。潘石花在里面想着美妙的心事，可以听到常捞金激动的叹息。那叹息里融入了那个男人从肺腑发出的浓郁的青春的气息。老爸潘驼背儿眼力尖锐，把这么优秀的人儿送到自己身边。可亲可敬的老爸啊！

二小姐胡彩凤觉得自己是个十足的失败者。她心爱的人就要牵起红绸带和柴火妞潘石花步入洞房了，而她的美好前景和朝思暮想的人立即变成了五彩缤纷的肥皂泡，破灭为一片肮脏的污水。她心不甘，胸中燃烧起熊熊的烈火——潘石花有什么可以和她二小姐同日而语相提并论的呢？潘家不是得了胡家的庇荫，充其量是个自给自足的农户，怎么能和财大气粗的狐狸岗首富胡家相比？潘石花长得不赖，认识几个字，充其量算个有几分姿色的柴火妞，岂能与她北洋大学大学生的胡彩凤相比？她胡彩凤长得不如羞花闭月的貂蝉、沉鱼落雁的王昭君，但水灵灵地充溢着无尽的风情，明亮会说话的眸子，优美绰约的线条，高雅绝伦的气质，浓重非凡的书卷气，都是她潘石花柴火妞所不具备的。如果将她胡彩凤比作翱翔于九天的凤凰，那么潘石花充其量是个恭顺温存的鹌鹑！

胡彩凤气急败坏地看着因近日胡家大院喜事连连而兴奋异常的东家胡长顺，内心充满了愤恨。她鼓起气呼呼的白脸说，我不许常管家和潘石花结婚。常捞金是我的，我喜欢他！

胡长顺长长地唉了声，眼睛里闪过一丝失望的火花。他重重地戳动手中的文明棍说，你是胡家的千金小姐，他常捞金再怎么好，怎么优秀，也是个长工，是爹捡回来的“小倒卧儿”！他癞蛤蟆想吃天鹅肉，没门儿！

是天鹅要吃癞蛤蟆！我就看常捞金好！胡彩凤拉起胡长顺的衣袖央求道，爸爸，你疼我，就答应我这次吧。

啪！胡长顺把拐杖狠狠地敲在地面上，怒气冲冲地说，不行！你不是狗儿猫儿，想怎么找个人儿都行。丢了胡家人哪。说着，无奈而憋屈地垂下头。闺女大了，真是个麻烦。从小宠坏了，霸道惯了，什么也不懂。唉！

丢什么人？胡家是狐狸岗的主人，想怎么样就怎么样，看谁敢乱嚼舌头根子？谁说，就割掉谁的臭舌头！胡彩凤霸气十足地说。

不行！胡长顺忽地站起来，用拐杖指着胡彩凤说，钱财，衣服，什么都可以依着你，这事儿捅破了天，也休想！

胡彩凤咬住下嘴唇，眼睛里喷出气汹汹的火苗，扔下一句：看他结个屁婚！就气鼓鼓地跑出去，把爹胡长顺晾在那里干鼓肚子。

胡彩凤找到了陶二娃子，拿出一个鼓囊囊的钱袋，在陶二娃子耳边说起什么。

陶二娃子的鼻子里立即钻进一股香甜的气味，顺着鼻腔子冲遍全身——二小姐就是个装满花瓣儿的香囊！

陶二娃子兴奋而幸福地跳起身，吆喝一声，跑出胡家大院。

常捞金兴高采烈地牵着心爱的人儿的红绸带，往东家给准备的洞房走着，心里想着与潘石花相处相亲相爱相近的美好时光……

啪！彼此传达着幸福的红绸带上重重地挨了一皮鞭，感情的波浪撞击到了礁石，立即激起冲天的浪花……

胡彩凤掐着腰，满脸的愤怒——常捞金，不许你娶潘石花！举起鞭子，就朝蒙着红盖头的潘石花抽去……

常捞金唰地捏住了尖叫着带着怒火的皮鞭，郑重地说，今天是我和石花的好日子，你不恭喜算了，怎么来搅场？

胡彩凤怎么也拽不回皮鞭，生气地扭动起身子，丹凤眼喷出愤怒的光芒，常捞金啊常捞金，本小姐喜欢你！你不能和她个柴火妞结婚！

常捞金将皮鞭扔出好远，扑哧笑出了声说，我是个长工，你是大小姐，金凤凰，我不喜欢……我只喜欢潘石花！

你——胡彩凤觉得天一下子黑暗下来，她怒不可遏地指着忘恩负义的常捞金说，我恨你！恨你！——

哟，常管家，捞金哥。有好日子，怎么不通知我哟。一句浪声浪气的天津话从院子外传来。一个穿着鲜艳棉旗袍，开衩很高，露出半截大腿，浓妆艳抹的女人，扭着水蛇腰，夸张地冲着常捞金婀娜地走来，一把将胳膊搭在了常捞金的肩膀上，冲着他抛媚眼说，常管家，捞金哥，真是贵人多忘事啊。你红口白牙地在我肚皮上说，要娶我，要对我负责到底。妈的，到现在又娶了别的女人，你个负心汉哟！说着说着，哇哇地哭起来，眼睛直往陶二娃子身上瞟……

哪来的妖精？我不认识你！常捞金一抖肩膀，那女人立即跌坐于地。那女人索性扑在地上，哭天喊地地直骂常捞金是负心汉子，偷腥的贼，把个脸哭成了红红白白的，冲出一道道的粉沫子。突然，那妖精腾地爬起来，张开尖尖的双手向红盖头上扑去——老娘倒要看看你个王八蛋，娶了个什么仙女……

常捞金异常生气，他总觉得今天的事来得怪。先是二小姐不依不饶，要他不娶潘石花，接着又来了个不三不四的女人，哭喊着说和自己有事……他常捞金是和师傅、老师去过几次天津，但他都是规规矩矩地学习收账，处理一些事物，都在师傅、老师的眼皮底下，怎么……他一眼看到了得意扬扬的二小姐和幸灾乐祸的陶二娃子……

常捞金稍微一用力，就把那疯狂的女人扔进了陶二娃子的怀里。一阵稀里哗啦，陶二娃子和女人滚在了一起……

人们哄笑起来。

潘驼背儿和姚百里跟在东家胡长顺的身后，严肃地走进来。

陶二娃子在胡东家一声怒吼里，拉起那女人跑了……

胡彩凤气愤地指着常捞金说，哼，挨千刀的常捞金，你和柴火妞好吧，快活吧。我不会放过你！

胡长顺生气地抡起拐杖——疯丫头，疯丫头，滚！

哼，我再也不回来了。不回你这个破胡家！胡彩凤哇地哭着跑了……

一辆搭盖着暖棚的马车笃笃地行进在通往县城古皮城的路上。车棚里，那个妖艳妖性的女人哎哟哎哟地躺在马车里，浑身酸疼得要命。陶二娃子腆着笑脸，给她按摩着说，得了五十块，挨顿打也值得。那女人一脸的痛楚，尖尖地骂道，瞧你出的馊主意吧，害的姑奶奶浑身骨头节都疼死了。那个常管家，咋他娘的那么厉害呢，哎哟——

陶二娃子闪着亮亮的眼珠子说，那狗日的会功夫！边说边将手伸进那女人的棉袄里，一把抓住了柔软白嫩的小兔子，嘿嘿地淫笑起来……

二小姐胡彩凤给了他陶二娃子六十块大洋，要他立即去古皮城窑子里弄个会说天津话的窑姐儿，说窑姐儿和常捞金早做下见不得人的事，搅黄他和潘石花的好事。还说事情办好了，对陶二娃子有重谢。陶二娃子心里乐开了花，收拾可恨的常捞金，得到二小姐的欢心，是他陶二娃子最喜欢的事。他立刻赶上马车，一溜烟地往古皮城跑去，恨不得立即找回对付常捞金的利器，心想看这狗日的还嚣张个屁……

那女人被陶二娃子摸得酥酥的，早忘记了刚才的疼痛，浪浪地一把揽过被欲火烧得通红的陶二娃子，也不嫌外边寒冷，哗——一下子敞开白花花的身体……

陶二娃子贪婪地抚摸着弹性十足而淫声阵阵的肉体，举起按捺不住的骚根，向往而痛快地喊声：二小姐，二小姐，凤儿，我来了——

陶二娃子想极了凤凰一样美丽的二小姐胡彩凤……

朝思暮想的人儿花团锦簇地坐在自家的炕沿上了，真真实实地坐在这铺满被新鲜棉絮填充得膨膨胀胀松松软软的红彤彤的炕边了。烟雾缭绕，香气袅袅，三炷拇指粗细的经年檀香将整间新房熏染得朦朦胧胧芬芳怡人，像洒满了诱人的花朵，清新而庄严，温馨而热烈。两支小胳膊似的攀龙红烛跳动起两束明亮的火焰，将房间映得通红，把新娘苗条的身姿映衬得虚幻神奇。刚才二小姐要闹而带来的不快，变成了天边的一朵乌云飘走了……

花妹妹，花宝宝，哥来了！

盖头掀起来。两双火热的眼睛交织在一起。

捞金哥。

石花妹。

拥抱一起的剪影定格在白窗纸上，把四婶子剪的大大的喜鹊登梅弄得花里胡哨的，攀龙红烛酥得都软了……

3. 常捞金立腕天津卫

一挂三匹马的胶皮大车咣铃咣铃地行驶在天津通往狐狸岗的大路上。车辕两侧各插着一面招魂幡似的小膏药旗，随着马车的颤动飘在一九三八年深冬的寒风里。

常捞金心里快活极了。他浑身轻松地斜卧在马车棚子里，哼着高亢婉转的河北梆子《空城计》那段著名的诸葛孔明的唱词——我站在城楼观山景，耳听到城外乱纷纷。旌旗招展空翻影，却原来是司马发来的兵……左手悠闲地配合着弹动着。想起这次天津卫收账，收获颇丰，心里非常轻松自在。日本人虽然横行霸道，但胡三精明能干，属泥鳅的，是见缝儿就钻的主儿，黑白两道混得都熟，跟日本人也朋友关系大大的好，所以，东家又是个好年景，赚得钵满盆溢不说，胡三爷又在东市开办了一铺买卖，成立了大商行——胡立岗商业公司！胡三说，有人帮衬着，前景可喜呐。

昨夜，天津大东亚饭庄。胡三把道上的朋友邀在一起，为管家常捞金饯行。左爷、栋爷、帮爷、黄爷等道上的朋友相聚一处，热热闹闹的，一片灯火通明。在吃吃喝喝、自在逍遥的时刻，他们让捞金给潘爷捎话带好，并扯住耳朵嘱托常捞金一定把弟兄们的心意送到老人家手里。常捞金诚心谢过，说潘师父挂念他们，佩服弟兄们的侠义情深，让我多请教多学习点哪。左爷天津话嘎嘎的——吗话甭说，江湖上义字为重。咱们服你爷俩。吗事吱声，赴汤蹈火在所不惜！常捞金双手拱起感激地说，有左爷的话，小捞金放心了，谢过！

前两年，常捞金跟着老师姚先生、师父潘驼背儿共同进天津卫，在望海楼大酒店隆重地摆了几十桌，把左爷等东南西北的一班朋友全请来了，场面热火得很。潘驼背儿笑语盈盈，恭敬有加，站在大厅中央的红丝绒台上，向四周搭了一圈礼，倏然挺直了腰身，洪钟大吕的声浪立即罩住了整个热闹的大厅：弟兄们瞧得起潘某，多年来照顾胡家生意，我谢了！这是我的徒儿常捞金——眼光如电，手指站在大厅角落的一个年轻人。人们的目光刷地扫射过来。一个白白净净五官端正的苗条小伙子颔首向众人作揖，师傅们，前辈们，小的常捞金有礼了！言毕，那么大的一个人在眼前消失了。请各路英雄豪杰照顾了！潘驼背儿身边挺立的不就是话音未落的小伙子吗？人们诧异了片刻，掌声海潮般涌动起来。江湖上失传已久不现踪迹忽左忽右不见真人只见影子的神奇武功“无影身”重现在这望海楼的大宴会厅里，而且出自于一个文弱书生样的毛头小子身上。人们不敢相信自己的眼睛，又确实一下拿不出理由反驳自己的所见所闻，所以目瞪口呆之时也是心服口服之际。潘驼背儿一举酒杯，豪气冲天地说，看老朽薄面，赏徒儿常捞金口饭的干了！

干！干！干！偌大的厅堂响起齐刷刷的应声。

凭一招无影身，也无须再考察和考验什么，常捞金在天津卫立住了脚。内行看门道，外行看热闹。功夫练到这份上，没有浑厚的功力和悟性是万万不能的。这不是轻功，蹿房越脊容易；这也不是硬功，弯铁如拉面条不难。这是实打实的真东西。这需要天分。身体的各个机能不发挥得淋漓尽致，打不通各个关节，施展起拳脚来不行云流水，就激活不了潜在的某个经脉，是练不成的。而练成功的，除了精通各项武术技能，更需要的是一个先天的身体条件。

常捞金有这天分，是被潘驼背儿开掘出来了。

一想到师父对自己的好，常捞金心里热乎乎的，没有师父的苦心传授和教导，他只是个脸朝黄土背朝天日出而作日落而息摆弄庄稼的手儿，即使会打个算盘算个账，也是一介平头百姓，哪里会闪展腾挪利索得像只燕子啊，出息得像个人物啊，这可不是任何人想得到就能得到的，简直是可遇不可求的事情，不感激涕零怎么了得啊。没有师父的疼爱，更不可能找到善解人意的好石花。潘石花不是一等一的俊女子，但绝对是他最亲的人，给他生活激情的人，也是走进她心里的人，体贴入微，知冷知暖，耳鬓厮磨，相濡以沫，给了他一个家，还要为他生好多个可爱的孩子，让他享受当父亲的快乐。多好的女人啊！媳妇潘石花可爱的面庞和甜甜的笑容立刻呈现在常捞金的所有神经和细胞里。临去天津卫前，潘石花眼中噙满泪花，流露出不尽的留恋，没说什么，脉脉含情地把常捞金宽大细长的右手轻轻放在她鼓起的肚子上，高兴得脸红了，你快当爹呢，东家的事急着办吧，快去快回，我们娘俩儿等着你……语气里充满了无尽的温柔和期盼。常捞金的手立即感应到腹内胎儿快乐的跳动，父子连心啊，他听到孩子急切地喊叫爸爸了，他幸福极了，爱怜而爱惜地揽过自己的女人，当初在狐狸岗上嗅到的那种淡淡的花香混合着浓烈的奶香钻进他的鼻子里，把他刺激得浑身激动起来，他喃喃着：石花，好石花，等着哥。潘石花软软地瘫在他的怀里不想动弹，把常捞金弄得甜丝丝地不愿离开这可爱的人。他很爱潘石花，尤其是她需要的时候，第一次当妈妈一定需要自己在眼前看着，才会放心安心，而且这也是他们爱的结晶。但常捞金又不能儿女情长，东家交代的事不办好也不符合他的性格，他无奈而无助得就像犯了什么大错一样，细心地看着妻子，突然低下头把热辣辣的嘴吻在潘石花红红的嘴上，含糊的声音传进压在下边的潘石花的耳朵里：等着我，好妹妹……

常捞金心里默默一算日子，心里大声呼喊了句，哎呀，石花要生了，儿子要来了！常捞金兴奋地一拍大腿，哈哈哈哈，回去就可以当爹了。石花，好妹妹等着哥啊。常捞金恨不得马上出现在可爱的女人面前，握住她的小手，闻着她的香气，为她带去男人的雄壮和威力，为她加油鼓劲，说为了儿子加油！他想运用功夫奔驰而去，几袋烟的工夫就能赶回狐狸岗，搂住盼望的女人。近段时期世道有些乱，日本兵横冲直撞，杀人放火，无恶不作，也弄得平静的地面上匪盗横行，活动猖獗，让人不安生，提心吊胆的，稍不留心就会财尽人亡。望着车上的账簿和满箱的银圆，他不敢粗心大意，也不敢离开，不能离开。如果不是胡三弄到的特别通行证，寸步难行不说，大洋和货物还可能被狗日的日本人抢走了。虽然打点这些苍蝇一般的日本人花费一些银两，说些客气话，但总可以保住胡家的财产免受灭顶之灾……他无奈地闭上亮亮的眼睛，对着狐狸岗方向闷闷地说，石花，对不起，耐心等着哥……

常捞金屈指算算，觉得还能赶上孩子响亮的哭声，性子再也压不住，就急眉火眼地对着马车外面喊：快点！快点！

常捞金虽然急着赶回狐狸岗为媳妇潘石花鼓劲生孩子，但他对天津管事胡三的一行一动还是有所警觉。即使胡三和东家胡长顺是亲叔伯弟兄，是姐姐的救命恩人，常捞金端的是东家胡长顺的饭碗，胡三只是胡家在天津卫买卖的总管，什么都得听家里的。他常捞金是胡家大院的二管家，有权力更有义务为东家打探一切事宜，尤其是不利于东家的事，免得东家损失钱财。胡三穿着挺括的马褂，头上随意扣着顶黑绸瓜皮帽，眼睛里闪着机智机灵的光，嗓门亮堂堂地报账说数。不用扫账本，就背得滚瓜烂熟，好像所有数字数目都装在心里。常捞金指着一页账簿问，胡掌柜的，这五百亩咸水沽的地怎么回事？老爷不是说不再置办土地了吗？胡三打着哈哈，脸上堆满了笑，从桌子里拿出一封信，放到常捞金的手里说，二管家，这是老爷的回信和答复。咸水沽、葛沽的地价便宜，比咱老家的要便宜好多……常捞金看出是东家胡长顺的笔迹，完全同意胡三的主意。姚先生也做了批示：建养羊基地！常捞金很是纳闷，平日里胡三的书信大多是经他手批阅，再给东家的。这封信怎么先是东家批复完了，再由姚先生做总结呢？胡三看出常二管家的狐疑，就凑上前去，乐呵呵地说道，这封信是小的回狐狸岗时，东家专门批示的呢。见常捞金不解，就进一步解释道，那天二管家到古皮城追账去了，小的没住下就回来了。自从当了二管家，常捞金总不会死盯在胡家大院，去沧州、泊头、古皮城的时候就多起来。他啊哦了声，问羊群养得怎么样？胡三扶扶眼镜，胸有成竹地说，赶上东家顺风顺水，折腾大发了。现在天津卫东来顺、孟羊斋、六合聚等大羊肉馆都是咱的货呢。小山羊肉就是鲜。左爷、栋爷他们也大力支持哪……要不，赶明儿您老顺便瞅瞅……常捞金大气地点点头，不介不介，胡三爷做生意是把好手，东家信得过，我更信得过服得很呢。

在和左爷、栋爷们的酒场里，常捞金发觉胡三总是有一搭没一搭地看怀表，好像和谁约好了点见面一样，银光闪闪的表链蚯蚓似的颤颤巍巍地在手上蠕动。在一片嘈杂声里，胡三咧着嘴，捂着肚子凑过来和常捞金告假，说吃坏了肚子，得去找洋大夫拿几片药吃。栋爷喝得满脸绯红，大嘴叉子一鼓一鼓地说，胡三爷是吃自己的羊吃撑了吧，想找洋妞消化消化食哩。满堂子响起哈哈的笑声。胡三痛苦地捂住肚子，有气无力地说，栋爷笑话，笑话。就下了酒桌，急匆匆地跑出东来顺。

在胡三就是匹骚狐狸的嬉笑声里，常捞金和左爷耳语了几句什么，嘱咐天津卫胡家买卖的福掌柜把爷们伺候好了，也拧身出了酒店大门。狡猾的胡三哪里知道，在飞奔的人力车的后边，一道黑影黏住了他。

对于栋爷满嘴酒气的揶揄及下流的想法，常捞金非常不感冒和反感。栋爷跟日本人走得太近，总是帮日本人欺负中国人，常捞金从骨子里瞧不起他的做派和为人。

左爷虽也是黑道上的大佬，但骨子很硬，不买日本人的账，并立下帮规，有胆敢投靠、帮助日本人的，敲折双腿逐出帮会。在这个问题上，左爷和栋爷多少有些不和，只是表面上嘻嘻哈哈的，不撕破脸。栋爷碍于左爷人多势众也不敢硬挑事，只好在自己的势力范围内活动，不敢越雷池半步。因为左爷和潘驼背儿、常捞金走得近乎，有这俩武术大师罩着，栋爷也不敢真正得罪左爷。双方井水不犯河水地维持着一团和气，左爷话里话外对栋爷的行为有些不屑。

栋爷敬常捞金是真心的，他见证过常捞金的厉害。对于初出茅庐的青皮子常捞金，栋爷开始并不怎么服气，就背地里撺掇黑龙会一等一的高手武藤五郎与常捞金一搏，试图压制下常捞金的气焰，给把常捞金、潘驼背儿师徒当祖宗供的左爷一个好看和下马威，以增长自己的威信，在天津卫盖过左爷的气势。

武藤本就瞧不起中国人和中国功夫，一副七个不服八个不忿的表情，见栋爷把常捞金吹上了天，就更是急于和常捞金一决高下，为黑龙会增光添彩，提升武藤家族的形象。没有战书，没有约定，武藤五郎在街口堵住了常捞金，拉开架势就比画。栋爷忙着点头哈腰地介绍双方，说武藤早就想和常捞金管家比试功夫，高手相见，来不得凡节俗礼。是马是骡子，一遛便知。常捞金心知肚明，一眼就看透了栋爷的鬼把戏，看看跃跃欲试气势汹汹的武藤，扑哧乐了，说自古日本武功都是师承中国的。既然武藤不服，咱就练练吧，省的栋爷不知根由，以为日本什么都好都强。武藤不答话，先下手为强，就施展出看家的东瀛搏击术，一个饿狼扑食张开钢爪样的双手向对手出击，力道冲天。常捞金没有施展“无影身”躲避，而是以一种软绵的藤丝掌直接迎上去，悄没声地化解了武藤五郎的撼树般的强劲，使他的拳头像砸在了棉花上一样。外行看热闹，内行看门道。武藤五郎的身体随着双拳的用力不得不前倾，不仅没有砸倒常捞金起到一击而成的功效，结果只觉得一股强劲的气体罩住了自己，对手发出的招式软绵无力，却如攀缘的青藤缠住了粗壮树干。四两拨千斤，常捞金轻轻一弹，武藤五郎的整个膀子被电击了一般麻酥酥的，继而顺着筋脉传遍了全身。武藤遇上了功力深厚的高手。他想起师父健三郎临行前说的话，到了中国千万不要逞能逞强。中国功夫深藏民间，即使是个三岁孩童，也说不定内力深厚，出手就能置人于死地。他意识到必须停住进攻，尽快切换为更加有效的招数，腰部还没来得及使劲，胳肢窝被对手轻轻地点击了一下，力度不是很大，但武藤已觉得下边的腿被套上了千斤重的铅坠，动弹不得，更不用说蹦出圈子了。常捞金并没有置对手于死地，在藤丝掌划开武藤的力道后，迅速伸出右手食指、中指朝着武藤的胳肢窝脉门点去，只稍微用了四分劲。没有契约，没有生死文书，教训教训算了。如果常捞金用足十分力度，武藤立即就会像树叶一样被抛向空中，软软地瘫倒在地上，废了所有的筋脉。此时武藤挓挲着攻击的架势，木偶般地立于圈中。常捞金笑呵呵地弹弹衣袖，像刚收拾了几株玉米秸，轻松自得。栋爷惊呆了，一招制敌，原先都是听说书先生白话的，真事哪里见过啊。现在看得可是真清楚，平日里在黑龙会挓里挓挲的武藤变成了瘟鸡。黑龙会的人怒冲冲地想冲上来，有的拔出了武士刀。武藤转过身来，朝常捞金深深地鞠躬，说着半生不熟的汉语，先生手下留情了。瞪起眼珠子冲着剑拔弩张的黑龙会的人说起日本话，黑龙会的人嗨咦地点着头，收起了猖狂的气焰。武藤踢踢拖拖地趿着木屐领着众人走了。栋爷尴尬地龇牙笑着，冲常捞金直竖大拇指，二管家武功高强，真神人也！常捞金拍拍栋爷的肩头说，没啥了不起的。庄稼人没啥，就是有把子力气，收拾个庄稼、打个兔子还是不费力气的。栋爷脸色通红，大声对手下说，看到二管家的身手了没？好生练习吧……

长顺大街挂着“西洋诊所”招牌的二层楼房，灯火通明，几个白大褂和粉大褂忙忙碌碌地在大厅里走动，白瓷盘里托着药瓶、钳子、纱布、镊子等物什，随着脚步发出悦耳的叮当声。胡三下了车，打发走车夫，回转身四下里寻摸了会儿，直起腰走了进去，根本没有肚子疼的痕迹。他顺着楼梯爬到二楼，钻进了一个背街的房间。那个屋子里没有打开明晃晃的电灯，而是燃着一根白色的蜡烛，另一根红蜡烛熄灭着。胡三整整瓜皮帽，从桌子上拿起火柴，嚓的划着，把那根红蜡烛点燃起来，边吹火柴棒边说，红烛照心，喜庆有余啊。卧在黑影里一个女人的声音慢慢响起，白烛洁净，洗涤心尘哪。胡三急走几步拉住站起来的人的手，同志，久等了。烛光一跳，整间屋子亮堂起来，那女人的面貌一下子清晰起来——鼓眼鼓眉的年轻人，留着干净的齐眉穗短发，显得精精神神的，也更突出了鼓囊囊的脸庞，肤色白里透着黄，像枚装满汁液的黄苹果，穿着身方格的棉布旗袍。姐姐！常捞金差点儿喊出声。只听姐姐说，日本鬼子去年制造了惨绝人寰的南京大屠杀，无数同胞死于侵略者的屠刀！我们要尽快把药品搞到手，送出去……大草洼的人员还要再组织送进几批……

咔嚓——屋顶上的瓦片发出轻微的脆响。胡三和那女子几乎同时吹灭了蜡烛，从腰间拔出了手枪——谁？

常捞金觉得没有使什么劲，只是把耳朵想贴近些，注意力一转到脸上，瓦片就被他震裂了。常捞金发现了胡三的大秘密，只好学了声尖尖的黄鼬叫，从楼上飞进黑漆漆的夜色里……

左爷拉过如厕回来的常捞金的手神秘地问，胡三爷怎的了，二管家？常捞金苦笑一声，胡三爷八成真吃撑了，要让西洋大夫开药呢。左爷打着哈哈，小声说，真有胡三的，家里有只母老虎，只能在咱爷们儿的酒场上跑出去要会儿，开次心……完事，舔舔胡子捋捋须子腆着肚子兴高采烈地回去了，再厉害的母老虎也被糊弄得一愣一愣的……

难道胡三他们有什么事隐瞒着东家吗？姐姐和胡三是父女关系，为何不在家说，而非在外谈事情呢？他们到底姓共还是姓国？

4. 潘石花的哀怨

要做妈妈的潘石花此刻捧着个大肚子在屋子里走来走去，对着老天爷发泄不满。孩子快来到了，赶上这么个倒霉的光景，寒冷的北风吹着尖利的口哨，划过院子坚硬的枣树梢儿，嗖嗖响个没完没了，重重拍打着门窗闹个不休，凶狠地掀起厚重的棉门帘，总想往屋里跑，弄得屋子里冷飕飕的。常捞金是见不到人影的，忙忙活活地站不住脚。现在孩子要来了，他还在天津卫的路上奔着，或者正守着火热的炉子大口吃菜大碗喝酒呢，一阵阵疼痛，让潘石花没抓没挠的，也没有个坚强有力的手给她来握，即使疼昏过去不省人事了，也没人心疼。比如，现在自己还挺着笨重的大肚子边溜达边往灶膛火堆里填硬邦邦的木头，总不见那个知冷知热的人儿。

潘石花的怨气立即升腾起来，把她搅得火气冲天——该死的常捞金，自会干干净净的当爹，哪里知道女人的痛苦？虚情假意的东西，好个屁啊！什么事也比她潘石花重要，比儿子重要，越是希望他在身边了就越离开，忙得屁滚尿流的。哪儿会知道疼人啊，原先的卿卿我我都是装的！她心里恨恨地骂着那个狠心贼。想起刚闹小病来时，她也是这样埋怨谩骂，换来男人的一片温存，赔礼道歉，真诚而真挚，险些儿跪伏在地上求她谅解，没事不出门地守着，比平时好上一百倍。一想起平日男人的好，想起二小姐没有缘分和福分得到这个男人，想起二小姐大闹婚礼，常捞金毅然决然地选择自己，不被二小姐的美色和财富所动，潘石花就不觉又甜甜地笑了。哈哈，冤家是收账去了，收账是大事。有了钱，东家就可以在高兴之余，免去一些佃户的租息，也可以多给长工工钱……

潘石花感到自己太那个了——常捞金如果真的守在她身边不动，看着大伙儿受罪而不顾，潘石花就会觉得他不是个男人，做不来大事，没出息，只是个围着娘们儿孩子转的小男人，又不是潘石花所希望的，也不是她所愿意的，她根本不稀罕……唉，人啊，真是怪。潘石花拍拍鼓鼓的肚子笑话开了自己，浑身轻松下来。常捞金不仅仅是她一个人的哩。她又怎能想到几年后，她含着泪水用锋利的匕首捅进了好伙伴二小姐的胸膛……爱情真是个让人疯狂的东西。她哪里会想得到，二小姐胡彩凤因爱而背叛革命，出卖了她和县委书记胡彩儿……不是常捞金化妆进入古皮城日军司令部，拯救她，她恐怕早已经被陶二娃子糟蹋，后果不堪设想……她也怎能知道她潘石花成了一个久经战争考验的革命战士……

时势造英雄。潘石花一个农村姑娘，不是跟着常捞金他们走进滚滚的抗日洪流，她怎能弄懂那么多革命道理，放下家庭，放下孩子，毅然决然地拿起刀枪参加到打东洋保家乡的战斗行列中呢？而且做得有滋有味，有声有色……这都是后话。没有人能在开始就断定自己该走哪样的路……

潘石花不孤单。人是不断的，干娘、姐妹、邻居，还有好多不认识的，都静静地走进来问候声，悄悄放只老母鸡啥的，脸上充满了感激，说什么也不拿走东西，扔下就跑出去了。干娘说这些人是咱家潘老爷子和常捞金在洪水里救出来的，大伙儿把他们当神呢。一想起洪水，就想起常捞金和老爸潘驼背儿救了不少的乡亲，东家准许砍林子造屋放粮救命，满岗的生命得救了；一想起老爸潘驼背儿拿出全部积蓄，捐给抗日队伍，那份豪迈劲儿，真没说的；一想起常捞金捐献武功，将大刀舞得风生水起，刀光剑影里充满杀敌的豪气，潘石花一肚子对那冤家的怨气像火堆中的那股白气一样蒸腾尽了，露出好看的笑容。她爱惜地摸摸滚圆的肚皮，轻轻地说，小宝贝啊小宝贝，再躲几天吧，风歇了，太阳暖和了，再出来吧。不让你爹看，给他个惊喜。肚子里一阵踢闹，潘石花呵呵地乐了，看来这小家伙儿听得懂妈妈的话呢。

天渐渐黑下来，潘石花卧在一片昏黄里哼哼唧唧地捂着肚子等待宝贝儿的到来，也等着常捞金的到来，脸憋得虚青，疼得正厉害。她内心大声呼喊着常捞金，哥，你在哪儿呢，石花想你……一想到心爱的男人不在身边，潘石花就委屈得想哭，常捞金原先的温存体贴恩爱都跑得没了踪影，只剩下她的委屈和埋怨——他不是爸爸教调，怎么会武功，怎么有出息，即使长得帅气不也是个干苦活的长工吗？眼睛不大，脸也不白，模样不俊不丑的，一个捡来的“小倒卧儿”，没家没业的，穷得叮当响，哪里有什么可自豪的。不是石花给他个家，还不是光棍儿一根？爸爸说他好，姚先生说他好，东家说他好，干娘说他好……都说他好，他好个屁啊，只知道忙东家的事，把平日里口口声声宝儿啊肉啊的石花看作了闲人、外人，把孩子的到来当作耳边风呢。说什么疼啊爱的，哼，全是假话。潘石花心里骂冤家时，感到肚子不那么疼了，就觉得小宝贝儿比他爹疼人，抿嘴又笑了。哈，还是儿子好呢。突然，肚子又翻着个儿地疼痛起来，把她刚升腾起来的美意迅速地打压下去，潘石花扭曲着痛苦的脸说，哎哟，没一个好东西！大的不省心，小的更不省心……一朵幸福的云固执地挂在她的脸上……

……潘石花憋足了底气，把所有的痛苦、沉闷都用在肚子上。随着她一声歇斯底里地呐喊，那声清亮亮的啼哭立即从狐狸岗一个小院里传出。她有女儿了！潘石花有女儿啦！

四婶子挓挲着沾满鲜红鲜红血水的双手，冲着站在外面的潘驼背儿直咋呼，合不拢的嘴里发出灿烂的笑声，潘爷，闺女，千金。小捞金有了千金！一声婴儿的啼哭撕裂了阴沉的天空，划破了风的狰狞，把个狐狸岗震得从混沌里惊醒，那个厚重的裹满寒冷的被子被有力地揭开了，露出一块蓝蓝的天来。

常捞金一回到胡家，扔下马车，把箱子锁进账房的柜子里，带好门，匆匆向自家跑。师父潘驼背儿踱着四方步在院子里溜达，脸上露出灿烂的笑容，说恭喜恭喜，你当爹啦！常捞金兴奋地一蹦老高，也不多说，笑模样儿地挑起挡在门上的棉帘子进去了，心里乐开了花。他原来认为自己可以搂着自己的女人看她生孩子的，结果被干娘四婶子给轰了出来——大老爷们儿的见不得女人生产的，犯忌讳的。走吧，还不放心干娘吗？收拾停当了，再来！他一问才清楚，这又是风俗。就和他小时候必须留辫子一样，讲究着呢。常捞金重重叹了口气，唉！男人为什么不能守着女人生产呢？女人看到自己的男人守护着，心里一定是开心放心的，就会有力气，就会有底气，才能拼命地把属于两个人的结晶顺利地送到世间。

常捞金有些搞不懂。就如同这高高的狐狸岗原本就是狐狸岗，而人们非要叫它胡立岗，男孩子短短的或光光的头皮多自然，非要留着小辮子才好奶活才长命。唉，风俗啊风俗，害人不浅呐。女人生产时，他奔在回家的路上，没能看到石花死去活来的样子，好女人潘石花足足埋怨了他一顿，说即使你在屋外咳嗽声也好啊，知道你守着呢。当时已不省人事，幸亏干娘喊得紧，不然……潘石花看着刚从天津卫赶回来一脸急色和担心的常捞金，泪眼婆娑，样子真很可怜，受尽了委屈似的。常捞金愧疚地揽过她，低声说对不起。世道乱，不能丢了东家的东西吧。潘石花长长地吁了口气哀怨地瞟了眼常捞金说，你们男人啊，义气情义工作生计什么都重要，就是女人不重要。常捞金的脸色有些难看，写满了委屈，想张开嘴辩白几句，说男人怎么怎么不容易，好多时候好多事都会身不由己，人在江湖啊，需要做好多违背内心的事，谁不愿意细心耐心地守护女人守护着家，谁乐于外边奔忙呢？看看心爱的女人，想想自己的错，常捞金闭住了嘴巴，和女人争嘴，辩论出个高低，说服她完全理解，就像个顶天立地的男人了吗？他知道女人会想得通的，也会理解支持他的，就把所有的安慰和爱意交给了身体，搂得石花更紧了，让自己的热量传染给她……“大海的针，女人的心”，潘石花一会儿一个模样，近则小鸟依人，远则鹰隼逼目，柔起来是水，怒起来是火，硬起来是铁，犟起来是牛，冷起来是冰，我的娘，复杂得很哩；娇气又大气，温存又强硬，真难看透，真难琢磨呐。常捞金就兴奋地刮她的小鼻子。潘石花哼哼唧唧地一扭细细的腰不搭理他，把所有精力和目光放在孩子身上。常捞金扑哧乐了，这女人！

潘驼背儿站在女儿的屋外直直地仰起飘着白髯的脸看天，心情极为复杂，刚刚挺直的身板又轰然颓废下去，两颗浑浊的泪珠啪啪地落在地上……他对刚才所做的事不后悔，但内心总觉得对不住女儿和女婿。他多想这一切都是个梦啊。然而事情已经发生，而且由他潘驼背儿侠肝义胆地执行了……

前院胡长顺的屋里此时灯火通明，香气氤氲，东家急躁不安的身影投射在窗户上，细而长。突然胡长顺的身影矮下去了，门开了，潘驼背儿从外面迈进来。咕咚一声，胡长顺跪在潘驼背儿的脚下，泪水横流在无望的脸上，请潘先生做主……

潘驼背儿一脸茫然，却明白了东家的心意，一低腰赶紧扶起了东家，瓮声瓮气地说，东家请起，折杀小人了。东家才四十多，不行，再娶门子亲……

东家胡长顺一脸的无望，我……得病了……

潘驼背儿长长叹了口气，摇摇头，停顿了会儿说，我……唉，捞金和石花还年轻，有的是工夫……一拍大腿，做出了决定：我这就去办！一闪身，箭似的消失在黑暗中。

东家二奶奶难产死了，却生下了孩子，是个女儿。潘石花躺在床幔里正挣扎着生产，什么也没有去想。四婶子忙得满头大汗，对石花直喊再用力，几个女人忙里忙外地折腾……一声婴儿的呐喊，划破了夜空。潘石花哼了一声晕过去，一脚蹬在四婶子的脸上，四婶子顿时觉得眼前一阵发黑，无数的小星星飞舞跳动，突然趴在女人张开的腿间……

一道黑影嗖地从屋子里飞出去，消失在茫茫的黑夜里……

这时刻，也就是潘石花挣扎在生孩子的生死线上的当儿，常捞金坐在马车上正走下高高的狐狸岗，满眼是村庄熟悉的明明灭灭的灯火，他感到无比的温暖，也感到无比的喜悦。他心里想着马上就能看到心爱的女人，想着女人马上就要给他生儿子了，他眼里心里都填满了潘石花，没有看到和听到林子里有辆行走的马车……

姚百里坐在黑暗的马车里，心里倦倦的。他依稀听见路上有马车经过，没看清是什么人，也没弄清是谁，就顺着路向黑暗里驶去。他要亲自把接生婆送回古皮城的家，这在他还是第一次。他想不出，东家何以看重这个女人非要求他亲自去送，而往日里都是由他安排长工们打发走就完了的。难道二奶奶难产吓坏了这个接生婆，不得不安排最牢靠的最知根知底的人送走吗？二奶奶那么金贵，没扛过去，难道这女人没责任吗？……既然东家老爷非要求他来送，可能怕长工们问询二奶奶难产的惨状乱嚼舌根子吧。姚百里定定神，吆喝着赶车的和枣红马抓点紧……

潘驼背儿那夜做了两件事，一是用尽内力没能救活二奶奶，却保住了二奶奶奄奄一息的孩子，那个可怜的女孩儿；二是狸猫换太子，用东家的女儿换了自己女儿潘石花和姑爷常捞金的儿子。一开始，他还犹豫，但东家胡长顺那绝望的一跪，打开了他感恩的窗子，老少两代东家的恩情水一样地淹没了这个顶天立地的汉子。一诺千金，于是他便施展手段，为胡家保留住一个传代人。

东家胡长顺看着俊俏的儿子，有好几次想说出来，但都被潘驼背儿严厉制止了。潘驼背儿明确地告诉东家，即使说出秘密，按常捞金的脾气秉性也不会怪罪东家和师父，更不会讨要回可爱可怜的儿子，但一旦点破，受不了打击的只有闺女潘石花，母亲的护犊之情会把她燃烧得失去理智，孩子的秘密就保不住了。东家胡长顺一脸的无奈，写满了愧疚和遗憾。过后，和法力无边的了三大师谈起此事来，心里好像不再堵得慌、痛快了许多。了三大师微微一笑，看看徒儿潘驼背儿，又看看胡长顺，双手合十，阿弥陀佛，善哉善哉。胡施主有此善缘，也是定数，好好珍爱吧。胡长顺得了圣旨一样安下心来，同潘驼背儿再次击掌明誓，永不吐露这个秘密。

天晴起来的时候，胡长顺长长地吁了口气，双手合十冲着天念了几声阿弥陀佛。他觉得常捞金和自己的这两个孩子的到来真的很神奇，冥冥中有神助似的，一出生，第一声啼哭就掀开了阴阴沉沉的天，露出来久违的阳光，凛冽的北风也跑得无影无踪，寒冷更是逐渐失去了凶狠猖獗，慢慢退下去……胡长顺从檀木箱子里翻腾了半天找出一块和田玉，用一条红丝线从玉玦的小眼儿里穿过去，细致地拴好，结了个小小的疙瘩，双手捧起对着白白的太阳虔诚地拜了三拜，口里默默念叨了三声阿弥陀佛，一张开，那枚羊脂白玉晶莹剔透地折射出五彩的光线，宛若一颗黑夜里飘浮在草丛间的萤火虫，惬意安然。胡长顺神情庄重地踩着地向常捞金的房间走去……

5. 胡家二奶奶死了

高高的狐狸岗上绿树幽幽一片，确是个清闲修养的好地方。比起繁重的农活耕耩耘耙来，起早贪黑，轰牲口扶犁弄耙，把个腿跑细不说，还要吃满口满鼻子的土，浑身上下土驴子似的，看跑不掉逃不脱的胡家的坟茔无疑是最轻松的，可以随心所欲躺在炕上、林间草地里、树荫里或者坟坡上美美地睡一觉，再大的呼噜也不会有人喊醒，再长的梦也不会被打搅，舒服死了。赖五滋润地叼着根干草茎悠闲地跷着二郎腿横在屋前的大条石上晒太阳，眯缝着眼享受这份少有的自在。自从被小捞金治好了癞痢头，硕大的倭瓜脑袋上钻出密密的头发，仿佛窝在里面的种子终于有了出头之日，见到了久违的阳光疯长起来，衬得赖五精精神神的。有了好模样的赖五心情快活着，看什么都那么顺眼。习惯性地挠挠头皮，又脏又痒的地方早已被头发代替了，心里不免对小长工现在的二管家常捞金充满了感激，不是这有心的孩子用阳沟草治愈癞痢头，恐怕那几块总淌着黄水的癣会折磨他一辈子，到死也会陪他入土，哪里有这黑漆漆的头发，哪里有这轻闲的活计哩。一想到这不挨日头晒不受风雨淋的好岗位，赖五就美得不行，嗓子眼痒痒得直想唱那《十八摸》来，“两面又栽杨柳树，当中走马又行舟。两面拨开小路中，当中堪搭菜瓜棚……”唱着唱着，身体就亢奋起来，火辣辣烧起来……

胡家二奶奶熬了这么多年，终于给东家生了个白白胖胖的儿子，这个可怜的女人没能睁开眼看一下身上掉下来的肉就走了，死于难产。这夜，胡家大院有两个新生命几乎同时诞生了。一个是潘石花的女儿，一个是东家胡长顺唯一的儿子。也就在常捞金看着襁褓里的女儿高兴激动的当口，东家二奶奶房里传来了悲惨的哭声——二奶奶，二奶奶没了！

常捞金扶住痛苦的东家，看看裹在襁褓里的小少爷，泪水禁不住流出来。

胡长顺痛楚地用乌黑锃亮的拐杖不停地点着地，一脸的悲怆和无奈：苦命的儿啊，苦命的儿……有儿啦，娘走了。天啊，胡家做了什么缺德事要你来惩罚啊……

雪白长辫子一晃，潘驼背儿挺着腰杆劝东家说，老爷保重。人死不能复生，老爷有后啦，也是上天不薄啊。

常捞金接过话茬说，小公子不苦，不苦，我家石花刚生了个俊闺女，两个孩子共养吧。

潘驼背儿赶紧搀住东家向常捞金鞠躬的身体，使不得使不得，老爷。石花是你的孩子，捞金也是你的孩子啊，两个孩子做个伴儿一起奶吧……

潘石花就有了两个刚出生的孩子——男孩儿叫胡子昂，女孩儿叫常子灵。

二奶奶英年早逝，葬礼办得热热闹闹的。二奶奶也就二十出头，才刚生下儿子，算是少亡。胡家除了胡子昂，再没有男儿。常捞金穿麻戴孝地跪在孝子的位置上举着哭丧棒痛哭。他这么做是有思想准备的，东家救了他，养了他，从没把他当作下人看待，不报恩就不是他了。潘驼背儿很支持，姚百里更是佩服。三人里里外外，把二奶奶的丧事办得风风光光的。按规矩，二奶奶暂不能入胡家祖坟，只能埋葬在别处，待老爷百年后才能合墓。潘驼背儿和常捞金在高高的狐狸岗上选了处向阳的土坡做二奶奶的暂存地。潘驼背儿一指刚才那块花草旺盛的地方说，捞金，为什么那里不行？常捞金微微一笑，师父，二奶奶这样年轻，向阳的地方亮堂呢。潘驼背儿明白什么似的摸摸胡子笑了，笑得很天真，指指一身孝子服的常捞金说，好吧，听徒儿的吧……

二奶奶的坟离胡家祖坟约莫一里地的样子，新埋的土散发着鲜嫩的青草芽子味。

赖五最爱看二奶奶那张水灵灵的脸蛋了。二奶奶面色红润，突起的颧骨被两坨厚厚的肉遮住了，不见骨头，上面两只汪汪的大眼睛一眨一眨的，像时刻在说话似的，嘴角上扬，恰当地补充了高颧骨对脸型的破坏，怎么看怎么是个标致的美人。上工前，赖五总会偷偷地跑到后院去看二奶奶含了一口白白的泡沫漱口。下地收工回来了，有事没事往东家房屋处转悠。三秃子好奇地问，瞎转悠个球？咋不睡懒觉呢？赖五打岔道，东家院子里有鸟叫，怪好听的。三秃子乜斜着眼，一脸的不屑，切，咋稀罕起这玩意儿呢？哪里有懒觉爽哩。就不搭理赖五。只要一看到二奶奶，赖五心里猫抓猫挠的，一股甜丝丝的感觉就会游遍全身，把个赖五缠绕得魔而咕咚的……但他有贼心没贼胆，二奶奶再惹人疼爱，再撩拨得他蠢蠢欲动，毕竟是东家的二奶奶，他赖五再想入非非，也是看在眼里痒在心里，不能也不敢越雷池半步……四婶子的丰乳肥臀，倒是可以亲近，可以得手的……

赖五淫心不死，色胆包天，对四婶子下了手……结果，被王三秃子打得头破血流，险些儿被东家胡长顺赶出胡家，成为流浪汉……被大管家姚百里撵到高高的狐狸岗上挖坑栽树，并下了死命令——让狐狸岗绿树成荫，恢复原先的面貌……他赖五累死了，不得不硬着头皮，挺着乏累的散了架的身体，一个字——干！干！干！兵荒马乱的世道啊，哪里去，还不是给人卖臭力气活着……

赖五觉得自己倒霉透了……

这么好的二奶奶，昨天还水灵灵的，说没就没了，从村里亮亮堂堂的房子里搬到这高高的狐狸岗上和泥土为伴了。一束引魂幡婆娑着长长的彩纸条插在坟头上，像一棵艳丽的树。

常捞金左右抱着一对孩子，稀罕地看看这个瞧瞧那个，心里美滋滋的。俗话说庄稼看着人家的好，孩子看着自己的好。怎么看怎么觉得闺女灵性俊俏，小巧的鼻子，长长的眼睛，高高的颧骨，上翘的小嘴，总像是在笑。小子昂闷头闷脑的，总是拉着脸，噘着小嘴，一副对人待答不理的样子。常捞金轻轻地亲了口俊闺女。

对于二奶奶的死，常捞金是惋惜的。二奶奶和他差不多的岁数，不吵不闹的，见人就笑，虽说也是大户人家的小姐，但没有一点奶奶的架子，也不霸道蛮横。当他身穿孝子服跪在灵前时，想起自己的身世，想起死去的爹娘，尸骨都不知在哪儿，想起奔走于抗日道路的姐姐，不见踪影，泪水就禁不住地流出来。当初不被东家救起，恐怕“倒卧儿”永远也不会再站起来，也不会与姐姐相认重逢……看着悲伤的东家，想一想娘亲，常捞金哭得昏天黑地的……

常捞金觉得和小东家胡子昂有缘。一看到他，就感到从心底往外涌出亲切的暖流来，不管有什么急事，都会停下脚步，把小东家举得高高的，逗得嘎嘎笑，见女儿撇嘴不高兴，就会举起她，也让她嘎嘎的笑声在风里扬起来。两个孩子在胳膊上欢快的大笑，弄得满院子银铃般地响成一片。这是常捞金最幸福的时刻。每当和小东家亲热时，常捞金就会听到自己的心流动血液的声音和这个可爱的小家伙的心跳脉动巧妙地融合在一起，心里感到非常惬意。那孩子也喜欢他，只要看到常捞金的影子就会甜甜地喊着叔叔跟他腻在一起，即使他忙活起来也会瞪着有神的眼睛静静地观看，不哭不闹，乖巧得像具漂亮的木偶。常捞金突然想起小时候他就是这个样子双手托腮安静地听姚先生讲故事，安然而恬静，扑闪着眼睛流露出无尽的向往。和小东家胡子昂玩耍是件很开心的事，所有的烦恼会一股脑地跑掉。那天，常捞金在账房里噼里啪啦地拨弄算盘珠，胡子昂不知什么时候进来的，从桌子上拿下支毛笔，蹲在地上往砖上写字——大小山石，写得很用功，很执着。灵儿叽叽喳喳的笑声从院子里传来，透着满腔的欢乐和诱惑，小东家胡子昂却一点儿反应都没有，拿着笔继续写他的字。常捞金一惊，这可是他小时候最喜欢做的事啊。他不就是这样专心致志地在砖上写字的吗？一道阳光投射进窗棂，打在砖地的字上，发出灿烂的光……

常捞金仿佛揭开了蒙在心头的那块黑布，他的心豁亮起来。他努力稳稳狂跳不止的心神，把那颗跳到嗓子眼的心咕咚又咽回了肚子里……在狐狸岗能够做出此事的，只有师父潘驼背儿……即使这一切都是真的，常捞金也不会说出来，更不会去质问师父潘驼背儿、善良如佛的东家到底怎么回事。他们是他的恩人，不必说以某种方式来隐瞒他，就是张口要求他，常捞金也会毫不犹豫地把最心爱最宝贝的儿子送过去，送得踏踏实实，义无反顾。

常捞金突然觉得师父潘驼背儿很伟大，也很丈夫。如果师父真的在刻意隐瞒什么，那也是迫不得已，或者故意把事情蒙在鼓里，自有不说破的理由。就像他后背上的肉疙瘩，把后脊梁弄得驼驼的，没人知道到了某种特定的场合，他能把整个腰身伸展得直直的挺挺的，再也让人看不出他是天生的驼背儿。也就是这个鼓鼓的驼背儿掩盖了他一身的功夫，掩盖了他的钢筋铁骨和古道热肠。人啊，还是不要太相信自己的眼睛，眼睛也是可以骗人的呢。不是师父潘驼背儿把他带进那光怪陆离的武功世界里，不是手把手地教导自己，常捞金打死也不会相信这个驼背弓腰白须白眉的老人会是个地地道道的练家子，是个顶天立地的汉子，觉得充其量他是个爱留辫子的前朝遗老或有些薄产的小地主甚至是个闲不住手脚的庄稼把式，与武功卓著大丈夫大英雄怎么能扯在一起呢?

常捞金觉得师父潘驼背儿才是个解不开的谜团。

起灵的队伍爬上了狐狸岗，悲凉的唢呐声呜咽着飘荡在茂盛的树林里，念经的和尚队伍光彩夺目的袈裟映得四周一片灿烂。常捞金举着引魂幡走在最前边，长工们戴着孝帽子抬着油漆的锃亮的松木棺材跟着。常捞金非常熟悉这狐狸岗上的一切，轻车熟路地引领着浩浩荡荡的送殡人群，绕了几个弯就到了墓坑。他抬眼看了看不远处那儿丛高于别处也秀于他方的花草不被人察觉地笑了……

赖五从胡家祖坟那边哭哭啼啼地跌撞过来了，跪在常捞金身边撇开大嘴叉子号啕起来，顶着满头黑发的倭瓜脑袋扎在地上不再起来，谁劝也劝不动。

东家胡长顺拄着拐杖站在人群里看着，心里酸酸的，同时也为自己有这么忠心的长工、佃户全心全意地维护自己而高兴。脸上有了光亮。

天黑下来，狐狸岗笼罩在黑暗里。赖五囚在炕上，一盏昏黄的灯照着他愁苦的脸。二奶奶没了，可怜的人来和他做伴了，不再是他一个人孤零零地在岗上待着了……

突然，赖五一激灵爬起来，倭瓜脸上荡漾起一阵热辣辣的潮水，从木箱里掏出件毛茸茸的东西快速地套在脚上，挑起一盏气死风灯向密林深处走去……

灯走在前面，下边是双毛茸茸的脚，无声无息。赖五走得很急，朝着那座下午刚堆的新坟奔去。

赖五得意死了。这双用小狐狸皮制成的鞋子真舒服，走起路来呼呼生风，一蹦，脚下安了弹簧一样，鸦雀无声，蹿房越脊如履平地，瓦片不动不摇；过河过桥，踩在棉花上一样，软绵绵，静悄悄的，没有一点儿声音，简直是天大的造化。赖五也是偶然发现了这个神奇的秘密。那日，天刚刚擦亮，一切还都灰蒙蒙的，贪睡的赖五又做了一晚的春梦，身体火烫火烫的，于是光着腚去水缸边舀水喝。兀的，眼前一团红色从青石板向林间飞去，把赖五的盹儿全然惊醒了，倭瓜脸上惊现出诧异的神态。他光着身子连鞋都没穿，一步窜出去，跟着那团红色撵过去。赖五的狗蛋眼很尖锐，灰灰的晨曦根本挡不住他的视线，在高大的白杨树下，他终于找到了目标。一匹红色的狐狸拖着毛茸茸的尾巴欢快地跳动，像一团红艳艳的火球。赖五光着身子蹭过去，在红狐狸跳舞的地方有几束开着蓝花的阳沟子草，他寻摸了一下四周，周围静悄悄的。赖五蹲下身子闻了闻那盛开的蓝花，一股熟悉的芬芳穿过宽大的鼻孔直沁肺腑。他也挖过这种草，但从没这种香气。他猛然想起小捞金几年前就是用这种散发着芬芳的草挤出液汁治愈了他的癞痢头。他挖过的阳沟子草是挤不出那嫩绿的浓汁的，而且发出臭脚丫子般的腥臊味道，怎么会有这种沁人心脾的香气呢？他的倭瓜脑袋立即明白了：小捞金的草绝对是在这高高的狐狸岗上采摘的，而且同他一样是在某种冥冥中的意志支配下无意中发现的。赖五大嘴叉子咧得瓢似的。赖五在腚上搓搓手，双手用力攥住那几束草往上薅——咕咚，草断了，赖五一屁股重重地砸在地上，发出闷闷的声响，顺着他的腚眼子直冲到嘴巴里。倭瓜脑袋纳闷地转动着，猛然抄起锋利的铁锨狠狠地插进土里……

一块约寸把厚的木板呈现在赖五的眼前，倭瓜脸上充满了疑惑和好奇。赖五撒了泡尿浸进土里，继续用树枝四下里找木板的缝隙……木板被他抬起，下面是个洞。洞里干爽的树叶间伏着一匹火一样的小红狐狸。赖五狠命地扯过哀叫挣扎的小红狐狸重重地砸在树上……

由于小红狐狸太小，皮毛不能做个坎肩儿，赖五端详了半天，决定把皮毛剪成一双袜子。他试着裹在脚上踩在地上，脚舒舒服服得暖和极了。他一跺脚，脚下安了弹簧一样，双腿自动地弹跳起来，直冲撞得倭瓜脑袋嗡嗡响，眼前无数金星飞扬起来。娘啊，这软绵绵的狐狸皮，舒服，无声，跟脚，好得很哩。

赖五的夜晚就忙碌起来。河对岸的李家洼倒霉了。李大财主被盗走了房间里的二十个银圆，黑驴蛋的傻丫头被祸害了七八遍……消息传到狐狸岗村，满村人都紧张，常捞金立即组织了巡夜队才免了一场灾难……

赖五痴痴地想讨人喜欢的二奶奶想必身子还热乎着，活着只能看心慌，现在来到了这地盘上了，赖五一定要把那勾人的小嘴亲个够，诱人的身体看个遍，摸个透，热个够……二奶奶的滋味一定比那傻黑丫头醇美甘甜，摆弄尸身一定比鼓捣活人更刺激，何况是二奶奶……赖五越想越燥热，中间挺起坚硬如铁的黑家伙……

黑暗里，新坟上坐着一个穿着一身红裙的女人晃动着招魂幡，像舞弄一面彩色的旗帜，四周被映得红通通的……

赖五一把抱住了那个红衣女人，用异样的声音呼喊，二奶奶，二奶奶想死我了，想死小五子了……如同他唱《十八摸》时才有的淫荡声调……

红衣女子慢慢往土里沉，最后只剩下那枚招魂幡露在上面。赖五疯狂地用手扒拉着泥土，口里不停地呼喊着二奶奶二奶奶，等等我，赖五想你……

赖五死了。死在胡家坟茔的看护屋里。没伤没痕的，光着脚，身子底下流淌出大滩湿漉漉的精液……

烧三的时候，新坟的招魂幡插得好好的，泥土安安静静地堆着。

细心的常捞金发现泥土上有几根柔软的狐狸毛……

6. 狐狸岗的法事

这几日，东家胡长顺心里很不痛快，囚在屋子里生闷气。白白胖胖的脸拉得老长，秋天的丝瓜一样倒挂着，阴沉着没有表情，少了往日的笑容。乌黑的拐杖离了手扔在一边，蔫蔫地没人搭理，无助无奈无聊的样子。老东家胡树海老爷子前两天将儿子喊进去，劈头盖脸地一顿好骂，白胡子翘得高高的，随着满腹的怨气不停地抖动。胡长顺跪在地上温驯得像只小绵羊，脸憋得通红，犯了不可饶恕的罪过似的，耐心地听着老爷子这个温和慈祥的老人的训斥。胡长顺回来就把自己关起来闭门思过，越想越觉得憋屈，阴起天生起气来。

胡家好像要走下坡路一样，发生着一连串的窝囊事、窝心事、窝火事，没有征兆，来不及躲避，来不及预防。马上快五十了，要到了知天命之际，胡东家才有了后，儿子来了，当娘的二奶奶却一蹬腿难产而亡；看护胡家祖坟的长工赖五不明不白地死在了高高的狐狸岗上，没有任何痕迹地挺在那里；喂牲口的陶老歪被一匹小马驹踢坏了下身，废了人种袋，成了没用的货儿；小长工陶二娃子被对岸李家洼人掏了草堆现场捉奸打了个半死，被苦主讹去三十块银圆，还把个又黑又丑短了半截弦儿的傻闺女送到陶家，添了张吃饭的嘴……自己得了不明不白的病，病折磨在身上，更苦在心里，又不能说，要多难堪有多难堪……大小姐胡彩云日子过得不顺当，总和姑爷李有德那个不成器的狗东西生气，跑回娘家来哭得天昏地暗的，惹得东家胡长顺心里长满了草样的不安生，生出许多的内疚来……侄女胡彩儿拉起捐献的大洋，带着人马走了，连句谢谢都没有，还笑嘻嘻地说，有时间还来找大爷……二小姐胡彩凤最闹心，看着常捞金和潘石花结婚了，气得眼泪汪汪的，直说不该上学，守在家里，常捞金就跑不了，成不了潘石花的人！

没一件省心的事！没一件顺心的事！胡长顺气急败坏地冲着不懂事的二小姐胡彩凤说，下贱的疯丫头！一个长工有多好哇？你是大小姐，不是猪啊狗的，随便找个人就得了。看看你上学都上傻了吧。

胡彩凤气呼呼地说，就看常捞金好！能文能武的，怎么个糟蹋你胡家的名声了？大姐好，嫁了个大户人家……瞅瞅你的眼力见儿吧。

胡长顺拉起脸子，重重地杵动手里的文明棍说，还反了你啦，黄毛丫头！

哼，我再也不回这个家啦！胡彩凤扭转身，气冲冲地走了，把门重重地摔上，留下一股怨气……二小姐胡彩凤没耍完脾气，还大闹婚礼，让狗日的陶二娃子弄个窑姐儿来搅和，把胡家和常捞金的喜事折腾得乌烟瘴气的……

看看这个家吧，看看这个人人羡慕的胡家吧，唉！胡长顺长长叹口气。

胡长顺在极度郁闷烦恼中终于做出一个决定：请古皮城千年古刹的黑龙寺和尚们做场法事，消灾驱魔。

二管家常捞金不同意，振振有词地阐述他的理由。他说这几个长工的事都属于咎由自取，在劫难逃。他们都是心里不干净，做下了肮脏事，才会有现在的后果。赖五最是罪恶至极，落了个精尽而亡，可恶，可恨。东家宅心仁厚，对长工已经很宽容了，工钱、待遇都是没的说的。他们诚心去作，天爷老子也救不得，怨不得天地，也怨不得东家……

大管家姚百里和主事潘驼背儿把脑袋摇得货郎鼓似的，几乎异口同声地否定了常捞金的说法：能解东家的心病和怨恨，可以做场法事，钱不重要，去心病最重要。齐齐把目光集中到常捞金的脸上，对他的否定一点没留情面。常捞金心里想，把钱捐给抗日，不是更有意义吗？弄这封建迷信……

东家胡长顺长长地叹了口气，满脸的心事，重重地拍了下大腿说，胡家历代历世都以善为本，没有做过亏心事和缺德事啊，怎么就……眼里流露出深深的自责和屈辱，好像这一切不幸的事和他有关一样。

东家，捞金毕竟年轻气盛，参不透这其中的奥妙，看不出这其中的厉害啊。虽说的有几分道理，但没能点到点子上，破解不了难题。还是依东家吧，驱心病为好。姚百里双手合十，轻轻一击，算是做了最后的决定。

常捞金对他们是有看法的。东家待师父和老师不薄，佛一样地供奉着，怎么不去真正找到问题的根结而去信这种法事呢？尤其是老师姚百里，识文断字，懂得那么多道理，咋也如此迷信呢？坐在通往古皮城路上的马车里，常捞金闷在车厢里生闷气。师父和老师是他最敬重的人，也是最能体贴自己的人，这次为什么不采纳他的意见而偏偏相信一场法事，让一群秃和尚叽叽歪歪地念经念佛做几个道场就能解决一切，能从根本上祛除东家和村庄的不幸吗？能赶走小日本子不在中国祸害吗？他不信。陶老歪正值壮年，身体壮得牛似的，没能娶上个媳妇，站在板凳上想把那匹小枣红马当作解决问题的对象，不被踢残弄废才怪呢。那个屁精屁精的二娃子天天寻思那种脏事，把人家好端端的闺女勾引到树林草垛里好多回了，不被捉奸现场才怪呢。那个挨千刀的赖五更不是什么好鸟，死就死吧，却把个多么温馨多么舒适的地方给糟蹋了……

一想起那藏在茂盛树林里的看坟茔的小屋，常捞金心中就充满了欢乐。那里的一切都是温暖的，有严厉的师父，有可爱的小石花，有高大的树木，有清澈的水，有梦般美丽的花草，还有精灵的狐狸们……那里有他多少美好的回忆，有他多少开心与快慰啊！

现在守在那儿的是干爹王三秃子和干娘四婶子。守着满树荫的狐狸岗和清凌凌狐狸湾，有的是开心，他们生活得也是快乐舒服的……

一想到那里的亲人，常捞金苦闷的心立即如撕开了漫天的乌云露出万道霞光来。

法事做得非常热闹。木鱼、法铃、合板、鼓、铙钹等法器声和闹哄哄的念经声把个狐狸岗笼罩在一片佛国世界里，袅袅的香烟熏染着五颜六色的佛幡、盖、经幢、佛坛等佛具，渐渐变成了一个圆圆的大大的佛的盖子罩在村庄上空，红色的黄色的驼色的袈裟云一样地浮动起来，一张张神色庄重的脸上写满了虔诚。狐狸岗村浸在佛的境界中。常捞金第一次见到如此隆重的场面，心早被这烟火这经声抚弄得静静的，原先的浮躁和对师父他们的抱怨都跑到爪哇国去了，边享受着和尚们的诵经边有条不紊地做着自己的事。不信服的意识被这虔诚的声音征服了，原来佛法真的无边无际啊。信佛不仅仅是流传几千年的事情，也是人们赖以生存的精神支柱。一心向佛不仅仅是现实需要，也是根深蒂固的老传统，真的有佛生存的空间！现实的即是合理的，合理的未必现实哩。常捞金不懂得西欧黑格尔的哲学理论，哪怕看过听过都没有，但他从佛事里悟出一定的道理，也对原先笑话东家、师父和老师迷信感到大不敬和悔恨。去心病，通过做场法事来消除疑惑，重新点燃生活的勇气，是完全必要的，也可以说真是现实需要。老人们信的不一定是什么错事，只是自己不懂，故作聪明罢了。当自己身临其境或者努力把事情弄懂了，就不会贻笑大方、说些自以为是的话了……就如当初跟老师姚百里学写字学算盘一样，就如当初跟师父潘驼背儿学武功一样，眼高手低的事情太多了，可谓浮云遮住眼，但身在此山中又会有另外的感叹和领悟，期间何以一个辛苦可言啊！

常捞金只有好好做自己的事才能弥补心间的愧疚似的。没和老师学文字、算盘前满以为写字算数是任何人都能轻而易举做到的闲事一桩，只要会拿笔就能干好；没和师父潘驼背儿学武功前，误以为比比画画的都是功夫，吹口气就能发自身体深处，一击而伤人，弹人于无形中，是人就能做的哩，尤其是魁梧的汉子。深入其间才知艰辛和不易，不下常人不能下的功夫，不吃常人不能吃的苦，是绝对不行的。隔行如隔山，原以为是道听途说的一些大话笑话，身入其中、亲身经历，才会明白当中的玄机与奥妙。就如同这佛，高深莫测，光怪陆离，浮于世，近乎心，有时可想象不可触及，立于中土而不败，自有它的道理。

常捞金觉得自己真是个不谙世事的孩子，忽然发现了新事物。他不是随意就能感动的，而一旦感动就会真心用劲，全力以赴，不辞辛劳。

穿着红袈裟的了三大师神情庄重，双手合十，长长的白眉毛遮住了半截面孔，长长的白须抖落在胸前，极像佛座上的如来佛，随着法器声有节奏地抖动。常捞金怎么也不会相信自己的眼睛，师祖已经年过六旬，却仍精神矍铄，红光满面没有一丝苍老的痕迹，鹤发童颜确实是存在的，而且就在眼前呢。师父潘驼背儿紧挨着了三大师坐着，和了三大师一样的表情……

他常捞金怎么也想不到的是，在他步入古皮城高大巍峨、气势雄伟的黑龙寺山门的时候，师父潘驼背儿会从寺院里走出来，身边跟着师祖了三大师。当时，常捞金吃了一惊，紧向前向师父请安，在整个计划和安排中潘驼背儿是不该出现在此处的，他应该在狐狸岗村和老师姚百里忙活做法事前的各项准备工作。长得胖胖的满脸白髯白须白眉的和尚慈眉善目地笑着，一把抓住了施礼的常捞金，常捞金立刻感到那只手里电流一样释放着一股寒气，经过胳膊顺着经脉绕遍了全身，把他的身体激弄得叮当响。突然那白眉白须的和尚双手合十念了句阿弥陀佛，做了个请的姿势：施主进。脸上洋溢着灿烂的笑容和极其舒服的表情。边走边对潘驼背儿说，徒儿有造化啊，碰到百年不遇的奇才。然后抚着长髯哈哈大笑起来，震得山门直响。

常捞金从这洪亮、穿透力极强的声音以及刚才那股穿击的气场里明白了眼前这个看似普通的老和尚实则武功卓越，超乎想象。潘驼背儿低眉顺眼地鞠了个深深的躬回答，阿弥陀佛，有缘有缘。师父笑耍了。徒儿还不拜见师祖。

常捞金什么都明白了，连忙跪倒在台阶上——见过师祖。

那老和尚极开心的样子，轻轻拍拍常捞金的头说，阿弥陀佛，善哉善哉。声音轻柔，像很远的地方传来的。

那天在东家胡长顺的房间里，潘驼背儿就是这个声音支持东家和姚百里的，他双手合十，念声阿弥陀佛，喃喃自语起来：一切皆定数，在劫难逃啊。佛事可做，善哉善哉！样子很虔诚。常捞金有些糊涂，觉得师父很好玩。现在一切都清楚了，师父潘驼背儿还有段寺院学武功的经历呢，师父却从未提起过。

禅房里香气扑鼻，明明灭灭的香火把古色古香的房间打扮得如殿堂般庄穆静谧，充满了神秘色彩。了三大和尚双手合十唱了声诺，连白鬓白眉白须都高兴得直跳——有了这号徒孙，说什么也随你们去趟狐狸岗吧。

潘驼背儿挺直的腰杆杨柳枝条似的软下去，一个深深的躬，阿弥陀佛，不看弟子薄面，看徒孙面也不枉此行，多谢师父。了三大和尚安静地点点头，一副自得的神情。

现在师祖了三大和尚一手持金杵，一手持法铃，表情庄重地布道驱魔，火红宽大的僧袍有节奏地抖动着，常捞金的耳朵里立即觉出一股肃杀的冷气向四周散去，散去，仿佛周围有许多看不见的妖魔鬼怪号叫着被那股气息击溃……

潘驼背儿弓着腰穿着一条宽宽大大的五色比丘服，随着了三大和尚的队伍安静地走着，耳朵里充盈着诸多法器超凡脱俗的鸣叫和此起彼伏的诵经声，如浩浩荡荡的洪流奔涌轰鸣，激荡人的情怀，洗涤人的灵魂，所有的烦恼忧愁被冲刷得干干净净，生出一片洁净的圣地来。潘驼背儿觉得此时自己圣洁得如一个孩童，恬静安详，不存一丝杂念。想起当初东家言之凿凿的期盼和吩咐，满脸敬仰得让潘驼背儿感动，心里下定决心无论如何要请师父了三大师出山。了三大师已年过六旬，有人说他已是一百岁了。了三是千年古刹黑龙寺的主持，也是整个寺院的灵魂，法力无边，道行深厚，不是非去的场合多少钱也是请不出来的，有了了三大师的法事才是最隆重、最热烈的，由了三大师主持法事，是一种莫大的荣幸，代表了做法事人家的荣耀和本事。因此能请动了三大师的金身，哪怕是站站场，也会使整场法事显得金碧辉煌、灿烂无比。东家知道潘驼背儿与了三大师的渊源，躬身作揖，虔敬有加，神情很肃穆祈盼，仿佛只有大师光临，心间的烦恼才能被彻底清除扫尽。潘驼背儿连忙伸手扶起虔诚的东家，马上点头答应，并赶在常捞金去黑龙寺之前见到了师父，把东家的赤诚和期望说了个透，包括自己浓浓的祈望。了三微微一笑，轻启白髯笼罩的口说，无妄之灾无妄而去，胡东家行善积德无碍了。老僧不去罢了。潘驼背儿再说起东家的心病、狐狸岗急需整理怎样怎样，只有师父了灾才会如何如何。了三大师只是微闭双目，不看徒弟，也不说话。潘驼背儿知道师父的禀性，只好怏怏地要出寺。了三大师突然一把拉住他的手说，师父送你出山门吧，阿弥陀佛。高大巍峨的山门气势雄伟，门前站立着威武雄壮的唐朝石金刚，瞪着炯炯的眼看着脚下的九十九级台阶，并将深邃的目光盯视着茫茫的凡间世界。此时常捞金正急急火火地赶到庙门，指挥着家丁、长工往寺里搬运东西，一步一步地拾阶而上。潘驼背儿心中一喜，把凑上前来的常捞金介绍给师父了三。了三一把抓住施礼的常捞金，眼里发出亮亮的光。潘驼背儿知道师父此时正以内力测试自己心爱的徒弟，而常捞金在了三大师内功传递处悄悄施展自己的内力快速交流，潘驼背儿阴沉的内心觉得有一道阳光投射进来，心里一下子变得鲜润起来。果然，师父了三很欣赏徒儿常捞金，把下山的面子给了他。潘驼背儿长长地舒了口气，高高兴兴地别过师父，赶回狐狸岗村做准备去了。

法铃响处，一片经声。

潘驼背儿看着走在队伍前面雄赳赳气昂昂的常捞金，满意而开心地乐了，把藏在宽大僧袍里的双手合得严严的，虔诚地诵声阿弥陀佛。

了三大和尚的袈裟红艳艳的，像团燃烧的火，走着明晃晃的金线，把那片红色分割出一条条金色的块块，使那片火红更加立体、更加生动，随着身体的移动散发出耀眼的光芒，带动每片红色如波浪一样汹涌，又像一个个长方形的眼睛调皮地眨动着，述说着主人的高贵，比起灰色驼色的比丘服不知要洒脱丰富多少。潘驼背儿近乎痴迷地盯着师父做法讲道，终于明白为什么能将师父请来做事对于主家来说是无上光荣的了。师父的一言一行，一举一动，一张一翕，一声法铃，一个拂尘都透出深厚的佛法，把佛的精神立即张扬在四周，使整个道场弥漫着佛的宽容佛的庄严佛的能量佛的慈悲佛的存在，气势宏伟，气度非凡，无量佛化身一样厚重宁静，激起人们的恭敬崇拜之情，扫除了人们心底的尘埃，无数心灵化成纯净洁白的羽毛，随着法音佛语轻轻飘舞……

东家胡长顺安详得像只温驯的小羊羔跪伏在大师的身旁，纯粹的法器声和呢喃的诵经声如一缕透明的阳光照亮了黑暗的心底，扬起的灰尘被梳理成一条浑浊的溪水缓缓流淌，湿润而洁净的土地上立即生长出绿茵茵的草儿，摇曳着五颜六色的花朵，白色黄色红色的蝴蝶翩翩飞舞在花草间，自然而恬静，热闹而悠闲。他觉得浑身轻松极了，所有压在心底的乱糟糟的东西被一只神秘的手清扫走了，耳朵里充盈着仙乐般悠扬的法器声和执着干净的诵经声，脑袋里满是灿烂的锦绣……

坐在天圆地方的红椅子里的了三大和尚摸着伏在脚下的胡长顺，火红的袈裟水样地流动起来，单手当胸说，阿弥陀佛，东家温良恭俭让，敬佛有加，可敬可佩。无无妄之灾，无无妄之难。又抬起宽大的衣袖顺势一转，把站立一旁的姚百里、潘驼背儿和常捞金都圈了进去，白髯白眉的脸上生出滋润的光来——善缘皆种下，定结善果，阿弥陀佛！

几个人同时对着了三大师和东家胡长顺弯腰施礼。

了三大师双手扶起胡长顺，赞许地看着，说东家的福是自己种下的，胜造七级浮屠，定数在天，劫数未完，自会有人化解，勿慌勿乱，阿弥陀佛。

坐在了三大师身边，东家胡长顺顺气顺心地看着眼前的几个人，心里充满了感激。潘驼背儿是老爹胡树海请来的，比自己长几岁，已是知天命之年；姚百里比他小十几岁，不到三十，是自己的堂弟胡三介绍来的文化人；而常捞金作为一个“倒卧儿”被救回来，本指望多个伙计，是姚百里从长工堆里慧眼识珠一手把他培养出来，又被潘驼背儿看中，拉到高高的狐狸岗，披星戴月地练功，现在已是能文能武，好生了得……和他们都是有缘的，都是有份的。他胡长顺对这三个人确实用心照顾了，好像只有用心才会心安理得，才会完成某件事情一样。胡长顺闭上眼，对胡家历代不飞扬跋扈不盛气凌人感到欣慰。亲家李大财主尤其是自己的姑爷李有德为富不仁，虐待长工，家里没有个安生，不是马匹瘸了就是满圈的猪不明不白地死了，不是庄稼被成片砍倒就是祖坟无故遭祸害……一想到当初只想给大女儿找个门当户对的，没有考虑人品，把个好端端的彩云推进火坑样的人家，胡长顺一肚子的怨恨自责就涨得肋骨子疼，悔恨的泪珠顺着眼眶滴答下来。

了三大师轻轻拍拍胡长顺的手，安慰道，孽缘已定，自有破解之方，勿乱勿躁。说着，从袖筒里变戏法一样地甩出一条黄色的东西，放到胡长顺的手里。

胡长顺张开一瞧，一枚琥珀色的小玉玦大拇指盖大小发出温润的光泽，像只小甲虫的样子。一条黄丝线牢牢地拴在上面，安详自然，像是早已准备好的，又像洞悉了施主胡长顺心底的一切似的……

了三大师轻轻说，悬于女施主颈间吧，可脱无妄之苦，阿弥陀佛。

胡长顺捧住那小玉玦，双手合拳弯腰冲着了三大师虔诚地直念阿弥陀佛。

了三大师唱了声诺，轻声轻语地说，万物皆造化，生死明灭皆有数啊。善恶有报，逃脱不尽。哈哈哈哈……炯炯的目光扫向站立的三人，淡定得像个不谙世事的孩童，纯净纯洁，一抖宽大的袍袖，一道祥瑞之气将整个屋子照得红彤彤的……

高高的狐狸岗如一张旋转的唱盘横亘于平原上，风划过茂盛的树林恣意发出哗啦啦的响声，像拍起众多的手掌，法器声、诵经声宛若这个偌大唱盘上固有的音符，自然而安然地融入狐狸岗的世界，各色飘扬的经幡经幢在阳光和树叶间熠熠生辉，给安安静静的狐狸岗增添了无穷的颜色，连那平平静静的一湾河水也变幻了幽绿的色彩，成了红黄紫为主调的水流，随着各式声音和经幡旗帜飘动而兴奋地颤动热闹起来。

了三大师站在狐狸岗上望着脚下的那湾清水和掩藏于平原深处如枚棋子的狐狸岗村，一甩拂尘，连说几声福地福地，阿弥陀佛。所有的法器声戛然而止，诵经声、经幡飘动声、人流熙攘声连同袅袅飘散的香气听了什么命令一样随着拂尘落下而停止、静默了。那湾色彩斑斓的河水安静得不再起涟漪了，树静静地矗立着，像二奶奶坟茔前站立的石碑，毫无表情地垂着头。

了三大师一抖红红的袈裟坐在草地上，拂尘轻扬，双手合十，把整个头都埋进白髯里，肃穆得如一尊如来佛像。所有的法器诵经声又飘扬起来，狐狸岗又活过来了。

常捞金始终带领着这支庞大的队伍在树林间穿行，有意无意地绕过几处茂盛的草堆草滩，将队伍引得蛇行龙游一样，没有浪费时间也没有走一点冤枉道。虽然有的地方被赖五挖得高低不平，但树木已经成长起来，树下铺满了绿幽幽的草……

常捞金跪在队伍最前面，头正对着在二奶奶坟头前超度念经的了三大师，可以清楚地看到大师白眉白须里诵经的口和亮亮的双眸。自从知道了三大师的身份，他心里增加了几分敬意。从大师看自己的眼神里，他看出大师是喜欢自己的，做起事来更加不敢有半点儿的纰漏和疏忽，谨慎稳重，把整个法事料理得张弛有度，热闹而严谨。一切都极力听从师父潘驼背儿的安排、叮嘱，不敢妄作主张。只是上了这高高的狐狸岗，脚下才有了主意，走最近的路绕最少的树和坑坡，引领着队伍做计划内的事。茂盛的草堆草滩如同久违的老友冲他打招呼，他都来不及问候和应声，只有匆匆忙忙地奔向二奶奶的坟场。

了三大师对徒孙的表现很满意，也很赏识。自从用内力测试了常捞金的功夫，心里对徒弟潘驼背儿能结此善缘、识得人才充满了佩服，也为能有此后人感到满足。所有仪式、程序在一阵熊熊烟火里结束了。他轻拂拂尘，连诵几声阿弥陀佛，就收了队伍，下了狐狸岗。了三大师和潘驼背儿、常捞金落在队伍后面，了三大师看看那些茂盛的草堆草滩，对着师徒二人轻轻笑了，诵声善哉善哉。常捞金把目光从熟悉的草堆草滩上收回来，眼睛看着了三大师那双炯炯有神的掩在长眉里的双目，双手合十，虔诚地说我佛慈悲，阿弥陀佛。

潘驼背儿击掌大笑，对着师父和徒儿神秘地眨眨眼，说知了知了。接着他和了三大师相互会神颔首，两副白髯白眉安然惬意地抖动起来，把常捞金弄得脸红红的……

第五章

安静的乡村掀起了波澜

1. 姚百里是个共产党员

常捞金终于找到了一个机会，面对面地跟东家胡长顺坐在一起，谈起胡三在天津大洼里置地办养羊场的事，还没等常捞金说起胡三的秘密行动，胡长顺就抚着胡须哈哈大笑起来，这些事是我定的。胡三是接命令执行的。咱这地界土地金贵，种庄稼是好地咧，放羊放牲口的就比不上天津洼地哩。咱的家业比起“家住桃园，地耕渤海”的侯家是差老鼻子喽。常捞金还想说胡三的事，东家直勾勾地看着他，纳闷吗？该你管的，管好就是了，天津的事你不用操心了。

常捞金在东家面前吃了个德州扒鸡——大窝脖，感到既无聊又憋屈。无聊的是自己将胡三的一些诡秘与买卖无关的事情告知东家，人家不领情不说，还嫌自己手伸长了；憋屈的是他常捞金忠心耿耿、鞍前马后的没有一丝私心，东家不赞许也就罢了，置地买羊这么大的事，没人和他商量，也没人告知他一声，自己辛辛苦苦查出些苗头，敞开心扉如实交代，好心被当成了驴肝肺。敢情都是人家决定好的，小范围通过了，成为圈里的议程，没有下发通知，只有他常捞金现在是榫子不知卯洞里的事，故意瞒着他闷着他似的，甚至是躲着他一样。常捞金一肚子憋屈……

胡三还是在常二管家要返回狐狸岗前笑眯眯地从外面风尘仆仆地赶回来，一脸的笑容，又是作揖又是打千，满嘴陪着不是，慢待二管家了，该死，该死。常捞金有些厌烦这个笑面虎胡三了，尤其是装作闹肚子跑到西洋诊所会晤姐姐后再也见不到个人影。胡三的账做得非常好，出入分明，一丝不苟，找不出任何破绽。常捞金试图在账面上查出一丝蛛丝马迹，好以胡家二管家的身份来打击胡三的飞扬跋扈、笑里藏刀，来表明自己不是个好糊弄、眼里容不得沙子的年轻人。但是无论怎么查怎么找，即使常捞金反过来从总收入入手倒推着各种名目，也不能发现什么遗漏，不得不对这个胡三刮目相看。这胡三确实有两把刷子，全不是靠耍嘴皮卖乖一副笑脸来混日子的！常捞金浮起一层淡淡的笑容。岂敢岂敢。胡三爷大忙人，生意越做越大，非凡人可比啊。胡三摘下黑绸瓜皮帽一脸的嘚瑟，哪里哪里。咸水沽羊圈里缺羊啊，从口外又进了批……常捞金脸皮一绷，压低嗓音说，倒腾药品了吧。胡三立即绷住了笑，脸僵在了那里，旋即抱住了常捞金，哈哈大笑起来，二管家辛苦，二管家神眼啊！继而声音微小起来，放心啦，吓了我半天的惊，敢情是二管家夜探西洋诊所啊。说毕松开胳膊，从衣袋里掏出一个信封，双手哈腰递给常捞金说，二管家有吗不放心、不明白的，问问姚先生吧。常捞金顺手接过信封，眼一瞄，楷书题着“姚百里先生启”，但没有封口。常捞金呵呵道，三爷做事干净利落，买卖高手，东家的心腹，我放心！就把信封放进隔身的夹层里，一拱手上车走了。

胡三嚷道，二管家，咱咸水沽羊场见！

如果不是心急惦记着心爱的潘石花，还有她肚子里的宝贝孩子，以常捞金的脾气，他绝对会驱车直去咸水沽那胡家养羊基地探出个子丑寅卯来，也绝不会让胡三跟随着，到底看看姐姐在大草洼里干什么，那里有什么，他们的闷葫芦里到底卖的什么药。后来二奶奶夭亡、礼请师祖、大做法事等事情把他的好多好奇冲淡了。

刚才胡东家那番不着边际的话让他感到无聊又憋屈，又激起了他无尽的兴趣来。回想起小子灵出生的第二天把胡三带来的信递到姚先生手中时的情景来。常捞金就觉得老师姚百里先生变了个人似的。你看他，慢慢接过信，不抬头地问，看过了吗？这叫什么话？他常捞金是那样的人吗？别说看，就是展开不让看，他也不会斜眼瞅瞅。常捞金有些纳闷，不快地说，没有，贴了一路的胸口。心里想，老师咋不信我呢？姚百里抬起头，哈哈大笑起来，小子毛的，给你个棒槌还当真（针）呢，喏，拆开看吧。常捞金努力摆摆手，给老师的信，我不看。姚百里凑前一步，眼睛出神地盯着常捞金，嘴角一撇无声地笑了，我敢打赌，你小子看了不该看的事了吧。这信是写给你的，最多不过十个字。常捞金吃惊地看着姚百里，先生啊，你神人啊。我……常捞金想把夜踩西洋门诊的事说出来，姚百里把信封硬塞到他手里说，先看信，事儿以后说。常捞金觉得那薄薄的信封依然保存着他身体的热度和气味，看到姚百里一副极其认真的样子，只得打开封口，从里面抽出那张淡黄色的宣纸，上写——常知晓事理，可重用！真的不超过十个字。按照姚先生说的，这封信是写给他常捞金的，“常知晓事理”，就是夸自己明晓事理呗。常捞金心里涌起一股热浪，他懂得那么多道理，知晓为人处事，都是出自眼前的人和白髯白发的潘师父啊。他的眼里有些潮湿，沉沉地看着笑呵呵的姚先生。“可重用”这三个字，就不明白了。难道胡三发现了自己的能耐，举荐他做更大的事吗？老师姚百里、师父潘驼背儿、东家胡长顺及至老东家胡树海谁不夸他常捞金是个鬼机灵，做起事来踏实有力呢，还轮不上天津卫的胡三来大动干戈地干涉他的前程吧？姚百里拍拍常捞金的肩膀，坚定地说，天津的事不要跟外人提及，忙活完家里的事，我再跟你说。咱们忙活去吧。常捞金只好收起信，跟着姚先生去忙活起二奶奶的丧事和法事……

看东家的表情，听东家的口气，常捞金觉得自己犯了个天大的错误。天津卫的一切都在东家的掌控之中，胡三他们做什么，东家不仅知道，而且放纵他们的行为，甚至是支持他们这么干，自己倒是显得成了背后打小报告的小人了。但东家只知道建羊场壮大财源，难道也知道胡三和老师组织人马的事吗？知道胡三和姐姐倒腾药品的事吗？

嗨，想什么呢？一句轻轻的话语吓了常捞金一跳，自己的脑袋险些儿扎进姚百里的怀里。常捞金脸上挂满了疑惑不解，原先眼观六路耳听八方的本事跑得无影无踪了，引得姚百里吃吃地笑，傻小子，打小报告挨批了吧。

常捞金感到老师姚百里真是神人。还想说什么，被姚百里一把抓进了账房，把门死死地关闭了。

姚百里一脸的严肃，对眼前仍绕在弯弯里不能出来的常捞金说，胡三是个共产党员。我也是。

啊？常捞金只知道日本鬼子占了大半个中国，正穷凶极恶地攻打武汉、长沙，全民抗战，全国掀起了抗日的热潮。一个叫共产党的组织为抗日到底，在陕北延安，扛起了抗日救亡的大旗，把抗日的烽火点燃起来……以平型关大捷，彻底打破日本鬼子不可战胜的神话……但国民党叫他们赤匪，对他们是见一个杀一个、见两个杀一双的。说什么共产党就是共产共妻，长着三头六臂、青面獠牙……耳朵里充满了对共产党妖魔化的话。眼前这个温文尔雅的先生怎么也是共产党呢？如果说笑面虎胡三像共产党员，常捞金信。但如果说老师姚百里是共产党，打死他也不信。连个蚂蚁都不敢踩死的姚先生，怎么会和凶神恶煞的共产党为伍呢？

姚百里轻轻一笑，小捞金，共产党是青面獠牙吗？他指指自己的脸。常捞金不含糊地摇摇头，先生是好人，先生是恩人。

姚百里把常捞金按在椅子里，慈眉善目地看着他，像欣赏一尊价值不菲的艺术品，爱惜无尽地说，共产党中像你这样优秀的青年太多了。

常捞金立即想起留着短发的姐姐黄苹果来，姐姐也是共产党吗？

姚百里神情端庄地说，你姐姐是共产党员，也是我和胡三的上级。

啊？那么年轻，就领导你们，还领导她老子？又轮到常捞金吃惊了。

共产党不分老幼，谁有本事谁就能做领导。姚百里爱惜地看看常捞金，哪天你入了党，施展好了，你还可以做我们的领导啊。

常捞金龇着牙笑了，凑近了姚百里说，东家也是呗。我刚才想去汇报天津的事，让他给封回来了。

姚百里拊掌笑起来，说你眼里现在没有别的事了呗。东家不是，但东家是个开明人士，他支持我们。只要是干好事，为国家的事，他虽然不心甘情愿地捐款资助，但还是做出了一些利于国家、利于人民的事……别瞎猜了。现在给你几本书看看，了解了解什么是共产党，为什么有那么多人不惜抛头颅洒热血地追随共产党吧。说着，姚百里从书桌最里面几个账本里翻出几本书来，双手递给了常捞金。常捞金很是纳闷，这几个账本前段时间翻腾过，没有什么书。现在怎么会……姚百里严肃地说，这书可要小心翼翼地看，不准外漏！

是！常捞金坚定地说。

可爱的女儿常子灵那张上扬的嘴角始终露着灿烂的微笑，把个粉粉嫩嫩的小脸衬托得如洁净的花朵，小鸟依人般地开心玩耍着。小东家子昂跟在常子灵屁股后边，小弟弟一样听话，时刻听从她的指派指使，笑模笑样的，好像只有听她的安排才会快快乐乐才会玩出花样来。胡子昂从不自作主张，也从不不配合，常子灵干什么他就干什么，即使蹦房子这样的女孩儿游戏也能玩得很尽兴，写字画画的更是拿手，但从不笑话常子灵。虽然常子灵有时会笑话他笨，嫌他姿势不优美，让她因他的失误在女孩儿面前丢分。胡子昂乖巧得很，不跟常子灵这般女孩儿争嘴斗气，一副嬉笑的神气，显出男子汉般的大气，极力配合姐姐常子灵的一言一行。他们会走了，会说话了，会扑扑棱棱做事了……

都说孩子是娘身上掉下的肉，连心连肺的，大人才会疼得蝎蜇狗咬的。潘石花却觉得小东家胡子昂也是自己的孩子，奶大的更亲呢，也会疼得摸不得。看他安安稳稳的，不像灵儿那样的顽皮顽劣，喜欢瞪着亮亮的眼睛看她和灵儿做事，不用教也不问，但很快就能掌握某件事情或某个活的要领，做起来时有板有眼的。胡子昂总咿咿呀呀喊她妈妈，甜甜的腻腻的，她不敢应，就嗔怪小东家不要乱喊叫。她总是很幸福地看着这两个小可爱在眼前的一行一动，爱惜得不得了。灵儿调皮地拉过小东家胡子昂的手说，他不是小弟弟吗，为什么不能喊妈妈？潘石花虎起脸对灵儿说，他是小东家。灵儿不管，大声大气地说，我反正喊他小弟弟。边说边撇着嘴把个白白的小脸扭到一边，捧起胡子昂的脸蛋高高兴兴地说喊姐。小东家胡子昂很是乖，甜丝丝地叫声姐——乐得小丫头片子咯咯作响。潘石花爱惜地看着两个天真的孩子，享受着他们带来的欢乐，如果小东家是自己的孩子多好哇！一子一女的多舒坦啊！看看孩子们玩得多带劲，童声童气地听着就舒服，小模小样的看着就爱极了。潘石花就想起小时候小捞金给她采花编花环的情景来，脸上飞起红红的彩云……

2. 常捞金入了党

天津大洼咸水沽的草长得真密、真厚，碱蓬棵像小松树一样在风里摇摆着脑袋，脚下爬满了马鞭草、野豆秧、野菊菜、热蔓子草、狗尾草，水洼处，草们长得更加茂盛。如果不是这一片那一片露着阴暗面孔的水洼，常捞金就觉得组织起人们来耕种，用不了几年，就会长出旺盛的庄稼来。这五百亩地绿汪汪地铺在眼前，直晃他的眼睛。

不少的壮工正有条不紊地在地边上挖沟，培土，已经修好的地方，上面插满了挂有铁蒺藜的围墙。胡三说，把地圈起来，羊儿可以自由自在地放养，散养的肉才香咧。常捞金自从知道了胡三的身份，再看他笑面虎的样子也不再觉得他是绵里藏针、笑里藏刀了。他动情地拍拍胡三的肩膀说，谢谢三爷的举荐哪。胡三扬起脖颈冲天哈哈起来，是二管家心地善良啊。立即虎下脸，轻轻地说那天夜探西洋诊所吓我一跳。天津卫比不得家乡简单，日本人、国民党、南京的，都有鬼在身边晃荡，一不小心，就会……常捞金抱腕当胸说，惭愧惭愧。起初见你神秘离席，怕是背着东家做什么事，没想到你们……

胡三神秘地笑道，胡某不才，当着明眼人玩漏了。不是上级突然召见，不是你神枪快马的，谁会注意呢。我装肚子疼还是挺像那么回事的。

常捞金不解地问，什么是突然召见啊？你完全可以不掺和酒场，不显山不露水地回家和姐姐见面啊。

胡三捂着肚子呵呵起来，满脸的笑容说，在酒席间看到服务生上菜时，把手搭我肩膀一下吗？

常捞金立刻想起那个白白净净的小服务生，麻麻利利地上菜，清清爽爽地报菜名，只是偶然碰了下胡三，紧鞠了一个躬，说着对不住您老，对不住您老，并没有看到有什么别的不同呢。

胡三严肃地说，那服务生也是这个。顺手撇开个八字。说鞠了一个躬，是说在老地方一号求见。这是暗语。要是塞个纸条啥的，能逃过你的火眼金睛吗？

常捞金满意地点点头，人还是爱听奉承话的，他也逃脱不了这个怪圈。

胡三话锋一转，你保证在座的就没有狗腿子、暗探、暗哨什么的吗？帮爷和汪精卫走得很近乎，栋爷是日本人的狗……你保证我家里就没有别人安插的眼线吗？我和你姐姐是父女，在家说家庭的事，正常；说工作的事，隔墙有耳啊……

常捞金吓得吐了吐舌头，江湖险恶啊，幸亏多长了个心眼，没把实情说出来。

酒席间，只听栋爷嚼着一块狗肉哼哼唧唧地说，胡三爷哪里用吃药哟，放一炮，肚子就舒服了。引得满屋子一阵淫笑。当时常捞金就觉得胡三肯定是个花虫子，嘴角撇得老高，一副打心底瞧不起他的样子。但现在，他很为自己的私心和冒失感到惭愧……

姚先生送给常捞金的书里有《共产党宣言》《新青年》《湖南农民运动考察报告》《论持久战》……一个幽灵拿着坚硬的锤头当当地敲击着他的脑袋，使他浑身亢奋起来，比当初姚先生文质彬彬的毛笔、算盘要深沉得多，比起师父潘驼背儿呼啸奔腾的拳脚要深厚得多。常捞金现在终于知道了那两个大胡子外国人是马克思和恩格斯，《共产党宣言》这本不厚的书被姚先生藏起来了，姚先生是很早就看先进的《共产党宣言》了，为什么不早给自己看呢?

常捞金躲在狐狸岗看护坟茔的小屋里享受着思想的冲击和洗涤。

风吹过来，树叶拍打着风的声音也变得沉稳起来，树林间婉转的鸟鸣，狐狸啾啾的尖叫，也不像以往那样充满诱惑了，他觉得眼前洞开了另一个宽广美丽的世界——世界必须改变，必须砸碎捆在人身上的道道枷锁！抗日战争是一个持久的战争，速胜和亡国都是错误的，只要团结起来，和敌人打持久战，胜利终究是我们的！

一朵红色的火球从眼前刷地飞进了密林深处。

常捞金放下沉重的思想，发出了一声尖利的呐喊——欧，欧，欧，小精灵们，我要战斗去了，保重，保重——偌大的狐狸岗向外放大着他的声音……

常捞金觉得自己一瞬间长大了，丰满了，像生出了坚强的羽翼急着去飞翔，急着飞向那辽远的天空……

在一个极大的屋厅里，坐满了人。一块硕大的黑板立在屋心中央。姐姐胡彩儿神采飞扬地给大伙儿讲革命道理，讲为什么世界上会有穷人，会有官家恶霸，讲为什么泱泱大国沦为了任人宰割、任人欺凌的殖民地半殖民地，讲为什么日本鬼子敢于吞并中国，国民政府不放一枪一炮任由日寇铁蹄践踏蹂躏，抗联怎样在白山黑水间做艰苦卓绝不屈不挠的斗争，八路军怎样在敌后斗争……讲为什么会有共产党，共产党是什么组织……

只听得常捞金热血沸腾，原先堵塞住的管道一下子顺畅起来，使自己变成了一个透明的球体，不停息地把姐姐黄苹果的道理不断地吸收进来，高速运行旋转，比师父灌输的真气还要强烈和主动。姐姐懂得真多哇。姐姐离开狐狸岗，原来在这里啊！

人们群情激昂地呐喊起来！这种发自肺腑的心声从胸膛里爆发

出来，如滚滚春雷，如惊涛拍岸的海浪——

打倒国民党！打倒日本帝国主义！共产党万岁！誓死不当亡国奴！抗日到底！——口号声如海啸般奔涌起来，没有人起头，也没有人鼓动，一切都那么自然。

常捞金已觉得一股真气迅速绕过全身，促使他不得不兴奋地发泄出来，奔涌出来。他觉得姐姐又给他像师父潘驼背儿一样输入了一股真气。没想到这个文质彬彬的姐姐讲得真好，把他给降服了。

刚才只顾听姐姐黄苹果讲课了，常捞金并没有发现坐在自己后排不远的地方，小伙伴铁虎子、小立东也振臂高呼，神情庄穆。一出大屋厅门，铁虎子、小立东就笑呵呵地围上来，喊着常二管家，一团热乎。常捞金对于铁虎子他们能参加这样的政治培训和加入抗日组织感到非常高兴。再看看其他的人，有比自己年长的，也有比自己年轻的。除了自己班的十几个能喊出名字来，其他的都是见面温和地笑，同志长、同志短的称呼着，不能像铁虎子一样喊出熟悉和亲近感来。铁虎子说常二管家咋才来呢？我们都来半年了，潘师傅和二十五师教导队的同志们教我们二十九军的大刀术呢。一脸的得意。常捞金哈哈笑着说，我是落后分子。小立东说你是二管家呢，忙呗。常捞金用手轻轻搂了下小立东的脖颈说，那你看我是剥削阶级了呗，小东西。怎么，我师父也在这里？

常捞金犯了嘀咕，这师父是怪，整日里神出鬼没的，将他所有的功夫恨不得一下子就传授给他，但在加入组织上只字未提，只重复强调武德侠义，从不提及他老人家在听些什么、想些什么、干些什么。好像他常捞金随意去瞎说、去报告似的防着呢。对师父的不袒露心迹，常捞金心里有些委屈，神情蔫巴起来。

嚯，徒儿来了。不用看就知道谁在拍自己肩膀了。常捞金生气地噘起嘴，满脸的不高兴。

风吹着潘驼背儿的白发白髯，使他像个刚从天而降的老神仙，冲着常捞金说，哈哈，嘴巴噘得能拴头驴喽。你们回班里练习去吧，二管家得跟我走。潘驼背儿笑模样地对铁虎子他们说。他们痛快地应着，说二管家啊，有空再聊。就走了。

一个收拾的干净利索的屋子里，摆放着一个枣红色的八仙桌，迎面墙上醒目地悬挂着一面标有金黄色镰刀锤头的红旗，颜色鲜艳欲滴，左上角的金黄映衬的旗面如一片飘动的红色的海。黄苹果、胡三、姚百里团坐在八仙桌的两边，露出那面红旗。屋子里气氛庄严凝重，彼此的呼吸和脉搏都能听到，更突显出那面红旗的严谨庄重来。白须白发的潘驼背儿轻轻关上门，神色安详地乖乖立在常捞金的背后，把个腰身挺得直直的。

姚百里看看常捞金，严肃认真地说，常捞金同志，今天我代表党组织和你进行谈话，希望你认真回答。常捞金挺了挺胸脯，从胸腔里发出滚烫的话语，是。姚百里说，你为什么参加中国共产党？常捞金双目圆睁，斩钉截铁地说，打倒军阀，打碎旧世界，让劳苦大众当家做主人！突然眼睛冒出一阵骇人的火焰，拳头捏得咔咔响……我恨这个旧世界，我要砸碎它！把反动派统统扫尽，统统消灭！把欺负咱中国的鬼子们都消灭干净！

常捞金的仇恨迸发了，火山爆发一样地喷射出来。他梦里慈爱的爹娘再也回不来了，他们被这个可恶的旧世界给吞噬掉了，连个骨头渣都寻不到了……

被编入“抗日救亡革命军”第十五班的常捞金总觉得班长刘五魁很面善，不知在什么地方见过。五魁也感到这个新来的文静青年有些熟悉，看他穿着丝绸的长袍又无奈地摇摇头。吃饭时，五魁端着饭碗走过来，对常捞金说，二管家吃得下这糙米饭吗？常捞金香甜地咀嚼着说，很好吃哇，和同志们一起吃大锅饭真带劲，真香。五魁捡了块南瓜块说，红米饭哪南瓜汤，是咱红军看家的粮。二管家独灶独锅的吃惯了，和这么多人一起吃饭，是第一回吧。红米饭，南瓜汤，秋茄子，味好香，餐餐吃得精打光。干稻草，软又黄，金丝被儿盖身上，不怕北风和大雪，暖暖和和入梦想……五魁高兴地哼起了井冈山流传广泛的红军歌曲。常捞金乜斜着眼，用筷子挑起一大块米饭紧扒进嘴里，哼哼唧唧地说，你看我穿的光彩，就以为我是剥削阶级了啊？我是个孤儿、长工，是姚先生把我培养成的读书人，知道了不？腮帮上粘了几粒米，咧嘴笑起来。班长，你又不是狐狸岗的长工，咋还一句二管家二管家的叫呢。这里都是同志，是你教育我们的吧，咋带头违反纪律呢。

五魁高兴地把饭碗墩在地上，拉住了常捞金的衣袖说，你咋啊咋的口音这么近乎呢？你不会是小宝子吧？

常捞金愣了片刻，也异常兴奋地放下碗，拉过班长五魁带着布帽子的脑袋。五魁的脑袋左半边有块铜钱大小的疤痕，这头皮上的疤儿怎么弄的？你是五魁子哥！

五魁一下子拥住了常捞金，小宝子，小宝子！这疤儿是你用砖头削的呀！咱们两伙儿为争一个主儿，打起来时，你在后边削的呀！不是当家的来得快，我不知把你收拾成什么样儿了……

无巧不成书。事实也正如诌书咧戏演绎的一样，在这荒无人烟的大洼里，一起遭罪受苦的弟兄意外地相逢见面了！

常捞金总感到冥冥中有什么神奇的力量在督促他跟着姚先生来到这个生满草的大洼地里。他搂抱着班长五魁，泪水夺眶而出。

当年五魁一家也在那逃蝗灾旱灾的人群里，只是他们一家在半路又折回了，没有跟随大队人流往天津去。五魁爹抱定死也要死在炕头上的决心，生拖着五魁和他娘逆着人流往回奔……

马队轰轰地过来了……

道边沿上趴着许多被刺刀挑死的人，苍白干燥的泥土都染成了红色的了……

五魁娘被一刀砍在脖子上，流淌出好多鲜红的血，挣扎着无望的手，说了几句嘱咐五魁好好活着的话，一蹬腿走了。五魁爹那个悔啊，抱着五魁娘的尸体把头咚咚地撞击着地面——悔不该，悔不该不听你的话啊，孩子娘……

掩埋好五魁娘，五魁爹眼珠子通红，拉起五魁气汹汹地说，追上狗日的，杀一个不赔本，弄死俩赚一个！

终于在傍晚时分，五魁爹追上了张大胡子的队伍。兵们仨一群俩一伙地在燃烧的村子里找寻着食物，一个用刺刀挑着一只咯咯乱叫的母鸡的兵落在后面撒尿，嘴里哼着小曲，随着尿水一抖一抖地颤着肩膀。五魁爹抄起一截木头，对五魁说，别动弹，老子先弄死个。说着就悄没声儿地绕过几道残垣断壁，抡起木头狠狠地向那人砸去。扑腾——那个兵痞子连吭声都没吭声就瘫软下去。刺刀上的母鸡被吓得发出瘆人的叫声，比在刺刀上还要疯狂得厉害。妈了巴子的，遇上个找死的。前边的人听到了响动，回头一看，一个壮汉举起木棒把挑鸡的同伴砸得脑浆迸裂。叭，叭，叭——枪声响了，五魁爹的后背上冒出了几朵红光。

爹——五魁使出吃奶的劲翻墙跑过来……

五魁爹拼尽最后一口力气，冲着五魁喊，快跑，跑——

叭——一粒子弹溅飞了五魁身边的一片泥土，顺着他的嗓子直冲下，腥咸腥咸的，堵住了他的呐喊，也堵住了他的泪水……

五魁疯了似的钻进黑夜里，顺着庄稼棵子往南跑。身后枪声大作，顺着他跑的方向，子弹嗖嗖地钻进土里，打在庄稼上，发出扑哧扑哧的响动。五魁终于在天亮前混进了南逃的难民队伍里，泪水才刷刷地冲洗出一道道脏兮兮的泥沟……

五魁把拳头重重地敲击在拦羊圈的青石上，长长地叹了口气，恨恨地骂道，乱世道，倒霉、受祸害的都是咱们小穷老百姓！

常捞金的往事如画片一样地在眼前晃动——小倒卧、小长工、淹死鬼儿、书房、狐狸岗、狐狸湾……

五魁轻轻点点头，羡慕地看着常捞金，你命好哇，没待多久，就跑了，遇上了大善人，也遇上了姚先生和潘老头儿。我命苦，先是和盲流的孩子们东讨西要地混日子，后被骗子们弄进了偷窃帮。后来，你也被卖进来了……说着，他伸出右手放在常捞金眼前，看到食指和中指的茧印没？常捞金看到五魁的手指和别的手指是不同的颜色，深红深红的，比自己的要厉害……

这是下油锅抢拾铜钱落下的。五魁边说边撩起衣襟给常捞金看后背、前胸的伤疤，一脸无奈地说，这都是狗日的们打的，遭的罪大发了，唉。常捞金可以想出当年他们怎样把手伸到滚烫的油锅里去拼命抢拾铜钱的，他们怎样捉不住铜钱，挨皮鞭，挨棍子，为了活命，哀号着，又不得不再次拼命地去练习……

听说帮规森严呢，咋跑出来了？常捞金可怜地看着五魁。五魁淡淡地一笑，命不该死，几个当家的后来发生了火并，你砍我杀的，死的死伤的伤，我们都跑散了。说得很轻松，好像那些事并没发生在他身上。那时，五魁已经十四五了，嘴巴练得很甜，就混进了胡家粮油货栈当起了小伙计。五魁说，胡三掌柜的不赖，对下人挺义气的，不打不骂，还抽晚上的工夫，教大伙儿写字呢。我这点文化水就是从那里学来的，不然，还不是大字不识一斗的睁眼瞎？脸上挂上一层满意的笑容。

吃人的社会！吃人的制度！我要报仇！我要雪恨！常捞金气愤

地举起右腿，朝着地下的石板踩下去……

咔嚓——脚下的方石被常捞金击成了齑粉……

老师姚百里不敢看常捞金被仇恨烧红的眼睛。停顿了好半天说，捞金同志，你加入共产党，是为了报家仇吗？

常捞金擂起双拳，发出咚咚的金属声，斩钉截铁地回答，没国，哪来的家？我报的是家仇，也雪的是国恨！我虽然懂得不多，但却分得清什么是国仇，什么是家恨。我要为爹娘报仇，要为千千万万受苦受压迫的人报仇！不砸碎这肮脏的世界，绝不收兵！

姐姐黄苹果理了理搭在脸上的短发，接着问，你的入党申请书组织看了。你对这句“只有共产党，才能拯救万民，才能拯救中国，我愿至死跟随它斗争到底”怎么看？你的觉悟很高，也很诚实。

常捞金看看姚百里，又看看胡三，语气很肯定地说，姚先生是我的老师，潘老爸是我的师父，没有他们就没有今天的我。他们做什么，我就跟定了干到底。至于只有共产党才能拯救万民，拯救中国，我是看了姚先生给我的书慢慢悟出来的。皇帝老子不行，军阀不行，国民党现在背叛了孙中山先生的思想、路线，走到了人民的对立面，也不行。共产党主义真，立场明，心系百姓，一心救中国，一心救人民的伟大胸怀和抗日到底的决心，才是明天的曙光！我跟定了！

那么，万一你的老师有天背叛了革命，选择了另一条道路，你也跟随吗？姐姐黄苹果这个问题很尖锐。

常捞金看了眼微笑的姚百里，一字一板地说，我老师真要是背叛了党，背叛了革命……我会把一枚铁钉送给他，然后再哭喊着把他葬到狐狸岗……

屋里充满了一片笑声。

白发白髯的潘驼背儿躬着沉重的后背闪出来说，我要是叛党呢？

常捞金尴尬地用手挠着头皮，嘿嘿地说，师父不会，师父哪里会呢？

常捞金气宇轩昂地举起了右手，屋里充满了神圣的气息。他面对庄严而肃穆的党旗跟着姚百里宣誓——

我志愿加入中国共产党，
坚持党的决议，遵守党的纪律，
不怕困难，不怕牺牲，
为共产主义事业奋斗到底！

3. 疯狂的长工和俊美的枣红骒马

对这神圣的入党仪式，常捞金心底毫无杂念，充满了敬仰和向往。在他意识里，这是最重要的一件事情，也是最重要的一个开始，在他的经历里，除了向姚百里学习文化和潘驼背儿教授功夫，在灵魂深处镌刻出不灭的记忆外，这入党是最感动他最激励他最影响他的。他尽管心里有太多的仇恨，有不算深刻的政治思想，但姚先生的书籍及在天津大洼的学习见识和对共产党的了解，激活了他灵魂深处潜伏的意识，他觉得只有和民族利益国家利益结合起来，自己才活得有意义，才能发现生命的真谛，使他真正融入民族的解放及国家未来战斗的洪流里，提升生活的质量，让他的思想有个极大飞跃。宛若一株无名的小草，只有加入草的世界、草的队伍，手挽手心连心地牵扯在一起，才不会孤独，形成抵御强劲肃杀寒风的坚不可摧的力量。“星星之火可以燎原”“野火烧不尽，春风吹又生。”当一个人的生命和思想交给了这个伟大的为民族谋利益的组织，就会热血沸腾，思想燃烧，才会对人生的意义认识得那么那么深刻。

在天津大洼秘密基地里，那么多受压迫受奴役受战乱之苦的穷苦人团结起来，他从人们的眼睛里发现了战斗的渴望，战斗的激情，从人们的话语里听到了解放、抗争、战斗的声音。没有谁能安然地逃脱恶势力、旧社会带来的家破人亡、身心痛楚，更没有谁有如此大的力量，有如此大的号召力，把这群散兵游勇一样懒散的穷苦人、农民如此快地集中起来，使他们成为团结一致的战斗队伍。他觉得自己有种外人不及的第七感觉，他感受到了这个共产党是一块强大的磁铁，通过先进的思想、民族解放的斗争、为天下穷苦人过幸福生活的梦想、砸烂旧世界建设新天地的豪迈……这些都如磁场一般，把那些不愿意做奴隶，渴望成为主人的每块细小的铁屑、铁皮、铁块都吸收、集中、团结在一起，形成了坚不可摧的铜墙铁壁，形成了攻坚克难的滚滚洪流……这支队伍隐藏在大洼的基地里，潜伏在大洼的荒凉褶皱里，就是一团熊熊燃烧的火，就是一队队呐喊着的勇士，就是一队队推翻旧秩序打倒恶势力的杀手和掘墓人！漆黑的夜掩盖不住强烈的气势，人们被共产主义的幽灵感动着，从心底发出的滚滚气浪支撑起那片原本沉寂无知的天……在每个低矮的帐篷里、草屋里，人们谈论的是共产党，是杀敌救国，是求解放的思想，常捞金每掠过一处，心里就会沸腾一次，使心底燃起的信念如真气般贯通了多少次全身，把他的意识推进到了一个极点。他心存感恩，充满了对师父潘驼背儿的感激，不是这怪老头传授他武功，他何以一夜间把整个营地探究一遍，把自己的思想和这群人紧密地联结在一起呢？他敬佩老师姚百里，不是这通晓天文地理的先生教会他识文断字，又何以让他在浩如烟海的书籍里快速发现真理，接受真理，把自己的思想和共产主义、共产党这些陌生的名字紧密地契合在一起呢？

常捞金成熟了，长大了，变为一个真正的人！

睿智聪慧的姚先生加入这个先进的组织是个很自然的事情，但师父潘驼背儿这个老顽童也身在其中，是常捞金百思不得其解的。共产党又不是什么传世的武功秘籍，他老人家何以对它如此感兴趣呢？对于爱徒的不解和迷惑，师父潘驼背儿从低低塌陷的腰里抬起那颗白眉白髯的头颅，眼睛湿润而明亮，一脸的笑容，傻小子，好东西就只能你们年轻人享受啊？为国杀敌，为民请命，是我一辈子的追求。这种为国为民的大事不是什么人都能赶上的哟。腰身一直，变得挺挺拔拔的，手轻轻拍在常捞金的肩膀上说，好好干吧，年轻人。有我这老骨头跟你做伴儿，杀敌请命的光荣里就不再孤独，不再寂寞喽。自古是学会文武艺售与帝王家，现在是学会文武艺售与老百姓，这意义就大发哩。瞧瞧这老头儿的觉悟吧。常捞金感到肩头重托的力量和希冀在手的渴望。

对于常捞金强烈要求上战场杀敌立功，党组织的领导——姐姐黄苹果、姚先生听了直摆手说，好钢用在刀刃上，敌后发动群众也是非常重要的工作，只有团结发动起群众，才能点起冲天的大火，烧尽旧世界，不是上阵杀敌才是革命。革命工作千万种，敌后工作最艰苦。

不等常捞金诉说理由，胡三依然笑哈哈地仰起脸说，我现在是天津商会的一个实权副会长，从某种意义上讲，我就是被革命的对象，将来我也可能投入到日本鬼子的阵营，成为货真价实的“铁杆汉奸”。同志们恨我，老百姓骂我，锄奸队要除我，你说我能点明身份，把共产党贴在脑门子上吗？常捞金同志，你好歹和群众生活在一处，又有绝世武功护体，没有多少危险……把你变成大汉奸遭人唾弃，遭人追杀……哈哈哈，你也没有那套掩藏的本事。

常捞金心里不服，马上哈下腰，变得和师父一样的低腰趿拉，对着胡三一脸的媚笑，三爷，三爷，请您老……把大伙儿笑得前仰后合的。

常捞金挺起腰身，气宇轩昂地说，凭着这身本事，不当地下工作者，可以依靠天津卫左爷他们的关系，混进警察局、保安司令部弄个一官半职的，发动拿枪杆子的，不是威力更大吗？

姐姐黄苹果捂着嘴笑起来，样子很妩媚。她理了理散下来的头发说，常同志啊，每个人的工作岗位不是凭自己想的，组织都有安排，这也是纪律。不是想当然啊，也不能凭自己的好恶随意胡来的。

姚百里严肃地说，捞金同志，服从组织安排吧。你现在是党的人了，不能瞎胡闹。知道你身份的，狐狸岗只有铁虎子等几个骨干，也没人知道我们的底细……他指了指眯眼瞌睡的潘驼背儿。潘驼背把脸埋进一堆白色里，像只贪睡打盹的乖猫。

姐姐说，发动群众是我党的一条光荣的传统和一项重要的任务，也是我党壮大的秘籍。现在是战争需要，也是党的要求，希望你认真对待，掩藏好自己。到你出手时，组织上自然有安排。

是！保证完成任务！常捞金双脚一磕，向姐姐和大家敬个礼。

以后要听组织安排，不能和铁虎子他们走得太近。敌情复杂，不可随意妄动。中气极足，全然不像是从乖猫那里发出的声音。

是。保证听从党的安排！常捞金对着那堆白毛立正，敬礼。听潘老同志的。

啥？毛发里抬起双有神的眼睛。

听师父的，爸爸的。又引起人们一阵灿烂的笑声。

自从干龌龊的事被小马驹子踢伤了男人的家伙，长工陶老歪彻底废了男人的心思，走起路来歪歪斜斜的，裆里的东西再也硬挺不起来，总觉得裤裆里空荡荡的，没有了内容，再看到心仪的大姑娘小媳妇，无论她们如何在面前风摆杨柳，也撩拨不起亢奋的身体了。陶老歪恨死了自己，看到听到长工们对自己的揶揄取笑，把头低到极致，险些儿扎进裤裆里想去充实那块软弱无力的地方。再看看他们那副幸灾乐祸的嘴脸吧，好像他们不是见了大姑娘小媳妇如馋猫闻到了腥流满了涎水一样；好像他们不是把头捂进被子里把那东西交给手来痛痛快快地活动，舒服地弓起身子，贪婪地张开臭烘烘的嘴巴，眯起色迷迷的眼想入非非，将自己的身心全部交给某个女人，吐一摊肮脏的液体来满足身体满足心理一样；好像他们不像他陶老歪一样把身体交给羊羔子、猪崽子去舒坦……幸亏他陶老歪养着这么多英俊的马，他们能闻到马身上那热烈的香气吗？能看到骏马那美丽的曲线吗？能听到骏马灰灰的鸣叫和喁喁私语吗？呸，他们不会。看看那匹枣红色的骒马多俊啊，身体浑圆，曲条优美，毛发洁净，像红泥攒垛的一样，那双透明的玻璃水晶一样的眼睛多诱人啊，那条黑黑的长长的尾巴柳丝条一样飘逸，比得起任何女人的长发，再看看那飘逸的马鬃吧，黍子穗一样的整洁飘散，浑身散发出青春昂扬的气息。那腿笔直流畅，像四根裹了贵重毛丝的白蜡杆；那蹄整齐洁净，像四只釉体晶莹、质量优良的瓷碗；行动起来，毛色发亮，像枚硕大的成熟的汁水洋溢的枣子，倘若一碰，就会流出甜蜜的汁液，醉倒一片人。在陶老歪眼里，这枣红色骒马就是一个含苞待放的花朵、娇艳欲滴的女人……

陶老歪明确地告诉自己也告诉小马驹，他一点也不恨它，也恨不起来。尽管它踢坏了他作为男人的骄傲，使他在长工们眼里变成了废物、怪物。陶老歪很爱惜这个尤物，觉得上天赐给他这么精致这么完美的东西让他来伺候，简直就是对他的赏识和褒奖。他更加精心起来，原谅了枣红骒马的打击，也原谅了自己的唐突和无耻，心平气和地喂养着牲畜，对小骒马充满了无尽的关爱和贴心，容不得半点马虎和粗糙。他总是将草、玉米秸、谷子梗、豆子秸铡得细细的，把料撒得匀匀的，用料叉子慢慢搅拌，加上适量的水，使草料变得香甜可口，气味宜人，看着牲口们大快朵颐的样子，心里充满了宁静，充满了满意。对那匹枣红骒马更是关怀备至，把料撒得更多，拌得更匀，好像不那么做就对不住谁似的。但那匹马总是对他爱答不理的，只要他一凑近，防贼似的躲着，把头歪得远远的，眼睛也斜着他，透明的玻璃水晶里写满了警惕和不满，嘴巴里喷着气，发出啾啾的声音。陶老歪对它温情地说：小宝儿啊大乖啊，好好吃，你的料最多最香，吃好了就长壮实了。但它不领情，仰起脖子看别的牲口。

枣红骒马健康地成长着，长得顺风顺水，长得俊美秀气。不时有儿马凑过来献殷勤，说着赞美的话，把嘴巴贴在它的耳朵上吐出香兰之气。但它总会高傲地甩动起飘逸的长尾，把美丽的马鬃竖起来，坚决地拒绝或赶走献殷勤者、骚扰者，从不拖泥带水。它情有独钟的是那匹高大肥硕的大黑马，黑缎子一样的毛发锃明瓦亮，每块鼓起的肌肉都散发着力量，那长长的鬃毛像极了坚实的小手随风摆动，那长而飘的尾巴更像茁壮的谷子穗、茅草穗一样潇洒飘逸，英俊帅气极了。它主动走向前，和大黑马亲切的交流……

枣红马最喜欢的人是带着各式帽子出现的三秃子。它觉得这个人不仅是长工头儿，有好多驯服牲口、教给牲口本事的方法，也从不喜欢和别人那样用那尖刻的咬皮肉生疼的鞭子和棍子来教育不听命令的牲口，只喜欢用手轻轻拍打屁股或脖颈或脑袋或脸，说些鼓励的话，说什么你们辛苦了，也不容易的。学做农活也不是很难，有多大劲就使多大劲，关键时刻得听话，向里向外、向前向后都要配合好人，不能使蛮劲。到了节骨眼，没力气了可不行哇。听听这把头儿说的，句句在理，不嫌烦，也不急躁。别人就不这样，动不动抡起鞭子，嗷嗷叫喊，骂出很难听的街——狗操的，小闺女养的，把气都用到鞭子上，好像那人受了多大的屈要发泄出来才顺心，才显得能耐。再看看王把头儿怎么教吧——吁来，吁嘘，驾，得驾，驾驾驾，听口气就能听出轻重缓急来。还会轻轻地说不用使那么大劲，轻悠着。到了上坡或把犁头插得深入泥土，缰绳、韧带发紧，一个“得驾”，牲口们就知道要使力气了。再拍上一把，就必须把力气全拿出来才行。陶老歪是把喂牲口的好手，料拌得匀，草切得细，水整得不冷不热的，但枣红马总觉得他身上少一些大气度，多一些猥琐。尽管他对它无微不至，但总感到他不怀好意。一想起小时候，陶老歪站在凳子上对自己做那样的事，撩起自己的小尾巴把一根凉冰冰的硬东西往里捅就气得它发疯……大黑马也不待见他，说哪天给他个好果子吃，谁也不准欺负咱枣红马。看大黑马那副气昂昂的样子，真英俊……

枣红马恋爱了。小马驹长成了大马，浑身枣红，像一颗成熟的溢满紫红色汁液的葡萄……

陶老歪这段时间生着闷气，肚子鼓鼓胀胀的。他在生人的气，生马的气。你看看你这个小骚货吧，只要看到王三秃子和大黑马，得得瑟瑟的，满脸满眼的笑容，把那绸缎一样的枣红毛皮抖落成一块闪亮的布，那飘逸的长长的马鬃、尾巴撒欢一样的飞扬，见了亲人、见了汉子一样的美呢，还用它的嘴巴舔舐王三秃子那双脏手，好像王三秃子那手里有把喷香的黑豆。有这么亲热吗？有这么下贱的吗？他陶老歪精精心心地照料枣红骒马，却换来枣红骒马爱答不理和一脸的鄙视。陶老歪最见不得的是，小骒马和王三秃子、大黑马在一起欢天喜地、扑扑腾腾的样子，而一到了自己的手里就蔫了吧唧的，总是拿眼睛乜斜自己。陶老歪气大发了。他怒气冲冲地骂着：不知好歹的畜生，不知羞耻的畜生。把马槽敲打得叮当响，好像那榆木料叉子是把锋利而结实的铁器。让你吃，让你吃，长大了就不认大料勺的私孩子儿玩意儿……

陶老歪气呼呼地把大黑马拴得远远的，放到了牲口棚的最里边，操，让你们近乎，让你们近乎……他心理酸溜溜的。

一个矫健高大的身影如一道黑色的闪电从身后压过来，那股熟悉的散发着青春气息的味道逼近了，枣红马不知道大黑马怎么解开陶老歪拴的缰绳扣的，反正它的大黑马来了。它昂起高傲的头颅，发出甜美而柔情的嘶鸣……大黑马啊，大黑马，我的神！

陶老歪举起闪着寒光的铁锨，狠狠地铲下去……

枣红马拼命地将大黑马从身上掀出去，一道冰冷的寒光顺着蹄筋风一样地灌满了身体，一股热乎乎的血从腿上风一样地窜出去，一冷一热，如两条吐着红舌头的毒蛇吞噬着它的肌体，吸干了它的血液，使它快速地栽倒在地上，像摊失去筋骨的乱泥不得不砸下去，没有能力再支撑起它完美的身躯。柔软的缰绳立即变成了坚硬的铁索，把它美丽的头扯断了一样的疼痛……大黑马抡起坚实的后腿疯了似的雨点般向举着铁锨的人踢过去，踢过去……

陶老歪捧着血肉模糊、釉色晶莹、质量极佳的大瓷碗一样的马蹄子，跪在地上号啕大哭——娘啊，我的亲娘啊……天杀的陶老歪……

4. 设拳坛传授功夫

陶老歪犯了神经病，不知脑袋瓜里搭错了哪根筋，他一看到枣红马对大黑马和王三秃子露出那种甜丝丝的眷恋，心里就泛起一种说不出来的滋味——既恨畜生枣红马不知好歹，怨枣红马白费了自己的满腔热血和精心呵护，又羡慕只使唤畜生、从不喂养畜生，而枣红马表现出比对他陶老歪好不知多少倍的三秃子，他陶老歪细心调养的宝贝被三秃子和大黑马这两个从不用心从不上心的东西根本不使什么手段就给抢走了，而那畜生还巴不得逃离开他陶老歪。这又极像陶二娃子这狗东西，陶老歪总是把最好的最舍不得的衣服料子、吃食、玩物、钱送到陶二娃子手里，腆着个脸甜腻腻地献殷勤，希望哄得侄子和自己亲近，离不开他才好。他最喜欢看陶二娃子得到那些东西，脸上写满了欢快和满足的样子，再亲切地喊上几声叔叔，心里就乐开了花，快活得不行。但陶二娃子不和他近，跑去和赖五那个死瘟种玩耍，整日里厮守黏糊在一起，也不知赖五有什么神秘的武器，把陶二娃子的魂儿都勾走了。他曾三番五次地问陶二娃子赖五那东西哪里出奇啊，有什么宝贝秘密啊，迷啊魔的。陶二娃子红脸嘟噜地喃喃道，没啥，没做啥，赖五叔喜欢玩……

陶老歪乜斜着陶二娃子，气呼呼地说，记吃不记打的混账东西。放你姚管家那学算账识字，多不赖的买卖，不风吹日晒的，结果……唉。说着叹了口长气，充满了怨恨和惋惜。

陶二娃子转动起玻璃球子一样的大眼睛，一脸的不服气，我天生就不是写字拨算珠的命，一看见它们，脑袋就大，疼得慌。我就喜欢玩，喜欢野，无拘无束多好哇。小捞金那个该死的“小倒卧儿”有什么了不起？看他给姚管家舔腚的那副德行吧，切！

陶老歪见陶二娃子不成形，还极力歪派着做事做人都认认真真的常捞金，气就不打一处来，举起蒲扇般的大手朝陶二娃子扇过去，骂道，自己不争气、不长进的贼娃子！

陶二娃子一扭腰，从陶老歪的手指缝里跑掉了，边跑边回头嚷，再打我，就不回来了，不跟你玩啦。老歪歪……

陶老歪听得心酸酸的。对侄子陶二娃子不薄哇，想吃什么要什么，尽量地去满足，比他死去的爹都热乎，如今满心的希望肥皂泡似的破灭了，他陶老歪能不寒心吗？能不捶胸顿足地流委屈的泪吗？陶二娃子就是个喂不熟的白眼狼！再看看这匹枣红小骚马吧，和陶二娃子一样的让人糟心，又是一个活生生的白眼狼、贱胚子。老天爷啊，陶老歪做了什么逆天的事哟，遇到的老是这些个白眼狼！可怜的一片心哟，热脸总贴到冷屁股上。

陶老歪窝囊死了。

他看出大黑马稀罕枣红马，从大黑马那跳动的步伐、飞扬的鬃毛、甩动的大尾巴及频频仰起的头颅和闪光的大眼睛里，都能够透彻地看出大黑马骚动的心和奔腾的血液，这个健美的黑家伙无时无处不展示它的高贵、它的健壮。听听它那动情的叫声吧，比叫春的猫还要热烈奔放，边俯首嘶鸣边把蹄子蹄得咚咚响，是一种张扬的展露和叫嚣，是一种力量的显示和表演。别的马在它的映衬下，显得猥琐不堪，简直不值一提。再看看那匹俊美的没挑的枣红马吧，闪着透明的玻璃水晶眼，随着大黑马的嘶鸣而顾盼流连，并且把蹄子踏在地上咚咚响，美丽的鬃毛和飘逸的长尾巴缎子一样飘飞起来，像朵盛开的花。每当大黑马把脑袋蹭在枣红马身上时，每当大黑马那黑色的肮脏的嘴巴碰在枣红马那肉乎乎光洁的嘴唇时，陶老歪心里就盈满了酸水，胀得肚子满满当当的，比陶二娃子跟在赖五屁股后面腆着笑脸还难受，还窝心。赖五这坏种终于死了，死在了高高的狐狸岗上，啃了一嘴的泥土，样子却安详得很，得到了什么最大的满足一样。陶老歪心里轻松得不得了，他的陶二娃子这回可以回心转意了，可以回头想起亲叔的好来了，可以围在他身边小鸟一样的欢叫，小猫一样的乖巧玩耍了……但陶二娃子并没有回来，领着三尖子、四笊篱一帮小混蛋疯去了，成了头儿，长硬了翅膀飞走了，不再理会他这个知冷知热的叔了。陶老歪怒气填膺，心中委屈得不得了……陶老歪把那匹健硕的大黑马拴在牲口棚的最里面，离枣红马远远的，并且把缰绳扣拧得死死的，心里想看你个畜生还疯不，叫你张狂叫你浪！恨恨地乜斜了眼神色有些颓废的大黑马，一脸的坏笑，阴阴地说黑家伙，看你有劲使去呗。嘴里哼着叽叽歪歪的小曲，披散着褂子一步一步地走了。

陶老歪歪斜在卷起的被子上想心事。一想起不近人情的陶二娃子和枣红马，心里就起急，躺也不是，坐也不是，苦苦躁躁地折磨着折腾着。屋外一阵噼里啪啦响，惊得陶老歪从炕上跳起来——大黑马骑在枣红马身上畅快地做那事！竟然啊做那事！没有废掉男子汉的骄傲前，别说看到交配，即使像大黑马对枣红马那般调情煽情，陶老歪都会把裤裆支撑得胀胀的，现在，他看到心爱的枣红马被那黑大个儿压在身下，脸上流露出满足的神态，心里如同失去了什么宝贝。陶老歪只觉得自己的心里哗啦哗啦一声，打翻了五味瓶，酸甜苦辣咸拼命地搅和在一起，一股冲天的怨气冲撞得他站立不稳了。狗日的大黑马！陶老歪抄起门口那柄磨得发亮的铁锨，向大黑马肥硕的流着油水的臀部铲去！

狗日的赖五死了，陶二娃子没了主张，不会再跟着赖五屁股后转了。狗日的大黑马伤了，枣红马就没了依靠，也不会再浪起来。

陶老歪是把喂牲口的好手，不仅草料弄得细碎，拌得均匀，马棚牛栏里也收拾得干干净净的，没有冲天的屎尿味，总会撒上一层干干爽爽的土，既保持了牲口棚的洁净，也给牲口们提供了一个良好的环境。那把锃明瓦亮的铁锨就是个很好的证明。闲暇时，陶老歪总是耐心地用鞋底子、树枝，甚至用块棉布去打磨、擦拭那把锨头，不使它沾上一丝土星，更不用说让它上面生出斑斑铁锈了。擦拭得干干净净的铁锨锋利无比，用起来唰唰地发出轻松的声音。挺脱啊，飒爽啊！成为大伙儿夸奖陶老歪的词语——瞧陶老歪那把铁锨吧，亮得出奇，快得出奇！

枣红马用力地一撅腚，把骑在身上的大黑马掀到了一边，还没来得及扬蹄出去，那铁锨，陶老歪引以为豪的铁锨头没有打一声招呼，风一样地斩断了它的腿。枣红马哀婉地看了眼凶神恶煞样脸都变了形的陶老歪，轰的把身体砸向地面，溅起那层干爽的土雨。陶老歪扔下手中的凶器，几乎与它同时瘫软在地上，捧起它的半截腿和乌黑的蹄子，嗷嗷地哭起来……

大黑马一阵暴风骤雨地踢踏，并没有伤到人，看到心爱的枣红马山一样地倒塌了，灰灰叫着跑过来问询。它看到拿着寒光闪闪铁锨铲枣红马的那个人跪在地上大哭，手里捧着血肉模糊的马蹄子，愤怒地扬起前蹄张开了大嘴，向地上的人踩踏下去，撕咬下去……

啪——身上疼疼地挨了一下。人们围拢上来，牵住了躁动的牲口，大黑马咴咴嘶鸣，脚踏得嗒嗒响，不愿离去，但人们举着长长的棍子，拉着坚硬的缰绳，把它弄走了……大黑马流泪了，在关键时刻，可爱的枣红马把它甩离了危险，勇敢地冲了上去，接受了那风一样锋利的伤害……大黑马那个恨啊，恨自己贪婪，太不小心，竟没有注意身边的危险和杀气腾腾的陶老歪……大黑马稀罕枣红马，枣红马稀罕大黑马，两情相悦，与陶老歪有何关系呢？陶老歪那份照顾的体贴、细心哪里去了呢？人啊，你怎么那么难以琢磨？嘴上说得甜蜜蜜的，心里却装着杀人的刀子。忠厚的表面掩住了狰狞的狠。陶老歪的草料细碎，滋润甘甜，不扎嘴，不磨牙，多好的人啊，凶起来，怎么会变成恶鬼呢？大黑马思索着……可怜的小枣红啊，一支刚刚盛开的花朵还没来得及绽放出浓郁的芬芳就夭折了。多么漂亮的小枣红啊，那俊美的线条，透明的毛发，亮晶晶的眼睛，青春的气息，都成为一个永恒的梦……

大黑马低垂着头，前蹄不停地踏着地，扬起漫天的尘土……

对陶老歪的荒唐行径和凶残的手段，人们觉得可笑又可气，吃饱撑的，拿不会说话的牲口发脾气，下死手，唉。

东家胡长顺咚咚地敲击着文明棍，要把地捅个洞的架势，一脸的怒气。八成陶老歪要栽了，被赶走了。人们想。

陶老歪捧着血肉模糊的马蹄子哭得天昏地暗，嘴里含含糊糊地念着马儿啊马儿，我不是故意的。我稀罕你，稀罕死你，怎舍得啊……腻腻歪歪的。把人们都乐坏了——这个废物点心还稀罕牲口呢，把枣红马当娘们儿哩。

牲口棚里变得嘈杂，乱哄哄的。

好了。死了爹娘也没见你这么伤心流涕。东家大喝一声，止住了闹心的嘤嘤嗡嗡。把枣红马送到刘二肉铺去吧。陶老歪等会儿再和你算账！

人们吆五喝六地上前揭动躺在地上的枣红马，按东家的吩咐送到肉铺去，赶着马匹还没流干血卖个好价钱。陶老歪一把搂住枣红马的脖子，号啕着，杀了我吧。我的马儿啊，我赔你命！说着，脑袋就往石槽上撞……

疯了！东家胡长顺一拐杖敲在陶老歪的脑袋上，捆起来！

被绑在树上的陶老歪仍然哭泣着，满脸的泪水，满脸的悔意，脑袋撞得树咣咣响——我该死，我的马儿啊……我不是故意的……我的亲娘啊……天杀的陶老歪啊……

东家并没有怎么严厉地处理陶老歪，这让许多人很失望。在人们观念里，陶老歪即使不被赶出胡家大院，也要挨罚，赔偿马匹的损失，还得挨顿鞭子。牛马骡子，可是大牲口，金贵得很哪。但这次东家既没把陶老歪撵走，也没有惩罚他，而是让陶老歪窝在屋里去好好反省半天，走与留，让陶老歪定。陶老歪顶了一脑袋草料花子，歪歪斜斜地走出来，跪在了东家的脚下，坚定地说，东家，大恩不言谢。我陶老歪生是胡家的人，死是胡家的鬼，哪里都不去，精心伺候东家的牲口。再有歪心眼，天打雷劈！

东家咧咧嘴，无奈地摇摇头，好好干活去吧。看到陶老歪千恩万谢地走了，东家长长地叹了口气，自言自语地说，也难为这长工了，就当是小马驹子踢伤他的一个补偿吧。老歪和这枣红马扯不清，都是命啊。

人们纳闷极了。常捞金说谁敢和陶老歪比一比对牲口的耐心、精心、细心？你吗？还是你？你们行吗？

没有人敢答应。确实没有一个人能比得上陶老歪伺候牲口的本领，大家口服心服得很。

常捞金回到狐狸岗的第一件事，就是跟东家胡长顺商量设拳坛，传授强身健体的功夫，把村民和长工们组织起来，组建护村护东家的队伍。

胡长顺微微地点点头，长叹一声说，世道乱了，小鬼子闹得凶，前方上打得紧呢，说不定哪天进了村……二管家和潘老先生都是高手，设拳坛的事你们尽管张罗。又对着姚百里说，姚管家负责把土围修补好吧，该加固的加固，该堵齐的堵齐。

常捞金觉得东家真英明。姚百里说东家，拳坛设在哪里好啊？以潘老先生的名气，将来投奔的人准少不了，地方憋屈了，闹不开不好吧。东家拄着文明棍寻思了会儿，抬眼看看常捞金，又瞅瞅眯着眼在椅子里养精神的潘老头儿，做决定说，狐狸岗村的娘娘庙地方是小些了，就把胡家对门的那十几户房屋拆掉吧，多给补偿，不让老百姓吃亏……又摆摆手说，姚先生找人家商量商量去吧。二间的给盖三间，三间的给盖四间……把西围子往外多弄出几十米，路也修齐整了……

谁也没想到东家会如此盘算，不仅支持设拳坛授武艺，而且设计规划好了地方，迁一批住户去村西。村西的地最肥，是老胡家的宝地。姚先生张张嘴，想问东家真的打算好了不。眯眼养神的白发白髯老猫咪伸伸腰，挑起了大拇指说，东家有眼力！常捞金他们把目光对向了潘驼背儿。东家胡长顺捋着胡须呵呵地笑起来，知我者，潘老也。不再说话，目光炯炯地看着潘驼背儿，脸上泛起淡淡的微笑。

潘驼背儿用手撑着椅子扶手，将身体蜷曲到里面，把白眉白髯遮掩的脸仰起来得意地说，东家的眼光长远啊。胡家大院前街道太窄，视野不宽，万一遇上事，四个角的炮楼发挥不出应有的作用。若有人占据了对面的房屋，等于堵住了胡家大院的门，成为敌人防守进攻的阵地。村西围子虽有，但最薄弱。那里的房屋低矮，人家稀少，不利于防守西部。把这部分人家迁过去，不但充实了西部的力量，也活跃了西部的人气，东家再三强调把路修平整了，就是规划西部的格局，和村中、村东、村南、村北相通，形成一个整体……

哈哈哈。姚先生指点着潘老头说，东家是嫌你家的地方不热闹哇。

东家胡长顺抿了口茶，慢慢盖好茶碗盖说，姚先生理解人哪，咱不能图咱自个儿热闹，让人家潘府闲着哇。真正意义上，土围子外移，剩出更多回旋的余地，将来有盖房搭屋的就在西边闹吧……

常捞金不得不佩服东家的眼界了。

房屋拆迁得非常顺利。胡家大院门前显得宽绰起来。对着胡家大门起了五间朝西的砖包柱板打墙的房，就是房子的四个角用青砖从底到上包着皮，墙是用土夯成的，冬暖夏凉，结实耐用；中间那间门楣上挂着一块白底黑字的匾牌，上书几个拳头大的楷字——狐狸岗拳社；门口挂着两块结实的松木牌子，白底红字，左书——保家卫民健身体，右书——扬法护心斗恶疾。屋子里摆着一个硕大的檀木香案，香案上方悬挂着一幅《关武圣夜观春秋图》——关老爷眯着丹凤眼，一手轻抚五绺长髯，一手执《春秋》，身后挺立着那柄锋利的青龙偃月刀，烛光明亮地照耀映衬着关老爷的伟岸。香案上摆放着烛台、香炉和供品。在香案的两侧依墙排列着刀枪架子，架子上插满了刀枪剑戟斧钺钩叉等十八般兵器，一片杀气腾腾。挨门的地方，两侧摆着几把榆木大椅子和几条槐木长板凳。香案下面放着十几个包着黄布皮的跪垫。屋子里收拾得干爽洁净，四壁粉刷得雪白透亮。檀香袭人，净化灵魂。另外四间屋，有两间是放满板凳的教室，前边墙上挂着水泥抹成的黑板，黑板下面放着一个课桌，有一股浓浓的墨汁香气，榆木、槐木的板凳散发着新木头特有的苦味，另两间则是大通铺宿舍，一拃厚的柏木板上铺着柔软的谷草，一进门就能闻到阳光揉入谷草的甜丝丝的气息。

屋前铺垫了一层厚厚的柔软的黄细沙，和胡家大院门口的青石路形成鲜明的对比。这就是练武场。练武场的中央砌着三级台阶的一个站台，中间竖起一个十来米高的旗杆，上面飘扬着青天白日满地红的旗帜，随风猎猎地响着。

东家胡长顺满意地笑了，开心地用文明棍点着沙子地踏了几步，瞅瞅旗帜，又瞅瞅练武场，对常捞金竖了竖大拇指，回转身向村外望了望说，万事俱备，只等张县长了。他老人家大驾光临，咱这拳社就锦上添花喽！

陶二娃子呼噜呼噜地飞跑过来，兴奋地喊着，东家，来了，来了！

一片尘土里，古皮城县县长张甫臣坐着绿色的吉普车被马队拥着进了狐狸岗村。张甫臣是个矮胖子，长得白白净净的，戴着一顶黑呢礼帽，穿着丝绸的红格红花马褂，也提着一条乌黑发亮的文明棍，比东家胡长顺只是在胸前多别了块青天白日党徽和一条金光闪闪的怀表链子。那马队是清一色的枣红马，浑身洁净发出红火烂漫的光彩，精精神神地喷着响鼻，甩着尾巴，高仰着头，威武得很。那些当兵的穿着崭新的灰布军装，带着镶有党徽的大檐帽，斜挎着两把德国二十响净面盒子炮，威风凛凛，杀气腾腾。这比起穿着杂七杂八服装的胡家大院的护卫来，不知要英俊挺拔多少倍。常捞金看到胡家大院背枪的人矮小起来，没了精神头。但他的拳民们黑衣黑裤黑靸鞋白纽襻，一拃宽的功夫带勒紧了腰身，整齐有序，个个士气高昂，摩拳擦掌的，透出练武人的豪气。

张甫臣笑哈哈地走上前去，一把抓住了东家胡长顺的手，不错，不错，不错嘛。

胡长顺赶紧哈下腰，满脸的笑容，哪里哪里。张县长百忙中赶到小村出席拳社典礼，是我村的大荣幸呀。

张甫臣被众人拥着进了拳社，对着墙上的关公拜了拜，把胡长顺点燃的三支高香接过来，插到香炉里说，关公春秋义，健身保家乡。多好哇！

当走进教室时，张甫臣被浓浓的墨汁和一屋子的木香气熏得打了个喷嚏，一脸的不高兴，扭头问胡长顺，还要上课吗？

胡长顺哈哈腰，都是穷棒子，需要开化开化。走向讲台，从讲桌里拿出几本书，双手捧到张甫臣的面前，唯唯诺诺地说，三民主义是个宝，全民谁也离不了。甫臣县长旨意高，安邦定国计最妙。

张甫臣拉着个脸，随手翻动了一下，发现有他的那本《三民主义古皮行》，微微点点头，马上换上了笑容，鄙人是孙先生的学生，深知三民主义救国真理。只是苦于才疏学浅，弄得浅薄了些，浅薄了些……

胡长顺几乎把嘴角扯到了耳朵根儿，高兴得什么似的说，县长谦虚，县长谦虚，我等学县长的书，如获至宝，受益匪浅呐。这是拳社负责人，我的管家常捞金。胡长顺把常捞金介绍给张县长，说给县长大人背背。

常捞金心里说什么狗屁文章啊，但还是挺挺腰板，大声朗诵起来——天苍黄，地苍茫，千年古城迎中央。孙总理，好主张，三民主义放光芒……

好，好！张甫臣对滔滔不绝地背诵他大作的年轻人很是赞赏，拍着双手直喊好。

常捞金立即鞠躬，朗朗地说——县长大人诗文佳，全县人民无不夸。感谢我们胡东家，宝书及时送到家，又长知识又长劲，皆是县长心胸广，领导全民强又大！

这更让张甫臣心花怒放，对着胡长顺满意地笑了。一伸手，从副官小黑胡子手里接过一个红丝绒小盒子，轻轻打开，是一枚青天白日徽章。这副官小黑胡就是前阵子来狐狸岗索要财物，被东家轰走的那个古皮城县府的。张甫臣笑呵呵地双手拿出那枚徽章给胡长顺别在衣襟上说，胡老弟，从今日起，你就是咱狐狸岗镇的镇长了。

好！人们热烈地鼓起掌来。

胡长顺有些激动，拉住张甫臣的胖手一个劲地鞠躬，谢谢县长抬举，谢谢县长抬举。胡某一定不辜负县长大人的栽培，唯县长马首是瞻，为党国鞠躬尽瘁，死而无憾……

张甫臣爱惜地用胖手轻轻拍打着胡长顺的手，革命尚未成功，同志尚需努力嘛。

胡长顺鸡啄米样地点着头，属下明白，属下明白。顺眼瞟了下常捞金。常捞金明白东家是暗示他赶紧准备银子，打发这贪婪的瘟神尽快离开……常捞金微微一笑，回答了东家。

对于张甫臣，常捞金是有所了解的。张甫臣是古皮城大户，依仗老张家的祖荫，买来的这个县官。一提起他，人们就会想到或提起被了三大师戏要的他为富不仁的祖先——张大户，在对张大户一阵嘲弄后，就想到这小子的坏来，真是大眼贼（大地老鼠）生豆杵子（小地老鼠）——一辈儿不如一辈儿，更所谓老猫坐房檐——坏毛病辈辈往下传哪。张甫臣在贪财好利、荒淫无耻上更胜过老祖宗，买官支撑起门面不说，这小子还别出心裁地喜欢吃“铃铛面”享受美好生活。何为“铃铛面”？就是用奶水足的年轻女子擀杂面。大夏天日晒人躁的时候，把喂养孩子奶水足的、模样俊俏的小媳妇弄到府里，先洗净身子，然后推进厨房里，光着身子给他擀杂面条吃。杂面是绿豆面做成的，面杠得很，不怎么吃水。太软了，成不了个儿，就做不出面来。张甫臣非常注重水的添加，有规定的水量，多一勺也不行，而且有妇人看管着，偷不得懒，使不得诈。那杂面擀起来坚硬无比，不出几身汗是不行的。小媳妇们正奶着孩子，刚刚从生孩子的关口里闯过来，又没有好的营养，身子一个个虚得很。额头上，胸脯上，不汗流成河才怪呢，加上乳房肿胀，边擀面边往外喷出鲜香的白奶来，喷洒进杂面里，使杂面变得松软水润起来。那奶子随着上下左右的使劲，咣当咣当地颤动，像两个丰满暄腾的大铃铛，甩动晃动的同时，奶汁会源源不断地撒进面里。张甫臣吃着富有奶香的面条，滋润得神仙似的。但凡长得俊俏的，就被带到他的屋里，张县长贪婪地趴进女人的怀抱里美美地吃上顿鲜奶……

张甫臣不仅有权有势，出手也大方，那些小媳妇们即使闹起来，他总会很快也很好地摆平事情。人们恨透了他和他的铃铛面。

载着一个装满银圆箱子的汽车吐了口屁走了，常捞金对着烟尘恨恨地啐了口唾沫。

东家胡长顺摘下那枚青天白日徽章掼在地上，气哼哼地骂道，老子才不稀罕这破玩意儿，不稀罕这个破镇长！抬脚就去踩扁那翻着滚打着跟斗的徽章。

姚百里制止住，不必，不必。东家有了镇长这块金字招牌，腰杆子更硬了。

常捞金愤愤地说，一箱银圆，便宜了狗东西。哪天给弄回来吧。

潘驼背儿哈哈笑道，小家子气了，孩子。一箱银圆能换个镇长就不错了。中午再在胡家弄顿铃铛面，就麻烦了，也更现眼哩，还不气炸你的肺？

胡长顺一屁股歪进春秋椅里，用拐棍狠命地戳戳地面说，用银子、用铃铛面换取一官半职的多了去了。现在，那混账东西不知又跑到哪里去糊弄人去了呢。当官的没一个好东西，他们只认黄白之物，有他娘的几个干正事的？官帽在他手里捏着，想给谁就给谁，谁给的银子多就给谁个大的戴。狐狸岗镇，狐狸岗镇，屁大的地，都是老子的地盘，还用他来封赏吗？糊弄鬼呢，哈哈哈……

常捞金捏紧了拳头。

5. 陶二娃子造反

拳社办得非常红火，人越聚越多。狐狸岗周遭村子里的年轻人几乎都加入了这个组织分明、纪律严格、传授武功正规、气氛严肃的拳社。

陶二娃子属于人前疯、爱凑热闹的主儿。他一改开始撇着嘴叉子直嚷小孩儿过家家、糊弄事日咕人的看法，觍着脸央求铁虎子把他编入拳社第二坛。铁虎子对嬉皮笑脸的陶二娃子很是抓了会儿头皮，挖苦道，陶二爷啊，这糊弄人的事还是别掺和了吧，免得坏了你的名声。陶二娃子玻璃眼珠子叽里咕噜地一阵乱转，打着哈哈说，咱就是一臭长工，除了给东家扛活，哪有什么名声？虎子哥才是活计一把手，脑筋活泛，名声在外呢。铁虎子不喜欢陶二娃子见风使舵顺竿爬地奉承，马上打住他说，得得得，少拍少拍。真愿意来吗？陶二娃子就差竖起手指对天盟誓啦，嘴巴干脆脆地说，愿意愿意。铁虎子虎起脸，一副正儿八经的态度，入社也不是想来就来想走就走的随便事。你必须要长辈领来申请，做个证，说明家里同意你的想法。二是征得东家批准，把活计安排妥当，不能耽误手里的活。三是分谁的坛入谁的组，常二管家负责分配，潘老头儿点头才行。你想加入我的坛口，我说了不算。这是规矩。陶二娃子吐吐舌头，操，这么多章法啊。铁虎子正色地道，就凭你出口脏话，也不能收你。入社第一件事，要学习拳社纪律，随心所欲，把这地界当作拜把子拉山头的是要被开除的！陶二娃子脸色青一阵红一阵的，想对这些破鸡巴规矩烂鸡巴章法恨恨地牢骚几句，顺便吐出几个鲜活的脏话来痛快痛快——都是他娘的臭长工，少在老子跟前装大头蒜，也少玩他奶奶的哩个儿楞。陶二娃子最终还是咬紧牙关，把那些心里话咽进了肚子。有什么事，咱一定按照吩咐做，不马虎。

陶老歪自从铲掉了枣红马的腿，心里一直有片阴沉沉的天。按胡家大院的规矩，他是注定要被扫地出门的，还得赔钱；如果到了李家，铜脑袋会砸折他的腿，没有好结果，但东家没有惩罚他，念在他服侍牲口多年，有本事，轻描淡写地揭过了这一页。但陶老歪一直不能原谅自己，常对着那枣红马的马蹄子发呆，心里总是不停地祷告，我的马儿啊，我不想伤害你……他将马蹄子煮熟、硝好，使之成为一个不腐烂不变形不变色的摆件，放在他的土炕上和他做伴儿，有事没事地摆弄，做着一千遍一万遍的忏悔，把心事和工夫全用在精心喂养牲口上，以减轻对枣红马的愧疚，表达对东家的感恩。他将大黑马牵到枣红马待过的地方，身边安排了两匹英俊秀气的骒马。大黑马看见他，总是扬起头颀灰灰地嘶叫，长长的鬃毛和尾巴愤怒地飞扬起来，四只蹄子不安分地踩踏着，随时有冲上来用嘴巴撕扯、用大长脸撞击、用铁蹄踩踏他的欲望。陶老歪长长地叹着气，将手轻轻抚摸着大黑马的脸颊，喃喃起来——大黑啊大黑，对不起啊，我陶老歪不是人，不该和你争夺可人的小枣红……把对枣红马的洗刷工夫和耐心都用到了大黑马身上，马啊马，大黑啊大黑，小枣红早走早托生，省得拉犁拖耙拽耧驾车地受罪啦，我多想那样子啊去躲清闲哟……泪水再次弥漫了陶老歪的视线……

陶二娃子在陶老歪用铁刷子给大黑马细心清理缎子一样光滑柔软皮毛的当儿，风风火火地闯进了牲口棚，听到叔叔正和大黑马说话，夸奖大黑马懂事乖巧，长得威风凛凛，一身的好骨架子……就笑眯眯地亲切地喊着叔叔，说怪不得人人都夸你有本领呢，对哑巴畜生比对孩子还好哩。就想用手抚摸大黑马那高傲的黑脸。

大黑马灰灰地叫着，扬起头，乜斜着陌生的陶二娃子，把高高的身躯向陶老歪亲密地靠近。

陶老歪终于松了口气。大黑马在他的殷殷感召下原谅了他。陶老歪用大黑马那样的眼神乜斜着陶二娃子，没事不会这么殷勤地喊叔叔吧？你还真的不如大黑懂事呢。亲切地拍拍大黑马的鬃毛，大黑马点点头笃笃地走开了，扎进马群里欢快地嬉闹去了。

陶二娃子堆满了笑，语气慢下来说，哪里哪里。没事就不能来看看亲叔啦？边上前亲热地应承陶老歪，边从怀里掏出一包旱烟叶子来，叔，这是河西的烟叶子，孝敬叔的。

陶老歪把乜斜的眼睛放正，接过烟叶子行家一样地闻了闻说，你小子准有事求着叔，鬼心眼子再多也逃不过叔叔的眼。说吧，吗事？

陶二娃子嘻嘻着将铁虎子要求入社的条件说了一遍。陶老歪停住脚步，一脸严肃地说，拳坛规矩多，开办得红火，确实是个好去处。瞅瞅眼珠子叽里咕噜转的侄子，叹口气说，你个不省心的玩货啊，啥时能放下那些不着道的烂心思，跟二管家、铁虎子他们一样踏实起来哟……

陶老歪迎着阳光走出了胡家大院的门。这是他最近一段时间第一次走出来。看到众多穿黑挂皂的年轻人在练武场上活动，一招一式挺带劲，用力出招的哼哈声此起彼伏，脸上挂满向往和赞许的表情。其实陶老歪并不老，四十刚挂零的样子，依然有颗年轻的心。不是他自己作践自己，做出那等事情毁了家什失去了底气，他也可以大摇大摆地参加进某个方队某个坛口伸胳膊踢腿的，把周身的气息顺着四肢的动作迸发出来……陶老歪看看自己的手，重重地叹了口气。他的手上沾满了大黑马的细绒毛和一层草料末儿。他昂起头对侄子说，多气派啊。好好努力吧，练出好身体，养成好习惯……

常捞金对陶二娃子有很大意见，心里不怎么赞成这个杀狐狸、做贱人的混账东西加入拳社，心想千万别一粒老鼠屎坏了一锅汤。但对陶老歪的央求又不能等闲视之，微笑着看着陶老歪，又把目光扫向了卧在椅子里白眉白髯的师父。潘驼背儿热情地拉过陶老歪的手亲热地说，都是老弟兄了，知根知底，收了，收了。不看僧面看佛面啊，老歪兄弟乃天下第一喂养高手，岂有不给面子之理！陶老歪感动得有些不自然，脸涨红起来，话也说得模模糊糊的，大师瞧得起，高抬高抬……

常捞金对陶二娃子严肃地说，家有家规，帮有帮法。拳社有纪律，不能坏了规矩。找铁虎子报到去吧。一切按坛主的命令行事，不得违背哈。

陶二娃子险些儿高兴地蹦起来，一脸的媚笑，不愧是打小玩的好兄弟，我就知道捞金弟弟会收我的。小时候，哥可没少教你逮蝈蝈捉知了的本事呢……

陶老歪一巴掌拍在陶二娃子后背上，厉声地说，二娃子，没大没小的，注意你的身份，怎么跟二管家、大社长说话呢！

常捞金哈哈大笑着拉起陶二娃子的手，异常亲热，二娃哥说的没错，打小光屁股的交情哪。二娃哥，这圈孩子里数你最聪明、会来事，希望你在拳社干出个样儿来！

一定，一定！陶二娃子啪的一个立定，东颠颠地跑了出去。

沧州这地界自古尚武，流传着各式各派的武功，门类众多，拳式迥异。各村各镇都有或大或小的把式房来传授、传播不同门派的功夫，以达到强身健体、保护家园的目的。狐狸岗是沧州南边一个重要的粮食基地，农闲时人们聚在娘娘庙的广场上伸胳膊踢腿地练习着，规模不是很大，练的是披挂拳。师傅是狐狸岗胡家大院主事潘驼背儿。披挂拳分披挂、青龙、飞虎、太淑四路，此拳的劲力核心是“通备劲”，大开大合，猛起猛落，辘轳翻车，如珠走盘。其劲力集中于“吞吐开合，起伏拧转”，其风格为迅猛剽悍，大劈大挂，起落钻伏，伸收摸探，拧腰切胯，开合爆发，双臂密如雨，披挂赛抽鞭，势如江河流，一泻千里。都是庄稼人，天生抡锄杠、抛扬场锨、甩牛鞭子的主儿，有的是力气，对于开合爆发有某种意义上的契合与理解。所以学起来可谓得心应手，进展很快。但真正能够把力道和姿势融于心贯于脉的高手并不多，多为强身健体的花架子。当然也无多少人真正知晓潘驼背儿这个白发白髯的老头儿已经将八卦、燕青、八极、六合、功力等拳式都糅合在了一起，是个“拳儿通”，绝对一等一的武术大家。人们只是好奇，这弓着身子塌着腰的白毛老头儿使出拳脚来呼呼作风，或龙或虎，威风凛凛，只见眼前一片白茫茫的影子，听到拳脚嘭啪劲响。人们多希望也练就潘师傅样的功夫啊，就心服口服地跟着潘老头儿练巴起来。

外行看热闹，内行看门道。四庄八坛的练家子都清楚潘老头儿的底细，可不是浪得虚名的花架子，是真功夫哪，也服气得很。狐狸岗创立拳社的一封密帖一到，各家师傅们一呼百应都集中到了狐狸岗，并痛快地接受了潘老头儿和他徒儿常捞金的安排——分坛练习，集中培训，其目的就是把众多农家子弟的胳膊、腿脚练熟了，承担起保家卫民的重任。武林人有个最大的优点，铮铮铁骨，侠肝义胆，崇拜功夫，不惧生死，在日寇屠刀逼近时，没有人当缩头乌龟！当人们跪倒在武圣关老爷脚下焚香起誓时，胸中点燃了冲天的豪情。当人们坐在武圣关老爷身旁倾听着聚团立社的重要性、紧迫性时，心里燃烧起杀敌守土的烈焰，感到肩头担子的沉重。为国杀敌，为民请命，不仅是千载难逢的机会，也是武家的根本。当血酒端起来，热血早已沸腾，内力急速涨满的各家师傅齐声呐喊——保家卫民，永不后悔！把个偌大的练武场震得瑟瑟发抖。

像狐狸岗这样聚集众多门派同时传授功夫和武道的拳社，规模宏大，场面热烈，人员众多，可以说前不见古人、后不见来者。胡家名声大噪，东家胡长顺富而不骄、为富有仁的形象比高高的狐狸岗还要高大厚实。老东家胡树海拄着拐棍在胡长顺的搀扶下，遮着阳光看得眼睛模糊起来，心里美滋滋的，对儿子胡长顺竖起了大拇指，顺子啊顺子，有你的！比爹强！给祖宗露脸啦！

胡长顺伏在胡树海胸前说，是爹教育的好，爹教育的好。咱不能当关门的地主大户哇。

胡树海一脸的满足和灿烂，点头称是，好好利用潘老头儿他们吧，别舍不得。舍得舍得，没舍哪有得呐。举起拐棍一抡，把练武的队伍全划了进去，连说几声好，嗓门洪亮起来，像受了练武场真气的传染，身体更加轻盈清爽起来，精神大振地说，年轻介老子也练过哩。学的是查拳。查拳讲究“劈砸豁打查，紧跟快打滑，摸膀挤靠胯，摔打推拿化”呢。说毕，搂着雪白的山羊胡呵呵笑起来，骨头老棒子喽，只有看的份儿，没要的劲儿喽。用拐棍一指常捞金那队，满腔的热情，行家里手地说，他们练的是八极拳。八极发劲刚猛，跃进中以势险而夺人，进击中以节短而取胜。其招数，以挨、崩、挤、靠、戳、撼、顶、抱、裹、挂、突、击为主。动如绷弓，发若炸雷，三盘连击，八节并用，势动神随，急如闪电呐。其动作，取十大象形：龙、虎、熊、鸡、猿、鹏、鹤、鸵、蛇、鹿。发招进手，以气催力，声助拳成。厉害啊厉害。

听得胡长顺精神抖擞，看得胡长顺眼花缭乱。他说爹咋能懂这么多呢？说得头头是道。

胡树海满脸的亢奋，指指白发白髯佝偻身子指挥练武的潘驼背儿说，没吃过猪肉，还没见过猪跑吗？都是潘老先生点拨的呀。这才是武术大家呢，见识多，操练多。我胡家得此人，也是祖上有德啊。说着长长地感慨一声，富贵险中求，守护富贵更难呐。不舍不得，不舍不得哟。又指指董村董海岭那队煞有介事地说，老董家练的是八卦拳，根深蒂固，世代相传，不可小觑呐。胡长顺忙问，八卦拳也是象形拳呗？胡树海激动地白胡子乱颤，中国功夫皆是源于各种动物的形体动作，取其精华去其糟粕，研磨而成。八卦拳具备了八种形体，即狮、麟、蛇、鹞、龙、熊、凤、猴，各形又有侧重，贯穿于八卦六十四拳中。这套拳法以拳代掌，以走为主，动作迅速，步法轻盈，腰腿敏捷，六十四拳可左右互换，每式亦可相互衔接，随意变换，虚实莫测。真正的高手是人化为拳，拳化为人，人拳合一，精气神体融于一处。多数的就是练巴个身体，徒有架子而已。真正的高手……胡树海眨巴眨巴小眼睛，看透了什么似的拐杖一抡说，潘老先生、常捞金、董海岭……

胡长顺佩服地点点头，对老东家的点评赞叹不已。爹是行家呢。胡树海轻轻抚摸着胡须说，嘴上功夫罢了，只知其一不知其二啊。

练巴练巴也好，拿起刀枪来利利索索地不怯生死，就不菜啦……

陶二娃子被安排到铁虎子坛中练习查拳。这队伍中多是没有武术底子的人，不讲究调气、劲力、功架之类的练法，以“拿摔”见长，手脚并用，以腿制胜，手到步到同起同落。陶二娃子正聚精会神地跟着铁虎子练习弹腿。弹腿要下盘发招，讲究腿踢三寸不过膝，招式小速度快，上盘进击以劈砸招数最多，力度大，拳势猛。他上扑下踹练得有滋有味，只觉得汗顺着脸颊簌簌流淌，整个前胸后背都湿透了。风吹过来，浑身冷飕飕的，肚子也咕咕乱叫。

陶二娃子心里不是滋味，练功夫再好，也不如师父赖五偷来的鸡鸭肉香，能把肚子填得满满的有力气。他一眼看到老东家、东家在练武场上腆着大肚子、两颊冒着肥腻腻的红光，悠闲自得地比比画画，阳光照在他们柔软光亮的丝绸马褂上，映得眼前一片灿烂辉煌，心里就觉得十分不舒服。陶二娃子想，都他娘的是人，干吗他们吃得头肥肚满的，自己干瘪得像个虱子呢？再看看小伙伴铁虎子边拆解招数边讲解道理，一副志满意得的样子，陶二娃子心里更是屈得慌。铁虎子现在懂那么多事理呢，小时候还不是跟屁虫样地跟在他陶二娃子的腚后边学东西？他陶二娃子是小长工们里最精明的呀，哪个小长工不是跟着他学游泳、学钓蝉、学放羊的？现在看看吧，连那个最笨最丑的小立东都做了燕青拳坛主了，这世道怎么了？陶二娃子肚子鼓鼓的，气得直翻白眼。

课堂上，铁虎子在黑板上写了个大大的“窮”（穷）字，对着台下瓮声瓮气地讲解开来——这是个穷字。我们都是穷人。为什么我们受穷？穷，就是我们必须住在低矮的破草屋子里，把身体弓得像虾米一样不能随便动弹，被低矮的破房子压着，身上什么都没有。只要我们把身子一横，把腰一伸，我们就会连破房子都没有了，穷得一无所有……

陶二娃子第一次听到了“剥削”，听到了“压迫”这么新鲜的词汇。他牢牢地记住了铁虎子掷地有声的话语——要想不受穷，就必须把我们的身子直起来，砸碎剥削压迫，成为主人，才能不受穷！

陶二娃子从心底迸溅出前所未有的冲动，像压抑了太久的火山终于找到了爆发点，不爆炸、不喷涌已经不行了一样，举起刚发下来的一柄大刀和三尖子、四笊篱一帮人大喊着革命，革命，造反啦！

陶二娃子感到自己是个英雄，举着寒光闪闪的大刀冲进了胡家大院，恶狠狠的，简直犹如无人之境。看家护院的人急忙躲闪开，支着枪看笑话似的张开嘴巴傻笑，更增添了陶二娃子的勇气。他大喊着造反有理，造反有理！我是无产阶级，要砸碎剥削压迫我们的胡大地主，推翻他的反动统治、反动势力！冲进屋子里，把银圆弄得撒了一地，叮叮当当地响。陶二娃子从东家胡长顺炕上扯过一条色彩斑斓的毯子，铺在地上往上面倒银圆，边倒边声嘶力竭地喊着造反，造反，造地主老财的反！三尖子不管三七二十一，穿上了胡老东家的一身红色丝绸马褂，顺便戴上了那顶黑呢子礼帽，呜呜喳喳地应和着陶二娃子的喊声——造反，造反！

陶二娃子一眼看到放假回乡的二小姐胡彩凤，想起自己多么稀罕这凤凰一样的女子啊，施展浑身本领讨好她，她却将就“小倒卧儿”，不凑合他天资聪明的陶二娃子，连个笑模样都不给……越想越生气，越想越觉得她二小姐欠他的太多，就腆着个笑脸上去就抓胡二小姐，嘴里喷出淫荡的声调——二小姐来嘛，来嘛，二娃子哥从小就喜欢你……

啪，胡彩凤抡起巴掌狠狠地抽在陶二娃子凑过来的脸上，流氓！无赖！

陶二娃子凶神恶煞般举起了大刀，发怒道：不知死的东西，我砍了你……

话还没说完，脖颈子被恨恨地扇了一巴掌，陶二娃子连人带刀叽里咣当地被打出好远，眼前一群小星星闪烁着——

陶老歪叉着腰，怒目圆睁，破口大骂，不知死的货，反天啦！陶老歪拾起扔掉的大刀一下子横在了陶二娃子的脖子上。陶二娃子觉得一股凉气顺着脖腔子迅速地传遍全身每块肌肉、每条神经，再顺着血液直撞脑门子，裤裆里一热，一股热辣辣的尿水不争气地打湿了他的裤子……

东家养活你，给你人模样，你他奶奶的没学会别的，学会造反了。我今天砍了你这不识好歹的私孩子儿，替陶家祖宗除了你这吃里爬外的祸害，除了你这无事生非的狗杂碎……陶老歪怒气冲天，充满了杀气，手上使足了力气……

陶二娃子吓得体若筛糠，话都连接不上了，叔，亲叔，亲爹……饶命……

当——一道寒光飞起来，那柄杀气腾腾的大刀脱离了陶老歪的手，直直地插进了三尖子穿着肥大马褂的腿中央，钉在了红木衣柜上，咣当咣当地颤着。三尖子左手举着包袱，右手捧着青玉花瓶，定定地站在那里发抖，瘫不敢瘫，离不敢离，立也立不住，活生生地挺着那姿势，脸色蜡黄蜡黄的……

屋里屋外挤满了人。人们脸上挂满了讪笑，像欣赏一群猴子吱哇乱闹的表演，继而笑得前仰后合的……

陶老歪拽起吓傻的陶二娃子，一脚踢出了门外，丢尽先人脸哟……

6. 胡家来了几匹战马

胡树海拄着拐棍看着穿了自己衣服的三尖子，人模狗样地可笑极了，哈哈大笑起来，指指三尖子，又瞅瞅众人说，喜欢就穿吧。三尖子穿上老东家的丝绸马褂，丑陋得像过年精心打扮起来的被人唾骂够要烧掉的瘟神，没有一丝光彩，蔫蔫的，瘪瘪的，又如同村北头胡六子铺子里的扎彩人子，挂着鬼脸。

人们哄笑起来。三尖子臊得满脸通红，用宽大的衣袖遮住了脸，难堪得恨不能找个地缝钻进去。

陶二娃子被叔叔陶老歪踢得叮当响，满口袋的银圆长了腿脚一样从怀里、兜里、裤腿里蹿出来，快快活活地翻着身子躺在阳光里伸懒筋，没有一点儿抱怨和悔恨，也没有一点儿同情和怜悯，发出灿灿的光芒，全不理会怒发冲冠的陶老歪与尿臊气十足的癞皮狗一样的陶二娃子。

陶老歪又举起脚丫子准备狠狠地教训躺在地上把脸扎进土里的陶二娃子，被东家吆喝住——不必动气，不必动气啦。

陶老歪恨恨地骂着小畜生活腻歪了，瞎起哄……顺便把身躯向东家倾斜下去，替小冤家向东家求情。

胡长顺一咧嘴巴，慢慢地说，嗑瓜子磕出个臭虫来——吗人都有。一摆手，痛痛快快地大喝道，屎壳郎团屎粑粑——滚蛋吧！看着陶二娃子、三尖子、四笊篱他们依里歪斜颤颤抖抖的狼狈相，扑哧乐出了声。

陶二娃子被剥去了练功服，开除出拳社，安排到积肥、站土围子的活计里接受惩罚。常捞金很是恼火，对陶二娃子他们做出每天积足五车子粪肥，巡视到夜间三点钟的规定，再偷懒耍滑，就被彻底清理出胡家大院。陶二娃子他们把头点得如鸡啄米，满口恨不得答出十个“是”来，满脸的恓惶。陶二娃子心里清楚，不是关键时刻有人把叔叔陶老歪的大刀磕走，此时他早已命赴黄泉找师父赖五报到去了，而有此功夫和力道的，只有下死命令的眼前的常捞金和白发白髯的潘老头儿……

出了陶二娃子造反的事，姚百里、潘驼背儿、常捞金把铁虎子等骨干分子集合起来，对于近阶段的思想工作进行了深入彻底的检查和讨论，并和各坛师傅们研究制定了查队伍查思想查作风、问动机问出处问打算的“三查三问”工作机制，以保障下面学习大刀拼杀技术的纯洁性。

大刀拼杀术是拳社最后也是最有效的秘密武器。二十九军大刀拼杀术是其精髓，是二十九军与日寇在战场上面对面拼杀的有力有效的作战动作的集成。各式拳脚功夫不仅是强体魄的需要，也是运用近战必需的体能训练，是更好把大刀拼杀术运用规范的根本。如果说大刀拼杀术是果，那么各门派的功夫就是枝节，是因。如同功力门派，讲究内功练气、外功练力一样，达到内外合一乃功力，达到强身杀敌合一乃根本。入功力门，武德最重。其基本功讲究德正而行直，德正意纯方可练其功。为了抗战需要和政治大局，必须造就一支德行纯正的队伍，必须把陶二娃子这样的投机者、三尖子那样的利己者、四笊篱那样凑热闹的人从队伍里清除出去，激发斗志，团结一致，把革命的种子慢慢播下去，来不得半点儿含糊和急躁。以不暴露身份和目标为目的，打好东家胡长顺是狐狸岗镇镇长的旗号，做足保家卫民的文章，稳步推进，绝不能犯急躁冒进的错误，更不能暴露真实身份，使点燃的星星之火被扑灭，使革命蒙受损失。

常捞金做了深刻检查，认为在陶二娃子身上过多地看重了少年时代的阶级感情，作为穷人的陶二娃子没有正确理解为何造反、为谁造反、造谁的反，对其缺乏必要的疏导、帮助和警惕。

潘驼背儿一脸的惭愧，腰弓塌得更厉害了，说常捞金开始是不赞同收留陶二娃子的，是我老潘头儿没认识到事情的复杂性，暗示了常捞金可以团结一切可以团结的人。革命队伍里需要年轻人，需要热血的年轻人呐。陶二娃子却……

姚百里说，现在不是追究责任的时候，也没有造成什么后果。大家看笑话一样地看待这件事，对东家也没什么伤害。但给我们提了个醒，革命需要讲究方式方法，不能头脑发热不计后果，把组织纪律放到脑后去。革命是滚滚洪流，泥沙俱下是肯定的，这就要求我们时刻绷紧头脑中的弦，对每个同志的思想行为都要及时清醒地掌握，不急躁，不舍弃，为革命多预备种子！他用力拍拍铁虎子的肩头，辛苦你们了，铁虎子同志！我和常捞金仍然是胡家大院管家，老潘同志仍是胡家大院护院队总统领。有些事，还需要你们多做……

铁虎子一个立正，严肃地说，是！我会按党的纪律执行的。团结一切力量，提高警惕，努力工作，随时接受党组织考察！

陶老歪内心急剧地翻腾着，看到陶二娃子老老实实地装牲口棚的粪便、杂料的样子，心里很不是滋味，恨这狗东西不像常捞金、铁虎子那般孩子们听大人招呼，跟着个赖五瞎折腾，结果什么也没长进，学会了偷懒耍滑，学会了吃喝嫖赌，一身的坏毛病；又心疼陶二娃子那副干巴身体干不动这么累的活计。陶老歪看着陶二娃子撅着个腚吭哧吭哧地用他那把爬满铁锈的脏兮兮的锨弄厚厚的积肥，他把对侄子的恨意稀释了好半天，才从屋子里拿出自己那把锃明瓦亮的铁锨递给陶二娃子，把小木轱辘车推向了牛棚那堆儿——孩儿啊，不省心的孩儿啊。一滴泪爬出眼眶。

陶二娃子玻璃眼珠子快速一转，马上明白了叔叔的心意，抬起脸亲切地喊了声，还是叔最疼人。

马粪、驴粪是何等的粗糙，草料没有经过马、驴耐心地咀嚼和倒磨，粪便缺少在胃肠里适时地搅拌，稀薄无力。都说驴粪球子外面光，里面没有多少内涵，一沤一倒腾就成了草沫子，凝不成团，积肥效果不大。牛粪却不同，厚实厚重。经过了反复的反刍和消化，草料里融入了许多微生物，慢慢磨合碎了，弄的细致化了，增添了许多油分，一坨粪就是一坨肥，可以掺进好多土，积起肥来多少弄些水就能发酵成好肥料，省心又省力。

陶老歪捡起陶二娃子的锈铁锨，没说什么，蹲在牲口棚前的阳光里低着头踏踏实实地用千层布鞋底子刺刺地蹭了会儿，又弓下身子用铁锉刺啦刺啦打磨着，样子很安静。

三尖子含含糊糊地嘟囔起来，操，亲不亲，打断骨头连着筋。有个叔，是他娘的好呢。

陶二娃子一瞪眼珠子，三尖子低下头吭哧瘪肚地干起活，不再吱声，有一眼没一眼地看陶老歪收拾铁锈斑驳的锨头，一肚子火，心里直骂狗操的陶二娃子，不是你狗怂撺掇，说造反可以吃香的喝辣的，美美地享福，可以娶媳妇睡觉觉，老子还不会挨罚遭此洋罪呢。呸，呸，我那个呸!

陶老歪最近心情很好。东家胡长顺真是名副其实的大善人哪，他陶老歪不管出于什么目的铲断了枣红马腿，东家不但没把他撵出胡家大院，也没为难、惩罚他陶老歪，还加了半块银圆的工钱。可别瞧不起这半块银圆，一年下来就是六块银圆，足足可以买上半亩土地哩。不是济着陶二娃子敞开了造，算下来，这么多年，积攒的工钱是蛮可以置下几亩地、盖上三间房子的。一想到流水去的钱，陶老歪就恨自己下贱，为什么将宝都压在不争气不长进的陶二娃子身上呢！牲口棚里的草料无论东家还是管家，只要他吱一声缺什么、缺多少，东家和管家几乎没有打过顿就会依从他，放心得不得了。看看人家多支持、肯定他啊，遇事还网开一面，得过且过地将就他。尤其是常二管家一口一个叔地叫着，亲切自然，毫不做作，还把陶老歪省下来的草料合成钱奖励给他，不收一丝回扣。甜甜地称呼，默默地支持，真是个有心重情义的孩子。

陶老歪气顺顺的，人也显得精神起来。

牲口棚里新来了几匹成色颇佳的马。虽然清瘦，但掩不住野性十足的气势。一个个魁梧高大，昂着雄赳赳的头颅，鼻子里不时打着清脆的响鼻，短小整齐的鬃毛和尾巴虽不飘逸如仙，潇洒如神，却也干净利索。

常二管家走进来，笑嘻嘻地对陶老歪说，叔，这可是稀罕物——战马。

陶老歪眼厉害，上前轻轻摸摸马脖子，那匹青色的战马警觉地仰起头灰灰地鸣叫起来，海碗口大的蹄子有节奏地踏动着，随时就能奔驰。陶老歪回头对常二管家夸赞道，好马，好马咧。一进胡家大院，就瞅着它们不是干农活的畜生。看这精气神！

常捞金自豪地说，有陶叔的精湛技术，这些马匹会如虎添翼的哩。随手拍了拍大青马宽厚的腚，说这马也不比草马金贵。但它们只要听到战斗的号角，听到呐喊，听到枪炮声就会竖起耳朵，低下高傲的头颅拼命往前冲，跟战士一样。常捞金说到这里，脸色有些异样，轻轻叹了口气，心想，只是听晋察冀的八路军同志们说，可惜没有骑上战马去战场挥刀斩敌顽……

陶老歪慢慢柔柔地抚弄着大青马的鼻梁骨，像擦拭一件珍贵的器物，精心细心耐心。大青马低下头颅，变得温顺起来。陶老歪说，二管家，放心吧，我稀罕牲口，稀罕这些马匹，我一定精心看护，尽快把它们养得体壮膘肥，有的是力气和精神。

常捞金脸上挂着赞许，小声地说，战马的事不许乱说。

陶老歪双腿一并，大声回答，再硬的料棍子也甭想撬开我的嘴！

陶老歪细细端详起胡家大院来的这几匹战马。马们除了清瘦外，鬃毛、尾巴要比牲口棚里的马匹短小。这些战马的眼睛从里往外喷射着股杀气，高昂的头颅不屈地挺立着，是任何一匹干农活的马所不具备的，连那匹高大帅气的大黑马也缺少那种雄赳赳的精神。当他把战马和他最欣赏最心仪的大黑马拴在一起比较时，大黑马虽然剽悍肥硕，但总显得没有冲击力。陶老歪忽然明白了一个道理，再高大憨实肥硕的马套上犁铧拴上铁耙，在泥土里是条活龙，但没有经过战场上战火的洗礼，那马也只能是做农活的马，而不是雄赳赳气昂昂眼冒寒光的战马。陶二娃子虽然精明，能说会道，也有眼力见儿，但他始终愿意跟随赖五这死货玩耍，说到底也只能是个吃喝玩乐的主儿，长进不了。常捞金跟着上知天文下知地理的姚管家和武功卓著德行正直的潘驼背儿，学到一肚子见识和功夫，知书达理，明辨是非。向往不同，环境不同，学习不同，即使是同生的马驹子也会有不同的结果。陶老歪恨恨地捶了几下胸膛，悔恨起自己的所作所为……把精力用在了那几匹战马上。一想起当初被拉壮丁，姚管家和三秃子拉他跑，他恋着牛不愿离开，想怎么也有机会弄出牲口来，结果蒋家兵非要他杀牛炖肉吃，他如何央求都没有用，挨了几枪托子，瘫在土里。后来，不是在牛肉飘香里从西边杀来一支队伍，他如果不把脑袋扎进牛血里成了血葫芦，赶紧逃命，等追击的兵回来吃牛肉时再发现他，他陶老歪恐怕早变为了鬼……胡家收留后，听说东家见姚管家全身全尾地回来，细细打量了半天，说了句只要人没事，钱财算个屁啊。哪里像李家东家那样把账算在长工头上，还怪他们没长眼，抡起铁拐杖一顿乱杵啊……唉，还是胡家好哇！陶老歪想他一定会让这些战马膘肥体壮起来，到战场上有使不完的劲，撒不玩的欢，嗷嗷嗷叫，去杀光那些可憎的狗东西……

跟随大青马来的是个留齐眉穗短发的女子，面颊鼓鼓的，眼睛鼓鼓的，肤色有些淡黄，看上去不那么白皙，但滋滋润润的，瓷实有力，像枚染满秋色的黄苹果。后边跟着几个敞开怀、露出一扎宽黑皮带的汉子，脑袋上歪戴着黑色礼帽，胯间晃荡着两支乌黑的硬家伙，满脸的杀气。

那黄苹果亲热地喊东家胡长顺大爷，甜腻腻地扎进胡长顺的怀里喊得亲切肉麻。

胡长顺痛快地应着，满面笑容，哈哈哈，好闺女又来哩，俊闺女哪。

黄苹果鼓胀胀的脸上满是笑靥，伸手理理耷到额头遮眼的头发，不好意思地低下头，黄苹果红润起来。

陶老歪从厨房向四婶子讨要了在东家席上撤下的两个羊肉馅包子，捧进手里往牲口棚急速走去。陶二娃子再不地道，再不争气，再不长进，也还是他的亲侄子，兴许还会过继给他当儿子呢。看他累得躺在炕上的熊样子，陶老歪心里就慌得很。一看到四婶子从前边东家酒席上撤回来许多香喷喷的好东西，陶老歪紧咽了两口唾沫，觍起笑脸来央求四婶子赏两个肉包子，嫂子嫂子的喊得让人舒坦。四婶子歪过头，看看外边，轻声说敢情那女子是天津卫胡三掌柜的闺女哪。看那几个护卫凶神恶煞般，匣子枪漆黑锃亮得吓人呢，这大小姐绝不是善茬儿。上次来狐狸岗，弄走了不少银子呢……边白话边塞给陶老歪两个热乎乎的包子，羡慕地咂着牙花，啧啧，小姐就是小姐，有派！

陶老歪心里只想着饿的狼似的侄子陶二娃子，哪有心思再听四婶子唠叨，趁人不注意，捧起羊肉包子往自己屋里跑。

陶二娃子光着身子，把裤子褪到膝盖下，两只手攥住裆里的黑家伙眯着眼睛哼哼唧唧地快活，贪婪地张着嘴巴，美滋滋地伸缩着小红舌头，上下抚弄着那管黑东西。

陶老歪气急败坏地把肉包子狠狠地摔在陶二娃子的脸上——不成才的狗东西！娶了媳妇还这么没出息的私孩子儿！浪荡子儿！

一股白乎乎的液体呼啸着从陶二娃子手间噗地喷射出来，滋了陶老歪一脸……

第六章

鬼子进村了

1. 狐狸岗上有座炮楼

李家洼李大财主李有德最忌恨也最畏惧的是狐狸岗的常捞金。

李有德是在父亲死后才成的东家，大少爷的身份变为了东家，却付出了血的代价。李老东家被滔滔的洪水冲走了，李家洼遭了大灾。教训深刻啊！

这一切源于李有德不听从狐狸岗人的劝告，执意守着万贯家财，不肯上狐狸岗躲突如其来的水灾。

在高高的狐狸岗上，李有德告诫自己的德行必须要改。滚滚的洪水和无情的雨裹走了他赖以飞扬跋扈的一切资本，除了胡彩云带出来的一些银圆和饰品，他李家已经被水给祸祸惨了。他的富裕的家此刻正泡在水里，也可能跟他倒霉的爹李大财主李大福一样被冲进了东海，不知所踪。一切都是天报啊！他望着滚滚的洪水落下了几滴浑浊的泪……想当初小时候就横行霸道，喊大红公鸡啄人玩，最后大红公鸡被三秃子薅净了羽毛成为一摊肉酱，三秃子被爹扣下所有的工钱撵出家门……不是他亲眼看见常捞金一掌劈断海碗粗细的大杨树，就不会清楚这长工原来是深藏不露一身功夫，自己在他手中只不过是一个可怜的玩物罢了。想当初在河上踢长工白毛鼠入水取乐，他李有德又不知如何跌水出丑险些儿淹死，都是这个不起眼的长工干的……李有德不得不在高高的狐狸岗上收敛起他的霸气，坐下来好好考虑一切，决定夹着尾巴做人，不再张牙舞爪。在他的字典里，可没有现在这个样子的形容词。即使他身无分文，他也坚信瘦死的骆驼比马大，好歹自己是李家洼的大户，掉不得架的。躲避洪水的那段日子，李有德老实得跟小猫咪一样，享受着狐狸岗人搭就的木窝棚和提供的粮食。眼泪汪汪地看着胡大小姐，心里翻开了江，不是有常捞金拼命救护，他恐怕现在不知落进哪只王八的嘴里了。

李有德清楚地记得被在水中救起的情景——撑着木筏的常捞金在天地苍茫中，一竹竿就把奄奄一息的胡大小姐从屋脊上顺到了木筏上，看不清是如何出的手，急切而稳固，快速而稳健。李有德鼓起圆圆胖胖的身体发出无力的救命声时，屋脊上只剩下他一个人，看来常捞金似乎忘掉了还有他这么个活人存在，眼见转身用脚踏着浪头就要走，根本不去理会他似的。李有德拼命地扑向浑浊的水里，绝望而无奈。常捞金头都没回，长了眼一样的竹竿稳稳地送到他的怀里，放在了他的手中。李有德觉得自己就如同常捞金手里一只微不足道的秋蝉被甩上了木筏，速度之快，跳进水里溅起的水花都来不及落下去，就从水花的炸开炸放中脱离了那片浑浊，他甚至怀疑是被竹竿拉扯过去的呢，还是自己一蹦跶就扑到了那木筏上面。他惊诧地看着举着竹竿、掌控木筏飞速在浪涛雨缝里穿梭的常捞金高大的身影，他清楚地看到常捞金赤脚踏在木筏上，根本就没用竹竿来撑水，完全是靠脚和腿的力量来控制激流里的那叶木筏。吆喝人痛打小长工的情景浮现在李有德的脑海里，常捞金被打得鼻青脸肿鲜血直流……一股不知哪来的风，将站在船头拄着竹竿的李有德少爷轻轻掀进平静的王莽河里，眼前顿时金星乱飞，继而死沉沉的黑暗掩住了他挣扎的手脚……李有德吃了一惊，原来这家伙深藏不露啊！你要谢，就谢大小姐吧，是她救了你！一个响亮的声音雷一样地在耳边炸起，震得李有德脑袋嗡嗡的。胡大小姐躲在雨伞里闷闷地看着眼前这可恨又可怜的男人，心里说不出什么滋味。洪水没下来前，老爹胡长顺就派人来告诉李家洼的公爹和李有德，说天气有变，趁早收拾去狐狸岗上躲灾。来人说得很急切。并且说是东家的要求，舍得那片树林成就大家，乡里乡亲的日后再提损失云云。公爹李大福把头摇得像极了货郎鼓，把铁拐杖杵得咚咚响，下几天雨弄不出大事来的。李有德觍起圆圆的没有棱角的大脸，笑得嘎嘎的，都出了邪音：少见多怪吧。不信天会塌了。不去！不去！雨越来越邪乎，洪水来了，一家人才慌了神。公爹一不小心翻下了屋脊，举着铁拐杖被浑浊的水吞噬了，李有德的胖脸上挂满了胆怯，连喊声爹的空儿都没有，生怕一用力气就会把屋脊弄塌，滚进浑浊的水里去。大小姐很是无奈，也叹息自己命苦。此时，李有德在木筏上紧爬了几步，靠近胡彩云，胖胖的脸拧出了几道浅浅的褶儿，顺从地听着常捞金的吩咐，点着圆鼓鼓地头连说，是，是。谢谢胡大小姐救命之恩！胡大小姐两颗晶莹的泪珠噙在眼眶里，委屈地不肯落下来。李有德有些后悔当初不该武断地认为狐狸岗人是多此一举，遇事慌张，胡猜乱想，听风就是雨的。真的及时搬出来，老爹不仅不会没了踪迹，而且可以带出众多家财。唉，可惜了的啊。李有德终于明白自己不是天的对手，也不是常捞金的对手。仅凭跋扈是远远不够的。

当常捞金制止骚动的人群，出手斩断大白杨树时，李有德就清楚地告诉自己，千万不要惹这祖宗。

即使当了伪保长挎上日本人给的王八盒子，李有德只要看到常捞金就会乖乖地老实起来，只要听说是狐狸岗的就会摆手放行，哪怕随后给日本人鞠老半天躬、白话顿好听的、解释一二也心甘情愿。做件好事并不难，心里痛快嘛！谁也不愿做坏人，谁也不是天生的坏人，啊哈。

高高的狐狸岗上有座幽灵一样的炮楼。上边住着十几个小鬼子和二十几个汉奸。狐狸岗刚刚长起的树又被砍得精光，但一夜间在那片神奇的土地上长满了乌黑油亮的荆棘，半人多高，砍了再长，烧了再长，也不往高处长，也不往矮里钻，就那么成片成堆地生长着，把个狐狸岗罩得严严实实的。小鬼子没有办法，只好守在高高的炮楼上看着脚下的码头，东张西望。

胡家祖坟的那片松柏依然顽强地矗立着。小鬼子带着一群人到坟上来砍树做炮楼的踏板、支梁、吊桥。一个白髯白辫子的驼背儿老人横在松柏树前说，请太君不要砍，这是狐狸岗的魂，砍掉了松柏树，炮楼是要塌的，要死人的。

小鬼子头儿大雄正男八嘎一声，把个驼背儿踹到了一边，抽出东洋刀狠狠地剁在松树上。只听咣当一声，那锋利的战刀立即断成了两截，松树上喷出了一股鲜红的血。常捞金赶紧走向前，指着松树的伤口惊讶地说，血，血，血——腿发软颤着声。

小鬼子们被什么捏住头一样把目光集中到树木伤口上，汩汩的鲜血泛着白沫从树缝里奔涌着，啪嗒啪嗒地滴在地上。陶二娃子摘了汉奸大檐帽用手指沾了些血水放在鼻孔下一通乱闻，惊魂不定地报告说，太君，太君，真他娘的是血。折断东洋刀的小鬼子大雄正男摇摇狗蛋脑袋，不信邪地把血放进嘴里，一股腥臭的血气顺着他的味蕾电流般地传到他的脑子里，迷惑的眼睛立即充满了惊惧，一摆手把人蔫蔫地撤走了。

第二天，几个汉奸从炮楼里哆哆嗦嗦地抬出一个死人，神色慌里慌张，吓得丢了魂似的。那死者竟是耀武扬威刀劈松树的鬼子头儿大雄正男，脸色白的似一张纸。陶二娃子说那太君死得蹊跷，没吭没哈的，血就没了，地上床上炮楼里都不见血腥儿。说着脸也变得煞白，好像那松树里流出的就是他的血，或是日本人大雄正男的血。白日人们折腾得欢，晚上神怪结清单。只是白天神仙没有显露，晚上飞过来给讨要回去了。神经百怪的，神经百怪的呢，我的个娘啊！

陶二娃子一想到那片神秘的树林，心里就直哆嗦。闹洪水那阵子，他伙同狐狸岗的光棍儿三尖子拿着从别处偷来或捡到的粮食、草苫子、衣服去可怜的女灾民那里寻开心，每每成功，脸上露出得意的笑容，一副心满意足的表情，眯着色迷迷的眼睛避开巡逻的拳民，私下里再寻摸可以得手的对象，再满足兽欲……忽然两只黑乎乎的东西黄蜂一样钉在他们的脖颈上，两人几乎没来得及吭声就扎在肮脏的泥水里……因在窝棚里足足躺了一个月才缓过神来，有出来没进去的气息。他陶二娃子清楚自己被人点了穴道，不死不活地干不得坏事，也想不来坏事，他一直怀疑是常捞金这个野种施的坏。此后有事没事就觍着个笑脸，乖乖地听常捞金指派，完全大彻大悟的样子，勤勤快快地种树、修房、清泥、收拾地、种庄稼……话里话外往洪水期间自己不阴不阳的遭遇上扯，常捞金总会甩上句天作孽犹可恕，人作孽不可活，干你的活吧，活下来就不错了。完全不知根不知情的表情。陶二娃子觉得常捞金故意隐瞒什么，又不像是他做的，到底是谁把他折腾成那样的呢？

陶二娃子恨常捞金，恨姚百里，恨东家，狐狸岗庄的人几乎没有不可恨的。他怨恨东家不拿他当东西，只会宠着野种“小倒卧儿”常捞金——一个捡来的怎么也不会比得上土生土长的小长工吧。陶二娃子多会来事，小眼睛一卡巴，那精神足足的，放羊羊长膘，放牛牛长个儿，那么重的一筐草也只有他能背起来，送到牲口棚里，三尖子、小立东、铁虎子、小捞金哪个行？他恨姚百里，好不容易混进了账房，不就是把算盘子放在地上当车轱辘玩吗？不就是用毛笔蘸着墨在地上画王八吗？可恨可气的姚百里一脚把他踹出了门，又踢回了羊群里。更可恨的是这个“小倒卧儿”，被捡来的野孩子，顶替了他在账房的位置，亏自己待他那么好，和他玩耍，捉虫子捕蝉逮蝈蝈，识了几个臭字，拨弄了几下算盘子，就把个头仰得高高的，什么东西！连二小姐胡彩凤那丫头也被常捞金这狗日的迷惑得不和他好了……常捞金到高高的狐狸岗上看坟茔那阵，陶二娃子是最开心的。心里直说姚先生还可以，不仅踢跑了他，也踢跑了眼睛亮亮的常捞金。对于常捞金玉树临风地回来当了胡家二总管，陶二娃子气得直骂东家老混蛋老糊涂，常捞金算个球，耕耩耘耙的农事他会个屁？拨弄算盘拿拿笔的东西！心里不服气得很。高高的狐狸岗上，陶二娃子没怎么明白常捞金如何震断了那棵大杨树，过后自己查看了一下，才知道那个杨树不是什么摆设伪装出来的，而是真杀实砍地被常捞金弄折的。在狐狸岗这片森森的地方，如果他陶二娃子能待四五年，哪怕是一年，若万一遇上个什么神秘的人物或者常捞金说的什么狐仙狐爷的学上几招几式的，以他的体力可以震断更粗更壮的树。坏他好事的一定是这个野种！好汉做事不敢当，算个鸡巴毛啊。陶二娃子恨得常捞金牙根子疼。

陶二娃子最怀念最留恋的、觉得对自己好的只有一个人——赖五。农活轻闲或把羊群赶到狐狸岗上时，陶二娃子就喜欢钻进赖五的屋里，吃肉喝酒的，耍得很开心。一开始，赖五挺那个的，借着陶二娃子喝得迷迷瞪瞪稀里糊涂的，把他剥个精光，用那个又黑又丑又硬的家伙在他的屁沟眼子里、大腿、肚皮、身上一阵乱捅，最后泚一身腥臭的粘东西红着脸膛歪腚睡去。陶二娃子腻歪死了。不过，赖五偷来的鸡狗鸽子的香味，把个陶二娃子隐藏在肚里深处的馋虫勾引得贪婪无状、蠢蠢欲动，师父赖五的酒和烂曲也诱惑着陶二娃子舍不得离开，也脱离不了赖五的鼓动，激发起他的好奇和激情。跟着赖五，陶二娃子学会了怎么躲避狗叫怎么爬墙翻门又怎么听人家夫妻的好事，怎么逮狗套鸡，又怎么把要擒住的鸡狗一招致命，不留痕迹不出声音做到神不知鬼不觉……陶二娃子觉得自己进步很快，不仅能出色地独立完成任务，而且做到了滴水不漏，痕迹声响皆无。这种赖五给予的快乐和本事，是任何人不曾带来的，远比和小捞金、小立东、铁虎子等小伙伴们玩耍、捉迷藏、逮蛤蟆、粘蝉、捕蝈蝈要有趣得多，比搂抱住二小姐香香的身体要美得多。赖五对他是真心的好呢。

有天黑夜，赖五神神秘秘地穿上一双毛茸茸的大袜子说，二娃子，到对岸柴草垛等我，师父有好玩的送给你。嘿嘿嘿。说毕，一扭身就消失在茫茫的黑暗里。二娃子将信将疑地赶到对岸，找到赖五指定的地方，望着满天眨眼的星星出神，心里对赖五的话纳闷极了。

赖五悄没声儿地从黑暗里闪出来，把背上一个东西扔进柔软的草堆，轻轻拍拍陶二娃子疑惑的脑袋，快活地说道，稀罕不，秃小子？

陶二娃子揉揉惺忪的眼睛，一个女人静静地躺在那里……

赖五满足地系上腰带，用脚捅捅看得血脉贲张的二娃子，舒服死了，哈，上啊，傻小子。

陶二娃子眼里立即冒出火辣辣的淫光，向着那个散发着迷人气息的肉体饿狼似的扑上去……

女人真他娘的香甜啊。陶二娃子浑身舒坦极了。赖五真仗义，让他冥思苦想中的美事好事这么快就变成了现实，还是师父好哇。

他终于知道了什么是女人，什么是他娘的男人，什么是勾魂摄魄的男女之事。好！美！爽！

可惜，赖五死了，死得静悄悄的，连个屁都没放。陶二娃子惋惜得很，也心痛得很。吃馋嘴的猫儿一样，陶二娃子满脑子都是那脏事美事好事，在各个村子里如无头的苍蝇又像极了条鼻子灵敏的骚狗四下里瞎转悠，希望发现什么可以得手的猎物。在李家洼，他终于寻到了梦寐以求的东西——一个又黑又丑的短了半截弦儿的女人。陶二娃子开心极了。不管怎么样，好歹是个女的啊。没想到事情很快就败露了，被人捉住打了个半死不说，还逼得一家人东凑西借，求爷爷告奶奶，最后在东家那儿把工钱预支了五年才堵上那个黑窟窿，把那张吃饭的嘴领回了空空如也的家……

陶二娃子恨透了常捞金。

当了保安队小队长的陶二娃子神气活现，挂着二十响的匣子枪吆五喝六地横行在狐狸岗村。他是来收粮的。东家胡长顺被他们三番五次地要挟，胡长顺觉得“马善被人骑，人善被人欺”，气得急眼巴瞎地骂娘。陶二娃子挤弄挤弄眼对鬼子小队长小野冢说，老东西家里八成没有了，看来是真的。狐狸岗上有地下粮仓呢。怕只怕，老东西不出血哩。

小队长小野冢一个大巴掌抡过去，打得东家胡长顺满地里找牙，哼哼唧唧的浑身哆嗦，乌黑锃亮的拐杖扔得远远的……什么的镇长，良心大大的坏啦！八嘎！

2. 陶二娃子投奔了县长

陶二娃子心满意足地躺在叔叔陶老歪的土炕上，枕着叔叔的铺盖卷美滋滋地享受着手淫的快乐，不曾想被陶老歪撞了个正着，两块香喷喷的羊肉包子石头一样砸在脸上，陶二娃子亢奋到了极点，还没来得及品味射精带来的神仙般的轻松和爽快，陶老歪的牛皮鞭子就雨点似的抽过来。陶二娃子至死也忘不掉叔叔失望至极的眼神，鞭子长了眼一样唰唰抽进肉里，发出皮开肉绽的锐响。陶二娃子边提裤子，边无望地逃出牲口棚，逃离胡家大院。

他陶二娃子怕极了疼爱他的叔叔陶老歪。那次造反，陶老歪也没有如此的穷凶极恶，即使刀架在脖子上时也没有让他如此绝望。陶二娃子奔向了狐狸湾桥，漫无目的地飞跑起来，脑袋里嘤嘤嗡嗡地转动着，把身体的疼痛暂时忘到了一边。忽然，县长张甫臣马弁里那个副官小黑胡子的形象一打闪蹦了出来。张甫臣视察狐狸岗拳社时，在搬运东家送给张县长的银箱过程中，陶二娃子手疾眼快地顺手捏住几块大洋，正想顺进衣袋里，被那小黑胡子警觉地发现了，眼珠子瞪着陶二娃子，充满了杀机。陶二娃子赶紧一脸的媚笑，悄没声的将大洋放进了小黑胡子的手里。小黑胡子板起严肃的面孔，目不斜视，口不动弹，直勾勾地盯着张县长的一举一动。等张甫臣一上车，小黑胡子才朝哈腰点首的陶二娃子得意地龇龇牙，狠劲地勒勒武装带，把匣子枪冲外指指，对着县长的吉普车扭扭脸，跳上枣红马得的一声走了。陶二娃子从心底发出一声快乐的呐喊——小黑胡子赏识他！一想到小黑胡子临行前的动作，陶二娃子黑咕隆咚的心里呼啦啦打开了一道亮堂堂的门……小黑胡的意思是——有吗事找老子去！老子在县太爷面前说话算数！

踏破铁鞋无觅处，得来全不费工夫。在陶二娃子走投无路的时候，一个坚定的念头顷刻间占据了陶二娃子的脑袋，对，此处不养爷，老子还不待见呢，找县长去，找小黑胡子去！

陶二娃子好像看到了光明的前途对他招手致意，心里要多踏实有多踏实，高兴地直拍自己聪明的脑袋瓜——哈哈哈，我陶二娃子就是个天才！转念一琢磨，心里发起慌来：哎呀娘，小黑胡子不是省油灯，一看那副神态，就知道是个见财眼开不见兔子不撒鹰的主儿，空手套白狼的事绝对不行，挓挲着双手，扛着个没事的脑袋，去投奔他，准会被轰出来，即使勉强留下，也不会有什么好果子吃……陶二娃子又一拍脑袋瓜，嘿嘿地笑出了声，娘的，一不做二不休，扳不倒葫芦洒不出油！找见面礼去！

陶二娃子眼睛闪过一道贼亮的光芒……

也该陶二娃子这狗东西走狗屎运，他还没摸到狐狸岗街头胡家商店，去偷仓库里的东西，就看到街边厕所的小树杈上挂着一把棕黄色的枪套，掩映在一片绿色里，闪着勾人的光亮，长长的棕黄色手枪皮带沉重地挂在细细的树身上，黑色的枪把儿上垂着黑色的细牛皮条儿。陶二娃子清楚，枪的主人蹲在里面的茅坑里解决人的三急，不是嫌沉重的手枪碍事，光掏出家伙撒尿的话，就不会把手枪留在外边的树杈上了。好多人都有这个习惯——方便。陶二娃子乐得腚眼子都开了花，悄没声儿地快速蹭过去，摘下手枪，挂在脖子里，大摇大摆地走了。厕所里发出酒肉腐败的臭气和吭哧吭哧地解决问题的艰难声……

有了手枪的陶二娃子，胆子大起来，也舒心起来。他边走边啪啪地拍着腰间的硬家伙，哼着酸曲，钻进了狐狸岗的一片浓郁里。陶二娃子找了个松软的地方，抱住枪，眯起小眼儿，睡着了，他想等到天黑下来，再顺着宽阔的狐狸岗大桥，到李家洼等地踅摸有用的东西，进城献上份厚礼，让亲爱的小黑胡子给自己弄份好差事……

娘的，真倒霉！拉完屎出来，手枪不知被哪个王八蛋偷走了……一片昏黄的灯光里，李家东家李有德气呼呼地叨唠。狐狸岗是个贼窝子！

哼。不知你个没出息的，拿枪换什么了，还赖狐狸岗？一个尖细而抱怨的女声在灯光深处传出来。狐狸岗，怎么了？看你那副吃相吧，好像我胡家的酒肉是天上的宴席，大嘴巴全都甩开了，像个贪婪的盆子，又吃又喝的，不拉肚子才怪呢……

嘿嘿嘿嘿。李有德哼哼叽叽的，说丢了再置办呗。

败家子。那是二十块大洋啊！惋惜的声音。

嘿嘿，你爹今天不是给你一百吗？李有德无赖地说。

哼。我爹嫌我跟着你受罪……噗地吹灭了灯。

屋里黑暗下去。不一会工夫，就响起李有德压抑而沉重的鼾声……

陶二娃子捂住嘴巴，在心里乐出了声：这手枪，原来是胖子李有德的啊，哈哈哈。这小子，财大气粗，败家子儿，偷了也白偷！陶二娃子听起呼噜响得震天动地，就溜出隐藏了很久的身体，用扁薄而锋利的匕首，轻轻拨动李家账房的门……

小黑胡子就是古皮城东街的小混混小黑九，姓赵。他的爸爸就是有名的种独根高粱而收不尽高粱粒子的赵麻子。自从赵麻子变成哑巴后，安心种地，不再折腾，终于置下了几亩薄田，日子过得虽然寒酸，但毕竟比长工和佃户好受，撵吃撵穿得紧紧巴巴，年景好时，到头能填饱肚囊，属于蛤蟆打苍蝇——刚够嘴。年景不好，只能空闲出半截肠子。赵家在东街也算老实巴交的庄稼户。他的儿子小黑九却改了门风，坚决不按他爹的规矩出牌，牵着狗架着鹰和街上的一些纨绔子弟打得火热，学会吃喝嫖赌抽，坑蒙拐骗偷，打架闹事更是家常便饭，稀里糊涂混日子，活得也很滋润，沾着和南街张家有亲戚关系，进张府当了差。由于聪明伶俐，忠心耿耿，鬼点子多，下手又黑，很得张甫臣的欣赏和欢心，被县长提拔成了警卫队队长，可以近身保护县太爷，也可以随时进入张府的厅堂后宅。那日，张甫臣想吃铃铛面，咂着牙花看着天花板发呆，一副苦不堪言的样子。小黑九简直成了县长大人肚子里的蛔虫，放下茶水壶，轻轻问，老爷啊，是不是馋面了？张甫臣大眼珠子一轮，笑眯眯地点点头。小黑九脱去制服，换上便装，兴奋地到街上寻摸起猎物来。

久寻不得。小黑九突然想起老娘前段时间在耳边念叨说，四姨姥姥家的外甥媳妇刚生了个大胖小子，当时没怎么在意。现在找不到“铃铛面”，怎么办？小黑九眼珠一转，就从街上买了一斤老娘最爱吃的永春堂槽子糕，把糕点放到娘面前一脸的嬉笑。老娘觉得奇怪，不年不节的，你个黑兔羔子怎想起孝敬娘来了？小黑九拿起一块金灿灿柔软软的槽子糕放到娘的嘴边，县长大人赏了几两银子，不孝敬你孝敬谁去？老娘甜甜地吃着，满意地把满脸的菊花都乐开了。小黑九不咸不淡地问，四姨姥姥的外甥媳妇怎么啦？那天你自顾自地叨咕，没听明白。老娘舔了舔落在手心里的槽子糕沫儿说，生孩子呢。亲戚说近不近，说远不远哩。小黑九不着天地地说，城东八里台的吧？老娘生气地打了下小黑九，城北桃园的。不留心的东西，有几门亲戚都忘了，亏得在县长面前当差……小黑九乐得直蹦高，不再理会娘的抱怨，一猛子扎进城北……

四姨姥姥的外甥媳妇生得那个俊啊，长长的大黑辫子衬托着白里透红的脸蛋，鲜嫩可口，一碰就能碰出水来的滋润，一双明亮的大眼睛扑闪扑闪地放着迷人的光芒。也许是刚刚生完头胎，浑身上下散发出浓郁的奶香，气吹地一样膨胀着，更增添了十分的妩媚。

小黑九在门口观察了好半天，男人们都下地干活了，只有一个四十多岁的老娘们儿出出进进地喂鸡倒水的忙活。小黑九趁老娘们儿进茅房解手的当儿，一闪身闯进产房，扛起被击昏的小媳妇蹿出了门，骑上藏在树林里的马和同伴嘁啾咔嚓地回到城里。

小媳妇哭成了泪人，死活不干擀面的事。张府厨娘在旁边陪泪相劝，擀完面领了钱就回去了，没丢什么落什么的……小黑九见劝不动，恶狠狠地抽出一把寒光闪闪的匕首说，不听话，白刀子进去红刀子出来，甭想见你的宝贝儿！一想到嗷嗷待哺的宝贝儿子，小媳妇扑簌着泪总算点了头。在窗缝里，小黑九看到小媳妇那洁白的身子、鼓鼓的奶子，充满了神秘诱惑……长长的涎水不由自主地流淌出来。等面条一擀好，小黑九就喊出厨娘说老爷想吃鲜黄瓜，必须要买顶花带刺新下架的。厨娘张张嘴想说什么，被小黑九凶恶的眼神给吓住了，赶紧接过钱乖乖跑出去……

小黑九恶狼一样扑了进去……

县长张甫臣这个老色鬼听说小黑九弄了个绝色美人，心里猫抓猫挠似的痒痒，好说歹说要打发走司令部的胖翻译官，把一沓子纸票硬塞进翻译官手里，哼哼哈哈地踱着步子向厨房走来。从后房专门弄出来偷窥铃铛面的小缝儿里，张甫臣看到一个秀色可餐的尤物，光洁的肌肤水一样地荡漾着青春的艳丽，鼓鼓的奶子浪头一样上下左右翻滚着，浓郁的奶香、汗香、肉香如酒如醴陶醉了张甫臣……这可真是个好女子啊！张甫臣正想如何逼迫这可人儿就范，小黑九咚的一声闯进去，搂抱住那团香甜温柔的肉贪婪地啃噬起来……他张甫臣心仪的宝贝儿岂容小黑九这狗奴才下手糟蹋！张甫臣大喝住手，狗日的小黑九！但小黑九那根硬邦邦的家伙已经经过强攻强突顺利地占据了那诱惑死人的桃花岛了……

张甫臣一脸的威严，一副大义灭亲的样子，说什么也要枪毙了强奸民女的张府败类！小黑九跪在地上哀求，说愿意出钱摆平事情。张甫臣大义凛然，坚决不同意，杀无赦！保安大队大队长黄大牙在张县长耳边低语几句，张甫臣才大喝一声，二十两银子，少一角也不行！二十军棍，缺一下也不行！就气呼呼地走了。

黄大牙扶起磕头如啄米的小黑九，长长地叹气说，小黑九啊小黑九，不是大哥责怪你，老爷看上的女人，你也霸王硬上弓？反了你啦！从口袋里掏出二十两银票递给吓得体若筛糠的厨娘，黄眼珠子一瞪说，把事给了了吧，怎么个说道，你看着办吧。办不好，活劈了你！厨娘战战兢兢地哎着，哆哆嗦嗦地钻进了厨房里……

一进门，厨娘扑通地跪在了泪人一样的小媳妇面前，姑娘啊，我的好姑奶奶，别哭啦。今儿个的事天知地知你知我知，跑不出去张府，你想想你可爱的宝贝儿子吧。再闹下去，甭想有好结果，还要搭进我这老婆子儿的命啦！县长老爷发怒了，打烂了那家伙的屁股，险些儿枪毙喽，赔你二十块……

小黑九被打了二十军棍，被撵出了张府，不是黄大牙说情，小黑九命就不保了，结果被撸了官职贬到了偏远的董村炮楼，当起了小兵……

陶二娃子在小黑九挨军棍被贬前，还是找到了小黑九。小黑九掂掂陶二娃子夜里在李有德家偷来的银圆，听到布袋里的叮当声，很义气地一拍胸脯，跟大哥干，没亏吃。就把陶二娃子留在身边听差，扛起枪在张府站岗。小黑九城北偷人，陶二娃子一直跟着，在树林里看马，眼睛东张西望，生怕大哥吃亏，心想真他娘的有个吗事，就赶紧脚底板抹油——跑吧。当小黑九扛着如花似玉的小媳妇跑进来时，一股浓郁的奶香把个陶二娃子熏迷瞪了，看到那滋润的脸蛋忍不住掐了下，一股热乎乎的气流顺着手指直往身上、心里蹿，好舒坦！小黑九抡起马鞭不狠不重地抽了下陶二娃子，狠狠地骂道，作死呀，老爷的东西你也敢瞎琢磨！陶二娃子马上堆起一脸媚笑，大哥，这女人太稀罕人啦！浑身乳香，像朵开放的花……小黑九嘿嘿笑笑，也把手放到那姣好的脸上轻轻抚摸了下，瞪起眼来，再稀罕，也碰不得，小心老爷崩了你！两人驾起马，一溜烟地奔向张府大院，扬起一阵沙尘……

结果色胆包天的小黑九还是没能守住信誓旦旦的诺言，先于县长老爷下了黑手。不是盟兄弟大哥、大队长黄大牙从中间周旋讲情，县长张甫臣看架势真的会赏他个小黑枣吃。墙倒了，靠山没了。陶二娃子玻璃眼珠子一转，把目光盯到了黄大牙黄大队长身上……

陶二娃子用尽了心思，只要跟着张县长去大户人家，他的眼睛总是偷偷扫尽这户人家的面貌，钱放哪里，贵重物品摆放在哪里。某个黑夜，一道黑影儿悄没声地溜进去，准确地取走白天看好的东西，不留一丝声响，也不留一丝痕迹。那些东西就会如数地摆放到黄大队长的桌子上。这是替九哥还你老的，这是小的孝敬你老的……满脸的虔诚，满脸的媚笑。

很快，陶二娃子被提升到了小队长行列，相当于排长职务。

为发展壮大县府势力，充分利用日本人的武装力量和战略部署，张甫臣在各乡镇炮楼紧锣密鼓地安插自己的人手，作为得力干将和心腹的陶二娃子被安排到狐狸岗炮楼当队长，级别是副连级。升了官的陶二娃子一半是高兴，可以光宗耀祖，在小伙伴和乡亲们面前要要威风，一半是遗憾，回到故乡狐狸岗，又要面对常捞金，面对阴阳不定的潘老白毛……想起县长张甫臣安排他脱掉军装，回来打探狐狸岗有没有共产党分子活动，正赶上大雨闹洪水，哪里有心思探究谁是共产党，谁是国民党呢？看谁都像，看谁又都不像。潘老白毛儿整日里弓着腰背着沉重的肉坨子，活像个老不死的棺材瓤子，共产党要的是生龙活虎的年轻人替它卖命，不会稀罕要老东西老棒子；常捞金是年轻，人做事也利利索索的，却念的是东家的经，跑里跑外忙活农计、买卖，一副小人得志的嘴脸，共产党不稀罕这奴才相；姚百里算盘子精托生的，谁欠了东家多少债，谁摸了东家多少柴草，鬼一般的精明，一副神出鬼没的模样，共产党不稀罕这只认钱不认情的耙子手；铁虎子、小立东这帮东西，随风倒的墙头草，舔东家舔管家腚眼子的狗，共产党更不稀罕。如果说有共产党分子，叔叔陶老歪倒是像，整日里勤勤恳恳的，不偷懒不耍滑，把牲口喂得比人都滋润。共产党稀罕这种只管拼命拉磨不求回报的主儿。陶二娃子一想起寒光逼人的大刀片子和呼啸的鞭子声，恨不得马上把陶老歪给举报上去。又一细细琢磨，想起叔叔对自己的好，宁肯他自己饥荒，也拿钱供他去耍去闹，而且因为解决性饥渴被小骒马踢废了身子，共产党再需要人手，也不会收留这样丢人现眼的人员吧……陶二娃子明亮的玻璃球样的眼珠子想得都暗淡无光了，也没看出谁到底像共产分子……趁着闹灾荒，找几个女人乐和乐和是主要的，结果不知被什么玩意击中了后脑勺，给打傻了，苶呆呆地横尸一个月……

回去一汇报。张甫臣的大脸耷拉了下来，阴沉沉地挤满了乌云，再回去好好观察吧。就派陶二娃子回到狐狸岗炮楼当队长。陶二娃子委屈得要死，也不敢反驳，只好乖乖地夹起尾巴去当这个明升暗降的破队长，担心自己随时都会有丢掉小命的危险。还是大哥黄大牙一语道破天机，什么共党不共党的。你小子看起来精得流水流脓的，怎么是个木头脑袋？穷棒子是共党，能挤出几两油啊？

陶二娃子恨恨地抽了几下嘴巴子，操我这狗蛋脑袋！有油水的当然是胡东家、李东家……陶二娃子茅塞顿开，乖乖，当官的都是这么发起来的呀！他挺起了胸脯，得意地看着肩上亮闪闪的徽章……

高高的狐狸岗上，看守坟茔的屋前被刨得狼藉不堪，土坑挖得有两米多深，也没见到那个盛满粮食的地下仓库。东家胡长顺咧着沾满鲜血的脸说，早囤平了，这已不是什么秘密了，谁会傻到把粮食再囤在这地方啊。王三秃子哈着腰赔着笑说，东家说得对，是我囤的，囤了快半年了才弄平整的……

八嘎丫路！王三秃子的头上又狠狠地挨了鬼子小野家一巴掌，仰脚巴叉地躺在地上。帽子被甩扔到了一边，毛发不齐整，盖不住头皮，露出一块块的秃斑……

现在青黄不接的，去哪里弄去啊，太君。一个苍老的声音从弯弯的驼背里低低地发出来。等下来麦子，大大地交，大大地交！都送给太君。是潘驼背儿那张白眉白髯的脸。

哟西。鬼子拍拍隆起的驼背儿，挑起大拇指露出一排大黄牙说，大大的良民，良心大大的好。

东家胡长顺也捂着脸表态，麦子一下来，大大的送给太君，炮楼的干活。

鬼子满意地笑了。

一个低沉而有力的声音穿透了陶二娃子的耳膜，钢钻儿似的钻进他的脑袋：记吃不记打的混账子儿。不行善，当汉奸，小心脑后吧。

陶二娃子一低头，看到那堆白髯白眉里有双冒着火星的眼睛，盯得他浑身发紧，不由得摸了摸后脑勺，惊出了一身冷汗……

背后整他的，原来是这个老不死的啊！陶二娃子恨恨地想。但他有一点弄不明白，既然老不死的如此痛恨他，那为什么在他造东家的反、叔叔陶老歪横刀怒斩他时，一个不明物体将寒光闪烁的大刀震飞，救了他一命呢？陶二娃子想得脑仁疼，但还是想不明白。

3. 狐狸岗上有支穷人的队伍

王三秃子和四婶子最近有件特别开心的事情。按照胡家管家、干儿子常捞金的吩咐在原先的两间小屋基础上又造了两间房子，土打的墙，搭着结实的檩条，地面上铺成一流水的青砖，连原来的屋子的地面也改造成了砖地，使屋子整整洁洁的，看着就舒服。被鬼子汉奸刨挖的坑坑洞洞已经整平，堆放起两个草垛和一个柴火垛。王三秃子脸上挂着落不完的笑，血脉贲张的，有使不尽的劲似的。遇到东家这样的好老爷，不罚不打，按时开工钱，重用他，还给他娶媳妇……干儿子干大事，打鬼子锄汉奸，从不瞒他，还给讲了好多大道理……当初李大福不分青红皂白地扣他钱，令人凶狠地薅扯他头发时，他只会逆来顺受，为什么不知道反抗呢？如果早懂得这些道理，他三秃子也是热血男儿，会操起刀或夺过李大福的铁拐杖拼命反击的啊。李大福最后恶有恶报，被洪水卷走了，连个尸首都没有寻得，算是替他出了口恶气……

四婶子在屋后的平地上晾晒了不少的野菜，有事没事就翻弄几回，将眼睛四下里寻摸会儿。高高的狐狸岗除了坟茔上的十几棵绿得发黑的松柏，铺满半人深的灌木荆棘，看不出高低不平的土来了。原先茂盛挺拔的树木被道口桥边炮楼的鬼子们砍尽铲平了，说是有碍视线。四婶子冲着远处高高的幽灵般的炮楼狠狠地啐了口唾沫，低声地骂道，瞎了狗眼吃人饭不拉人屎的东西。接着捂住嘴吃吃地笑起来。狗东西们哪里知道，这四间屋下就藏着一支专门打鬼子除汉奸的队伍，草垛柴堆里向外伸出警惕的眼睛，还藏着从炮楼里缴获的新三八大盖呢。一想到这支穷人的队伍住在眼皮子底下，和他们一家生活在一起，四婶子就高兴得不得了，扭着胖乎乎的屁股走得很轻松……

四婶子聚精会神地添着柴火，灶膛里亮亮的，把她白胖胖的肉脸映得红彤彤的，如同抹了一层厚厚的胭脂。此时，她正想着等会儿就能把窝头饼子从地下拿出来，好好热热，不能委屈了这群出生入死打鬼子的孩子们。干儿子常捞金真的不错，尽干老百姓喜欢的好事、大事……

咚，门被有力地踹开，一条耷拉着鲜红舌头的东洋狼狗把蹲着想心事的四婶子吓得娘啊一声，脸变得纸一样的白，手压着心口窝翻白眼。

这么大烟火，什么的干活?！一个小鬼子用明晃晃的刺刀挑起了木制的锅盖。热气里，一锅绿呼呼糟呼呼的东西正欢快地翻腾着。

煮饭食，野菜粥。东家的小伙计等会儿来取……四婶子真的吓着了。她不知道鬼子汉奸何时走进了看护坟茔的小屋，又怎么个检查法，怎么来到她的灶间，幸亏没有熥上早晨刚蒸的窝头……四婶子想都不敢想。

八嘎！一脚踢翻了地上的坛坛罐罐，稀里哗啦地响得瘆人。大狼狗贪婪地低着头在四间屋子里嗅来嗅去，好像急于发现什么目标似的，睁着凶狠的眼睛，支起尖尖的耳朵……

这两间房是新搭的吧，咋放了这么多农具？陶二娃子用枪管顶顶白圈黑檐的汉奸帽，眨巴眨巴眼问。

河堤的树让畜生祸害了，荒了也就荒了，种不起来了。种地吧，多好的树哇。常捞金从人群里站出来大声大气地说。

管家好。陶二娃子哈着腰赔着笑，突然明白什么似的，把腰身挺直起来，立即把脸换成了白板说，常捞金，太君不许种树，那是战略部署，你怎么骂太君呢？谁是畜生？

八嘎！一条闪着寒光的刺刀冲着常捞金划过来。常捞金一抬右手食指，那刺刀就定在眼前不再动弹。常捞金哈哈地笑着说，二娃哥啊，洪水不是畜生吗？雨水不是畜生吗？不是它们这班畜生折腾，这五里长一里宽的狐狸岗上有多少参天的树啊。忽然，一低头，一道寒光刀子一样逼射进陶二娃子心里，说潘主事他老人家在坡上坐着监工哩。他老人家眼里不揉沙子的。

陶二娃子被那道寒光逼迫得浑身一哆嗦，一听潘驼背儿这祖宗也在，不由自主地摸了摸后脑勺。扭过脸对鬼子头儿说，开荒的干活，烧火的干活。

东洋大狼狗垂头丧气地转回来。一个日本兵说什么也没发现，一帮穷鬼的砍荆棘的有。

草垛的什么的干活？鬼子们一拥而上，对着草垛柴堆一阵乱捅。

养羊的干活。烧火的干活。陶二娃子腆着笑脸，哈着腰说。他真的想快点儿离开这是非之地。他清楚常捞金有功夫，也知道不知会从什么地方飞过来暗器，哪怕是只甲虫也能打瘫他，甚至要了他的小命。

庄稼的不能高高的。鬼子头儿小野冢对常捞金用手比画着，那意思不能种高粱、玉米。

常捞金赔着笑脸点点头，明白明白，只种红薯、胡萝卜的干活。边说边俯下身子在脚踝骨那里比画。

鬼子汉奸叽里咕噜地走了。陶二娃子捂着后脑勺边回头看边跟着黄军装灰军装走。

常捞金轻轻地笑了，这孬种看来是被自己打怕啦。再作，就不是不阴不阳地瘫段时间了，狗东西！

四婶子脸色这才缓过来，依然捂着胸口喘粗气，可吓死我了，没留神……

干娘，放心吧，几十双眼睛盯着呢，不会坏事的。常捞金灿烂地笑起来。真出了事，这几个鬼子不够咱塞牙缝的哩。哈哈哈哈。

每次烟火大的时候，总会有几个鬼子端着明晃晃的刺刀跑过来查东问西的，最后逮两只鸡用枪刺挑着大摇大摆地回炮楼去了。

后来，即使把祖坟的树木都烧起来，鬼子也不来了。一个老太婆放着烧不完的柴草穷他娘的折腾，也不怕熏瞎了眼，把个狐狸岗沤的狼烟地洞的。

狐狸岗炮楼的鬼子在丢失了三次枪械之后才被换防。他们走时也弄不清这到底是怎么回事，人没伤没痛地活着，三八大盖、王八盒子、歪把子轻机枪连同弹药、粮食神不知鬼不觉地就没了踪影，一点儿响动和预感都没有。两只贼亮的探照灯鬼眼一样把四周照得白花花的，即使飞出个蝙蝠窜出个兔子都能看得清清楚楚，枪械弹药如何从墙上从身上从仓库里丢失的呢？哨兵说黑暗里飞过只甲虫，叮咬了一口，他就没知觉了，醒来时枪械就没了。陶二娃子心里清楚，他夜里小解，看到了一个箭似的黑影，从黑黑的灌木丛里飞起来，一眨眼就没了，他被钉在原处，手拉着裤带保持撒尿的姿势，等听到炮楼上面值勤的鬼子汉奸乌哩哇啦地呼叫，他才一个寒战把冻得冰凉的小鸡子放进裤子里。但他不能说，也不敢说，他知道是什么人来过了……

这炮楼冲了岗上狐狸精的仙气，杀人凶器被摄了去而不伤及性命，是狐仙爷慈悲发出警告罢了。一道这样神秘的消息一眨眼的工夫就传开来。保安队的吓得直筛糠，冲着西天直念阿弥陀佛。

在神秘丢失第三次武器的时候，鬼子头小野冢才相信了这个邪乎的传闻，他深深地朝狐狸岗鞠了一躬，念叨了一句日本话，想起前任大雄正男苍白无色的脸，惊骇地转过身带着队伍爬上卡车一溜烟走了，连回头看看幽灵般的炮楼都没敢，生怕带走什么瘟疫——

这是片神奇的土地，这是片神秘的土地啊！

常捞金看着队员们抱着崭新的三八大盖高兴的样子，开心极了。他之所以不像师父潘驼背儿那样见鬼子就宰，见使坏的汉奸就剁，留着狐狸岗炮楼的鬼子汉奸不杀尽赶绝，就是要搞到武器。据说八路军古皮城大队的武器装备比晋察冀军区特务团的还牛。常捞金听后轻轻地摆摆手，鬼子汉奸是运输队的伙计，咱这个专门被聘的运输队队长蛮划算哩，跑跑腿的事。好好干吧。

后来人们传说八路军古皮城大队的大队长是个神出鬼没、形影飘忽的瘦高个儿，有一双亮亮的眼睛。

换防到五垒城据点的小野冢立刻恢复了凶残的本性，大肆搜捕抗日志士及跟八路有联系的疑犯，看谁不顺眼马上扣上反日的帽子，弄进炮楼里一顿乱打，气势汹汹，烧杀抢掠，作恶多端，仿佛高高的狐狸岗压抑了他的本性，给他带来了无尽的屈辱一样，必须找一个释放其凶狠残暴的突破口才能表现出大日本帝国军人的作风来。小野冢把五垒城闹得鸡犬不宁。

五垒城位于冀鲁边区交界处。因汉宣帝时景城侯刘雍的五个儿子曾被封在这里，又因五子分居于城内，故曰五垒城。

五垒城是八路军冀鲁两大根据地的地下交通要道，地理位置和战略意义非常重要，必须拔掉这颗钉子，铲除为非作歹穷凶极恶的小野冢！任务分配到古皮城大队，常捞金立即和铁虎子等十几名战士化妆成做生意的粮食贩子，赶着两辆骡马车出发了。常捞金对鲁北边区的通讯员说今晚在五垒城边的树林里让吴队长接军火吧！大义凛然，充满了自信。

那夜，小野冢被堵在炮楼的被窝里，一支黑洞洞、冰冷的枪口顶在他的脑门上，黑衣黑裤的夜行衣罩着一个身材高挑的人，眼里冒着仇恨的火焰。他是如何进入戒备森严的炮楼第二层，又是如何把枕下的王八盒子弄到他手里的，小野冢想到脑仁疼也还是不明白。但小野冢第一反应还是大声呐喊：八嘎！八路的来了，八路的来了！快快的干活！整座炮楼静悄悄的，无人应答，一股股腥臭的血气从四周飘进来，钻进小野冢的鼻子里。小野冢心里明白，五垒城据点被人端了。那人收起枪，哈哈大笑起来，气宇轩昂地说，小鬼子喊吧喊吧，把你的天皇喊来也救不了你狗杂碎的命。边说边用手指戳戳小野冢的脑门，又点点自己的嘴，笑模笑样地退后几步说，小鬼子，看清楚喽，爷爷是怎么弄死你的，狗杂碎！一吐舌头，一个黑色的物件像唾沫一样被吐了出来，朝小野冢飞过来。

小野冢临死前终于明白了一件事情：高高的狐狸岗上并没有什么道行深厚慈悲为怀视恶如仇的狐仙，而是一个神出鬼没武功卓绝杀人不眨眼的人！一定亲手宰了你！这话怎么这么熟悉呢？小野冢想起围剿土八路护送从延安来的共匪头目姚百里的战斗，原来是他救走的姚百里啊，使大日本皇军司令部精心部署的计划落空，他挨了一顿臭骂。他努力记下那张脸：白白净净的像个书生，颔下有轻微的黑胡茬，二十一二岁，有一双不大也不小的眼睛，笑眯眯的，但射出骇人的光芒，细细高高的个子，不胖也不瘦。他在狐狸岗见过，是岗下胡家的管家吧。那枚东西凉丝丝地钉进了小野冢的天灵盖里，正是被手指点的地方，一股凉气随之冲击进来，如台风把他的白花花的脑浆子吹成了一汪水，捏成了一滴水珠，那张普普通通的中国人的脸迅速变成了许多飞舞的小星星，继而一片浑浊，小野冢咕咚倒下了。小野冢知道这一点就已经不错了，杀他的是个人，而不是神。

各个炮楼据点里人心惶惶，鬼子们坐卧不安。说有群狐仙专门找祸害百姓祸害人的鬼子汉奸寻仇，不用刀不用枪，专赏一枚小铁钉，临走撒下一团仙火，把炮楼烧个一干二净，连个囫囵尸首都找不见。小鬼子们尤其是汉奸们乌龟王八似的憋在炮楼里不敢出来，更不敢进村入户张牙舞爪了，一提狐仙狐爷就吓得他们后脖颈冰凉，直尿裤子……

4. 二小姐叛变

狐狸岗抗日形势向着人们期望的方向快速发展着。胡家大院大管家姚百里在狐狸岗人前消失了。常捞金升为胡家大管家，料理起胡家大大小小的事来。东家胡长顺说姚管家去了天津卫，打理所有的店铺。唉，小日本来了，买卖遭殃喽，不好干哩。常捞金说只有姚管家出面，各样的生意才会红火起来。人们点头称是。但很快有人传言，在离狐狸岗不远处的董村镇看到个极像姚百里姚先生的人摆摊卖西瓜，一顶大大的草帽遮住了那个人的半边脸，那身段那形象与姚百里差不多哩。常捞金抬抬眼皮，不紧不慢地搭腔说，兴许是你们想极了姚先生吧，天底下长相相仿的不少呢。臭六那天还说在古皮城大街上看到我卖枣哩。

陶老歪一把拉住了前行的驴说，哈，看走眼是很正常的呢。自从被枣红骒马废了下身，陶老歪铁青的胡子茬干净了许多，说话也不再瓮声瓮气的了，像唱河北梆子的老旦一样温和。他此刻关心的不是看错人这么简单的事，从胡家大院来了那几匹战马，陶老歪就清楚管家他们干的是正事，除了精心饲养它们，对不争气的陶二娃子彻底不抱什么希望了……老天啊，保佑老陶家安安生生的吧。对陶二娃子穿上汉奸皮，陶老歪气得要死，侄子混账到这种地步是没得救了，再也回不到他身边了。他恨恨地断了最后的念想，专心致志地喂养起牲口来……

人们哧哧地笑起来，纷纷说起认错人搭错话的尴尬事来，把董村镇卖西瓜的姚百里在话语里消磨没了，不再理会这件事了。

姚百里确实没有在天津卫打理生意，而是去了革命圣地——延安。

二小姐胡彩凤就在董村镇做共产党的三区区长。常捞金不情愿胡彩凤调离狐狸岗二区，深入到人生地不熟的董村镇。但上级的命令不能违抗，也没有可违抗的理由。常捞金把二十几条三八大盖送到三区武工队，连夜拔了董村镇的鬼子据点，顺便收拾掉几个民愤极大的地主、汉奸，把最得力的铁虎子留在了三区，因为铁虎子斗争经验丰富，人也机灵，眼睛一眨一眨地总有很多主意，可以把三区武工队带成能打硬仗的好队伍；再者有了铁虎子的保护，区长胡彩凤可以安心地做各项敌后工作，他觉得很有必要照顾这个胡家二小姐。在大方向没有错的情况下，常捞金确实对二小姐偏心眼，害的一区、四区的区长们直提意见，冲着大队长嚷嚷。常捞金笑嘻嘻地说，谁叫你们不和我一起长大呢。也别嚼舌根了，赶明儿给一区、四区派人手去，不当宝贝儿似的供着你们可不行呐。大伙儿哈哈大笑起来。胡彩凤高兴地用手指指点着常捞金笑得花儿一样。

姚百里走了，按照组织的安排，去了延安。他对常捞金的表现很满意，也对自己识才辨才的能力感到满意。自从加入了党组织，在青年人里，第一个纳入姚百里眼光的就是这个弟子常捞金。送给他书看、讲道理、送到天津卫大洼集训、提高思想觉悟、入党……二区武工队成立起来了，常捞金还不怎么会使驳壳枪，随身带着一把钉子，得意地说这家伙比子弹好用哩。姚百里想说武器的重要性，结果被潘驼背儿接过了话茬：限你半月内把枪使得跟玩钉子一样随心所欲！这是命令！常捞金啪的一个立正：得令啊！姚百里看着这一老一少很是好玩，板起脸来说，战争不是儿戏，要学会利用现代东西，在战争中学习战争……潘驼背儿一甩长长的大辫子咧嘴笑起来，大道理啊姚先生讲多少遍了，耳朵都出茧子哩。姚先生瞧你就好吧。果然不到半个月，常捞金就把枪玩得神乎其神，百步穿杨，指眼不打眼眉，那叫一个准！腰间或袄袖里甩家伙，看不到手怎么动的，就把黑洞洞的枪口顶在了对手脑门上，那叫一个快！随便一抖，不见瞄准，不见瞅目标，一颗黑枣就钉在眉心间，鬼子连个哼字都没喊出来就见了天皇，那叫一个狠！见到鬼子汉奸，常捞金一脸掉渣子的笑容，把腰哈得低低的，太君长太君短的，一副死奴才相，把自己人都逗得一肚子笑，那叫一个稳！一有行动，不待枪响，常捞金就在人们面前划个圈，把队伍指挥到两厢，一闪身就进入了鬼子群，嗖嗖嗖嗖，一阵裹风的黑家什飞出去，叽里咕咚，倒一大片，歪把子机关枪早就搂在怀里了。喀喀喀——点名似的，在鬼子队伍后响叫起来，把鬼子弄死一大片，跟扔一地谷捆子儿一样。大伙儿说这仗打得不够过瘾呢，一家伙都被常捞金这旋风给吃掉了，我们只啃了块好嚼的肉。

姚百里舒心死了。二区成了晋察冀边区的模范区，常捞金也由区武工队队长提拔为古皮城大队队长，成了师父潘驼背儿的上司。潘驼背儿一汇报工作，臊得常捞金直抓耳挠腮，区长也不叫，就直接喊爹了，把大伙儿又笑得撑破了肚皮……

潘石花对常捞金抗日打鬼子非常支持，她曾经偷偷地看过常捞金带回的一些书籍，什么《共产党宣言》，毛泽东的《论持久战》，觉得自己像个懵懂的小学生一下子见到了那么多新鲜事物，于是鼓足了勇气，也憋着一股子劲，只要有时间就缠着常捞金给她讲道理。常捞金耐心地把从古代到现代、从中国到外国的历史深入浅出地给女人述说，讲外族入侵残灭人伦，把人变成奴隶来奴役，把古老的文化给灭掉，灭人灭思想啊，让老百姓丢掉老祖宗丢掉踏实的日子，失去根儿……并把近期发生在咱华北的梅花镇惨案、成安惨案和古都南京的大屠杀等日本鬼子做下的滔天罪恶说与潘石花，让潘石花再看看眼前日本鬼子的暴行——这就是侵略者杀人放火的本性！然后咬着牙恨恨地说，不杀光这群畜生，就没有好日子，没有明天！想不杀人都不行！

潘石花出神地看着自己的男人，觉得他懂得真多，已经变得自己都不认识了似的，心中充满了敬重，也清楚自己再不努力就会落伍，连驼背儿的老爸都跟不上了。她慢慢懂得争取民族独立是所有中国人的事情，天下兴亡匹夫有责，她潘石花是常捞金的女人，责无旁贷，必须立刻觉醒投身到抗日的洪流，为祖国的解放斗争到底！老爸潘驼背儿尽管看不出怎么掺和姚百里、常捞金的事，但每次站岗放哨的任务都心甘情愿地去执行。那老头拖着长长的白辫子，驼着背儿，要么背起一个粪筐，拿着拾粪耙子四下里寻摸牲畜粪便，要么拄着个棍子领着小孩子闲逛，一有情况就会紧急地咳嗽几声，好似堵住了嗓子不痛快。不管是在开会，还是在做什么，收公粮啊收军鞋啊练兵啊，常捞金都会支起耳朵来接收外边传来的声音，然后命令大家立即行动，该掩藏的掩藏，该停止的停止。潘石花知道他们师徒二人是运用武功在传递信息，这让鬼子汉奸们常常扑空。潘石花带着女儿子灵和小东家子昂全身心地投入到抗日救国的行列里。对于胡子昂，潘石花逐渐发现越来越像小时候的常捞金，心里一阵翻腾。我的个娘啊！看看常捞金虽说对胡子昂亲热亲近，但总透出主仆关系来。想想常捞金的身世，再想想自己跟他的恩爱，潘石花决定隐瞒此事，好不让心爱的男人因为儿子的事而恼火和分心。潘石花觉得自己真的很疼爱常捞金，也爱胡子昂和常子灵。姓什么不重要，重要的是胡子昂能守在身边，甜甜地喊妈妈。足矣足矣。为男人用心守护一个秘密也是爱啊。潘石花看看小东家，把头抬得高高的……

老爸潘驼背儿眯着小眼乐了，对闺女说放心吧，老爸哪里也不会去，就守着你们。

潘石花快快乐乐地点着头，对常捞金昼伏夜出或者几日不着面也不再去问。她知道她的男人忙的是大事，好事。她相信他一定会干出一番事业来的。她也不甘落后，跟着姚先生姚区长开开心心地忙活起来。潘石花想，跟在男人身边和他一起干大事更是一种快乐啊，是那些不清楚男人干什么怎么干的女人所无法比拟的……

共产党古皮城县县委领导的三区董村镇是个农业大镇，物产丰富，历史古远。西汉武帝时，为齐孝王子高乐侯刘越的封地，置高乐县城，又名永乐城。有诗云：海畔云山高乐城，无梁大殿西望京。朝闻晓夜古皮吟，五垒城边渺清风。莺啼燕舞深树鸣，杏花焉比桃花红。几度春风长河尽，秦砖汉瓦日暮东。此地虽比不上狐狸岗人杰地灵，神秘莫测，也是古皮城的重要粮食基地，是敌我双方都极力争夺的地方。

东家胡长顺的二女儿胡彩凤长得亭亭玉立，一笑两个酒窝，可爱极了。她在董村镇的身份是一名在镇高小教书的教师。原来二区的妇女工作交给了潘石花。

胡彩凤充分利用了教师的身份，采取家访、带学生写生、收集老故事等形式，深入到乡村宣传发动妇女为抗日做贡献、誓死不当亡国奴。她的女学生成为点点火花，把三区抗日的烈火烧得旺旺的。妇女们都愿意看到这个文质彬彬一笑俩酒窝的女先生，也愿意听她讲抗日救亡的道理，这么个俊闺女咋懂得这么多呢！真待见人哩。

胡彩凤在北洋大学念书的时候，和许多热血青年、同学秘密加入共产主义青年团，一毕业被组织分配回家乡狐狸岗，成了管家姚百里区长的得力干将。胡彩凤对姚百里佩服得很，从小就对先生的博学多才和扎实肯干充满了敬意。虽然胡家是大户，姚百里是她家的管家，名义上存在着主仆名分，但爷爷胡树海和父亲胡长顺根本就没把自己当作高高在上的东家，把潘叔叔、姚叔叔、捞金哥哥纳入到亲人的行列，凡事商量着来，从不颐指气使地摆东家的架子。胡彩凤和潘石花岁数相当，从小的玩伴儿，亲热得很呢，即使入了学堂学了不少新鲜的东西，谈论起来，石花姐捞金哥一点儿也不落伍，交流起来很畅通，甚至被捞金哥问的有时张口结舌，答不上话来呢，全不像陶二娃子、小板凳、三尖子这班人语言木讷，满口土得掉渣，连个新词都理解不了，甚至都不如胖四婶子悟性高。胡彩凤被安排回老家狐狸岗开展敌后斗争，她的捞金哥和石花姐成为她的战友，她被他们保护着，爱护着，也品尝出一份浓浓的战友情、同志情和亲情……正是这长得帅气的捞金哥成了她的入党介绍人之一。胡彩凤见过常捞金除鬼子的身手，佩服得五体投地，时不时地缠着他教自己几招儿。常捞金闪着亮亮的眼睛，一有空闲就教胡彩凤几招防身的动作，脸上写满了快乐。更使胡彩凤吃惊的一件事是，区长姚百里的入党介绍人竟然是天津卫胡家买卖的掌柜胡三——自己的叔叔，那个又矮又胖满脸堆笑的胡三——县委书记胡彩儿的爹。姚百里笑模样地说，不像吗？又一指常捞金说，他像吗？胡彩凤绽开两只深深的酒窝，甜甜地笑了，说敢情胡家是党的基地啊，把姚百里和常捞金、铁虎子给乐得嘴角上扬了四十五度。铁虎子竖起大拇指夸奖道，二小姐比咱们勇敢，姑娘家家的……胡彩凤高兴地瞟了眼铁虎子，小嘴噘得高高地说，叫同志！什么小姐小姐的……

但是，胡彩凤看到捞金哥和石花姐开开心心地在一起，心里就立即涌起仇恨的大潮……她其实有两重身份，在加入共产主义青年团的同时，她又加入了三青团、国民党，跟着汪先生“曲线救国”。

她看过共产党的书籍，知道共产党的主张——消灭剥削，消灭压迫，实行耕者有其田。她胡家是大地主，也将是共产党斗争的对象。她恨日本人侵略中国，恨他们烧杀奸淫，但她不希望家大业大的胡家失去土地和财富，失去现在的身份和荣耀，成为和穷光蛋一样的普通人……她记起北洋大学找她谈心的老国民党员，他说汪先生的主张是最好最妙的，少牺牲多少人啊，救国不一定就是打打杀杀，和日本人搞好关系可以大大促进中国的快速繁荣……造反造到自己头上，失去所有，不是明智之举啊！胡彩凤觉得非常有道理，把胡家变成穷光蛋，她什么都没有了……当她告诉自己的组织，她被共产党分到老家做敌后工作时，南京的组织要求她隐瞒真实身份，在老家狐狸岗扎下跟，摸清共产党的脉络，建立功勋，合适的时候，返回组织……

胡彩凤点头同意，她决心回家报仇雪恨，夺回属于她的人……

陶二娃子怕透了狐狸岗那片荆棘，也怕透了白胡子的潘驼背儿和眼睛亮亮的常捞金，更恨李家洼大东家李有德让他失了宠，在给古皮城保安大队长黄大牙送了几十块银圆又费了一番周折后，终于逃离了狐狸岗炮楼，调到了董村镇炮楼当小队长。董村镇是个大地方，古时候的高乐城。陶二娃子在黄大牙的庇护下，官升一级弄了个正连级，逃离了那帮烦人的眼睛，算是长长地舒了口气，释放了沉重的包袱一样，爽气极了。这里没有了高高的狐狸岗，没有了流淌不息的王莽河，完全是一块新鲜的地界，也没有了亲人的责骂，完全可以放开手脚去胡作非为了，能搂便搂，能蒙便蒙。陶二娃子很得意手中的家伙，有了这硬家伙真他娘的好，谁也不敢横，也横不起来。一手拿枪，一手拿筐，能抢就抢，能诓就诓，日子过得那叫一个滋润。陶二娃子吧嗒一口菜，咕咚一口酒地舒坦着，嘴里哼着师父赖五教的《十八摸》……

陶二娃子想起了死去的赖五，如果赖五不死，把那双毛茸茸的大鞋传给他多好哇，可以悄没声地去……

忽然，门被很响地推开。小黑九屁颠屁颠地带着一股夜的风跑进来，兴奋地说大哥大哥，好消息好消息。

小黑九原来是陶二娃子的大哥，现在风水轮流转，小黑九成了陶二娃子的小弟。

陶二娃子被惊得酒杯一哆嗦，酒泼洒在猪头肉上，他乜斜着眼看着自己的心腹小黑九，呸地吐出一口唾沫说，你他娘的属乌鸦的，尽干喜鹊的活儿呢，哪次有个蛋准！

小黑九用手捏了块猪耳朵，扔进嘴里，边嚼边得意扬扬地说，这次准得很呐，大哥。二小姐领着一帮娘们儿学习开会哩，就在孙寡妇的裁缝铺后院。一抹嘴角上的酒水，信誓旦旦地打了个立正，大哥，这次要骗你，你骗了我，给你做下酒菜，嘿嘿嘿嘿。

陶二娃子眼光亮亮地一闪，啐了口小黑九，说烂货玩意儿，爷嫌臊气。通知弟兄们马上行动！

小黑九啪的一个立正，是，是！顺手抓了把猪头肉，边往嘴里塞边向室外跑去。

陶二娃子边扣衣服边冲着小黑九背影骂道，饿死鬼托生的玩意儿。一想到马上就能逮住二小姐抗日的现行，把二小姐这可人儿弄到这阎王殿的炮楼，任他二娃子折腾……

陶二娃子眼睛里立即冒出绿森森的光芒……

陶二娃子也是无意中发现东家二小姐在镇中学教书的。那日带着几个狗腿子在街上装腔作势地例行公事，边检查边收保护费，顺便在某个女人的脸蛋或屁股上狠狠地捏把，解了大馋似的开心得不得了。几个女学生模样的簇拥着一个穿月白褂子黑裙子的女子有说有笑地从镇高小走过来，陶二娃子觉得眼前亮堂堂的，像被阳光闪了眼一样的灿烂起来。小黑九直勾勾地盯着那个飘逸如仙的白褂子黑裙子，嘴角不禁流出了稀稀的哈喇子——啧，美人儿，美人儿哩。想当初，在张府，顺风顺水时，他小黑九最得意的事，就是腰挎盒子枪，带着两个狗腿子，上街调戏良家妇女。看到害怕的如小兔小鼠一样红脸秃噜、瑟瑟发抖、眼里闪烁着恐惧、到处躲藏的女人，他小黑九显得自己很高贵，很有成就感……

陶二娃子一眼就认出了二小姐胡彩凤。真是女大十八变，越变越好看，会变成凤凰哩。那个苗条瘦弱、小豌豆苗一样的二小姐几年不见，变得亭亭玉立，美得摇人心魄，陶二娃子伸出舌头快速地舔着嘴唇，咕咚咽下一大口唾沫，也没能压抑住狂跳的心。哎哟，彩凤真成了可人的凤凰喽。“身无彩凤双飞翼，心有灵犀一点通”，胸无点墨的陶二娃子突然在心底冒出了这句诗，当然这是以前听常捞金念叨过的。一想起常捞金，陶二娃子恨得牙根子疼。如果不是姚百里把他踹出账房，凭他陶二娃子的精明，早就通达了，不是个卵子坠着恐怕他二娃子也早飞上了天。如果不是常捞金这小野种抢了他的活计，凭他二娃子的剔透，凤凰雀儿的早就落到了他的枝头，吱吱啾啾地鸣叫出一个灿烂辉煌的春天来了。

哼！陶二娃子把手伸向了腰间的王八盒子，心里也恨透了自己的窝囊样儿，干什么不找个机会利用日本人的利刃除了潘驼背儿和常捞金呢？

二小姐啊。陶二娃子眼珠一转，赔着笑脸迎上去。

胡彩凤大眼睛扑闪扑闪的，像两颗剔透的黑葡萄，白皙的脸蛋上立刻涌现出两个迷人的酒窝，说，哎哟，二娃子嘛，出息哩，都队长啦。

不敢，不敢。在二小姐面前，还是胡家的长工。陶二娃子点头哈腰，全无了刚才的飞扬跋扈，一副低眉顺眼的样子。二小姐有什么吩咐只管吱声，董村这地界二娃子说了还算哩。

好啊，有二娃子罩着，彩凤就可以常带领学生平安地去采风访古了。身在异乡有旧相识就是自在。一只白嫩嫩的小手轻轻地拍在陶二娃子的肩头上。

陶二娃子觉得浑身的骨头都酥了，痒痒得舒服极了，一股沁人肺腑的香气随着二小姐的走近，立即传遍了陶二娃子的各个细胞，把个陶二娃子熏染得险些儿倒了。这二小姐真香，比花还香，比酒还醇。

陶二娃子扬起右手在小黑九他们面前一撇说，这是我家二小姐，狗东西们看好了，记清了。谁要惹二小姐，谁就是惹老子生气，老子可不客气。

小黑九他们立即冲着二小姐一通点头哈腰，把满脸的笑容噼里啪啦地丢了一地。二小姐好，二小姐吉祥。

女学生们笑得花枝招展，嘤嘤嗡嗡。

陶二娃子从此每晚做着相同的美梦，梦里总会有二小姐婀婀娜娜的靓丽身姿舞动着美丽的羽翼幻化成一只七彩凤凰落进他陶二娃子的怀抱里……

陶二娃子想疯了……凤儿，凤儿，我的凤儿。陶二娃子被自己的猫叫都惊住了。突然想起师父赖五那双神奇的毛茸茸的鞋来。若是得到此宝贝该是多美好的事情啊……

小黑九及便衣队的弟兄们说，二小姐不老实教书，总喜欢往村里娘们儿堆里钻，有重大共党嫌疑哩。

陶二娃子呸地啐了口唾沫，乜斜起鸡尿泡似的小眼睛说，扯淡，尽扯那弯弯溜溜的蛋。二小姐是大地主的女儿，千金大小姐呢，穷人们造她爹的反，难不成她吃饱撑的跟她爹这样的大户对着干？小黑九一脸的无奈，连声说看着像共党。陶二娃子一把扯过小黑九，眼珠溜溜地转动起来，秘密盯紧吧，不要暴露，抓现场抓现行，懂不？小黑九把头点得像鸡啄米，大哥放心，大哥放心，一定把这凤凰给你逮回来。陶二娃子狠狠地说，老子要亲自去逮。眼里突然冒出绿绿的光芒。

刚才，陶二娃子突然接到一封奇怪的书信，要他晚上十点到西街孙寡妇家逮捕共产党县委书记！不得有误，也不得走漏半点儿风声！

孙寡妇裁缝铺里一片漆黑。

小黑九伏在墙头上指着后院的一间屋子低声地说，大哥，看……

陶二娃子隐约看到窗棂里透出一丝微弱的光线，说明里面是点着明亮的灯光的，只是被人故意用什么遮挡住了门窗。

门口坐着一个人，无聊地看着天空的星星，不时地站起来悄悄地走动，没有什么动静，一会儿又坐了回去。陶二娃子知道那是流动哨，趴在小黑九耳边说，利索点儿，不要惊动里面，捉活的。

小黑九领人悄悄地溜下去。

陶二娃子喵喵喵地学了几声猫叫，看到坐着的人向这边走来。突然，一双有力的手把那人无声地按倒在地，被一团黑暗裹住了。

陶二娃子一声狗叫，四周响起刷刷的声音，孙寡妇裁缝铺后院立刻被围得水泄不通。

里面传出县委书记胡彩儿讲抗日道理的声音——日本鬼子杀我同胞，辱我姐妹，烧杀奸淫，无恶不作，罄竹难书。孙大姐的丈夫砌炮楼时被鬼子挑了，杨二姐的弟弟因和地主杨大王八争吵几句被抓进炮楼活活给汉奸打死……这血债……

咚——门被狠狠地撞开了。哗啦哗啦——窗户上伸进几只黑洞洞的枪……

区长胡彩凤和县委书记胡彩儿被捕了。

铁虎子哭丧着脸，把这个消息告诉了大队长常捞金。铁虎子狠狠地把拳头砸在自己的脑袋上，都怪我太听姚区长的话，没有跟随他去开会。我真是……

常捞金拧着眉头，眼睛一亮一灭地说，二娃子作死呢，这个种！轻轻扶起自责悔恨的铁虎子，冲着外边一声喊：去狐狸岗开车！

狐狸岗炮楼倒霉了。十几个鬼子和二十几个汉奸不知不觉中见了阎王。

一辆睁着雪亮大眼睛的汽车从高高的狐狸岗上风似的冲下来，向董村方向疾驰。车上站满了二十几个全副武装的鬼子。

董村镇炮楼。灯火通明，乌烟瘴气。

几个被剥光衣服的女人被吊在房梁上，在明亮的灯光里闪着年轻而诱人的光芒。旁边跪着一群惊恐的女人。

小黑九得意扬扬地拎着牛皮鞭子，光着汗津津的膀子说，小姐啊小姐，不好好在学校待着学习，跑出来宣传什么抗日。细皮嫩肉的，架得住这泡过水的生牛皮吗？哈哈哈哈哈哈。说着，用肮脏的手在美丽的胴体上摩挲，一把抓住一只鼓胀胀的乳房，咧开大嘴淫笑着……

那女人呸地啐了口血痰骂道，狗汉奸！狗……话音未落，小黑九一拳打过去，叫嚣道，漂亮的小娘们儿，娘的嘴挺臭的，不干不净哩，叫你骂！

那人立即喷出一口鲜血……

几个鬼子和便衣队汉奸被眼前的一切焚烧着，看到小黑九陶醉的样子，呼啦啦地围了上来……

小黑九看到那张年轻而滋润的脸，禁不住将臭烘烘的嘴脸凑上来，充满了无耻和淫荡。那女子咬紧牙关一头撞过去，把小黑九撞得眼冒金星，找不到南北了……

小黑九做梦也没想到可爱可怜的小妞会来这招，满脑子亲香肉肉啃香骨头的邪念立刻被撞成了嗡嗡的金星，那两颗宝贵的大门牙随着血水险些儿吞进肚子里……他凶狠地举起皮鞭……

八嘎丫路！房门被咚地踹开。一队挺着雪亮刺刀的日本兵气汹汹地闯进来。

太君……小黑九赔笑的脸僵在那里。一柄刺刀捅穿了他的后腰，露出血淋淋的尖刃……

董村炮楼的那几个鬼子和便衣队的正疯狂地糟蹋被捕的姐妹，被冲进来领头的那个鬼子军官一扬手撒出去的黑东西钉在了原处，连句话都没有哼出来，就噼里啪啦地倒下去了。

董村镇炮楼的冲天火光中，一轮红日正拖着五彩斑斓的云霞冉冉从东方升起，把整个大地照得亮堂堂的……

县委书记胡彩儿和区长胡彩凤被陶二娃子和几个鬼子押走了！

常捞金重重地将拳头打在砖墙上，溅起一阵火星——追！

陶二娃子看到远处董村炮楼的火光，站在船头，咧开大嘴哈哈笑起来。

刚才，他陶二娃子押着共产党县委书记胡彩儿和二小姐胡彩凤赶往炮楼，心里乐开了花，金票、官职在频频向他招手……突然，他的屁股挨了重重的一脚，陶二娃子娘的一声，看到二小姐冲他挤眼睛。陶二娃子喊声：快点押走！就和二小姐落在后边的黑暗里，眼睛里闪耀着喜悦的光芒。陶二娃子想二小姐准是要求他放掉她。只要二小姐让他陶二娃子那样一回，他陶二娃子就敢舍弃性命，放掉她……

二小姐说，看到信了吗？陶二娃子心里一惊，难道二小姐知道秘密书信的事？他赶紧拨棱拨棱脑袋，马上肯定这秘密通道在董村只有他陶二娃子知道，共产党二小姐绝对不会清楚。二小姐轻轻说，二娃子，你解开我，我给你看身份证明。陶二娃子立即摆摆手说，那不行。你跑了，我得吃瓜落。

二小姐胡彩凤狠狠地说，臭二娃子，你敢违抗上峰命令吗？本小姐是党国古皮城特派员！

陶二娃子乐得嘎嘎的，说二小姐是武汉中央特派员，我没根没据的，也不敢放。除非……

二小姐一脚又揣在陶二娃子的身上，瞪起愤怒的丹凤眼说，骚狗二娃子！本小姐以后找你王八蛋算账！说着，挺直腰身，对淫光毕露的陶二娃子说，证件在姑奶奶这里！

陶二娃子美滋滋地将手伸进了二小姐芬芳而柔软的怀里，从高耸的乳房中间摸出一个小小的硬皮本子——他觉得浑身都舒服死了……

陶二娃子将信将疑地划着火柴——硬皮本子上赫然盖着南京政府特务机关处的大章和钢印，二小姐仰起美丽的丹凤眼甜甜地笑着……

陶二娃子赶紧讪笑着解开捆绑二小姐的结实绳子，低头哈腰地说，二小姐，二小姐，怪我狗眼看人低，大水冲了龙王庙……

啪！一记响亮的耳光在黑夜里传出好远……

陶二娃子，想升官发财不？二小姐充满诱惑的声音。

想。想疯了。

好，立即按照我的命令办！

陶二娃子和董村炮楼鬼子小队长驾起马车冲进黑暗里。

潘石花听说常捞金受了伤，扔下子灵和子昂，跟着二小姐上了马车。一出狐狸岗围子，唰唰，潘石花被人捆了个结实，嘴里塞上脏兮兮的破布。她吃惊地看着坐在身边的二小姐胡彩凤。胡彩凤笑嘻嘻地说，常捞金不是好吗？看他怎么救你！呸！又一把推过一个女人，狠狠地说，这是你姐胡彩儿！你们都是常捞金的亲人、骨肉，和我二小姐作对，没有好下场！

胡彩儿哼着挺直腰身，将头撞过来……

陶二娃子咚地打过一拳，这一拳很厉害，打得胡彩儿满脑子嗡嗡嘤嘤得乱飞马蜂，但她努力挺起胸膛抬起头怒视着小黑九，写满了不服和挑衅……

对于这次工作损失，胡彩儿充满了悔恨。她可以随时赴死，但由于自己的一时软弱和疏忽，没听铁虎子的意见及时除掉陶二娃子这根钉子，结果把区委给毁了，给革命造成重大损失，这是不可饶恕的错误啊。千辛万苦积攒的力量，因为县委书记的妇人之仁而毁于一旦，说什么也不能给自己一个原谅的理由。胡彩儿啊胡彩儿，党教育多年，只是热情高涨，但经验不足啊……胡彩儿恨不能被鬼子和陶二娃子他们打得再凶些，再狠些，哪怕去坐那老虎凳喝辣椒水也心甘情愿，以消心中的怨恨和悔恨才好。

陶二娃子晃着狗蛋脑袋，凑近胡彩儿说，大小姐啊，我的好妹妹，放着胡家那么金贵的日子不过，跟着穷鬼们瞎折腾个球哩。常捞金是你弟弟？他惦记你吗？又转向潘石花说，常捞金心疼你吗？看他狗日的再有能耐，也逃不出二小姐画的圈儿……边说边用手淫邪地托起潘石花的下巴，手指轻轻抚摸着平滑鲜嫩的有两个酒窝的脸蛋，贪婪地把那张臭嘴痴迷地往那漂亮的地方凑去……

潘石花学着胡彩儿的样子，闷住头，一脑袋撞在陶二娃子的脸上，疼得陶二娃子娘啊一声险些儿昏过去……

他掏出王八盒子，顶在潘石花的脑门上，气急败坏地说，臭娘们儿，老子崩了你！

二小姐立刻给了陶二娃子一巴掌，说看你那副没出息的样子。

猴急什么，到了古皮城，潘石花就是你的了……

陶二娃子嘿嘿地笑起来……他此刻佩服极了二小姐。

当初，如果不是按照她的指示和命令，他陶二娃子早被常捞金堵在董村炮楼烧成了德州扒鸡。二小姐嘱咐他不要动用汽车、摩托，要套上马车静悄悄地潜回常捞金的老窝——狐狸岗，把他心爱的潘石花带上，再进古皮城。黑暗里，二小姐坐在车辕上回头问陶二娃子，恨常捞金吗？陶二娃子连个磕绷都没打，就恨恨地说，恨透了！怎么弄，听特派员的！当他们的马车刚拐出董村街，一辆气势汹汹的汽车瞪着明亮的大眼睛开过来，扬起冲天的尘土。二小姐马上命令将马车藏在沟沿下的树丛里。汽车呜地从身边飞过，陶二娃子清楚地看到常捞金坐在驾驶室里，眼睛闪耀着亮亮的光芒……他的身上立即出了一层冷汗……

接下来的事，更是让陶二娃子对二小姐的精明佩服得五体投地。

二小姐甜甜地喊开狐狸岗围子，让马车待在原处不动，呼呼地跑进去，不大一会儿工夫，就拉着潘石花从狐狸岗村中跑出来，把惊慌失措的潘石花推上马车，冲着围子上站岗的家丁喊了声——我们去看常管家！小心看护狐狸岗！

马车一上高高的狐狸岗，二小姐一个眼神，几个人就把潘石花捆绑结实，陶二娃子不知从哪里掏出块破布，狠狠地塞进了潘石花的嘴里……

二小姐说，下车！登船！

胡彩凤看着船舱里捆绑的两个女人，心里美极了：常捞金啊常捞金，你的两个最亲的人，都成了我的囊中之物，看你还神气得起来不？如果跟着我二小姐，跟着我走，怎么会有如此下场？常捞金啊常捞金，你不是本事大吗，撒开丫子追吧！等你跪在二小姐脚下，哭着喊着求我，看在我稀罕你、你还帅气的份子上，哼……

常捞金开足了马力，在通往古皮城的路上追着……但哪里有姐姐胡彩儿和区长胡彩凤的影儿啊……眼看就要进城了，城楼的灯光都能看得清清楚楚的，一道道探照灯如鬼魅的贼眼穿透黑暗，刺进深深的夜空里……

常捞金命令队伍停下来，等到天明化装进城。

几辆载满鬼子的汽车从王莽河边的刘和睦炮楼扬起一路灰尘，嘎的停在了古皮城日军司令部门口。共产党古皮城县委书记胡彩儿和二区妇救会主任潘石花被团团包围着押进戒备森严的日军司令部。

古皮城日军司令小川戒高兴得一夜未睡，抓住了共产党古皮城县委书记，简直是天大的喜讯！当他接到董村炮楼日军小队长的电话，激动地连说几句"吆西吆西"。命令小队长一定按照特派员的指示办，并立即命令刘和睦守军瞪大双眼，在王莽河上接应，务必将共产党县委书记押解到司令部！

小川戒向二小姐胡彩凤啪的一个立正——感谢二小姐！感谢特派员！

胡彩凤啪的还了个军礼——大日本帝国万岁！汪主席万岁！一指胡彩儿说，她就是共产党县委书记！我的堂姐！交给你们啦！

小川戒用手一指潘石花说，这个的……

胡彩凤嘿嘿笑着说，这个是我的仇人，我自己修理，不麻烦皇军……

吆西，吆西。二小姐随便。小川戒一挥手，对手下命令道，一级战备的干活！司令部不许任何人靠近，靠近者，格杀勿论！

哈伊！一片枪栓拉动的声音。

胡彩凤看到陶二娃子那副肮脏的嘴脸就心烦得要命，但在董村这个地方，可利用的也只有这个哈巴狗一样的男人。她就利用暗线给陶二娃子送去了秘密书信，把检查工作的县委书记和开会的妇女积极分子给掏了老窝……

胡彩凤看着潘石花被绑得如同一只大粽子，乐得丹凤眼眯成了一条快乐的缝儿。可恨的人啊，为什么和我争男人？常捞金那么好，也是你个柴火妞能染指的吗？她凶狠地抡起皮鞭，狠狠地抽向潘石花——贱胚子！贱女人！

潘石花咬紧牙关，瞪着愤怒的眼睛——狗叛徒！狗叛徒！

哼！本小姐是你们上赶着拉到共产党队伍的。想共胡家的产，没门儿！胡彩凤边抽边狰狞地笑着，用鞭子稍儿捅在潘石花的脸蛋上，说瞧你这张破脸，怎么就迷惑了常捞金呢……

潘石花的脸上流满了鲜血……

陶二娃子淫笑着说，准是她那东西迷人呗……

好，赏给你们啦！弄完了，送到窑子里！胡彩凤一甩手，对着陶二娃子几个人说。她快慰地噘起小嘴，她要看到常捞金的女人怎么在陶二娃子他们身下挣扎嚎叫……心里哼了一声，常捞金啊常捞金，不喜欢我，是要付出代价的。你的心爱的人马上就成为千人骑万人压的烂货儿……

哎哟——门口的人倒下去……

门，咚的一声被撞开了……

陶二娃子咕咚一声跪在潘石花面前，他知道谁来了——捞金，爷爷，赏我根铁钉吧。

铁虎子一把揪起陶二娃子，像捏小鸡一样把他提起来说，哈，陶二娃子，你想死痛快了吧，想得美！

陶二娃子泪水哗哗地流下来，嘴里含混不清地说，看在咱们小时候的面上，给个痛快的吧。我罪该万死，罪有应得……都是二小姐让我做的……她是武汉的特派员……

胡彩凤气呼呼地挺直腰板，丹凤眼瞪得大大的，对着常捞金说，都是我做的。姓常的，我做鬼也不会放过你！要杀要剐，本小姐说句孬话，就不是人！

常捞金遗憾地点点头，眼里闪过一丝悲凉的火花……

陶二娃子如同一堆肮脏的垃圾，瘫软在地上。他浑身哆嗦成一团，尿水顺着裤子往下滴答着，像只可怜的笨狗。

潘石花举起枪说，陶二娃子作恶多端，良心丧尽，丢了咱狐狸岗人的脸，丢了咱中国人的脸。当汉奸走狗，自取灭亡。呼——一颗子弹击穿了陶二娃子的胸膛。

呼呼呼呼——所有的枪都响了。陶二娃子被打成了筛子底儿……

潘石花恨恨地看着胡彩凤——小时候的二小姐虽然霸道任性，但还是可爱异常，是她的好伙伴。高高的狐狸岗上，二小姐和她手挽着手唱着歌儿踏进一片葳蕤里……

潘石花闭紧双眼，泪水从里面屈屈地流出来，那个可爱的二小姐哪里去了？她泪眼婆娑地看看二小姐，双手握住锋利的刺刀，朝着胡彩凤婀娜的身体捅进去……凤儿，你走错路啦！

胡彩凤张开双手，冲着常捞金扑过来……她美丽的丹凤眼里有个帅气的小伙儿……

黑夜。古皮城日军司令部。灯火通明。探照灯刷刷地劈开每个黑暗的角落。

一道黑影，在探照灯的间隙里一闪就消失了，如同一只夜出觅食的蝙蝠……

5. 县委书记是黄苹果

自从加入了党组织，常捞金心里终于找到了家。他觉得浑身有使不完的劲，如果不是县委有指示命令不要把狐狸岗炮楼里的鬼子斩尽杀绝，给初建的狐狸岗根据地带来不测风暴，毁坏掉群众基础，在敌强我弱的形势下忍耐忍耐，积极发动父老乡亲起来认清敌人的本质，做好斗争准备……以他常捞金的脾气和能耐，狐狸岗炮楼不知要被毁灭多少回了，可恨的小鬼子也不知要被砍掉多少头颅，葬身于异国他乡的土地上了。他绝对服从上级的命令，即使恨得牙根儿疼，也不得不压下火气来装顺民，还要做大量的思想工作来说服武工队里嗷嗷叫唤的队员。他在队伍里清醒地查看着，把一些思想成熟、进步的队员含泪送到军区部队里，就像当初说什么也不理解自己的好兄弟、班长五魁不是跟随他到狐狸岗工作，而是被送到了部队。常捞金也常常想站到战壕里面对面地跟小鬼子干，和自己的弟兄们一起掷手榴弹，抡起大刀片子砍破敌人的防线，但组织命令他利用管家身份配合县委做敌后抗日工作，他心里屈屈的，也不能说什么。当他看到这么多父老乡亲加入到队伍里，又对敌后工作的意义产生了崇高的敬意。兵民是胜利之本，毛主席的话真是真理啊。没有老百姓的支持帮助，再强大的队伍也是无根之木无源之水。他充分利用设坛授徒的机会和身份，深入到各个村镇开展工作……

东家胡长顺近段时间有些烦，减租减息可以理解，少收几两租子，少缴几钱银子，让老百姓在日本鬼子的铁蹄下得分安生，不被折磨死，他愿意。但侄女胡彩儿要求他把祖宗留下的地分给长工、佃户，以牺牲祖产换取太平，打死他也不会心甘情愿。他乜斜着眼反问道，我胡家支持抗日不？你们常说积极抗日，守土有责，我的土地也不是强买强卖来的，不是强取豪夺来的，是老祖宗从牙缝里省出钱来置办的。要求我丧失土地，没门儿！越说越气哄哄的。

胡彩儿抿嘴一笑，淡淡地说，亲大爷啊，也不是马上就分你的地。你要看清形势，鬼子汉奸不是因为你地多，家大业大，又是镇长，就不欺负你。你也不想当被人戳后脊梁骨的汉奸吧……

胡长顺用力地戳戳拐棍，败家子，胡家怎么出了你个败家子！人家都是有好处往家里划拉，你个败家丫头，却要把家产往外倒腾。十足的败家子！险些儿抡起拐杖去敲黄苹果的头。胡长顺看看丫头身后荷枪实弹的警卫员，把拐杖不停地敲击地面，翻起眼皮不再理会侄女。歇了会儿，胡长顺慢慢搬起指头来和侄女算起账，共产党得人心不假。咱胡家快成共产党窝子了。你爹、你不算，二丫头也不算，姚管家、常管家、潘老英雄、铁虎子……多少人都革命去了。鬼子是没摸出真事，要是知道了底细，你爷爷、你大娘、你姐姐、弟弟的都得挨……胡长顺做了个砍头的姿势。顿了顿，接着说，你们共产党讲理不？从捐款到设坛收徒，再到现在拉起队伍抗日，胡家搭的东西还少吗？你个共产党县委书记没个账目吗？咱爷俩今个儿算算……

胡彩儿咪咪笑着，把个黄苹果样的脸蛋支棱得圆鼓鼓的，大爷，好大爷。你的账，党给记着呢。

胡长顺一脸的委屈，喃喃地说，小鬼子不让人安生，还戴着顶汉奸帽子。败家子也不让老子省心，想方设法分老子的土地，得得得，没活路啦，把胡家挑了算了。我也入党，成为无产阶级！

黄苹果哈哈笑起来，大爷啊，置气了不是。你入党，我们欢迎啊！

胡长顺一摔拐杖，气汹汹地说，入党也不分地！

县委会议上，县委书记胡彩儿刚把自己和胡东家交锋的事一谈，常捞金忽地站起来，情绪激动地坚决反对，现在抗日形势很艰难，很艰苦，毛主席都说现在是相持阶段哪，党中央没有分田地的政策，这是冒进主义！眼睛亮亮的，吐了口气说，胡家同情革命，支持革命，是难得的开明人士。他做出的贡献不比咱们少，是抗日统一战线的重要分子。

姐姐胡彩儿脸色非常难看，她没有想到自己的弟弟、一员抗日干将，一向听指挥，从不过问命令是否正确，但现在在分东家的土地上竟然和自己唱起了对台戏。她脸色红润起来，黄苹果变成了粉苹果。

潘石花轻声说，我赞同常捞金同志的意见。委曲求全要不得，“左倾”冒进主义也要不得。中央没有具体政策之前，分田地只会使革命倒退，把我们团结起来的爱国人士逼向我们的对立面。

潘驼背儿咳嗽一声从一堆白色里抬起头，掷地有声地说，胡书记，你的思想是正确的。打跑了小日本，分田地让大伙儿过安生日子，三十亩地一头牛，老婆孩子热炕头，是咱庄户人家向往的生活。你完全可以代表县委向上级做请示，如果上级同意我们开展打倒地主、分田地运动，我们会听从县委安排，坚决执行县委决定的。

还有人支持胡书记的想法，但多数同志支持常捞金的意见。

黄苹果冷静下来，脸色慢慢恢复了平静，那块被弹片销去的皮虽然已经长好了，但肤色总比周围的深，一激动就会发红，像枚完美的苹果被虫蛀了一下。她低头看了看文件，肯定地说，常捞金、潘石花、潘老同志说得对，是我犯了冒进和主观主义，我会及时改正错误，谢谢大家！

胡彩儿还是留下了弟弟常捞金。常捞金一脸的笑模样，胡书记，我这个人性子直，有什么说什么，不藏不掖，对没把握的事，吃不准的政策，脑筋却顽固得很哪。

胡彩儿的黄苹果脸又绯红起来，不是你极力反对，我险些儿犯了大错呢。

常捞金粲然一笑，说胡家的地是你们家的，但不是你的。如果是你当家做主，说分咱就分，引不起什么大波澜。但东家对革命已经尽心尽力了，做到这份上，没几分肚量和胆识是做不到的。他那句抗战到底、守土有责的话很有意思……

胡彩儿理理散乱下来的短发，说我只是想提前做通大爷的工作，把咱们县的抗日工作经验推向晋察冀和全党呢。

常捞金哈哈大笑起来，县委书记也有私心呀。

胡彩儿黄苹果又变成红苹果，她举起小拳头狠狠地擂在常捞金的胸膛上说，不许取笑我……

胡彩儿对眼前这个好弟弟、好战士快速成长、成熟，变成敌人闻风丧胆的英雄——常旋风，充满了自豪。想当初在天津西医门诊偷探她和爹胡三接头怕损害了东家财运的毛头小子，到搂抱着战友对爹娘的惨死痛哭流涕的好儿子，再到庄严入党信誓旦旦的党员，到杀敌于无形的英雄队长……常捞金的形象在她的脑海里翻腾不休——常捞金真是个肝胆相照的好同志、好弟弟。

对于姐姐、县委书记胡彩儿同志勇于承认错误、知错就改的坦荡胸怀和党性原则及临危不惧的精神，常捞金心里很是佩服。作为古皮城敌后抗日县委的最高领导者，胡彩儿是极其优秀的。无论从政治思想觉悟、政策理论水平、对敌策略、发动群众，还是雷厉风行的工作作风，她都不输给任何男儿。在与之并肩战斗的岁月里，常捞金不得不对这个喝过洋墨水的大户人家的大小姐刮目相看。他开始认为姐姐胡彩儿能够投身革命是在学校接受了激进思想，是一时头脑发热，跟跟形势，做做样子罢了，在宣传、鼓动、发动群众方面有过人之处，真正到实践、实战中就会成为花瓶。比如在天津大洼秘密营地讲课，她的讲课就极具煽动性，让常捞金一下子就血脉贲张、激发出抗争的斗志。胡彩儿滔滔不绝、口若悬河的样子，黄苹果脸上写满了激昂——从俄国十月革命、党的创立、北伐战争、上海工人起义、四一二反革命事件，到八一南昌起义、万里长征、遵义会议、平型关大捷、国际反法西斯形势……常捞金被姐姐的博识征服了。

姐姐胡彩儿一下子给他打开了一个崭新的世界，让那徘徊的共产主义的幽灵像顽强的种子扎下了根，在肥沃的土地上迎来了灿烂的阳光、甘甜的雨露，没有什么可以抑制、压迫破土而出的态势……为什么会产生光荣伟大的共产党？共产党是做什么的？为什么那么多革命先烈、仁人志士愿意为它抛头颅、洒热血，前赴后继地为之奋斗？黄苹果的脸色绯红起来，一鼓一胀的，俨然成了娇艳欲滴的红苹果。她停了会儿，等待人们心底的回答。她话锋一转，将人们的思想又拉到了共产党战斗的历史洪流里，辛亥革命、袁世凯窃取革命果实、护法运动、军阀混战、日本侵占我中华……常捞金胸中的火焰越燃越旺，轰隆一声燃烧起冲天的大火，他有力地举起拳头，将心里的怒火、渴望像火山喷发一样发泄出来——砸烂旧世界！打倒国民党反动派！打到日本帝国主义！誓死不做亡国奴！共产党万岁！……

群情激昂，喊声震天！人们的脸上洋溢着战斗的喜悦，战斗的渴望。

当常捞金得知一道道如何与敌斗争、怎样发动群众、壮大武装的命令，竟然出自这个整日里嘻嘻哈哈、把头发梳理得一尘不染、小脸蛋收拾得干干净净、露出滋润黄苹果色泽的姐姐口中时，总是觉得不可思议，不能把二者联系到一起……

县委书记胡彩儿被吊在绳索上，衣服都被打成了布条，往外渗着汩汩的鲜血……

几个日本鬼子打累了，说着日本话——有的烹制辣椒水，有的站在火盆的旁边不停地翻动着里面的烙铁，还有几个对挂在绳索上的女子指指点点……

忽然，一阵风从铁窗棂子里吹进了……

噼里啪啦——日本鬼子你看看我我看看你地倒下去，连句话都没有说出来……

一道黑影嗖的窜进来——姐，姐，姐……

胡彩儿挣开肿胀的双眼，看到弟弟常捞金焦急而苦涩的眼神。她轻轻张张嘴，说石花……

常捞金脱下自己的衣服穿在姐姐的身上，又扒下一个日本鬼子的军装，麻利地套在身上，朝着外边的司令部大院扔出了手雷……

外边，也响起爆炸声……

轰轰轰轰——古皮城日军司令部立即变成了火海……

枪声嗒嗒响成一片，交织成一道道火舌，在岗楼、碉堡、堡垒里向门口疯狂地扑去……

一道黑影顺着屋脊嗖的消失在黑夜中……

常捞金和姐姐县委书记胡彩儿第一次并肩战斗，是护送延安来的领导去冀鲁边区鲁北军区传达党中央最新命令和指示的1941年的秋天。

黑夜里，常捞金看到姐姐黄苹果鼓鼓的大眼睛闪着亮亮的光，她没介绍领导和常捞金，边走边问常捞金收到县委指示没。常捞金低声说收到了，是护送……姐姐黄苹果把一根凉凉的手指挡在了常捞金的嘴上，轻声说这是秘密。常捞金觉得姐姐做事总弄得神神秘秘的，他这个区武工队队长接受的命令是护送一份重要的文件，没有告诉队员什么任务。他想不会是她带着那份文件吧？常捞金想说些什么，毕竟是自己的姐姐。在胡家大院里，她可是摆足了大小姐的派，对二管家爱答不理的，有事没事甩弄她的秀发，后边总跟着那个细高挑儿，煞有介事地敞开怀露着枪，眼睛一斜一斜的，看谁都像要伤害这大小姐一样。如果不是后来知道，这大小姐原来是失散多年的姐姐，常捞金一定会把那细高挑儿的灰军装扒下来，让他知道狐狸岗这潭水不是谁都能趟的。姐姐黄苹果一走，姚百里就撺掇东家设拳社、开拳场，常捞金只有听安排的份儿。后来，常捞金才明白这一切都是黄苹果安排的。现在，她即便带着多重要的文件，说几句亲近的话又能怎么样？从古皮城到冀鲁边区的德州、乐陵、宁津、庆云……这些地方，敌人怎么部署，什么装备，多少兵力，常捞金了如指掌，莫说送份文件，就是送一千人的部队，他常捞金也会眼睛不眨地轻松地安排出境，不响一枪一炮。如果组织有安排，顺便摸几个据点、杀几个小鬼子也都易如反掌，不在话下。姐姐黄苹果是不知常捞金的本事吧？姐姐不是亲眼看到他精湛的刀术了吗？

突然，三颗拖曳着短尾巴的照明弹明晃晃地升到漆黑的半空中，把身边的道路、壕沟、土坑照得亮如白昼，四周响起了激烈的枪声——他们被包围啦！黄苹果一把拉过一个黑衣人，放到常捞金的怀里，急促地说交给你了。你死了，也要保证他的安全！同志们，跟我冲！举起撸子边射击边朝南边庄稼地里冲。常捞金一手拉着黑衣人，一手拽住黄苹果，姐姐，这里地形我熟，我冲，你掩护。常捞金看到姐姐一双坚定的眼，还有一句硬邦邦的话——我是县委书记，这是命令！你死了，也必须保证他的安全！

日本鬼子的三八大盖、歪把子机枪刷刷地扫过来，打得尘土飞扬，有人哎哟一声倒下了……手榴弹轰轰地响起来，天和地都在震动颤抖……

冲！姐姐黄苹果带着人群向南面冲出去——不时有人倒下去……

常捞金心里那个急啊，犹如困兽，眼看着战友被鬼子汉奸的子弹咬住，在身体上开出鲜红的花……

常捞金气急败坏地把拳头狠狠地砸在地上。他在炮火光里看看身边的黑衣人，那人端着乌黑小巧的撸子，眼睛亮亮地看着冲杀的队伍，呼吸急促有力，像憋足了劲的牛犊子……

啊！老师姚百里！

敌人从四面八方涌上来，喊着捉活的，逮住姚共匪有赏！叽里呱啦的，伴着枪声冲来。

常捞金敏捷而镇定地看看阵地，趁着炮火暗淡下来，拉起黑衣人，朝后面的鬼子冲过去……

尖叫着拖着红尾巴的子弹从头顶上向南边飞舞……嗖、嗖、嗖——眼前几个黑影无声地倒下去。常捞金拖着黑衣人从敌人来不及堵死的口子里蹿出去，消失在茫茫的黑夜里……

常捞金和黑衣人涉过了古无棣河，伏在岸边的灌木丛里。北边的枪声依然响得厉害。

常捞金心里惦记起黄苹果和同志们的安危……

姚百里被安全地交给了鲁北军区派来接应的人。常捞金心急如焚地飞奔起来，向出事地点疾驰……

道路、土壕、土沟、草丛里撒满了金黄的弹壳，被炸起的土坑像一双双死沉沉的眼，无力地向天空和曙光诉说着无尽的痛苦，庄稼棵子被踩踏得流出黏黏的液汁，混合着鲜血横七竖八地倒卧在地皮上，二十几个勇敢的队员即使死也保持着冲锋的姿势和不屈的样子……

成群的黄皮子用寒光闪闪的刺刀恶狠狠地戳着，翻弄着，找寻什么必须找到的东西……

常捞金压抑住仇恨，消失在一缕金黄色的阳光里……

小野家，我一定亲手宰了你！一个仇恨的声音在空中炸开，不停歇地穿透晨曦、战场的硝烟和血腥味儿，传得很远很远……

在董村董海岭的把式房里，常捞金见到了胳膊被三八大盖穿透的县委书记胡彩儿。姐姐胡彩儿的黄苹果脸更黄了，脸上被弹片狠狠地刮破了一层，殷殷地渗着血。常捞金把鲁北军区交接函递过去，泪水顺着鼻翼淌下来，既疼姐姐受伤，又疼战友牺牲。他呜咽着嗓子，屈屈地说，任务完成了，我们的战友……

这次县大队损失不小，牺牲了十几个同志，二区武工队伤亡了七八个。县委书记胡彩儿的警卫员田小林也牺牲了。田小林用自己的身体挡住了那枚爆炸的日本甜瓜手榴弹，弹片刮破了胡彩儿的脸，削去了一层厚厚的皮，若不是鼓鼓涨涨的苹果脸，小巧的鼻子可能就被削掉了……

后来，常捞金才知道被黄苹果和二十几个战友用生命保护下来的那个黑衣人，就是鲁北军区新来的司令员姚百里，一个日后令敌人胆战心惊的抗日名将。在黑暗的路上，老师姚百里说，听说你小子进步很快啊。见常捞金对自己送文件感到疑惑，就说起他自己的经历：去延安后，到部队锻炼了几年，现在被派往山东……

后来，常捞金也清楚护送计划泄露，是姚司令的贴身警卫员叛变了革命，在延安就被敌特拉下了水，成为可耻的叛徒。后来，姚司令亲赴德州，大闹德州城，把叛徒林朝阳送上了西天。

见识了姐姐黄苹果的果敢、勇猛，见识了姐姐黄苹果面对皮鞭、刺刀大义凛然，常捞金才把那个只会耍嘴皮子打扮时髦的大小姐形象彻底赶走了！姐姐真是好样的！

护送任务完成后，常捞金问姐姐黄苹果，我带队冲锋不是更有把握吗？

黄苹果鼓鼓脸蛋说，冲锋，谁都能来，不就是不怕死，敢于牺牲吗？后边的事情怎么办？首长的安全怎么保障？完不成任务事小，党的机密怎么传达？问得常捞金一愣一愣的。

姐姐黄苹果一脸的灿烂，说你的功夫我早知道。要想不费枪弹，悄没声地保证首长安全，在咱县除了潘老，非你常旋风莫属……说得常捞金有些不好意思了。

几个月后，秋风吹黄了绿色，广阔的平原散发着成熟的味道。一辆挂着丝布帘子的三驾马车笃笃地行走在沧州官道上。常捞金一身黑绸缎衣裤，戴着一顶黑呢礼帽，大敞着的衣服里闪着两支乌黑锃亮的德国净面匣子枪，一拃宽的牛皮带把个腰身弄得紧紧的，骑在大青马上悠闲地哼着小曲。驾车的是个背负汉阳造的黄皮子，眼睛很精神。车里坐着古皮城县委书记胡彩儿。胡彩儿用一根黑丝带勒紧了齐眉穗短发，着一身亮闪闪的淡黄色旗袍，脚踩着一双浅黄色的高跟皮鞋，脸上涂满了香喷喷的脂粉，脸色白皙，也遮住了那块疤痕。她要到沧州大回民饭庄参加会议。

晋察冀边区会议之所以选在敌重兵把守、戒备森严的沧州城，上级有巧妙的安排。一是眼皮子底下最黑，二是心脏里最安全，三是大回民饭庄有坚固的堡垒，是有名的回奸回大官人开的铺子，满屋满桌子的日本人、汉奸走狗，谁也不会注意某个热闹的房间里召开什么会议，举办什么宴会。但常捞金不放心，说什么也要亲自护送县委书记胡彩儿赴会。匣子枪一掖，敞开大襟威风凛凛地跨上被陶老歪养得膘满体肥的大青马，扔给通讯员一身汉奸黄皮儿，说声开路的干活，催着活蹦乱跳的大青马笃笃地向北行。路上鬼子兵、汉奸拦下了盘查，常捞金坐在马上牛气哄哄地把怀里的证件甩出去，扔给汉奸——老子是古皮城狐狸岗镇保安大队队长！那汉奸横眉立目地拿过本子，里面横排着三枚袁大头，照片上是个杀气腾腾的人物，和眼前牛气十足的是同一个人，押着大日本驻古皮城司令部的印章。那汉奸马上换上副笑脸，一个劲地点头哈腰，大队长请，大队长请——顺势把那几块袁大头塞进兜里。遇到小鬼子检查，常捞金同样地把胸脯舒张开，露出那两支乌黑锃亮的德国净面匣子，一点儿也不落架。小鬼子出神地比对着人和照片，也欢喜地把银圆放在耳朵边儿吹口气听那悦耳的铮铮声。常捞金就会拱拱手，大气地说声太君辛苦，大摇大摆地顺着官道走。

守城门的一个日本军曹得了袁大头，还不依不饶地去撩拨车帘子探个究竟，军刀还没碰到柔软的布帘，嗖的一个黑东西咬下那鬼子的鼻尖飞走了。疼得军曹吱哇乱叫，捂住流血的鼻子直跳脚。一只黑色的鸟鸣叫着从人们头顶上飞走了，消失在茫茫的天空里。常捞金叉着腰哈哈大笑起来，指着天说，太君，小鸟的干活。小鬼子不耐烦地摆摆手，让他们赶快进城，对着空中叽里咕噜地一顿乱嚎。

常捞金龇着白牙，驾起马耀武扬威地踏进了沧州城。

胡彩儿抱怨常捞金，看看又能怎么样？不少胳膊不少腿的。

常捞金说我们的县委书记是朵美丽的花，小鬼子看到眼里就拔不出来了。不许狗日的瞅！我姐不是谁想看就看的！

惹得胡彩儿笑眯了眼。心里为好弟弟感到无比的自豪。有这样的弟弟在身边，什么危险都不会有！

一到会场，常捞金就乖乖地站在会议室就是饭店雅间门口左边，腆着肚子，袒露着双枪站岗、送菜，眼睛亮亮的，特别精神带劲。右边也立着个大敞着怀、匣子枪露出的黑汉子，瘦瘦的，高高的。

会议开到半截，一队鬼子宪兵闻到什么味儿似的扑进来，把大回民饭庄围得水泄不通。喧闹的大厅立即安静下来，菜水上冒油的声音都能真切地听到。

忽然，大回民饭庄不远处的街道里响起清脆的枪声。八路进城啦！八路进城啦！一片嘈杂的喊声响成了一片，枪声密集起来。喊啾咔嚓，饭庄门口的七八个日本兵得了瘟疫一样瘫在地上口吐白沫儿，枪子儿打在地面上发出扑扑的响动，溅起不少的砖末和尘土。饭庄里面的宪兵叽里咕噜地跑出去，朝枪声和喊声追去，连死尸都来不及收拾……

常捞金又回到雅间门口，嘴里咕咕叫着，像一只害羞的蛐蛐。

等刚才和常捞金同时飞出去的黑瘦高个儿气喘吁吁地从三楼窗户里钻出来。会议已经结束了。雅间门洞开着，里面的人热热闹闹地举杯痛饮……

你不是引鬼子跑掉了吗？瘦高个儿问常捞金，脸色黑红。

常捞金眼睛一眨，嚯，不解气哪，回来又放倒了几个倒霉鬼，放着枪跑呢。说得很轻松，好像领着鬼子跑的不是他，而是别人。

瘦高个儿赞叹地擂了下常捞金，兄弟，有你的！我还以为你甩不开鬼子宪兵呢。我差点儿被涌上去的宪兵包了饺子……

常捞金嘻嘻地说，包了饺子，也得崩坏鬼子们的牙。老子是砸不扁弄不动锤不烂炒不化的铁豆子！

瘦高个儿佩服地竖起大拇指。

你也不菜哇。围着半个沧州城跟鬼子打转悠，搅和得不赖。常捞金也赞许道。

听兄弟的口音，是南边的还是东边的？

古皮城的。老兄是西边的还是老冀？常捞金喜欢把晋察冀军队喊老冀。

回民支队！

马本斋。马司令？常捞金眼睛放射出羡慕的光芒，不由得上下打量起黑瘦高个儿，嘴里不停地说着回民支队真英雄，打鬼子不含糊！马司令更是这个！常捞金由衷地竖起两个大拇指。对于回民支队和马本斋，常捞金是熟悉的，耳朵里灌满了他们抗击日寇的英勇事迹。在晋察冀边区流传着：回民英雄马本斋，鬼子见了回娘胎；

新海有个南蛮子，专门打发小鬼子；雁翎队船儿长，打得鬼子喊爹娘；王莽河边常旋风，鬼子碰上就迷瞪，稀里糊涂送了命……

不待常捞金诉说流传的歌谣，瘦高个儿已经吟诵起来。常捞金脸色绯红起来，心想自己哪里能和抗日英雄马本斋、黄骅比呢？他们是铁汉子、真英豪，拉起队伍和鬼子硬碰硬……

瘦高个儿好奇地端详起常捞金，脸上充满了敬佩之色说，兄弟，凭刚才的身手，你八成就是常旋风吧。杀敌于无形，进敌人炮楼、军械库、粮库如入无人之境啊……

常捞金不好意思地拱拱手：敌后战斗不旋风不行啊，咋敢和回民支队比拟呀……

瘦高个儿一脸的灿烂说，今日败在常旋风手下也光荣哪。佩服之至啊，兄弟。

常捞金握住了瘦高个儿的双手，咱们的队伍眼见着就能连在一起了，够小日本子喝一壶的……忽然一道真气从他的手间迅速地传递到瘦高个儿的身体里，热乎乎的，像输入了一股暖流。常捞金说，功夫，也没什么神秘的，以后注意让气体走遍全身，再有杀敌的意念，就会突飞猛进的！

瘦高个儿清楚眼前的抗日英雄常旋风在给自己输真气，并热情地点拨武功技巧，他激动地啪的立了正，谢谢旋风兄弟，我一定多杀鬼子，让鬼子知道中国功夫的厉害……

常捞金坚定地说，是得让小日本子知道咱中国人的厉害！全民皆兵，全民参战，让狗日的心惊胆寒……

两双有力的手热烈地握在一起。

6. 李有德立了大功

大小姐胡彩云近段时间心里痛快极了。男人有出息了。

当了伪保长的李有德突然间变了个人似的，不再躁躁的像条野狗，张嘴骂街，抬手打人，好像这世界欠了他多少银子。对媳妇胡彩云和孩子们也充满了热情，不再闲不住腿出去乱疯，有事没事的窝在家里和媳妇孩子待着，安安稳稳地守着。一说起狐狸岗炮楼的邪乎事，眼睛里就流露出对巧妙夺枪人的敬佩，说把那帮狗日的小鬼子杀掉多解恨啊。斩草除根，看看他娘的能有多少小鬼子。胡彩云揽着孩子，眼睛里闪烁着遮掩不住的喜悦，连声说是呢，怎么不除之而后快只夺枪哩？李有德寻思了一会儿，一拍圆圆的脑门儿高兴地说，明白了，明白了，这是八路拿鬼子们当仓库呢，随时来取武器。拔掉了据点，可能断了财路，不划算哩。说着竖起大拇指撇嘴巴叉地连说几声厉害厉害。胡彩云好奇地看着李有德，轻轻地叹口气，八路穷啊。李有德笑模样地凑上来悄悄地说，你爹可能私通……右手伸出个八字来。胡彩云一脸的惊慌，死鬼，这话可不兴瞎说的。李有德抡起胖胖的手咚咚地拍拍胸膛，小声地说胡家那么多粮食跑哪里去了？陶二娃子那狗杂碎领着日本人去胡家祖坟挖地下仓库不也没寻到吗？眼珠一转说，大小姐，咱家也不能太落后了，放着也是被小鬼子这帮畜生来糟蹋来抢夺，喂了这帮狗日的，哪天被当作汉奸再给咔嚓了……脸上一阵惊恐，胖胖的嘴角跟着一阵哆嗦。胡彩云伸出一根葱白样的中指狠狠戳在李有德的脑门上，还知道当汉奸的下场啊。看你跟着小鬼子穷得瑟呢，抹了蜜一样，以为占了多大的便宜……李有德长长地叹了口气说，咱也不认识八爷啊，怎么……胡彩云一激灵，脸上立即堆满了灿烂的笑容，当家的，找驼背儿潘大爷去呗，他老人家能耐着呢。李有德高兴地一拍胸膛说，对对对，潘驼背儿挺神的。

狐狸岗炮楼的鬼子头儿小野家穿着厚厚的皮靴来了。结果赏了李有德两记响亮的耳光，笃笃地走了。

李有德捂着生疼的腮帮子委屈得直掉泪——粮食的真的被土八路抢走了，太君。

陶二娃子一脸的坏笑，说李大东家良心大大的坏了。李有德呸地啐了口带血的唾沫，瞪起圆圆的眼睛骂道，陶二娃子你个狗蛋，老子怕日本人，不怕你！少给老子装孙子使绊子。陶二娃子得意地眯起小眼睛哈哈大笑着说，那是那是，你是大东家嘛。顺手抄起桌上的一个物件，快速地跑掉了。李有德狠狠地在后面骂了句狗杂碎，心里直喊，值！值！喂了这帮畜牲那才是糟蹋呢。

晚晌儿，留着长辫子的潘驼背儿从门缝里挤进来说，大姑爷，不急不躁哈，粮食钱财只是在炮楼里暂存罢了，早晚要到咱手的……

按照潘驼背儿的吩咐，李有德跟着日本人又嘚瑟起来。大小姐胡彩云把个白白的后背晾给李有德，不许他碰。李有德扑哧地笑了，摸着媳妇颈间那块穿着黄丝线甲虫样的玉玦说，小宝贝，咱是白皮红心萝卜……

小野冢在五垒城据点被灭的第二天晚上，李有德招呼黑驴蛋、白毛鼠等一帮长工在大厅里喝得昏天黑地。李家洼笼罩在一片欢乐里。

狐狸岗炮楼新任鬼子小队长小泉流二郎很信服李有德。望着满屋子李有德送来的瓷器、玉摆件等中国的老玩意儿，高兴得哼唧着日本小调，手舞足蹈，像个张牙舞爪的螃蟹。小泉顺便找了个茬儿就把陶二娃子狗一样的给踢走了，把李有德提升到保安队队长的位置，并兼任狐狸岗区总保长，特许李有德晚上不值勤，可以随意回家搂老婆睡，并派遣黑驴蛋、白毛鼠人等二十四小时保护李大队长，出现任何差池就死啦死啦的。黑驴蛋们一阵噼里啪啦地敬礼——太君的放心，太君的放心，我们是东家的狗……小泉满意地笑了，吆西吆西。

李有德更加卖力气地给小泉四下里抢夺粮食和老物件儿了。但小泉流二郎还没热乎过手来，某个黑夜就被人悄没声儿地弄走了，吓得小泉直呼天照大神庇佑……

李有德也是一脸的惊恐，声音哽咽道，太君，太君，狐狸岗狐仙的干活。我的险些儿被一白狐爷摄了去的，幸亏有这块祖传的玉牌护身……从怀里掏出一块晶莹剔透的青玉送到鬼子手里。小泉爱惜地抚摸着，眼神中流露出贪婪的光芒。太君的稀罕？李有德躬起圆圆的背，脸上挂满了笑容说，送与小泉君吧。小泉感激地拍拍李有德圆鼓鼓的肩头，李大队长的好，吆西吆西。把穿了红丝线的玉牌急不可耐地挂到了长长的脖子上……

李有德心里憋不住地笑。他原先对鬼子大雄正男砍树，树能神奇的流血，大雄血尽而亡等事情，真的以为是狐仙爷来帮中国人杀鬼子除汉奸。潘驼背儿看着他那痴迷神往的样子敞怀大笑起来，声音爽朗地说，姑爷啊，那是我和常捞金使得套呢。潘驼背儿就把自己如何和常捞金在松树干里扎进鸡血，故意把小鬼子引到那棵树下逼大雄正男抽刀砍树，预存好的鸡血并没有干掉，不流出来才怪啦。李有德虽然听得明白，还是有件事弄不明白，血怎么会保持流动的状态呢？即使是新鲜的血，扎进松树里，一会儿工夫也就干屁的了，怎会在鬼子刀砍后立即就流出汩汩的血水呢？李有德想肯定有什么神仙在帮助他们啊。心里就充满了敬意，不敢大声出气了。至于大雄正男这可恶的小鬼子如何看不出伤痕却造成血液流尽成为一具有肉无血的尸体，也是他们师徒的杰作。点中大雄的死穴，在头皮里刺一梅花针，把人倒过来，放在一个大盆上，等鬼子的血流尽了，大雄正男再怎么能耐也不会缓过来，只能去找他的天皇报到。巧妙抢夺武器装备而不杀人放火、把炮楼夷为平地，却是常捞金的主意。杀鬼子痛快，一刀一个，一枪一个很容易，从精神上瓦解敌人的斗志，连中国的神仙都不助侵略者，比痛杀更厉害，更有效。按他老潘头儿的意思，来一个宰一个，来一对灭一双，把个小鬼子杀光灭尽，让他亡种灭后，岂不痛快！听了徒儿的话，潘驼背儿觉得很有些道理，快意恩仇固然重要，抗战大局也不能随意破坏，就在每次狐狸岗的战斗中，他施展武功抢枪为主，配合常捞金和队伍不露痕迹，不留尾巴，干净利落，让小鬼子汉奸们吃尽了苦头。但该杀的必须杀，该烧的必须烧，打击敌人的嚣张气焰必须要两手硬，灭掉敌人的身，毁掉敌人的心哪。

李有德听得熨熨帖帖的，对这个白鬓白须白辫子的老头儿和眼睛亮亮的常捞金充满了敬畏，心服口服死了。同时，也为当初的莽撞无理和飞扬跋扈而愧疚，人家没有深究和报复，全看在了媳妇胡大小姐胡彩云的面子上。唉，幸亏良心发现悔改及时啊。神啊，仙啊，饶恕我吧！阿弥陀佛，阿弥那个佛！

中国有种东西，很神奇，很神秘，也很神圣。那就是武功！李有德服死了，也高兴死了，潘老头儿能把这些秘密告诉他，说明他李有德终于得到了潘老头儿和常捞金的认可和信任……

把这些事和胡彩云一说，喜得胡彩云揽过他圆圆胖胖的脑袋一顿好亲，把李有德激动得直想哭，做好事真不那么难……

从古皮城日军仓库拉回被八路军夺走的武器装备的当天晚上，李有德派黑驴蛋把白眉白须的潘驼背儿喊过来，眼里冒着兜不住的喜悦。潘爷，大喜事，大喜事。鬼子后天上午十点左右，从天津运来一列车武器，从泊镇车站往古皮城、交河县等地仓库倒腾。小泉这狗东西要带着我连同五垒城、董村、洼里王等据点的鬼子汉奸，明天傍黑前全部到古皮城司令部报到，负责到车站押运哩。潘驼背儿高兴地抖抖白胡子，重重地拍了拍李有德的肩头说，你小子这次立大功了！

泊镇火车站。一阵轰隆隆的爆炸声把天地都弄翻了，火车和武器都飞上了天……

值班的鬼子说，爆炸前有一队日本士兵整整齐齐地走进去，没见出来……

那天，远在百十里外的狐狸岗也被震得土皮直颤抖呢，像发生了地震，静静的王莽河水跳起朵朵璀璨的浪花，怪好看的。

第七章

春天来了

1. 黑龙寺劫难

泊头火车站震天动地的爆炸声将古皮城黑龙寺供奉的黑龙王头上的峨冠齐刷刷地掀了下来，撒了一大殿的金光灿烂的碎片，使黑龙头颅突兀起来，露着黑漆漆的脸颊，暴露出以往所没有的凶悍，少了许多神圣感。了三大师惊愕地看着黑龙王威风凛凛的模样，双手合十，紧念了几声阿弥陀佛——黑龙王雕像不似东光铁佛寺的铁菩萨和沧州的铁狮子镇海吼一样，不是用极重的生铁铸成的，而是用金丝楠木搭成骨架，外面用八八六十四个地方的泥土黏合垛制雕刻出来的，历尽了千年的风霜，泥胎比铁还要结实。每年寺庙都拿出钱来粉饰雕塑，使黑龙一体崭新，发出熠熠的光彩。但泊头车站军火列车和弹药仓库的爆炸竟然把黑龙王头上金黄色流苏飘摆的峨冠连带着勒在脖颈里的一拃宽的黄丝绦、飘逸的博带震断，砸在明亮整洁的大殿里，没有砸坏香案、香炉、灯盏、供品，连人们下跪祈祷的坐垫与和尚们做功课静坐的蒲团都安安静静地待在原处……

了三大师念罢几声阿弥陀佛，白发白髯的脸上写满了安详，轻轻一抖宽大的僧袍，无妄之灾无妄之幸哪！顿时整座寺庙鼓乐齐鸣，钵磬共吟，诵声一片，香烟缭绕……

黑龙寺最后一座大殿是泰山行宫，依水而建，掩映在一片绿柳中，青瓦红脊，巍峨错落。里面供奉的是消灾祛难乐善好施的泰山奶奶碧霞仙子。在黑龙寺所有供奉的神仙里，泰山奶奶凤冠霞帔，相貌端庄，蛾眉粉黛，慈祥可亲，一副邻家母亲的善良本性和宽厚吉祥的气质。也就是说，泰山奶奶最像人间生活里的人，没有神秘色彩，只有神圣和庄严。

关于泰山奶奶，古皮城流传着这样一个传说——姜子牙辅佐周武王建立了周王朝后，天下统一，武王委派姜子牙分封神仙，封来封去把全国其他的名山大川、风水宝地都封尽了，就留下了一座东岳泰山。姜子牙早就知道泰山气势雄伟，风景秀丽，是个供人游玩的好地方，他原准备把泰山留给自己，可谁知半路里又杀出个程咬金，武王的护驾大将黄飞虎找上门来，非要把泰山封给他不可。两人正在商量，不知谁又走漏了风声，黄飞虎的妹妹黄妃也来找姜子牙要地盘，说是武王答应了她，要她来找姜子牙。姜子牙见兄妹二人争得面红耳赤，就赌气地对他们说：好了二位，谁也别争，谁也别抢，凭自己的本事，谁先登上泰山，泰山就是谁的。黄飞虎是个四肢发达、头脑简单的武夫，比赛日期一到，便骑上他的麒麟，日夜兼程，从京都直奔泰山。黄妃为比赛绞尽了脑汁，终于想出了一条妙计。比赛一开始，她先将自己的鞋子脱下一只，使了个神法，将鞋子扔到玉皇顶上，然后才不慌不忙地向泰山赶来。等到黄妃爬上泰山，兄长早在南天门上等得不耐烦了。黄妃赶到后两人争论起来互不服输，她建议自己住山上让哥哥住山下。等姜子牙赶来，一看便知道黄飞虎上了妹妹的当。可是他见黄氏兄妹都协商妥了，也不好再把事情说破，只好将计就计，把黄飞虎封为泰山神，把黄妃封为碧霞元君，一个在山下天贶殿，一个在山顶碧霞祠，也就是泰山奶奶庙，管理人间的疾苦。正如明朝万历二十一年（1593 年）王锡爵《东岳碧霞宫碑》记载的：“元君能为众生造福如其愿，贫者愿富，疾者愿安，耕者愿岁，贾者愿息，祈生者愿年，未子者愿嗣，子为亲愿，弟为兄愿，亲戚交厚，靡不相交愿，而神亦靡诚弗应。”这极好地说明了泰山奶奶在老百姓心里简直是有求必应、无所不能的慈母、圣母，香火旺盛，对泰山奶奶的信仰遍及大半个中国。虽是道教圣物，但黑龙寺还是把泰山奶奶供奉在自己的庙宇里，接受万民的顶礼膜拜，播撒神的普光，无论和尚还是道士、道姑，念几句“天母运合，玉阙真仙。金莲发苞，御制熊然……修真合道，受命天仙。敕封玉女，护世威严……人间祀仰，天地齐年。何灾不灭，何福不迁？遵承帝命，永劫绵绵……”就会心想事成，无灾无难了。

金碧辉煌的泰山奶奶殿里，隐藏着中共古皮城县委的临时办公地点。县委书记胡彩儿戴着遮耳的比丘尼帽，短发被掖进帽子里，露着光光净净的脖颈和黄苹果样的素脸，穿着宽大的灰色比丘尼僧袍，挂着一串乌黑的佛珠，鼓鼓的眼睛闪着动人的光芒。通讯员、办事员等男人多剃了头发或留着不能再短的黑发，扮作和尚或俗家弟子模样，女同志多竖起高高的发髻，随意地用竹、木簪子一插，披着灰褐色的道袍，或手拿拂尘，或抱着经卷在院子里走动，浑身散发着经年檀香的清香。昨晚泊头方向的那阵轰隆隆的爆炸，胡彩儿就知道常捞金和古皮城县大队得手了，将小鬼子的弹药送上了西天，泊头车站最起码半个月内不能动弹，运送鬼子给养、弹药补充、兵员的动脉彻底得了梗阻症，张狂不起来了。胡彩儿心里高兴极了，脸上挂着胜利的笑容。不是身在庙宇，左右香火飘荡，她一定会唱出声来。

对于黑龙寺主持了三大师能够在日本鬼子的眼皮底下把古皮城

抗日组织的最高领导机关放在寺庙内，而且全寺庙众僧尼相见都会单手于胸道声阿弥陀佛，师兄好，师姐好，一派亲切自然，好像他们原本就是寺里的一员，没有任何让人怀疑和疑惑的地方，胡彩儿很是感动。

都说佛门清净不理凡间俗事，但在外寇入侵的大是大非面前，了三大师和黑龙寺毅然决然地站在了抗日救国的阵线上。身为中国人，入佛门亦为本土僧，岂容倭寇横行？佛虽慈悲，无量于众生，教化于民众，但并非混淆事理不分正邪，须除恶务尽，以铲除蛇蝎佑民安居乐业为己任！佛义如此，岂敢违背！了三大师一眼就看穿了女县委书记胡彩儿的疑虑，铮铮有声地说道，白眉白髯里透出一股热烈的光芒，全不像久守孤灯黄卷、历尽沧桑的老僧人。

常捞金捂住嘴笑起来，笑姐姐胡彩儿摸着胡子过河——瞎小心，不信服师父潘驼背儿和他的安排，同时更赞叹师祖正义凛然的解释，将佛义的匡扶正义、扫除邪恶说得如此透彻，使他如听天籁之音，心胸开阔。

常捞金被了三大师瞪了一眼，蔫蔫地退到一边。

了三大师拍拍潘驼背儿背后的肉疙瘩，潘驼背儿立即挺直了腰身，白眉白髯精神得很。了三大师说，徒儿能有此造化，算是应了佛法啊。

常捞金往前凑凑，看着师父被师祖夸奖显出无限满足的神态，心里十分的痛快。了三大师捋捋长髯呵呵笑起来，不用夸徒孙了吧，旋风来旋风去，亦是佛门之幸哪。满脸的自豪。

胡彩儿看看潘老头，再看看常捞金，黄苹果绯红起来——大师原谅！小女子不懂这么深的佛法……黑龙寺前大街就是敌人的司令部，担心寺庙不净啊。

了三大师轻轻一甩宽大的僧袍，满面红光，我佛慈悲，佑人于心，度人于身！无忧勿扰，皆为定数……就命令僧尼收拾好泰山奶奶行宫，作为县委在古皮城的办公地点……

胡彩儿担心得有理。

日军驻古皮城司令部就驻扎在黑龙寺广场右手街道上张甫臣的府邸，一面迎风呼打的膏药旗插在三楼楼顶，气焰嚣张，从远处观看却在怒目圆睁的巍峨的石金刚山门下有气无力地耷拉着，显得龌龊渺小。不时有鬼子和汉奸从司令部涌出来，挓里挓挲地嚷叫着爬过九十九级台阶走进黑龙寺，值守的僧人要把全副武装的鬼子兵挡在门外，说佛门圣地不容兵戎相见。先是一顿混乱，鬼子用枪托子砸倒了几个理论的僧人，凶神恶煞地把枪栓拉得哗啦啦响，刀刺露出寒光。

了三大师披着走遍金线的红袈裟，一甩宽大的僧袍，枪啊刀啊都噼里啪啦地从凶狠的手里飞出去，齐刷刷地跺到石金刚的脚下。鬼子汉奸们一阵惊骇，对着白眉白髯的大和尚收起了凶恶的嘴脸。

了三大师一指古皮城保安大队队长黄大牙说，黄施主，佛门圣地，乃安详驱灾之地，哪里有什么危险，何苦舞枪弄棒的？烦施主与贫僧拜会县长，通与日本人罢。进寺庙烧香可以，兵戎践踏不得！

黄大牙知道了三大师的神通，赶紧低头哈腰地一通忙活，把日本军曹小江说服，拥着了三大师走进日军司令部和县政府。

张甫臣从椅子里站起来，躬身作揖，大师辛苦，大师辛苦。

了三大师一抖红袈裟，一阵红光闪耀，把整个办公室映得金碧辉煌。黄大牙觍起笑脸，把了三大师不容当兵的拖枪带刀进入寺庙对县长学说了一遍。

了三大师定定地说，千年古刹佑我古皮城，县长大人不会想到你这里给毁了吧？

一想起自己的先辈被了三秃驴戏耍，头顶上生出两穗弄不下拽不动的高粱，张甫臣心里就惊慌得很，也恨得很。他一眼灿烂，腆着油光锃亮的胖脸说，大师提醒得是，提醒得对。黑龙保境安民，大慈大悲。本县就通知属下，勿要逞强示武，慢待了黑龙爷……

了三大师看一眼日本军曹，日本人也不许兵戎践踏！张甫臣瞅瞅脸绷得紧紧的小江，一脸的无奈，这……这事难办哟。皇军……

了三大师说，东瀛小国也是佛光普照之地，从我中华传播而去的……

军曹小江刚想瞪眼发火，被黄大牙轻轻碰了下胳膊……

了三大师把目光盯在他的脸上，像刀子一样，夜郎自大吗？你们闹得凶，毕竟是要走的。这里是中国！

小江巴嘎一声，抽出凶狠的战刀……

了三大师微微颔首一笑，那刀不自觉地到了了三大师的手里。了三大师握住刀把，用右手拇指和食指轻轻顺着刀刃滑下去，口里赞叹道，真是好钢口……那柄寒光闪烁的战刀如面条一样在了三大师指缝里颤抖，了三大师一收手，刀柄上便凝结了一块圆圆的铁疙瘩，顺手一抛，那物件咚的钉进了张甫臣办公桌后边悬挂的日本膏药旗的红心里，刀柄深深地扎入砖墙中，铁疙瘩如拳头一般探出圆滑的头……了三大师一扬手，把手放到长长的白髯上悠然自得地把弄起胡须来，那军曹不知被什么呼的一声扫出了屋子，跪在门槛下冲着里屋直磕头……

张甫臣惊出了一身冷汗。一切来得那么突然，又那么不经意，了三大师只不过是欣赏日本战刀，挥手抚摸自己的胡须而已，既没有看出大师用功，也没有看到大师动作，刀就成了钉在膏药旗中心的拳头，小江就跪倒于门外叩首……

张甫臣来不及擦拭面颊和身上的汗水，只顾点头称是了。

了三大师拍拍惊魂未定的张甫臣，你是一县之长，保护黑龙寺也是你的职责所在。县长大人好自为之吧……一抖袈裟，收起一屋子红光，目不斜视地走了。在门口，闪着金光的袈裟罩住了军曹，小江的头还没从地上抬起，就稀里糊涂地坐在了张甫臣宽大的皮椅子里，那军刀攒成的“铁拳头”从墙上无声地落下来，正砸到他的脑袋上，小江苶呆呆地支棱起胳膊看着了三大师走出司令部，一句话也没吭出来……

不待张甫臣向日军司令部提出了三大师的要求，军曹小江啪的一个敬礼，对司令官小川戒说，佛门净地，神圣不可侵犯……叽里咕噜一通日本话，把个张甫臣和黄大牙弄懵了……小川戒终于同意，当兵的进寺庙不得携带刀枪。并双手合十，恭恭敬敬地念了句阿弥陀佛。把个张甫臣和黄大牙看得迷迷瞪瞪的，一个劲地点头哈腰。

小川戒对于共产党县委书记在里三层外三层重兵把守的刑讯室被人轻易救走颇为惊慌：不是有神灵保佑，就是救人的就是神……他在心里祷告，中国真是个神奇的地方啊。还是收敛些张狂吧，哪天那神人穿堂入户，再赏自己一根铁钉，都不知怎么去见的天皇陛下……小川戒在日本就非常信服佛教，信服神灵，看到小江那副诚惶诚恐的神态，就清楚小江绝对看到了什么，不得不做出以上的命令……

跪在黑龙王脚下的小江一副诚惶诚恐的模样，连军服都没穿，换了身褐色的和服，双手合十，口中念念有词，虔诚地礼拜着……

新任古皮城司令官武藤五郎到任第一天，就趿拉着木屐，穿着一身宽大的黑和服，一步步踏上九十九级台阶，跪伏在黑龙深邃的目光里，身后跟着倒下一片黑和服……

小江军曹哈着腰耐心地领着司令官在如来殿、菩萨殿、财神殿、老子殿、泰山奶奶殿转悠，不停地用日语讲解，好像小江通晓这里的一切，根本用不着跟在屁股后面想献殷勤的张甫臣。

在泰山奶奶庙里，小江见到了白眉白髯的了三大师，赶忙躬身双手合十，虔诚地问候大师好，大师安康。

武藤五郎定睛观看白髯飘飘的了三大师，一伸手抓住了大师的手，阿弥陀佛！武藤只觉得被一股罡气笼罩，顺着经脉热辣辣地游走，逼得两眼模糊起来……武藤明白眼前的人是个功力深厚的大家。没来得及想什么，马上放下司令官的高贵和矜持，扑通跪伏于了三大师脚下，拽住飘逸如仙的袈裟，说大师请教。

了三大师呵呵地右手抚弄长髯，武藤被拉直了身体，站在一片红光中。使不得，使不得。了三大师目光炯炯地说，司令官也是学武之人，师父不是随意就认的。请阁下自便吧。了三大师扫一眼慈眉善目端庄秀丽的泰山奶奶，在阿弥陀佛声里走了。

武藤看看身边的黑和服们，对着了三大师红彤彤的背影长长地叹了口气，咕咚跪在了泰山奶奶的雕像下……

武藤五郎心里像家乡北海道的海浪一样翻滚不止，被了三大师拒绝是早已意到的事情，谁会有心思把高深的武功传授给一个侵略者呢？

想当初加入黑龙会来到中国，他武藤只想找个名师指点多学习些功夫，并没有想加入军队进行残酷厮杀，但为了天皇为了大日本帝国，他必须服从安排，穿上了军装。他每到一处都挖空心思寻觅武功秘籍，以图从中国古老深厚的武术传统里得到帮助，但事与愿违，他遇到的都是些嘴把式。他每次在切磋中都会狠狠地用武士刀劈了那些师傅们，以解被欺骗被耍弄的心头之恨。

刚才，他看到白眉白髯的了三大师被一团红光掩映，浑身上下散发出练武人特有的罡气，马上动手测试，结果被那团气息包裹，霎时经脉尽失。武藤五郎觉得踏破铁鞋无觅处，在小小的古皮城的黑龙寺里又柳暗花明阳光灿烂了，诚心诚意地想拜大师为师。怎么把跪下去的腿脚被顷刻拉直的，他不清楚，只是感到有一股力从膝盖处贯穿进去，身上的血液逼迫骨骼、经络不得不去做挺直的动作……

真的遇到了大师！这种感觉是多年前在天津卫与乡下的胡家二管家常捞金那儿品尝过的……难道这小小的庙宇里真有梦寐以求的神功吗？

武藤发现了新大陆一样亢奋起来，对着高高在上的泰山奶奶直喊欧巴桑。这尊大神，多像慈祥的母亲啊！有了她老人家的庇佑，他武藤一定能在古皮城得到心仪的东西！武藤高兴地一直腰，正看到一双熟悉的眼睛——不大不小的噙满亮光！常管家，常大师！

留着黑头皮、着一身酱色比丘服的常捞金双手合十地站在泰山奶奶殿里，他是向县委汇报夜炸泊头车站、将武器弹药运送献县工作的，结果被武藤五郎一班鬼子堵在了庙里。他身边站着比丘尼打扮的县委书记胡彩儿。

武藤兴奋地抓住了常捞金的袖子，常管家啊，让武藤找得好苦。

常捞金自然地摸摸黑头皮，笑模笑样地说，武藤太君哪，本人信佛，是黑龙寺的俗家弟子。每月十五都是要来拜佛参禅的。

武藤眨巴眨巴眼，看看四周的僧尼，再看看依然虔诚合十的常捞金，哈哈大笑起来。常管家礼佛之人，佛佑我们相见，亦是佛缘呢。

常捞金冲着泰山奶奶低首拜拜，把手放下来，佛缘佛缘，佛度有缘人哪。轻轻一带武藤抓住的手，武藤太君，殿外说话吧。武藤感激地点点头，黑和服们一阵叽里咕噜，被武藤用日语狠狠地支到一边去了。

泰山奶奶庙外阳光一片，洋溢着檀香的气息。

还切磋吗？常捞金一弹宽大的比丘服袖子说。

武藤赶紧摆手，不敢不敢，在下领教了管家的身手，不敢造次了。

常捞金哈哈大笑起来，太君刀坚刃利，所向披靡，攻城略地，难不成想认我为师吗？

武藤赶忙哈下腰，一脸的虔诚，正是，正是此意。

常捞金挽挽袖子，一脸得意地说，不就是功夫嘛，没吗高深莫测的。我天生抡锄杠子的手，推车拉磨的身子，空有一把子力气而已，不敢为师哇。常捞金做了几个锄地、推车拉磨的动作。说瞧瞧，像功夫吗？

武藤笑逐颜开，连说几句像像像。

常捞金乜斜起眼，除了抡锄杠子像人做的事，推车拉磨都是牲口干的活呀。你的东瀛擒拿术，像什么？

武藤沉思了半晌，恍然大悟道，像熊，像狼，像鹰……

常捞金用力拍拍武藤的肩膀，对喽，对喽。中国功夫师传于日本，都是象形的，起源于动物的格斗技巧，没什么大不了的神秘，是吧？中国的老虎、熊罴和日本的老虎、熊罴没什么不同吧？我和太君你都是一个脑袋两个胳膊两条腿，是吧？只不过我是长工，你是军士罢了……

武藤觉得从肩头一直传到脚后跟都是那种热辣辣的真气，对眼前的常大师的分析佩服得五体投地，他清楚日本功夫确实师承中国，也知道无论中国还是日本的武术，都是象形的，但他始终不解的是何时才能将全身的气息调整到常捞金那样运用自如，弹指一挥间，杀敌于无形中……

见武藤痴迷地盯着自己的手掌，常捞金嘿嘿地笑着说，这里这里。常捞金一指自己的心口窝。这里要装武德。武德，懂不？你师父没教你过吗？

武藤点点头，武德就是不能逞强好胜，不能滥杀无辜……常捞金正色道，武藤太君既然知道何为武德，怎么穿上军装挥舞起屠刀来中国呢？武藤眨巴眨巴眼，想解释说这并非初衷……

常捞金一甩宽大的僧袍，是非不明，难练真身，不可教也！倒背着双手笃笃地走了。

几个黑和服杀气腾腾地欲冲上去拦住常捞金，被武藤喝住，对着常捞金一揖到底，谢常大师教诲！眼睛扫过巍峨庄严的庙宇，露出奸诈的笑容……

武藤想，这座神奇的黑龙寺一定藏有上乘的武功秘籍！

泊头车站被炸，小川戒被调到泊头任司令官。

小川戒对接任者武藤想说什么，低首沉默了片刻，还是趾高气扬地走了。小川戒对于逮捕县委书记，而又莫名其妙地被人救走这件事，感到非常恼火，但又无能为力，看看二小姐和陶二娃子惨死的模样，再看看刑讯室的悲惨现场，大日本皇军东倒西歪横尸室内的样子，他就清楚来人绝非等闲之辈，一枚枚小铁钉准确无误地钉在士兵的脑门上，留下冲击力极大的痕迹……小川戒庆幸自己没有将逮捕共产党古皮城县委书记的好消息马上报告给沧州司令部，也庆幸自己没有煞有介事地去亲自审问共产党县委书记，否则，自己早就被人送回了老家，也不会被提升为泊头日军司令部的长官……小川戒看看武功卓著的武藤，心想，还是以武功对付武功吧。武藤是黑龙会有名气的武术高手，军队也是看到他这点优势，才重用武藤的。小川戒觉得古皮城这地方藏龙卧虎，厉害厉害的……

武藤接任小川戒的职位。当武藤看完下边各炮楼据点汇总的战况，尤其是小野冢被钉死、大雄失血而亡、共产党县委书记被救的蹊跷事，武藤心里就明白这根本与神怪无关，一定是出自杀人无形的身负高深武功人之手。对前任小川戒没有交代这件耻辱的事情，他嗤之以鼻。莽夫之辈，动枪动炮，打打杀杀还行，通过现象看透事情本质，就不是一般的军人能明白的。因此，武藤更进一步坚信了黑龙寺藏有绝世秘籍的想法。抡锄杠子也能练出神气贯通的功夫，简直是骗人的鬼话。如果抡锄头都可以成就超凡脱俗的神功，中国将有四万万个武林高手，再强大的日本帝国也休想凭借船坚炮利抢占一寸中国土地……常捞金在狐狸岗居住，狐狸岗炮楼丢粮丢枪丢炮，大雄失血而亡；五垒城离狐狸岗咫尺之遥，一个箭步就能窜到五垒城炮楼上，小野冢先是在狐狸岗炮楼因丢枪丢粮被调离，后在五垒城炮楼遭到灭亡……这其中必与常捞金脱不了干系！

一想起常捞金，武藤就恨得牙根儿疼，但又抓不住他的把柄，就派人秘密盯紧了司令部北边的黑龙寺……

武藤五郎最近总是坐立不安，有事没事地跑到司令部门口向巍峨高大的山门张望，或站在三楼的房间里用望远镜审视那片烟气氤氲的庙宇，企图发现些什么可疑之处。派出的人回来汇报说，黑龙寺一切正常，香客盈门，香火旺盛，没什么不正常的动静。武藤不耐烦地摆摆手，看管仔细喽，把他们打发出去。

夜黑起来。黑龙寺淹没进一片黑暗里，耸起高大宽厚的头颅躺在满天星斗里安睡。

一道黑影从石金刚上飞掠而进，顺着黑龙王大雄宝殿往庙里疾驰……

了三大师的禅房灯火通明，一股经年的檀香华盖一样笼罩着那团光芒，忽明忽暗，像个安详的梦境。了三大师端坐在一尊紫檀木泰山奶奶塑像前的蒲团上，双手合十，做晚课。自从泊头车站军火列车和弹药库爆炸，震碎了黑龙王头上的峨冠博带，了三大师就预感黑龙寺的劫难到了。抗日形势越来越明朗，日本鬼子正走下坡路，人民的武装越来越壮大……了三大师提真气降服了跪拜认师的武藤，只觉得内力大不如前，有什么阻碍住了似的，不能随心所欲了。他此刻坐在泰山奶奶脚下，努力调息着，有股气总是不听指挥，在体内四处乱撞，直顶得脑仁儿疼……了三大师沉下心来，让那气团顺着胳膊游走到手指上，他看到一道蓝色的光柱在指间跳跃，他阿弥陀佛一声，长长地叹口气，佛祖召唤他的时辰要到了。想想这一生，为民伸张正义，扶贫助弱，教化弟子无数，最让他自豪的是徒儿潘驼背儿能悟出真谛加入先进的组织，把徒孙常捞金打磨成了杀敌的利刃。了三大师露出欣慰的笑容。

屋顶有窸窸窣窣的异响，了三大师知道谁到了。他把那道蓝光捧进手心里，喃喃自语，孽障终于来了！突然展开双臂，一道蓝光顿时罩住了整个房间，把整座寺庙映得蓝汪汪的——

武藤五郎身着夜行衣，伏在了三大师窗户上方的瓦楞间往里窥视。一道耀眼的蓝光从了三大师张开的双手间飞腾出来，灼瞎了他双眼一样的令人眩晕，武藤觉得自己宛若一片枯叶被北海道的狂风吹起来，咚的扎进屋前那棵枝繁叶茂的松树里……

不知过了多长时间，武藤五郎睁开了红肿的双眼，天色已然蒙蒙亮了。寺庙中静悄悄的，只有香火撕咬空气和晨曦的微弱波波声。武藤动动僵硬的身体，知道自己还活着，没有被了三大师那道蓝光所灭。武藤爬下树，来不及摘掉身上的松针松刺，悄没声地打开了了三大师的禅门。

了三大师安详地坐在烛光里，白眉白髯安静地垂着，双目紧闭，双手安然地放在盘坐的腿上，红光满面地对着眼前的碧霞仙子……

了三大师坐化了！

武藤飞快地从泰山奶奶座像下拿出那本古色古香的描绘有一个

展翅欲飞武者形象的书，向黑龙寺外奔去……

2. 五垒城鬼影

潘驼背儿心里非常难受。师父让他将黑龙寺内的金银器物和一些古老的经卷装箱打包运出古皮城时，潘驼背儿就清楚师父这是临终托付事情了。白发白髯的驼背儿伏在师父了三大师的怀里泪水横流，实在舍不得师徒，忍受不了生离死别之痛。了三大师轻轻拍拍鼓起的驼背儿，老喽，佛祖旨意不可违啊。为师一生行善，度化磨难，枉活了几十年。能看到徒儿有此善果，足矣。生死轮回，非人力所能违。此金银器物乃寺庙多年购置，送与你们组织买枪购炮吧，也算了了贫僧最后的愿望……潘驼背儿哭得孩子一样。了三大师爱惜地摸摸潘驼背儿的白发、辫子，用手擦尽他脸上的泪水说，一切皆是定数哇，徒儿。师父我现在很羡慕你找对了方向，跟对了人呐。将来的中国必定是共产党的天下！徒儿努力吧！说毕，双手合十，念了声阿弥陀佛。

潘驼背儿想起当初姚百里问询国事如何发展，他不假思索说袁世凯不行了，走回头路是吃亏的。蒋介石、汪精卫也不能成事，旺盛不了，他们背离了孙中山先生的遗愿，是要遭天谴的。唉……说到这里，潘驼背儿长长地叹了口气，两眼露出苍茫的光，可惜了，泱泱中华，没有个正头香主……姚百里仰天大笑，没听过共产党吗？潘驼背儿捋捋白胡须说，听过啊，但在南边山沟子里憋屈着，不到北方大地方伸伸腰、踢踢腿，难有大作为哩。姚百里感兴趣地问，潘老，耳根子够活泛哟，怎么个看法？潘驼背儿呵呵一笑说，自古到今，成大事都在中原，在北方。共产党的主张很好，只要到了北方，就能做大发喽。只要共产党到了北方，我就加入！瞧你那意思，嫌我老潘头儿老眼昏花不中用了？姚百里拊掌大笑，你耳聪目明啊。共产党也不是武功秘籍，有什么好主张能吸引你注意？潘驼背儿眯缝起眼看着姚百里，真以为我老棺材瓤子了哈，真以为我只喜欢武功啊。你和胡三他们那点儿事，我都知道。

姚百里吃惊地瞅瞅潘驼背儿，每次行动都是秘密的，怎么没瞒过他的法眼呢？看到姚百里惊异的样子，潘驼背儿嘎嘎地笑着从怀里掏出本薄薄的书，《共产党宣言》，我看了好几遍哩，这俩外国大胡子老头儿说得好哇。轻轻将书放进姚百里的手里说，不够义气，有好事也不通知我声。

姚百里看看手中的《共产党宣言》，是他那本深藏于秘密处的宝贝。

潘驼背儿一拍姚百里，别瞎猜啦，你在我眼里没有秘密。共产党还有什么秘籍和策略告诉我吧。潘驼背儿一脸的庄重……

……他潘驼背儿永远也忘不掉，面对那面镰刀锤头红旗宣誓的场景……从那刻起，潘驼背儿才觉得自己找到了温暖的家，比老爸传授的武功和师父了三大师的佛经还让他兴奋，使他年轻了二十岁……

此刻，师父了三大师轻轻擦拭他的热泪，他感到师父博大的心胸里奔腾着千军万马，他怎么舍得离开他老人家呢……了三大师又拍拍他鼓鼓的驼背儿，跟对人了，就可以挺直腰杆子了。为师最后的心愿，徒儿一定要办好。听组织的话，不可乱来……

潘驼背儿狠命地点点头，唱了声阿弥陀佛……

师父圆寂的消息还是让早有心理准备的潘驼背儿吃了一惊，心扑通地跳了一下，仿佛停止了，师父，师父——两腮挂满了大滴的热泪。

武藤五郎心里美极了，得到了梦寐以求的武功秘籍是天大的快事啊。他来不及更换服装，从怀里掏出那本掩藏于紫檀木雕像底座的古书，小心翼翼地展开，冲着它深深一躬。

武藤认真地翻看起来，像捧着无价的宝贝，虔诚而亢奋，激动而精心。看着看着，这本梦寐以求的武功秘籍，原来却是中国古籍《五禽戏》！武藤气愤到了极点，那些模仿动物的招数在他手里幻化为强身健体的场面，或缓或急，或勾或拉，或伸或舒……他狠狠地把那古书砸在桌子上。那书在桌子上颤抖了几下发出一阵嘲笑……

武藤冲着外面声嘶力竭地喊道：集合队伍，黑龙寺的干活！

黑龙寺劫难到了。一片片稀里哗啦声里，能砸的全砸了，能翻的全翻了……就是没有找到武藤司令官想要的东西。

拄着战刀威风八面的武藤五郎气急败坏，一指被羁押在一起的僧尼们，又一指巍峨高大的寺庙，恶狠狠地命令，统统死啦死啦的，统统烧光！

张甫臣咕咚跪在武藤脚下，哆哆嗦嗦地哀求，太君，司令官阁下，使不得使不得……这千年古刹是古皮城的魂啊……

武藤气汹汹地骂道，什么的魂，天照大神才是魂！烧光烧光！

冲天的大火燃烧起来……

武藤没有忘记看一眼坐化于火光中的白眉白髯的了三大师，心里得意扬扬……什么功夫，什么武术也比不上帝国的枪炮……

忽然，武藤五郎觉得脖颈一阵发凉，一团白色的影子在眼前一闪，火光里的了三大师没了踪迹……

一股热辣辣的血从发凉的地方火山喷发似的喷射散发出来……武藤最后一眼看到自己的躯体没有了头颅，脖颈里向上喷着鲜血，咕咚地倒下去……他好像还听到了身边响起密集的枪声……

高高的狐狸岗上堆起一座高大的坟墓。大理石墓碑上刻着黑龙寺主持了三大师的名字。

古皮城日军司令部高高的旗杆上插着一颗血淋淋的人头，面目狰狞，冲着北边烧尽的黑龙寺方向，巍峨的石金刚怒睁四目恨恨地看着他……

县长张甫臣最近总做噩梦。冲天的大火把黑龙寺烧得断壁残垣，也让他的心成了灰烬。多可惜的黑龙寺啊，在他的手里说完就完了，断了他的财路。黑龙寺香火旺盛，可以给县财政弄多少银子啊，也可以塞满撑破他的腰包……可恶的武藤，可恶的日本人！张甫臣痛恨到了极点，唯一让他欣慰的是，在他的哀求之下，古皮城日军副司令官小泉流二郎还是放过了战战兢兢的僧尼，他打算把僧尼们集合起来，再收拾黑龙寺的残局，把庙宇重新建设起来，从中多捞几把……黄大牙说秃驴们早跑光了。张甫臣捶胸叹息，一滴清泪从眼窝里爬出来，阿弥陀佛，黑龙寺啊！

黄大牙遇人便说，张县长为寺庙被焚难过地流泪，千求万求救了一寺僧众……

小泉流二郎最近欢喜得不得了。他的办公桌上摆满了从黑龙寺抢来的佛像、神龛、精致的瓷器，他戴着雪白的手套拿着放大镜逐个地欣赏起来，越看心里越亮堂。对武藤五郎的造次和鲁莽十二分的不满意，多好的东西，都被那蠢货糟蹋尽了呀……当士兵报告说旗杆上发现武藤司令官被割去的头颅，小泉一不小心将手里把玩的一尊瓷筒掉到地上，一阵稀里哗啦里，小泉看到瓷片飞逸，明晃晃地撒满一地，气急败坏地拉过士兵左右开弓，巴嘎巴嘎地抽起嘴巴来。士兵哈伊哈伊地挺直身子伸过脸承受着小泉司令官的怒火……

小泉很惋惜那尊透明的水珠般柔润的瓷筒。

坐上古皮城司令官宝座的小泉流二郎把脚蹬大皮靴的双腿放在办公桌上悠闲地欣赏起了三大师禅房的泰山奶奶紫檀雕像，心里甭提多滋润了。胸间一滑，一般温润的感觉传遍全身。他解开军纪扣，从里面掏出那块李有德送他的青玉牌，开心地捧着手心中，长得圆球一般憨实听话的保长李有德的话立即响在耳边——古东西老玩意都在五垒城汉墓里呢，这物件不稀罕……小泉兴奋地把双腿收回来，冲着外边大喊——小江，小江的干活！

武藤五郎的贴身卫士小江啪的站在小泉司令官面前。小泉一指地图，点着五垒城阴险地笑了……

小泉对于古皮城失踪士兵一事并没有太着急上火，也没有更好的办法，只好命令士兵傍黑儿必须待在兵营和执勤岗，不得随意走动，更不许上街无事生非。士兵的尸体最后发现都跪在黑龙寺院内，僵硬得都没法把尸身弄直。小泉看也没看，就命令就地火化，将骨灰装入坛中，改日运回日本国内。

张甫臣咧着嘴，不敢正视焚烧的残垣断壁的黑龙寺，哆嗦着说，佛祖显灵呢，显灵呢。

小泉拍拍高大魁伟的石金刚长长叹口气，造孽造孽。

黄大牙一脸的仓皇，可惜了的，能烧的都烧了，就剩下这些石头……

小泉巴嘎一声，冲着黄大牙骂道，什么的石头，都是文物的干活。无知！猪头，蠢货！

五垒城汉墓由五座高大厚实的大土堆构成，在一马平川的大平原里显得特别突兀醒目，掩映在一片绿色中，如高耸的巨大暄腾的馒头，传说是五垒城的城主死后葬于此，沉睡了一千多年了。土堆上长满了半人深的野草，映在夕阳里闪着幽幽的光。近段时间，五垒城人发现有不少穿黑衣服的总围着五座土堆神神秘秘地打转悠，好像那些瘆人的野草和诡异的土堆里有什么惊人的宝贝。

小泉决定将土八路毁坏的五垒城炮楼重新建设起来，不是在人烟稠密的五垒城里和原址，而是建在满是庄稼的五座土堆上，美其名曰开辟新战场建立新秩序……

日本的军车轰轰地来了。荷枪实弹的日本兵蚂蚱般占领了土堆……

小泉坐在车里眯着眼做美梦——五垒城汉墓中出土了许许多多光彩熠熠的陶器，有干各种活计的工俑，有面目俊秀的仕女，有精巧别致的人形灯盏……他将一个小队的日本士兵和武藤留下的功夫不凡的便衣队及黄大牙一个中队的黄协军安排到五垒城的田野里，他不像以往那样从村子里驱赶民工来修筑炮楼，他只想以最快的速度掘开那神秘的五座土堆，把里面梦寐以求的汉代宝藏弄到手，然后建座炮楼应付上级……对于唾手可得的汉代宝贝，小泉充满了希望……

小泉躺在暖和的被窝里做着他的美梦睡得正酣，侍卫长咚咚咚敲开他的房门——司令，司令，五垒城士兵……

小泉惊得目瞪口呆。他派出去挖古墓的一小队士兵和武藤的便衣队全班人马都整整齐齐地跪在黑龙寺大雄宝殿外，每个人脑门上都钉着一枚黑漆漆的铁钉子……黄协军却没有一个……

小泉气急败坏地抽出战刀喀地砍在大雄宝殿的石头上，只听铮——，那战刀断成了两截。小泉只觉得虎口一阵发热，一股鲜血喷泉一样溅射出来，滋了他一脸……

黄大牙的黄协军衣衫褴褛地跑回来，只有半个中队的人马了，个个被摄走了神魄一样，脸色惨白，腿脚颤抖，牙齿上下不停地打着冷战——古墓里闪出几道金光，太君们都没吭气就栽倒在尘土中……好多尖牙利齿的红眼畜生窜出来，跟风一样，追着人，见人就咬，死伤无数，那个惨哟……小的们拼命逃跑，才捡回半条命……

小泉八嘎一声，抬起手想拍桌子骂娘，一阵钻心的疼痛随着白纱布的迅速染红迫使他痛苦地坐了下去……

3. 潘驼背儿病倒了

小泉流二郎面对着那尊泰山奶奶神像，心里对近日发生的一切在惊栗中慢慢理出一些他极不愿意承认又不得不承认的事实。就说这尊相貌端庄俨然母亲般慈祥可亲的碧霞仙子吧，她朴素地把头发紧紧挽起，一根平常的丝带束住了秀发，穿件普通的不能再普通的中国裙衫，脸上露出亲切宽厚的笑容，不像行宫大殿中凤冠霞帔、锦绸秀缎、富贵典雅、不食人间烟火的神灵，更像一位慈祥的母亲，但这尊紫檀雕像无论从何种角度审视，都能品味出碧霞仙子丰厚的功德、丰富的内涵、丰饶的功力……小泉精心筹划的挖掘古墓获得垂涎宝贝的计划刚要实施，迎来的却是士兵们的僵尸一片，每枚深嵌脑中的钉子帽上都刻有佛教中的“卍”字阳文，一切都明显地告诉他，中国这地界不欢迎侵略者，对付侵略者的是复仇的钢铁！连中国的神灵鬼怪也同仇敌忾，必杀之而后快！

小泉流二郎越想越胆战心惊……

日本鬼子粗鲁残暴地推倒了好多长势正旺的庄稼，占据了五垒城古墓遗址，其目的明确得很，挖掘宝藏据为己有！

常捞金气得一拍大腿，骂了句灭了狗日的！队员们个个摩拳擦掌嗷嗷叫着要杀鬼子，说鬼子休想带走五垒城一撮土！

五垒城古墓上燃起堆堆篝火，将黑夜撕裂成几块明明暗暗的斑点，像几点稀薄的鬼火。鬼子、黄协军围在火堆旁不安地晃荡，如一个个阴森森的鬼影。铁虎子、小立东他们举起寒光闪闪的大刀慢慢围上来，常捞金把舌尖顶在上牙膛上，一哈气，从一堆火冲向另一堆火，狠狠地将口中的铁钉准确地击在鬼子的钢盔上，发出一阵阵叮叮当当的雨声……噢噢噢哦哦哦，鬼哭狼嚎的呼叫从黑暗里传来，瘆人心魄，黄协军还没来得及拉枪栓，脖颈上就挨着了凉冰冰的刀刃……

日本军车开动起来，睁着明晃晃的大眼睛，冲穿了浓重的黑夜。车厢里拉载的是鬼子尸体……

潘驼背儿运用功力把师父了三大师坐化的尸身从烈焰中抢夺出来，满腔悲愤地杀了武藤五郎，扛起师父的遗体拎着武藤肮脏的头颅，泪水满面地向高高的狐狸岗疾驰……

潘驼背儿虽然有心理准备，师父也明确告诉他自己将不久于人世，但他始终不能原谅自己疏于对师父的报恩和保护，使千年古刹黑龙寺毁于一旦。他气愤地把武藤的首级摆放在师父的墓前，脸色非常难看，白发白眉裹住了他纵横的老泪……从黑龙寺逃出来的僧尼流着泪，铙钹箫管声响起，念着长长的超度经文，嘤嘤嗡嗡，充满了哀伤。

东家胡长顺拄着拐杖爬上狐狸岗，冲着了三大师的坟墓号啕起来，泪珠儿如断了线的珍珠——大师啊，你一生普度众生，怎么说走就走了呢！

狐狸岗置办的经幢经幡花圈纸人纸马……闪着凄婉的光芒被人抬上来，堆积摆放到了三大师的墓前，花花绿绿，婆娑飘逸，将狐狸岗弄得热闹非凡……

潘驼背儿阴沉着脸，不停地往师父墓地上用双手缓缓撒土，仿佛捧着无数的心愿不停息地挥洒着……

僧尼们祷告完毕，扔下手中的家什，跪在潘驼背儿面前，异口同声地说，请师叔收留我们，我们愿意加入抗日杀鬼子的队伍！

潘驼背儿一脸的泥水，白发白眉里露出欣慰、肯定和赞同，他腾地从坟地里站起来，高高直直的，像身边那棵生命力旺盛的红松，好！只要能杀鬼子，替师父报仇，都是好样的！又转身冲着了三大师的墓碑，师父，徒儿带着佛家弟子开杀戒啦！杀不尽豺狼，绝不收兵！眼睛里冒出骇人的光芒。

杀不尽豺狼，绝不收兵！墓地里响起洪亮的呐喊声，波涛一样地冲击着狐狸岗。

潘驼背儿虽然收留编排了黑龙寺僧众，为抗日队伍增添了生力军，但他始终难以露出原先诙谐的模样，二区工作部署起来也不再亲自去抓，放心地交给了小立东他们，不像以前那样去督导检查了，而是把阴沉沉的脸埋在白发白髯里弓起身子像个大大的问号，有事没事就跑到师父墓碑前喃喃自语，仿佛和师父有说不尽的话，聊不完的天，手不停地拍打着已经很结实的土堆，好像只有如此，才能安慰师父的亡灵，弹落掉师父身上的尘土，保持师父洁净爽利的形象。或者用右手食指在师父墓碑名讳上逐个书写，将字体擦拭得一尘不染，露出鲜红的质地，仿佛只有把师父的名讳写个不停才能缓解对师父的敬仰和思念，才对得起徒儿常捞金含泪挥毫泼墨的刚劲有力的字，一横一竖，一撇一捺，写得甭提多有力度了，好像他潘驼背儿一生只愿写这几个字一样，爱惜爱恋爱戴爱护……徒儿常捞金怎么劝说，也消除不了他心中堆积的仇恨，一蹬腿就消失在狐狸岗密密的灌木丛里。

常捞金说师父被仇恨逼疯了，他一定进城杀鬼子去了。

果然，武藤肮脏的头颅被挂到日军司令部高高的旗杆上，有不少出来为非作歹的日本鬼子被弄死在残垣断壁的黑龙寺里……

常捞金把五垒城消灭的日本兵尸体按照师父的方法，让他们跪拜于黑龙寺大雄宝殿之下，向了三大师和被焚的黑龙寺众神佛谢罪。

常捞金在古皮城大街小巷、废墟、桥洞……都没寻到师父潘驼背儿的身影，他安置好队员，一扭身奔向了狐狸岗……在了三大师的墓前，常捞金发现了蜷缩成一团的师父。他大声呼喊着，发觉怀中的师父如一块发红的铁散发出不尽的热量。坏了，师父病倒了！一生最挚爱的人病倒了！

狐狸岗、五垒城、董村、古皮城……所有的大夫都摇摇头，火气攻心大发了，没见过这么大的火毒……表示无能为力。

常捞金多次尝试用内力为师父调理、疏通，排出体内淤积的火毒，但没有什么效果。常捞金觉得师父被一条炙热的火龙啃咬、吞噬了，固执而顽固，那股热力无情地与常捞金的罡气抗衡着，越用力疏导就越遭到师父体内火毒的攻击，碰撞出铮铮的火花，使整个气场变得错综复杂起来……

常捞金满头大汗，泪水弥漫了他的双眼，师父啊师父，重情重义的好师父！

县委书记胡彩儿鼓起黄苹果脸蛋满面愁容，焦急地倒剪着双手转了几圈，停下来定定地看着常捞金，肯定地说，弟弟，快去天津吧，找西医！

常捞金长长地舒了口气，眼里闪过一丝希望的光彩，对，中医治不了，找西医！

4. 常捞金怒斩栋爷

现在的胡三在天津卫牛气冲天，成为天津商会副会长，主管粮食布匹生意。常捞金的马车还没进天津市区，胡三就开着八辆乌黑锃亮的小汽车等候着了，每辆车旁站着两个大敞着怀、一拃宽的皮带、别着两把德国二十响匣子枪的大汉，车队前还停放着两台架着歪把子机关枪的摩托，那阵式像迎接日本天皇一样隆重。常捞金抱起昏迷的浑身如火的师父，钻进了胡三的汽车里。胡三腰间悬挂着一枚黄丝绦拴住的白玉佩，叮叮当当地随着他的行动一晃一晃地闪着光芒，胡三挺起高高的胸脯，撇撇大嘴叉子，右手用力一摆，大东亚医院！

胡三一把拉住潘驼背儿的手，紧张的胖脸直哆嗦，潘先生，潘先生！

常捞金苦笑一声，了三大师圆寂了，师父受不了，火气攻心……

胡三一滴泪落在常捞金的手背上，潘先生疾恶如仇，爱恨分明，是性情中人哪。真疼人哟……

常捞金看看前边杀气腾腾的突突的摩托，又瞅瞅后边耀武扬威的车队说，三爷，这谱摆大发哩。

胡三哼了一声，迎接大管家和潘先生，场面大了好。自古以来，横的怕愣的，愣的怕不要命的。小鬼子也逃不出这个逻辑！你越他妈的冲他哈巴狗一样，他小日本子越瞧不上你。越他妈的横冲直撞，小日本子越拿你当个事。我就是横给小鬼子看！

常捞金扑哧笑出了声。这是师父病倒了后，他第一次发自内心的笑。

天津大东亚医院门口凶神恶煞的卫兵见是胡三庞大的车队，啪的一个敬礼，拉开拦门杠，哈腰做着请进的姿势——

忽然，车队后边响起了轰隆的爆炸声，最后那辆车发出刺耳的刹车声……

砰砰砰——枪响了。

常捞金怀里的潘驼背儿刷的睁开了眼，白发白髯跟着炸起来，快，杀鬼子——

常捞金激动地抱紧了师父。天生杀敌的师父啊，枪声爆炸声无疑是最好的药。

胡三扭头看了眼，不紧不慢地说，共产党锄奸队又行动了。

常捞金搂抱着师父一脸的疑问，胡三说，没吗稀奇的，演戏给鬼子瞧。逗他玩儿！

潘驼背儿被安置在特需优抚病房，两个漂亮的日本小护士冲着胡三一个劲地鞠躬，甜甜地说请胡会长放心。

胡三大嘴叉子一咧，满面红光地说，这是咱爹，让岗村院长给把把脉，有吗好药尽管用，好好治疗……

栋爷、帮爷听说常二管家来了，吆五喝六地涌上来，把个医院走廊弄得沸沸扬扬，闹闹腾腾的……

潘驼背儿宽大明亮的病房里都能开百货公司了，摆满了鲜花果品篮子筐子箱子……

潘驼背儿眨巴着眼睛，巡视起垛起来的银票钞票……

栋爷腆起大肚子，一脸的骄横。他近日舒服得很，利用日本人的手灭了心头大患左爷，把左爷的地盘全部纳入了自己的势力范围，左爷手下那帮看似不屈的爷们见左爷被害却都跑得无影无踪了。栋爷想起一句成语——树倒猢狲散，想找茬收拾的机会都没有了。也担心得很，胡三以及胡家尤其是潘驼背儿、常捞金与左爷走得热络，惧怕胡三透了底，江湖义气深重的潘驼背儿、常捞金会出面干涉左爷的事，到头来落个鸡飞蛋打白忙活。栋爷就暗地里给日本人使了银子，把科长胡三提拔成了副会长。栋爷又通过日本人之口传达，告诉胡三，是栋爷欣赏他的才干，努力达成此事的，借以堵住胡三的嘴。胡三自是满脸堆笑，心存感激，说谢栋爷在日本人面前卖尽面子。说左爷和共党关系不清不白，胡三可不想趟这浑水。伏在栋爷耳边说，左爷那帮亡命之徒都加入了这个。胡三伸出个八字。栋爷心里一哆嗦，表面上显得一脸的不屑和鄙视——这天津卫是日本人的天下，有蒋汪正规政府，这个成不了气候……栋爷也伸出个八字。小泥鳅翻不起大浪来！栋爷我洗干净脖子等他娘的来报仇……嘴上骂得叽咕响，栋爷实际上却怕得很，私下加强了防备，院子内外安排了不少人马，一出行前呼后拥地跟满了警惕的眼睛。

这次听说潘驼背儿和常捞金来天津，栋爷心里慌得长满了草，心想这俩爷非善茬，依仗着超人的功夫，辗死他如辗死一只蚂蚁般容易，别看这么多人马这么多枪，可常捞金那招“无影身”，能在子弹缝儿里掐断他的喉咙啊。栋爷擦擦脸上的冷汗，赶紧带上钱财东西来医院看望活祖宗，探探口风……

常捞金笑眯眯地冲栋爷抱拳作揖说，有劳栋爷了。让您老人家破费，代师父谢过！

栋爷一脸笑容，说应该的，应该的。潘先生有恙，兄弟理当如此。

酒桌上，觥筹交错里，栋爷故意将话题往左爷身上引说，这次聚会，就是少了左爷……边说边看常捞金的表现。

帮爷抿一口酒，举着筷子乜斜起眼，大高兴的日子，提那共党分子干吗？共匪共匪，没一个不匪。

胡三吧唧吧唧地嚼着菜，来不及抹嘴上的油，仰起脖子说，左爷也是条响当当的汉子，就是眼瞎了，汪先生光明正大，不跟；大日本皇军顶天立地，不跟；非跟土包子共党屁股后边起哄……看咱吃香的喝辣的，多得！

帮爷附和道，敢情哪。他老小子听蝈蝈叫去喽！吧嗒扔进嘴里一块酱牛肉，鼓起腮帮子美美地享受着。

常捞金抿嘴乐乐，眼睛亮亮地盯着栋爷说，江湖人有时也高一眼低一眼的，猪油也可以糊住了心口窝，跟对跟错的也是常有的事。屁股坐错了板凳是要倒霉的！一拍身边的胡三，我和三爷只伺候东家，跟着东家水涨船高。我不关心什么政治，只关心东家的买卖，谁来了也他娘的种地吃饭。三爷弄大发了，东家鼓起钱袋子，我这做长工的就能多喝几碗稠的。

胡三撇起油光光的嘴说，那是那是。你二管家眼力好，跟对了人，东家大哥心地善良，从不亏待自己的弟兄。

栋爷打着哈哈，说吗长工短工的。胡三爷最佩服大管家的精明呢，说在你面前不敢撒半句谎哩……

胡三满脸堆笑，冲着常捞金直竖大拇指，大管家心明眼亮，看事看到底儿。哪天我放个响屁，他都能在狐狸岗听到，敢和他要心眼子吗？引得满桌子哄笑。

常捞金举起酒杯，众位爷抬爱，为胡家繁荣昌盛，为潘老先生早日康复，干杯！

干！干！

常捞金已经清楚了左爷被害的全过程。胡三多次教导开化左爷加入组织，左爷把手摆得像骨叶蒲扇，共产党主张好，我一百个赞同。但我江湖一虾米，不愿与任何政治有联系……手下的弟兄们只要不跟日本人当汉奸，可以发动组织他们……左爷对手下为共产党做事装迷糊、从不过问，但对与汪精卫勾结的帮爷、日本狗栋爷有往来的，就会怒发冲冠，拿出帮规戒律来整治。栋爷想扩充地盘，左爷又不服软，仗着人心齐人气旺打败了几次栋爷的挑衅。既然脸皮都撕破了，栋爷一不做二不休，在日本人面前告了左爷一状，说左爷是共党分子，塘沽码头被劫军火就是左爷干的，并使苦肉计用自己的手下冒充左爷的人，把事情说得成了铁案。日本宪兵包围了左爷公馆。左爷手下亮出了家伙，双方剑拔弩张……左爷披着黑绒大氅从屋子里走出来，用眼狠狠地瞪了下左右，跟着宪兵上了车。没到宪兵队，一柄雪亮的匕首就插进了左爷的心窝。左爷哈哈一声大笑，骂了句狗日的小日本，就歪倒进黑丝绒里……左爷一上车，左爷手下举着枪依次撤进了屋子，等小鬼子砸开房门，人都不见了，顺着地道早跑光了。左府的金银细软和枪支弹药也消失了……

胡三说栋爷早有动手之心，曾通知左爷避避风头。

左爷哈哈大笑，拉起胡三的手不放，说早听三爷的就对了，可以带着弟兄们真刀真枪的和小鬼子干。

胡三说现在也不迟啊，队伍你照样带。

左爷一脸的从容，鬼子和栋爷的目标是我。我走了，你就会暴露出来。别以为栋爷和你是一条心，那狼崽子黑着呢，他之所以告诉你对我下死手，就是怀疑你与塘沽码头军火被劫有关系，只是没有把柄，你又是买卖人，不算江湖人士，没和他抢地盘的矛盾。他个畜生是条日本人的走狗哪！

胡三的泪刷地流出来，姜还是老的辣啊。

左爷把安插在栋爷身边的人轻轻告诉他，并从身上解下那块白玉佩，庄重地放到胡三的手里，事情都交代好了，我的人马都交给你了，你走的是正道，我死而无憾。把那块白玉佩挂在你腰间吧，我的人只认玉佩不认人！

胡三感动地握住了左爷的双手。

左爷仰面哈哈大笑起来，还是你胡三有本事啊，认准了道！

栋爷满足地躺在柔软的沙发里，用银牙签悠闲地剔着牙齿，两个浓妆艳抹的女人穿着开叉很高的旗袍暖烘烘地腻在栋爷身旁，轻轻捶打着栋爷的双腿和双肩，浪里浪气的。

门无声地开了，常捞金站到了栋爷的眼前，吓得两个乖猫似的女人哇的一声跳起来，白花花的大腿暴露在常捞金的眼皮底下。

常捞金一抬手，两个女人嘤的一声软在沙发上……

栋爷吃了一惊，伸手就掏沙发里的王八盒子。

咚——手背上钻进一丝凉风，血刷的喷射出来。栋爷哎哟一声，看出是枚铁钉——来人，来人啊，有刺客！

门咚的关闭了，把栋爷的喊声也关闭住了。

栋爷捂住鲜血爆流的手，咕咚跪在常捞金面前，大管家饶命，饶命！我从没打过胡家的主意，也没使过坏……心想开始如果除掉了潘驼背儿，就不会有这个祖宗常捞金，栋爷非常后悔当初为什么不像现在斩杀左爷这般利索，留下了遗憾，也就留下了危险……

还把胡三提拔成副会长喽。常捞金乜斜起眼，感谢你才是，对吧？

栋爷脸色煞白，磕头如捣蒜，说不感激，不感激……左爷是倒霉催的，和共党搅在一起……

和日本人搅在一起，当狗，当汉奸就对啦？常捞金不紧不慢地说，根本不理会栋爷向外边求救的眼神。

胡三还帮日本人呢，倒粮食……他也是汉奸……栋爷哭诉胡三的罪状：胡三给日本人找女人，胡三给日本人捐钱，胡三给日本人报信，枪毙了不少国民党的人……

哈哈哈。常捞金仰面大笑起来，对着满脸惊栗的栋爷张开了个八字，说胡三是这个！

栋爷抹一把手上的血说，就不怕我报告日本人吗？

常捞金器宇轩昂地说，死人还能告密吗？要找也找阎王爷去吧。一缩身，刷的一声从墙上摘下日本战刀，栋爷只觉得眼前那双脚一闪，又回来了，好像刚从身前飞过一只蚊子。

常捞金慢慢把战刀抽出了，寒光闪闪，既然你如此稀罕日本的玩意，做鬼也用日本刀成全你吧，狗杂碎！

栋爷觉得眼前一道寒光，脖颈里一阵发凉，像吹进一股秋风，他下意识地一缩脖子，里面空空荡荡的，一股热乎乎的东西没了障碍，嗖嗖地往上蹿……他听到院子里响起一阵急促的枪声，杂乱的脚步踏进了屋子……

太迟了，一切都太迟了。他想。

5. 胡三闹大发了

常捞金怒目圆睁，双手举起日本战刀，他没有运用功夫，而是像剁鸡头那样，咔嚓——砍掉了汉奸栋爷的脑袋。日本军刀确是锋利，不宽的刀刃闪着寒光，一下子就切断了栋爷粗壮肥厚的脖颈，骨骼发出咔吧咔吧的声音，震得常捞金双手直疼。

栋爷抬起脸，恨恨地盯着常捞金，想说什么话，但已来不及了，刀咔嚓斩断了他的气嗓、筋肉、骨头，他的头颅叽里咕噜地滚到常捞金的脚下，一股热血从脖腔里刷地喷出来，盖过了刚才那阵冷飕飕的风……栋爷最后明白了一件事，一身贱骨头、满面堆笑的胡三竟是共产党，常捞金没有用功夫轻巧地取走他的项上人头，而是如莽夫一般抡起刀片子狠狠地剁下去，使他肥厚粗壮的脖子留下了不规则的创口，竖起白森森的骨头茬子……

常捞金怒斩大汉奸栋爷后，把钉在栋爷右手上的钉子起出来，顺着汩汩冒血的窟窿插进那尖尖的刀刃，一用力气，把栋爷钉在了地板上，拿起桌上的毛笔蘸着栋爷肮脏的血，在雪白的墙壁上龙飞凤舞起来——汉奸的下场！写完字把毛笔一扔，呼哨一声，从二楼的窗户里飞了出去……

门打开了，枪声响了……

一大早，帮爷慌慌张张地跑进医院，满脸的惊栗。潘驼背儿坐在雪白的床上运气，常捞金慢慢地搅着牛奶。帮爷哆哆嗦嗦地说，不好了，栋爷被人剁了头！

潘驼背儿收住气息，白发白髯里亮起明晃晃的光说，哎哟，栋爷这么好的人，咋说没就没了呢。谁干的？

帮爷颤抖着伸出两个指头，八爷干的……

潘驼背儿伸伸懒腰，哦唷一声说，栋爷和八爷有梁子？

帮爷叹口气说，栋爷不是帮日本人吗？天知道怎么惹了八爷这祖宗……

八爷长什么样？常捞金把弄好的牛奶端给师父，瞪起不解的眼问。

谁见过啊？八爷脑门儿上也没写字……帮爷突然一拍脑门儿，恍然大悟地说，准是左爷手下来报仇……

栋爷待我们胡家不薄。我得瞅瞅去，送他老人家一程。常捞金瞟了眼喝牛奶的师父，边说边跟着帮爷往外走。

潘驼背儿在背后说了声，替我上炷高香吧，让栋爷早托生！

胡三点头哈腰地送走勘查现场的日本宪兵，张罗起栋爷的丧事。他腰间的白玉佩摇摇晃晃的，像只不安分的眼睛。

胡爷，三爷！扑通通——栋爷的手下在胡三脚下跪倒一片。请三爷为我们做主！

领头的黑汉子双拳举过头顶，中气十足地说，请三爷做我们的老大，帮主！

对，三爷帮主！

三爷老大！

人们呐喊起来。

胡三收起满脸的笑，脑袋拨浪得像个货郎鼓说，不行不行不行。

我胡三一介买卖人，不懂江湖规矩，领导不了……

领头的黑汉子腾地站起来，对着跪伏于地的人群说，我们认了三爷为帮主，就要听三爷的！如有反悔，天诛地灭！他举起右掌，咔嚓——把胡三身后的一条石凳劈为两截——如有不服，犹如此石！

听三爷的！听三爷的！

胡三继续摆手不肯同意，表示一千个不行。黑汉子一把拖起胡三，把他恭恭敬敬地放到另一个石凳上，眼睛看了眼胡三腰间的白玉佩，扑腾跪在地上，双拳举过头顶——帮主在上，受小的们一拜！

哗啦——众人都举拳过顶——帮主在上，受小的们一拜！

胡三用力弹弹马褂袖子，绷起胖乎乎的脸蛋子，义正词严地说，陈桥兵变，赵匡胤黄袍加身！今儿个，弟兄们推举我胡三为帮主，再推辞也显着我不义气不仗义。好！我愿意领着兄弟们干！只要有我胡三一口吃的，决不让任何兄弟饿半口！

帮主英明！帮主义气！如海浪咆哮，如春雷炸响，整整齐齐地滚过庭院……

在众人心悦诚服的呐喊声里，常捞金和帮爷走进了栋爷的庭院。

胡三站在石凳上说，弟兄们，咱厚葬栋爷！谁给咱气受，咱就灭了他！

灭了他！灭了他……

群情激昂。

胡三一指黑汉子说道，南霸天兄弟依然是副帮主，主持日常帮务。有不听他指挥的……他举起双臂，看看常捞金。

常捞金轻轻甩动右手，门口那尊张牙舞爪的石狮子的脑袋咕咚从鬣毛飞扬的身上飞起来，重重地砸在地上，溅起老高的尘土……

犹如石狮子！胡三霸气地喊道。

众人看到穿着长衫的年轻人气不喘、脸不红，眼睛闪着亮亮的光芒。再次双膝跪倒举拳过顶——听从帮主指示！听从南副帮主调遣！

帮爷只觉得身边刮过一阵冲天的风，听到石头崩裂的咔嚓声，常捞金怎么出的手怎么击在狮子硕大的头颅上，他一点儿也没看清楚。石狮子脑袋砸在地上的轰轰颤动，倒是吓了他一跳……我的天啊，这哪里是人哟，简直是神哪！

胡三满面笑容地冲惊魂未定的帮爷拱拳答礼，说帮爷，咱以后和你老人家一起讨生活哩，还得您老帮衬着……弟兄们，见过帮爷！

所有人都冲着帮爷抱拳当胸——帮爷罩着！

帮爷赶紧抱拳应承道，弟兄们找到了新帮主，可喜可贺！三爷在天津卫根深蒂固，绝对能成大事！其实他此刻心里很苦。

帮爷原本想早地拾鱼拣个现成的好事，把栋爷的帮会收为己有，却不承想半路杀出个程咬金，帮会弟兄们认了胡三做老大。胡三不是江湖人，胡三也不怎么稀罕江湖事。帮爷原以为这是水到渠成的事，栋爷借日本人之手除了左爷，使左爷帮鸟兽散，省却了他好多心事。他虽然也想利用日本人灭了不听招呼比茅坑里的石头还臭还硬的左爷，但他又不想树敌太多留下什么尾巴，结下什么梁子。栋爷被人斩首，他一直怀疑是常捞金做的，但看看栋爷的伤口，再看看被震断头颅的石狮子，他终于把心放到了肚子里。斩杀栋爷的不是常捞金。他也庆幸自己没下狠心去动用日本人惹左爷。不然，掉脑袋的就不一定是飞扬跋扈而可怜兮兮的栋爷了。

帮爷心里突然埋怨自己想得太多，大清早唯唯诺诺去医院摸什么底，探什么风，把个如意算盘打错了……让胡三得了个大便宜。

帮爷一手拉着胡三，一手牵着常捞金，笑呵呵地向楼内走去。他想再悔有个屁用啊，胡三涉江湖不深，想必能和他帮爷一条心，但有了这么个祖宗罩着，他帮爷的脑袋可不比石狮子硬哟。现在汪主席在日本死掉了，大树倒掉了，他也没有了主张……帮爷看看身边潇洒的常捞金，心底长长地吁了口气，想还是别打算算计胡三了，该干吗干吗吧，少些贪心也不错……

胡三闹大发了。

南霸天就是左爷安插在栋爷身边的人。南霸天依靠自己的本事取得了栋爷的信任，从一个小头目一直做到副帮主的位置，也不是无能之辈。南霸天认识胡三腰间的白玉佩，那是左爷的挚爱之物，从不离身，见此物如见本人。

昨夜，常捞金潜伏进栋爷的庭院，腰间明晃晃地就挂着这枚白玉佩，南霸天悄没声的把枪机关闭，为常捞金指点路线……为左爷报仇，手刃仇人是他南霸天最想做的事，不是左爷千叮咛万嘱咐要他踏实隐蔽，不得轻举妄动，他早利用贴近栋爷的机会神不知鬼不觉地除掉了这个仇人。左爷曾秘密召见他，要他等身挂白玉佩的人，无论中间发生什么事有什么动静都要耐心，千万不可暴露身份，逞一时之能，使匹夫之勇……现在看来，左爷早已料到要身遭不测，算是对他的重托……好在弟兄们都安全撤离了，加入到抗日的洪流里……执勤的南霸天看到墙上无声跳下的常捞金腰间闪闪发亮，细看果然是左爷那枚白玉佩。黑灯影里走上前，把栋爷的屋门轻轻打开，放常捞金进去，并关闭了厚重的门。等常捞金发出约定好的呼啸声，在院子里弄出动静，引来守卫的枪声，南霸天和栋爷的把兄弟——帮会主事松爷抢先冲进栋爷的房间……

栋爷死得很惨，脖颈像被极钝的刀砍剁的，在汩汩的鲜血里露出瘆人的骨头茬……松爷哎呀一声一翻眼皮吓死了……

南霸天敞开常捞金飞出去的窗子，当当地冲着天放了两枪——栋爷被害了！栋爷……

胡三主持的栋爷葬礼非常隆重，非常热闹，轰动了天津卫……

一年半后，胡三在日本人投降时摇身一变就任了国民党政府的商会会长。后来，又过三年多，解放军顺利攻入天津，得益于胡三非常有价值的情报……南霸天他们跟着解放军一直打到海南岛……

6. 古皮城解放了

张甫臣又馋香甜可口的铃铛面了，但他不敢了。看着黑龙寺下跪的日本兵僵硬的尸体，他从心底往上翻着寒气。吃不上诱人的铃铛面，也比没命要好得多。张甫臣有事没事地揉搓他宽大光滑的额头，仿佛只有如此，才能消除内心的寒冷和恍惚。那鬼子脑门儿上的铁钉子扎得好深，鲜血和白脑浆凝固在钉子帽上如故意涂画般精致，不是血流成河也不是脑浆迸裂，不多不少，只是红白相间的一小撮，糊住钉子帽为止，但鬼子那垂死挣扎的模样实在是骇人，比揭开了脑盖子还可怕，让人看得心惊肉跳……张甫臣觉得那枚铁钉就在不远处盯着他，随时有发射过来的危险。他心里念着阿弥陀佛，用手狠劲地揉搓着脑门儿，把肚子里铃铛面的馋虫狠狠地压下去，舔着双唇坐在皮椅中发呆……

小泉流二郎日子也不安生。他的办公室里堆满了大大小小、各式各样的陶瓷，桌上紫檀木的泰山奶奶雕像俯视着小泉的仓皇无措……太平洋战场上帝国海军节节败退，美国人的轰炸机正日夜轰炸着狭窄的日本本土……他驻扎的古皮城辖区的狐狸岗、五垒城、董村已经成为共产党八路军的地盘，才不到短短两年的时间，日军的势力被挤压得喘不过气来了……小泉想重新夺回有汉墓的五垒城，但被古皮城县大队和各个区小队打得落花流水，只能龟缩于小小的古皮城周遭，不能如以前那样为所欲为了……小泉无暇再用放大镜去欣赏他弄到的宝贝，就让它们安静地待在博古架上闪光吧……

日军司令部门前有一个白眉白髯的驼背儿和尚咣咣地敲着木鱼化缘，头皮剃得锃亮，映得四周白花花一片。张甫臣从二楼窗子里看到那堆白眉白髯，心里咯噔一下，如果不是个驼背儿，他一定认为是了三大师。张甫臣一想起了三大师，一想起被焚的千年古刹黑龙寺，就想到日军脑门儿上钉子帽上的佛门“卍”字，浑身不禁哆嗦起来……张甫臣近日总梦到黑龙王张开血盆大口，向他索要宫殿，他只得指着日本膏药旗说，黑爷爷，都是那帮狗杂碎弄的，与我张甫臣没关系啊。你大慈大悲，你是古皮城之魂，我再作恶多端，也不敢动您老人家一根手指哇。黑龙王非常气愤，作为中国人，作为一县之长，挺不起脊梁骨，死心塌地地当汉奸，当日本人的狗！说毕，黑龙王口中吐出一团通红的火焰，把张甫臣裹进去。张甫臣听到皮肉燃烧的吱吱声，骨头被烘烤得咯吱咯吱响……张甫臣满身冷汗，吓得搂住王八盒子直哼哼……现在门口出现了一个白眉白髯的驼背儿和尚，极像法力无边的了三大师，这哪里是讨饭化缘啊，简直就是要命啊，一种不祥的预感占领了张甫臣的脑袋……

半夜。古皮城枪炮声大作。古皮城县大队围攻县城了。

张甫臣一轱辘，从床上爬起来，哆哆嗦嗦地穿不上衣服……

潘驼背儿从天津回到狐狸岗，执意要剃掉养了一辈子的头发，说杀不尽小鬼子永不蓄发。常捞金知道师父的秉性，把剃头刀磨了又磨，交给黑龙寺的一个僧人。那僧人穿上八路军制服，戴上八路军军帽，显得格外精神，眼神里流露出飒爽的英气。师叔，你的宝贝辫子呢？潘驼背儿挺挺腰身，干脆地说，剃了吧。等杀光小鬼子，再留。常捞金笑笑说，再留，就不是胎毛喽。潘驼背儿乜斜他一眼，小兔羔子，敢取笑师父哈。不稀罕辫子，去吧。头皮锃亮的潘驼背儿一下子年轻起来……

小泉流二郎叽里呱啦地下着命令，气急败坏地把电话扔在桌上。北门吃紧，南门吃紧，东门吃紧，西门已经丢失，土八路杀进了西关。看来守住古皮城据点是件非常难的事情。他刚命令警卫排出去救火，参谋小江跑进来气喘吁吁地说，共军人数太多，好像是主力部队……

对喽。是鲁北军区司令员姚百里打过来了！灯光一闪，一个白眉白髯的高个儿和尚立在了眼前。那小江还没回过身，绿色战斗帽上多了只骨节粗大的手。那大手一紧，只听扑哧，那小江的脑袋像西瓜一样裂开了，一股血雨把小泉的眼镜给弄花了，模模糊糊地只看到鲜红的一片……

小泉认出了这个力道巨大的和尚，就是在门口化缘的驼背儿。他闹不明白，那低矮邋遢的驼背儿夜里怎么突然变得挺拔如松了呢？小泉亲眼看到士兵们戏耍那驼背儿，把他的袈裟撕开，露出的确实是滩死肉疙瘩，当时小泉就想，这驼背儿不当和尚才怪呢，手不能提篮肩不能担担的，虾米一样，真是苍天有眼饿不死没眼的家雀……谁会想到那死肉驼子竟能直起腰身来……唉，古老的国度有太多的神奇啊！小泉没能再多想那么多，他的战刀已经横在他的细小脖颈上，冷飕飕的寒光钻进他的骨髓了……

别打了，投降吧。白眉白髯里闪出比战刀还寒冷的光。

八嘎！小泉总想挽回些大日本军人的面子，冲着和尚高声喝道。那高个儿和尚不慌不忙笑模样地看着他，没回头，一抬手，嗖嗖嗖飞出几件黑色的东西，将冲进来的几个日本兵撂倒在地上……那和尚举起一个物件放到小泉流二郎的眼前。小泉清醒地看到那东西是铁钉子，钉子帽上刻着鼓鼓的佛门万字……小泉想起下跪的士兵脑门儿上的铁钉，不由自主地瘫软在椅子里，那尊紫檀木的泰山奶奶雕像发出冷冷的嘲笑……

小泉这一生终于做出了一个重要而正确的决定——命令士兵立即放下武器投降！

三十多年后，已近古稀之年的小泉来到古皮城。此时，小泉流二郎已是顶着满头苍发、驼着厚重的背的老人了。他满脸虔诚地握着耄耋老人潘驼背儿的手直感慨，潘驼背儿竟然满头的青丝，腰板笔挺，一脸灿烂而又迷茫的笑容，简直有太多参不透说不尽的神奇……小泉积极组织日本中日友好团体向古皮城人民政府捐助款项，请求重建黑龙寺，并在五垒城汉墓前深深地三鞠躬，得到了一片热烈而真诚的掌声。

古皮城解放了！

穿着小衣襟像个长工的伪县长张甫臣混在人群里，他的白胖胖的脸蛋还是被人们认出来，被揪到了县大队。

公审大会。黑龙寺石金刚下的广场搭起了高大的会台。台上台下飘扬着鲜红的旗帜，成为红色的海洋。主席台正中悬挂着毛主席、朱德总司令的画像，六个全副武装的八路军战士守卫在两旁。县委书记胡彩儿鼓起灿烂的黄苹果，神采飞扬地宣读古皮城县委县政府关于审判大汉奸张甫臣的决定。张甫臣脖颈上挂着“大地主、大汉奸、大恶霸”的红字纸牌子，将头低到了地上，身上多余的赘肉挤压得他喘不上一口顺溜气。台下涌满了激愤的人群。张甫臣的头上身上被扔满了菜帮子、土坷垃……他此时像个断了脊梁的癞皮狗，脸色苍白，豆大的汗珠子顺着胖脸蛋子肥脖子吧嗒吧嗒往下淌……张甫臣心里明白他已是在劫难逃，活到头了……

在打倒大汉奸张甫臣、打倒大地主张甫臣、打倒大恶霸张甫臣的震天动地的口号声里，有女人疯狂地跳上了台，哭喊着撕扯起张甫臣保养极好的分头——天杀的，你也有今天！

杀了他！杀了大汉奸！台下滚过海浪般的怒吼。更多的女人情绪激昂地冲上去，要将五花大绑的张甫臣一口一口地撕掉……

张甫臣在阵阵钻心的疼痛里，在散发着愤怒的凶狠的拳脚中，突然嗅到了一股甜丝丝香喷喷的奶味儿……

常捞金站在城楼上，四周飘扬着猎猎的红旗，把古皮城掩映得红彤彤一片。想起昨晚激烈的战斗，想起和鲁北军区司令员姚百里并肩战斗，心里充满了激情。

攻打县城，是常捞金思考和研究再三的大任务。接到要和鲁北军区正规部队联合攻击的命令后，常捞金的斗志像火一样熊熊燃烧起来，他按照司令员姚百里的要求和安排攻打西门，那里有敌人的一个重机枪排。子弹拖着短小而明亮的尾巴唰唰地飞射着，打得身边的土堆嗒嗒响，手榴弹轰轰地掀起一团团耀眼的火球和一片片硝烟，不时有战士被疯狂的弹片咬住，发出一声呻吟。铁虎子披上培上土浇上水的两层棉被，手提两捆手榴弹往上冲，子弹扑扑地打在棉被上，冒出淡淡的烟。在快接近重机枪阵地时，从敌人麻袋堆积的山一样的战壕里飞出许多黑乎乎的手榴弹，咣咣地在移动的棉被上无情地炸开了花……铁虎子不能前行半步……常捞金看得急红了眼，抱起歪把子冲着麻袋山一阵子狂扫，溅起无数飞扬的尘土……但敌人的机枪仍躲在堡垒的缝隙间喷着凶狠的火舌……常捞金将战士拧开的手榴弹准确地投进麻袋山中，轰轰炸成了一片。枪声弱下来，伏在土堆里的铁虎子披着厚重的棉被往前冲去……

城门角，突然滚出两个黑乎乎的大家伙，咆哮着喷着火舌，再次把铁虎子摁倒在地上。常捞金想起侦查多次，除了麻袋山战壕、两个水泥碉堡、城墙的二十个射孔，从未发现有什么可移动的黑家伙啊。是敌人的装甲车？还是敌人的新式武器？装甲车不是早被混进城里的师父和他的佛家弟子烧掉、毁尽了吗？刚才燃起的大火和轰隆隆的爆炸声，不就是师父他们顺利得手的信号吗？

古皮城日军有三辆由坚硬厚铁皮包裹的装甲车，都被潘驼背儿他们给收拾了。不少被县大队放过的黄协军暗中帮了忙，即使开枪也是朝着天空当当地放……他们感激县大队的不杀之恩，看看惨死的没吭声就见阎王的小鬼子，再看看脖颈上横着的大刀片子，吓得浑身颤抖不止，有的尿了裤子，有的哼一声就昏过去了……为什么留着你们的狗命？因为你们还算中国人吧。再作恶多端，下场如小鬼子！大刀片子说的句句是实话哪！黄协军觉得心里愧得慌……谁不是人生父母养的？人只有一次生命，脑袋掉了吃饭的家伙就没了。没有被砍杀，全看在乡里乡亲、同为中国人的份上啊……共产党八路军真是厚道啊！热血汉子留下来了……回来的黄协军心里也不是滋味，他们想只有按照这帮爷的吩咐去做，才对得起良心，就在路上把衣服按他们的思路弄得狗撕猫挠似的，变成了衣衫褴褛、布条翻飞的狼狈样子，跑回古皮城据点汇报说夜色昏沉中千年古墓鬼火横飞，遇到了夺人魂魄的鬼魅……

借着手榴弹爆炸的火光，常捞金看清楚了那两个黑家伙是什么。在铁架子上安上两个胶皮轱辘的洋灰圆筒子——铺设地下管线的水泥管。常捞金气得乐出了声——可恶的小鬼子在中国没学会别的，跟着八路军、游击队学会了就地取材弄成了土装备，后边有十几个头顶钢盔的鬼子吃力地推动那铁车和水泥管前行，射孔里喷射出凶猛的子弹……奶奶的，小鬼子学精啦！常捞金气哄哄地扒掉身上的军装，光着膀子拎起几捆手榴弹从战壕里腾地飞出去——

有人看到大队长身上闪耀着金光，像一道闪电钻进了枪林弹雨里，子弹嗖嗖嗖地飞舞着，一接近那团亮闪闪的金光就无声地化掉了……

轰轰轰轰——两个憨实蠢笨的黑家伙在一片爆炸的火光中稀里

哗啦地碎掉了……

县大队杀进了西关……

有人说县大队大队长八成是壁虎精转世哪。那团金光紧贴着城墙的砖缝儿嗖嗖嗖地往上爬，枪弹根本挨不到身呢……

多年后，常捞金听说了这神秘色彩极浓的传说，笑得嘎嘎响。老百姓才是创造神话的主人啊！就如同当初他小捞金看到飞舞蹦跳的小精灵们，于是固执地将胡立岗称为狐狸岗，把那湾静谧的王莽河叫作狐狸湾一样。

常捞金的目光向极远处眺望，天空呈现出湛蓝湛蓝的颜色，宛若狐狸湾那泓静谧纯洁的水。树木已经脱去了冬日寒酸可怜的灰衣服，显露出滋润的绿色来，在那片天空里焕发着生机……常捞金想起狐狸岗那漫坡遍岗的树来，此时的狐狸岗短小繁杂的灌木已努力向上生长、正拼命绽放出傲然的生机，潘石花和孩子们在没有刺刀没有枪声的环境里一定露出幸福的笑脸，再也不会如他那般的贫困潦倒、颠沛流离、命运多舛，成为一个摸到阎王爷鼻子的“小倒卧儿”了……

一想到温柔贤惠、善解人意的妻子和天真活泼的子昂、子灵，一想起斗志昂扬的姐姐，常捞金心中充满了热烈的激情，体内奔腾起真气般热烈的潮水……为了他们的安宁安定安乐，不再遭受战乱之苦，不再流离失所，不再被人欺辱，为了保护来之不易的胜利果实，还必须挺起脊梁担负起责任去战斗去拼搏，杀尽侵略者……

常捞金斗志昂扬地紧紧肩头的武装带，开心地看着身边挺胸收腹的光头师父和长衫飘逸的老师姚百里，脸上洋溢着幸福的笑容。穿上军装的师父潘驼背儿威武雄壮，显露出一派英气挺拔来。常捞金就要跟随鲁北军区的部队奔赴新的战场，他的永兴支队要从古皮城、狐狸岗出发去解放乐陵、宁津、庆云……面对着两个和自己休戚与共的亲人，常捞金有好多话要诉说，但又不知从何谈起，只有把手轻轻送到两个人的手里，让彼此的脉动彼此的温暖电流一样融汇在一起……

一九四五年的春天来得真早啊！

后记

狐狸岗上的那座炮楼到现在还孤零零地矗立着，掩映在一片茂盛浓郁的树林里，像一个神秘而神奇的故事，倒映在岗下那湾静谧的碧水里，若隐若现，显得破旧不堪，像是谁不经意丢下的一块抹布，陈旧而肮脏……

风从岗上吹过来，宽大厚实的叶片发出清脆的哗啦啦的鼓掌声，把那弯清亮亮的河水抚弄得荡起涟漪层层，像撒了一河湾的银片子金片子。

离这座伤痕累累的炮楼不远，高大油黑的松柏林里有座在新千年里修建落成的抗战纪念馆，门楣上挂着一块白底黑字的牌匾——狐狸岗人民抗日纪念馆！是原河北省委副书记胡彩儿题写的。纪念馆广场上有组汉白玉大型雕塑，一群英姿飒爽的人物栩栩如生地映在绿树鲜花丛中，和白墙红瓦雕梁画栋的纪念馆构成一幅美丽的画卷，气派非凡，煞是漂亮，把这狐狸岗衬托得生机蓬勃。雕塑中有拄着拐杖手搭凉棚的精美马褂、留着辫子眼睛锃亮的驼背儿、手托算盘长衫飘逸的先生、短小衣襟挎着手枪的战士、牵着马儿仰天寻觅的长工、飞腾咆哮于半空的旋风、要起刀剑招数无穷的武者、梳着髽鬏奶孩子的农妇、留着短发神采奕奕的女学生、扛着犁铧憨厚踏实的农民、双手合十虔诚礼佛的僧人……身后的背景是面宽大的刻有镰刀锤头的旗帜，高高飘扬，猎猎有声，把厚道质朴勇敢的人群紧紧地聚拢团结在一起，朝着旗帜指引的方向气血贲张……

抗日纪念馆前整修一新的地面上堆放着几座新置放的草堆柴垛，一触某个机关，土坯房子的砖地就会无声地划开，露出一个大大的洞口，外边的柴垛草堆也会显出洞口来，一个紧密相连的宽大的地下仓库和屯兵洞就会呈现在参观者眼前，干燥而整洁，神奇而神秘……

跋

家乡是一个生死攸关的词儿

张 猛

一方水土养一方人。古老的南皮拥有厚重的两千多年的历史和厚重的文化底蕴，作为土生土长的南皮人，从小至今，再至老，都不会逃脱掉她镌刻的烙印，血脉里带着她鲜活的基因，即使说一口流利的普通话，也在倚里拐弯中透出浓浓乡音。南皮的水土无时不从身心迸溅而出，是一种蚀骨的认同。正如王蒙先生所说的，“故乡是一个生死攸关的词儿”。再怎么样，也没有生憋出不属于这个地方的东西来充斥、炫耀、显摆的本事……

从记事起，就听爷爷、爸爸、娘说起一些家族的事、村里的事以及一些流传好久的神秘传说。张家是顺着大运河从北京漷县来的，在运河边上的窑场开始烧盆制碗，站住了脚跟，然后才逐渐繁衍壮大。那时我刚刚懂事，意识里只觉得天下就只有龙堂村那么大罢了，地连着天，天盖着地……后来大些了，从爷爷、爸爸他们的书里才懂得和明白我的家乡只是中国大地上的一粒尘土，众多的这么小的村庄组成了泱泱中华。村西有座高高的土台子，老了人都去那里报庙，把人的魂灵从那里送到阴间去。娘说原来那上面有座香火旺盛的泰山奶奶庙，灵验得很，没有孩子的去求，有了眼疾、肚子疼等病疾的去求拜，泰山奶奶都会及时给予答复，问题就能解决，得到所需，心想事成。泰山奶奶庙正对着西边焦山寺村的佛塔。那里原先有座大庙，挺立着一座七层八角青砖佛塔，封顶为一个大铜帽……村南有条河——王莽河，汤汤奔流，到现在变成了肥沃的田地……后来根治海河，把村北宣惠河挖出了两座高高的河堤，把土眉土眼的龙堂严严实实地给圈围起来……那堤、那河，成为我童年一个欢乐的地方，和小伙伴们在那里捉蚂蚱，逮蝈蝈，捕鱼虾，两岸盛开着紫红的苜蓿花，长着高大茁壮的树……

后来我走出了龙堂村，更大的世界，更多的有关家乡的传说越来越丰厚起来。在内蒙古赤峰上大学时，我为逃离了寒酸穷苦的家乡加入知识分子行列而洋洋得意，同学们却能从我的话语的缝隙里找出我是河北人的证据。我没有菲薄气馁，而是恍然大悟，无论我走到哪里，我也不会脱去家乡的味道了！分配时，说什么也不留在内蒙古，急忙地赶回我爸我娘生我的地方……家乡，才是我的根啊！离了根的树，是无法生存、开花结果、挺拔摇曳的……

后来，遇上了张春景、薛泽通、张国中、李义川、郭其武、刘习贞、周宝忠、蔡宝恒、王宝国、张宝信、刘国莉、邢家训、叶书龙、刘朝阳、景波、杨树旺、孙誓峰……这些南皮文化人，他们或文化，或文学，或音乐，或书法，或绘画，或历史，或武术，或玄学周易……古老的文化给了我深厚的滋润，杨博、余畅、李大中、胥善辉、张瑞江、钢凝、崔文武、孟昭旺、高海涛、穆国联、赵红欣、赵云霞、崔志营等众多文学挚友、战友的激励给了我笔耕的动力，使我将根藏于心的东西，水一样地翻腾、喷涌出来……关乎家乡的散文、小说也从心底迸发出来，闪动着家乡的灵气！

2015 年全县掀起“砺学南皮”活动，我翻看着《南皮县志》，想从中搜寻古老的文化，准备给单位的同志们讲解清康熙十七年知县刘址的《赋南皮古迹十景》。南皮悠久的历史风云和璀璨的景物景致，让我突然觉得脚下是片多么神奇的土地啊！家乡竟然是座挖也挖不尽的宝藏！尹吉甫的《诗经》、姜太公的钓鱼台、齐桓公的射雉台、曹操曹丕的南皮高韵、石崇的绿珠楼、贾耽的华夷图、张之洞的枪炮厂……都接踵而至，使我豁然开朗，不由自主地扎进了南皮厚重的烟云里，过去的许多事、许多传说如潮如浪冲击着我的思想。中国共产党早期党员、黄埔军校一期学员、津南农民暴动领导者张隐涛的故事及其日记已经熟记于心，抗日英雄仉鸿印及老区人民抗日斗争的事迹，都述说着我的家乡是个热血沸腾的地方。又适逢品读了王蒙先生的自传，他对故乡的深情厚谊和眷眷之恋溢于言表，透彻于心，他说“故乡是我的发生图，我个人的无极和太极，是我的最初的势与能，最本初的元素，来自冥冥的第一推动力，是其后各种变化与生成的契机”。如果不精心宣说记忆，由于乏善可陈而被冷漠、轻蔑和忘却，“将会留下一堵厚墙，留下一大段一大块的空白”的遗憾。就着年轻，就着贴近家乡，我迅速地点燃起为家乡写作的冲动和欲望……那条王莽河翻起千年的浪花将我滋润，那高高的土岗躬起憨实的脊梁将我呼唤……爷爷、爸爸、娘的故事如一页页光鲜的书将我唤醒……民间传说和真实的故事似一杯杯醉人的酒，使我沉醉于一个丰富的世界……一个个呼之欲出的形象充斥着我的头脑……常捞金、潘驼背儿、姚百里、胡长顺、胡彩儿、潘石花等等人物从历史风云里带着家乡的味道出现了，与我产生共鸣，于是形成了长篇小说《狐狸岗　狐狸湾》……

加西亚·马尔克斯说：“作家之所以是作家，并无过人之处，不过是除了这行，别的什么都干不了。”面对纷繁的社会，我不能像企业家那样积极纳税，也不能像建筑师那样盖起座座高楼，不能像筑路工那样修通条条道路，更不能像农民那样种出茁壮的庄稼……我觉得作家其实就是待产的蚂蚱，满肚子的子，不赶紧找个坚硬而隐蔽的土地释放出去，绝对会憋得脸红心跳，坐卧不宁，也觉得对不起供养它的这片土地、这块风水。只有把子撒播进这片土地里，接收这片水土的滋养，才可能发芽吐绿抽穗生枝开花……并同时接受家乡灼灼目光的关爱、呵护、考验……

故事、人物、情节就是这样的。文章千古事，得失寸心知。好与坏，优与劣，深与浅，华与陋，都是我下的子，都是我吸收了家乡的水土所生产的，有南皮的形象南皮的枝叶南皮的思考……留给他人品评吧。我的责任和义务，就是把家乡南皮的民俗、传说、历史、地理等讲述出来，拆一堵墙也好，填一块空白也罢，算是对家乡养育的一个小小的回报吧。家乡，我会继续为你歌唱！只要你不嫌弃我的拙劣演技和五音不全。其实，家乡就是慈爱的娘。儿不嫌母丑，娘也不嫌儿无能吧。

家乡真的是一个生死攸关的词儿。生于斯长于斯活于斯，至死埋进家乡的土地里变为家乡的一抔泥土，幸运啊！这也是多少游子想落叶归根的梦吧！

狐狸岗，狐狸湾，就是家乡的写照。“江畔何人初见月，江月何年初照人”，那些人和事都活在我家乡的水土里，已经融化为家乡时空里最亮的星辰和最炫的传奇……

其实，与这群星灿烂的传说心谈，是件非常快慰的事情，也是别人所不能体会领略的……当文字随着情节汩汩流淌，心灵早翻腾起滋润的波浪……

感谢家乡！

在这部小说创作过程中，同事赵云霞不辞辛苦录入，吾兄叶书龙耐心细致地挑错别字，沧州老作家、书法家、画家李大中先生欣然提笔题写书名，为这本拙劣的书增添了不少亮色。在此，深表谢意！

感谢一路有朋友们的照料与关心！

2016 年 5 月 7 日

评论

一部生动鲜活的民族秘史

孟昭旺

《狐狸岗 狐狸湾》讲述了20世纪初至抗日战争胜利，发生在华北平原古皮城一带的传奇故事。小说以古皮城一个名叫胡立岗的村庄几十年的风雨变迁为背景，讲述了古皮城从封闭、传统的农耕社会到先进思想传入、共产党组织萌芽壮大，最终在其领导下取得抗战胜利的历史进程，是波澜壮阔的近代中国历史在普通农村小城的一个缩影。

小说的成功之处，首先在于其具有浓郁的民间色彩。巴尔扎克说过，小说是一个民族的秘史。《狐狸岗 狐狸湾》这部作品最大的成功在于对民间文化的挖掘和再现。潘驼背儿黑龙寺学艺、扫平悍匪“三儿”、路拾“小倒卧儿”，常捞金独上狐狸岗、水中救人、暗杀日本鬼子等情节，富有戏剧性和隐秘传奇色彩，同时又洋溢着浪漫主义精神，与几千年的中国民间传统文化一脉相承。此外，小说的一些细节，比如扎蝈蝈笼子、唱《十八摸》、男娃留辫子、粘知了等，同样生动反映了北方农村生活的面貌，对小说情节的开展起到很好的映衬作用。

小说对古典文化的吸收借鉴可圈可点。一部好的长篇小说不应当仅仅是一部文学作品，同时应当广泛地反映社会生活的各个方面。《狐狸岗 狐狸湾》涉猎了宗教、民俗、帮会、传说、婚娶、殡葬、医药、武术、自然灾害等各个方面，题材丰富，可谓一部生动的社会百科全书。除此之外，小说在结构方面，同样借鉴了古典文学和戏剧、曲艺等的结构特点，每章设有标题，章下分节，每节设有小标题，简练概括一节的主要情节和矛盾冲突。如，“打开秘密粮仓”“姚百里是个共产党员”“设拳坛传授功夫”“县委书记是黄苹果”等，既起到提纲挈领的作用，又能极大地引起读者的阅读兴趣。

小说人物形象塑造具有鲜明特点。在短短 20 余万字的作品中，作者成功塑造了一系列人物形象：长工常捞金，东家胡长顺，主事潘驼背儿，账房先生姚百里，陶二娃子，了三大师，胡彩云，胡彩凤，潘石花，胡三，厨娘赵四婶子，长工头儿王三秃子，赖五，李家洼东家李大福，李家少爷李有德，佃户赵麻子，县长张甫臣，天津卫帮会左爷、栋爷，日本军官等，他们个性鲜明、栩栩如生。常捞金、潘驼背儿等正面人物身上，体现的是忠诚、孝敬、仁义等传统美德；赖五、陶二娃子等反面人物则是猥琐、狭隘、卑劣、凶残等形象的代表。作者笔下的这些人物，随着时间推移和环境变化，身份也不断演变，而这一演变并非凭空出现，而是在前面设下伏笔，使人物的命运起伏合情合理。比如，忠厚英勇的长工常捞金在潘驼背儿和姚百里的影响下，逐渐成长为共产党员的优秀代表；打小好吃懒做贪图享受的陶二娃子则自甘堕落，后来成为替日军卖命的汉奸。尤为难得的是，作者将人物的成长、演变与共产主义思想传入、共产党发展壮大、抗日战争等重大历史事件结合起来，从而使作品具有了深厚的历史感和沉重的命运感。

小说的语言运用同样值得称道。与一般意义上的文学作品不同，《狐狸岗　狐狸湾》这部作品中，采用了许多华北一带的方言，“小子毛的”意指小孩子，“乐得嘎嘎的”形容笑得开心，“羊粑粑蛋子”指羊粪，“悄没声地”表示悄悄地做某事等，具有鲜明的地域特色。人物对话则多采用俚语、俗语、歇后语，比如：瞎子逮蝈蝈——听你的音儿；鱼找鱼虾找虾，货郎鼓子（青蛙）不找癞蛤蟆；留辫子，辫子留，阎王见了也发愁；长辫子，辫子长，大鬼小鬼不追账；叮叮当叮叮当，秃蛋光秃蛋光，打周仓，周仓戴着铁帽子，敢和老爷喝灶子；秃小子留长毛，阎王见了只管逃……凡此种种，既与人物身份相吻合，又体现出北方农民粗犷、豪放、诙谐的性格特点，读来生动活泼，趣味横生。

总之，《狐狸岗 狐狸湾》将浓郁的民间文化与民族大义巧妙结合在一起，生动再现了几十年前风云变幻的岁月，是一部较为成功的现实主义作品。

（作者系河北省作家协会创联部副主任　河北小说艺委会秘书长）

评论

历史传奇与文化底蕴的结合

——读长篇小说《狐狸岗 狐狸湾》

崔治营

《狐狸岗　狐狸湾》是作家张猛先生的长篇处女作，二十余万字。小说讲述的主人公是常捞金。捞金幼年时举家躲避军阀混战，一家人不幸被兵匪冲散，小捞金连冻带饿，成了雪地里的“倒卧儿”。幸运的是，捞金遇到了开明士绅胡长顺及其管家姚百里、护院潘驼背儿，在成长过程中，姚管家悉心传文，潘师傅全力授武，小捞金在两位师傅的关爱中白杨一般迅速成长为文武双全的飒爽青年。抗战爆发，捞金在两位师傅的影响下投身革命洪流，成为威震敌胆的一员虎将，为抗战胜利、为家乡解放做出了卓越的贡献。

张猛先生和大文豪王蒙先生同根南皮龙堂，相同的根脉赋予了他们相同的诙谐和灵性，大文豪王蒙自不用我在这儿赘述，单说张猛先生。他为人质朴豪爽厚道，不失古燕赵侠义之风，这些性格造就了他的文字风格，阳光刚健，诙谐洒脱，这些风格在他的小说集《紫玲珑》里有完美的体现。作为长篇处女作，《狐狸岗　狐狸湾》除了继续秉承他的既往语言风格，还与时俱进，糅合进了新的写作技巧，小说情节扑朔迷离，虚实并蓄，达到了较高的艺术水准。

就小说主题而言，《狐狸岗 狐狸湾》渗透了张猛先生对人生的积极思考，姚百里、潘驼背儿两个正能丰富的师傅联手造就了一个德才兼备的好徒弟常捞金；而赖五，一个吃喝嫖赌抽五毒俱全的师傅，毁了一个天资聪慧伶俐的陶二娃子。在这一鲜明的对比中，诠释了一个朴素的真理——鸟随鸾凤飞腾远，人近贤良品自高。另外，在张猛先生的笔下，人的性格不是一成不变的，坏人也可以在特定的环境中做出向善的选择，比如李家洼大少爷李有德，起初是一个飞扬跋扈的纨绔子弟，抗战中目睹了日本人的暴行，接受了他妻子胡大小姐的教育，洗心革面，为炸毁泊镇日伪弹药库立下了大功。胡家二小姐却因爱生恨，发生质变，成为叛徒。古皮城大汉奸张甫臣，这个老小子坏得全身流脓，发明了所谓的“铃铛面”，变着法地祸害老百姓，鬼子来了，又死心投敌，和日本鬼子沆瀣一气，鱼肉乡里，张甫臣恶贯满盈，多行不义，终至落个被人民政府处决的下场。

张猛先生属于大器早成的那类作家。早在高中时代，他的小说就跻身《中学生文学》《当代人》等知名杂志，多年的摸爬滚打，张猛先生练就了精湛的语言和刻画把握人物形象的功夫，其作品语言看似随心所欲，细品却又别具匠心。仅举一例说明：小说中描写正午的阳光，不说亮得耀眼，而写白得发黑，这样味道十足的文字在《狐狸岗　狐狸湾》中俯拾皆是。其作品中的人物形象鲜明，栩栩如生，能给人留下过目不忘的深刻印象，比如身怀绝世武功的武术大师、黑龙寺主持了三大师，白眉白髯仙风道骨；比如驼背儿潘师傅，闲时似虾米，伸张正义时挺拔成大树，均可谓妙构奇思，神来之笔。

张猛先生近年的作品结构大气成熟，长篇小说《狐狸岗 狐狸湾》结构作品的水平更可见一斑。张先生不是简单地按时间顺序结构小说，而是将倒叙、插叙、顺叙巧妙搭接，构成一个经纬细密的网络，读者在这些网格中游走，感到眼花，但却不混乱，一步步跟着他的笔走下去，或峰回路转，或柳暗花明，尽享情节跌宕之妙趣。小说先从常捞金要水写起，慢慢将王三秃子、胖四婶子、赖五、陶老歪、陶二娃子、姚百里、潘驼背儿、潘石花、李有德、了三、了然、胡树海、胡长顺、胡三、黄苹果、左爷、栋爷、张甫臣等人物形象铺排开来，张弛有度，人多却不纷乱，自自然然，水到渠成，顺理成章，这不能不说张先生思维缜密，堪为结构小说的高手。

成功的长篇小说不只是走马灯似的换人物排故事，而是一部百科全书。譬如《红楼梦》，不光记叙了贾、王、史、薛四大家族的兴衰史，而且涉猎了医学、诗词歌赋、易理经学等领域，展示给读者的不是一个孤立的点，而是一个恢宏的面。《狐狸岗 狐狸湾》这部作品即有大百科之妙，作品中对南皮婚俗、南皮民风、中药、佛学、古刹、泰山奶奶等都有洋洋洒洒的详尽描述，这些描述拓展了小说的层面，展现给读者一个较为全面的社会环境，增强了对小说主题的诠释。

《狐狸岗 狐狸湾》是张猛先生的长篇处女作，是一次尝试，是一次挑战，是一次超越。作品中他将现实主义和浪漫主义结合起来，给读者塑造了一个像赵子龙一样完美的常捞金形象，塑造了一群血肉丰满的劳动人民群像。事实证明，他成功了，小说中人物白描、心理刻画交相辉映，就连一匹漂亮的枣红马和威风的大黑马也有人一样的丰富情感，各个艺术形象呼之欲出，跃然纸上。

大文豪王蒙先生在他的自传里说："故乡是生死攸关的一个词……我之所以要有意识地强调自己的故乡性和初始化，还由于我已经隐隐感到，随着个人与家庭生活的城市化、首都化、国际化，随着社会的现代化、全球化，随着与时俱进与一日千里，我的过去，我的故乡，我的初始将会淹没，我的故乡我的初始状态由于乏善可陈而将被漠视、轻蔑和忘却，我的童年的痛苦与心思，可怜的不开化的与傻气的种种经验和遗憾将被抹杀，我的此后的一切，将无法从根子上加以解释和回味。而我与他人与读者包括至爱亲朋的交流，将留下一堵厚墙，留下一大段一大块空白。”是的，王老先生的这段精辟阐述告诉我们，故乡才是我们的发生图，我们个人的无极与太极，是我们的最初的势与能，最本初的元素，是来自冥冥的第一推动力，是其后各种变化与生成的契机。

张猛先生和王先生有共同的龙堂根脉，他自然能参透故乡一词的深刻禅机。我是张猛先生的铁哥们儿，更是土生土长的南皮人，我们对南皮，对南皮文化自然也会有心有灵犀的心理感应。透过《狐狸岗 狐狸湾》的灵动文字，我感受到了张猛先生的故乡情怀，更感受到了他创作这部小说的初衷。创作这部小说，是为了缅怀和传承，是为了消除日后那堵厚厚的墙，这也是一个作家肩负的沉甸甸的历史使命。我们南皮历史悠久，文化厚重，人民质朴、勤劳、勇敢，创造了可歌可泣的南皮历史。长久地沐浴在这厚重的地域文化里，张猛先生的思想便在家乡文化的土壤里扎下了根，根脉要萌芽要破土，于是神奇广袤的大平原让他灵性四溢，厚道的南皮人民，传奇的抗日故事，璀璨的南皮文化便在张猛先生的笔端汩汩流淌出来。可以说，正是家乡的厚重才滋润了他的才思，家乡的厚重才让他激情四射，他的作品犹如那条流淌了千年的王莽河，河流里翻腾的勇敢的心灵，是厚道的品行，是执着的坚守！从这个意义上说，小说《狐狸岗 狐狸湾》其实是一曲荡气回肠的南皮颂歌，这曲颂歌里贯穿着一条割不断的根脉！

张猛先生的这部长篇小说内涵丰厚，情感丰富，写法灵动，语言俏皮，它虽然不及莫言的诺奖作品那么精彩，但也称得上是主题明朗人物丰满的上乘之作了。

图书在版编目（CIP）数据

狐狸岗　狐狸湾/张猛著．—北京：首都经济贸易大学出版社，2016．10

ISBN 978－7－5638－2579－0

Ⅰ．①狐…　Ⅱ．①张…　Ⅲ．①长篇小说—中国—当代　Ⅳ．①I247．5

中国版本图书馆 CIP 数据核字（2016）第 262799 号

狐狸岗　狐狸湾

张　猛　著

Huligang Huliwan

责任编辑　孟岩岭

封面设计　砚祥志远·激光照排　TEL：010-65976003

出版发行　首都经济贸易大学出版社

地　　址　北京市朝阳区红庙（邮编 100026）

电　　话　（010）65976483　65065761　65071505（传真）

网　　址　http：//www．sjmcb．com

E－mail　publish@cueb．edu．cn

经　　销　全国新华书店

照　　排　首都经济贸易大学出版社激光照排服务部

印　　刷　北京京华虎彩印刷有限公司

开　　本　710 毫米×1000 毫米　1/16

字　　数　400 千字

印　　张　22．75

版　　次　2016 年 10 月第 1 版　2016 年 10 月第 1 次印刷

书　　号　ISBN 978－7－5638－2579－0/I·53

定　　价　45．00 元
